文
景

Horizon

社 科 新 知　文 艺 新 潮

中国寻路者

访谈录

高渊
著

上海人民出版社

要像写故事那样写思想
像写思想那样写故事

目 录

站在高处的记录者

李泓冰

（人民日报社上海分社副社长、高级记者）

2019年是新中国成立70周年。

这70年，中国从战乱后的积贫积弱，直到通过持续改革初步建立社会主义市场经济体系，一跃成为世界第二大经济体，“摸着石头过河”的中国，走出了一条史无前例的发展道路。新中国70年的波澜壮阔，事关一个亿兆人口的古老民族的前途命运，无论是在中国上下五千年，还是在人类文明发展史上，都是一场极其醒目的历史叙事。这70年的中国，从数千年的封建观念笼罩中，从盘根错节、积重难返的旧体制中，锐意革新、艰难突围，其间究竟发生过什么？改革开放究竟是由哪些人、哪些事一一促成的？碰到过哪些坎坷、采取过哪些应对措施？如何处理好政府与市场的关系？解放思想在各个领域具体所指又是什么？

这本《中国寻路者》，或许可以借助采写的人物之口，一一解开这些与改革史息息相关的扣儿。开卷之益，就在于仿佛读了一部新中国强国之路的缩微版“史记”。

这本书选自作者的“高访”系列访谈，该系列甫一问世便颇引人注目。很有一些同行钦羡。一是羡慕高渊的文字，二是羡慕身为党报记者，有这样自定主题、采写人物的“随心所欲”。

作者确实得天独厚。借力上海报业的全方位改革，他成为解放日报的特聘首席记者，这个“特首”，让他没有了职务和条线的羁绊，可以做一些颇具学术意味的采访调研，也就有了重磅的“高访”人物系列。

其实，即便有了这样的“得天独厚”，也不是谁都能像作者一样成为如此水准的高访主笔。细数他笔下的人物，你会发现，都是在新中国历史上有一定分量的人物。没有充分的积累、学养和见识，是不可能在他们面前，拥有平等对话的机缘和底气的。

且看他曾采访的那些人物：

陈锡文，黑龙江知青出身的前中财办副主任，一直是中国制定农村政策的参与者之一，连续参与起草了17份农村改革“一号文件”。他回忆80年代初成立“中国农村发展问题研究组”之际，邓力群和杜润生都来了，他还记得当时让他感觉振聋发聩的一席话，“中国是一个农业和农民大国，农民如果还贫困，那么国家就富裕不了……就不可能现代化”。

石广生，前外经贸部部长，主持中国入世谈判，代表中国政府在多哈签署《中国加入WTO议定书》。十几年后他感叹：“实践已经回答了我的担心，中国入世是成功的！如果当时再拖下去，不仅中国会晚受益，而且为入世付出的代价会很大。”

王新奎，曾经和一些青年学者一起，同几任上海市主要领导定期务虚，感受了上海科学决策、民主决策的历程。作为上海WTO事务咨询中心总裁，深度参与了浦东改革开放进程。他认为，改革“就是实实在在为老百姓解决问题”。

王赓武，出生在印尼的澳大利亚公民，国际影响力颇大的中国问题专家、香港大学前任校长。他提出“中国正面临第四次崛起，目前中国的改革动力，可以和两千多年前秦统一中国时的爆发力相提并论”。

郑永年，浙江农村家庭走出的书生，继王赓武之后担任新加坡国立大学东亚研究所所长。他说：“我总觉得80年代是很好的时代……那代大学生可以说是思考的一代，当然有点过于理想主义。”

……

这些人，构成了新中国70年崛起之路上不可或缺的一部分；这些话，在历史长廊中余音绕梁、经久不息。在高渊的书写下，新中国道路上的诸多细节纤毫毕现、熠熠生辉。这样的一些人物，显然是高渊有意识的选择，是有意在为新中国、为中国改革史留下珍贵实录，这些实录发人深省，也深具史料价值。毕竟，我们和我们的后人，都太需要了解改革的来处，都不能忘了当年为什么“非改革不可”，也由此才能更深刻地理解为什么决策层不曾动摇过改革共识，包括当下对“改革再出发、思想再创新”的一再鞭策。也许，越到后来，如“高访”这样的人物选择、这样“保真”式的书写，会愈发凸显出其分量。

看得出，每访一个人物，作者都做足了功课。他的发问不温不火，尽量隐没自己的主观意志；同时又有和受访者平视、对等的姿态，仔细拿捏着访谈的节奏。中国从来没有停顿过攻关克难，“正入万山圈子里，一山放过一山拦”。而他像是一位熟门熟路的向导，带同读者一起，随着受访者一同重走新中国70年的深川和大山、泥淖与渡口。

作者有时会出人意表地从ABC问起，比如问王新奎：今天我们聊天的主题是上海的改革开放历程，在你的心目中，“改革”是什么？引出了王新奎很棒的回答：“‘改革’这个词，是在1978年党的十一届三中全会之后开始广泛流传的。原来不说这个词，讲的都是革命。”“‘改革’有它的特定含义。简单地说，改革往往没有预设的抽象目标，更没有一条铺满鲜花的道路，改革都是被现实逼出来的……”之后，上海以及浦东改革开放的繁花，从王新奎的叙述中一一过眼。

有时是闲到不能再闲的闲笔。比如作者问郑永年：我关注你的微信朋友圈，发现你每隔一两周都要写一个“周日徒步日志”，每次都要走上三四十公里，只走不跑吗？结果引出郑永年的回答：“我一直觉得，男人需要三种感觉：饥饿感、疲劳感和孤独感。走路可以同时获得这三种感觉。”他还提及在浙江四明山区的童年，“经常吃不饱饭，而且干农活很累，劈山造田、修公路、种树，等等，我都干过。当农民其实是很孤独的”。农民的儿子这条线，一直在访谈中若隐若现，或能解释网友眼中郑永年“曲线救国”的心路历程。

当然，“高访”的采访对象，并非都是“改革人物”，比如也有东京审判的中国检察组首席顾问、法学界泰斗倪征燠的女儿倪乃先，还有媒体人白岩松……但是，尽管不在改革的核心位置，他们的工作仍然和新中国的过去和当下有千丝万缕的联系，拓宽了新中国复兴之路的历史背景和现实维度。

从新闻业务的角度，本书也值得一读，甚至具备某种教科书的意义。

新闻人物的“高访”，在20世纪有一位标杆式的记者——法拉奇。她开创了一种崭新的采访方式，以迂回、逼问甚至挑衅的提问方式采访世界政要，具有浓重的“法拉奇”标签。在采访中，她就仿佛站在聚光灯下，当仁不让，咄咄逼人，甚至会把对方问到气急失态，由此采访出了很多经典作品。

高渊的人物访谈却完全不同。他的公号署名“水米糕”，颇能说明他的采写风格——很糯、很温润、很纯净，没有华丽的描写、锐利的词锋，也没有炫技式的枝枝蔓蔓，却使记者和受访者、新闻和历史、人物和时代不落痕迹地深度交融，难分彼此。他访谈的每个人物，几乎都有惊心动魄或至少起伏跌宕的人生故事，都和国家命运和改革的命运休戚相关。但在他，每每只是闲闲地起个头儿，或在受访者沉浸或稍歇的时候，悠悠地随意递个话儿，话题就这么长江大河地流淌下去、漫过历史的沟沟坎坎……在看似温糯和软的访谈中，却充盈着某种“虽九死其犹未悔”“虽千万人吾往矣”的气息，透出属于新中国、新时代的痛与快乐、爱与哀愁。

高渊和法拉奇也不无相似之处。比如善于把握谈话节奏，访谈中的控制能力，以及在权威面前的平等姿态和独立人格——这一切，唯有站在“高”处，方能做到。

其实没有资格作序，就算一篇导读罢。

自序

我当记者这些年

虽然干这行已经25年，但我似乎还没有厌倦，所以才有了这本书。

20世纪80年代末，我上大学时，记者是个很光鲜的职业，包括我在内的很多人都心向往之。随着时间的推移，尤其是这些年自媒体的崛起，这个职业看上去已经没有了门槛，每个公众号的经营者都是“记者”，每天都能把自己的观察体悟发送给读者，并与公众频繁互动。

这个新媒体时代还需要传统意义上的记者吗？我们该如何理解记者这个看似要消亡的职业？我没有答案，只有一些记忆的片段。

那题

20世纪90年代初，我大学毕业。一年多前，小平同志大冬天去了趟南方，吹来的却是春风，政经时局一下子变得热起来，媒体也重新振奋。对于报纸来说，或许比不上改革开放初期的巅峰状态，但肯定也算开启了一个新的黄金期。

那天，很偶然地在报纸上看到一则招聘启事，说是人民日报即将创办华东分社，定址上海，公开招聘编辑记者。于是便投了简历，没过几天，接到面试通知。记得当时小屋子里坐了四五个京味十足的面试官，其中一位问我：“对浦东改革开放有何建言献策？”

我是怎么回答的，早已忘得一干二净。但这有点像宋代科举取士策论的考题，现在想来真够大的，也算让我初步领教了人民日报的格局。

进了华东分社后，遇到一批特别的领导和同事。他们大多来自人民日报总社，也有来自上海媒体的，讨论布置选题时，总让我疑惑他们正坐在中南海的某间办公室里，思考这个泱泱大国当下遇到的问题，殚精竭虑地寻找破解之道。

十多年间，这批人陆续离开，或回到总社，或转任他媒。对我来说，华东分社就是我的“研究生院”，都说“什么媒体培养什么记者”，其中的关键或许就是思考问题的高度和角度。

那岛

2003年7月的一天，洋山深水港工程现场汇报会在上海芦潮港举行。上海方面租用两辆大巴，邀请中外记者同赴现场，这是这一重大工程的首次公开亮相。中途停车休息，前面那辆大巴上跑过来两个人，其中一位与我相识，她说：“这是我的实习生，她看了你写的洋山港报道，想见见作者。”

听起来，这位实习生是想见见“生蛋的母鸡”，而“鸡蛋”就在那天的《人民日报》“长三角专刊”上。报纸以“长三角‘最敏感工程’面纱轻褪”为主题，刊登了我采写的三篇调查报道：《坎坷九年洋山梦》《洋山港牵动长三角格局新变》和《嵊泗的心思》。这是我历时三年采访的首次公开报道。

这个“蛋”生得不容易。20世纪90年代末，由于长江口周边水深不足，上海港发展受限。这时，隶属浙江省嵊泗县的大小洋山岛进入视野，那里具备深水良港的各项条件，问题是要跨行政区划而动，这使工程一度变得有点敏感。

我受报社指派，开始了跟踪采访，数次登上大小洋山岛。2003年上半年，有消息说，洋山港工程即将举行公开仪式。这意味着，我准备已久的报道可以出炉了。

但我当时面临一个问题：虽然手头积累了大量采访资料，却始终没有找到一个精巧的切入角度。于是，我决定再去一趟洋山岛，专门找切口。

那两天，洋山乡的宣传委员陪我采访了不少人，从政府官员到洋山渔民，但都收获不大。中午时分，宣传委员说：“饭总是要吃的，下午继续采访吧。”不容分说带我进了“洋山大酒店”，老板陈祥根很热情地陪我们吃饭。席间，我问他为何要建这三层楼的酒店，他略带神秘地说：“当年就是因为听说对面小洋山要造深水港，东拼西凑借钱造了这个酒店，差点让我倾家荡产。”

这时候，我已经放下碗筷，掏出了笔记本。以陈祥根的洋山大酒店的经营起伏切入，带出洋山建港坎坷历程的写法，在我心中确定。

这些年来，我的不少作品得过大大小小的奖。但时隔多年，当年的老领导、老同事见到我，最常提起的还是这篇稿子。而这，是一篇因篇幅超长从未参评任何奖项的稿子。

对于一个记者而言，作品被记住或许是最高的奖励。这也让我愈发相信一句话：“要像写故事那样写思想，像写思想那样写故事。”

那夜

以前一直觉得，记者是一个“年中无休”的职业，后来一个凌晨来电，我才最真切地感受到，“年中无休”说得轻描淡写了。

那是2014年12月31日晚上，12点多了，我正准备上床睡觉。当时，我负责解放日报社的新媒体“上海观察”（后更名为“上观新闻”），第二天一早要上线的稿子都已看过，放在待发稿库了。我看了一眼手机，犹豫了一下，想到第二天是元旦放假，今晚应该不会有什么事，于是就把手机留在了书房。

一觉睡到凌晨三点多，忽然觉得不太踏实，起身从卧室走到客厅，便听到手机在书房里响。走过去一看，是个陌生的固话号码，估计又是半夜骚扰电话，便按掉了。

但手机立刻再次响起，还是那个号码，心想骗子真是锲而不舍，那就接起来怼回去吧。一听才知，这是报社一位总编办的同事用家里电话打来的，说是外滩发生了踩踏事件，领导要求“上海观察”发布相关消息。当下心中一惊，立刻翻看来电记录，才发现已经有七八个未接来电，最早的一个在半个多小时前。接下来便是一通忙碌，叫醒能打通电话的每位编辑，准备上线稿子，安排第二天采访等。

那夜之后，晚上睡觉时，手机再也没有离开我超过半米。即便后来不再负责新媒体，这个习惯也没有改掉，或者说是改不掉了，因为手机若不在触手可及处，便无法入睡。

那人

2015 年 6 月，我担任解放日报首位特聘首席记者，不再负责具体的部门，又像很多年前那样，重新做起了采访。

几乎没有犹豫，就决定从人物访谈着手。在《解放日报》和“上观新闻”上开设专栏，一开始叫“首席会客厅”，后来改为“高访”。之所以这么改，一是因为我的定位是高端人物访谈，对象是各界翘楚；二是因为我姓高，新媒体时代需要有点个性。对此，还有年轻同事夸我姓得好。

第一位采访的是原上海市市长、中国工程院院长徐匡迪。那天采访前，他的秘书跟我说，领导出差刚回来，肠胃不适去看了病，希望采访控制在一小时左右。结果一聊就是两个半小时，结束后，徐匡迪邀我去他办公室参观。他的秘书送我出来时说，这次真是特别，以往只有老朋友来，他才会请到办公室。

这之后，我陆续做了 30 多篇“高访”，其中有居于庙堂之高的政界人士——陈锡文、高尚全、王新奎等，也有处江湖之远的海外学者——王赓武、郑永年、张五常等，还有居于象牙塔中的校长、教授——陈佳洱、吴启迪、方汉奇等，更有我的同行媒体人——白岩松、张力奋、胡锡进等。

同时，还穿插做了两个专题访谈。其一是“入世风云”系列。

2016 年正值中国入世 15 周年，在王新奎先生的推荐下，中国世贸组织研究会孙振宇、陈鹏和王成安三位前辈大力促成，我采访了中国复关入世谈判的历任首席谈判代表，透露了中国 30 年复关入世谈判很多鲜为人知的故事。

其二是“东京归来”系列。1946 年，“二战”落幕不久，审判日本战犯的远东国际军事法庭在东京组成，中国法律团队随即奔赴日本。在这个团队中，有三位特别引人注目：检察官向哲濬、法官梅汝璈，以及中途驰援的首席顾问倪征日奥，他们被称为“中国法律界三杰”。70 年后，我分别采访了向哲濬的儿子向隆万、梅汝璈的儿子梅小璈、倪征日奥的女儿倪乃先，听他们说说父辈们从东京归来后，或荣耀、或平淡、或悲凉的后半生。

口述历史作为一种重要的搜集史料的方法，通过访谈亲历历史的见证人，整理他们的口述作为历史资料，无论在中国还是西方，古已有之。我们身处巨变的年代，撰写重要人物的口述史，能帮助我们记录不平凡的历史细节，留给后人理解他们未曾亲历的时代。

记者是与人打交道的职业。从当记者第一天起，我的工作几乎就是天天采访不同的人。但真正将采访重点完全放在采访对象的个人经历上，是从做“高访”开始的，这也让我更加真切感受到了作为一个媒体人的责任。

这些年，随着自媒体的崛起，记者不再是少数人从事的职业。然而，担负社会责任的深度分析与思考，依然需要职业记者来做。每一天都是历史，每一个维度、每一刻都值得被以客观真实专业的方式记录。

2019 年 2 月 14 日于上海

庙堂之高

陈锡文 ♦ 王新奎 ♦ 高尚全 ♦ 邵　宁

他们都是省部级官员，可谓居庙堂之高。不过，他们对自己的定位，并非纯官员，而是居于庙堂的专家。

从 20 世纪 80 年代中期开始，陈锡文一直是中国制定农村政策的参与者之一，更被视为中国权威的农村问题专家，也被称作是真懂中国农村的官员。

1956 年，高尚全在《人民日报》上发文，呼吁要给企业一点自主权，这是他发出的第一次改革呼声。此后在中国改革的几乎每一次重要关口，高尚全均未缺席。

在很多国企高管眼中，邵宁是一位真懂国企的领导，也是一位学者。那天，邵宁不用看一眼笔记本，便把 20 多年来的国企改革梳理了一遍。

王新奎更是坦言："我从来没把自己当官员看，我担任过的职务除大学校长外，都是半名誉性质的。确切地说，我的角色不是官，而是僚。"

作为"最懂行的官员"，他们究竟是怎样为中国发展寻路的？

我与中国农村50年

陈锡文

1950年7月生于上海。1968年9月，赴黑龙江生产建设兵团，1978年考入中国人民大学农业经济系。毕业后，先后在中国社会科学院、中央农村政策研究室和国务院发展研究中心工作，历任中央财经领导小组办公室副主任、中央农村工作领导小组副组长兼办公室主任、全国政协常委、全国政协经济委员会副主任。

“农民是中国社会最懂得感恩的阶层，质朴、勤恳、诚实等性格都和这一条有关。现在的问题是，社会的价值取向不能把这些给泯灭了，我们制定制度和政策要把握好导向。农民保留的那些最传统的东西，是做人最需要的。懂得了感恩，才知道敬畏，才知道应该限制自己的哪些行为，不然就会放纵。”

北京，博学胡同一号。

这是一座方方正正的建筑，并不起眼，但位置特殊，隔着一条窄窄的府右街，与中南海紧邻。而且大门口只有门牌号，以及站岗的军人。这些都说明，这里只是外表普通。

中共中央农村工作领导小组办公室，就在这个院子里。在二楼，67 岁的陈锡文走过来与我握手，微笑着略做几句寒暄，便开始了我们历时三个半小时的长谈。

如果从他 1968 年去黑龙江生产建设兵团算起，他已经跟中国农村打了近半个世纪的交道；如果从他 1978 年考进中国人民大学农业经济系算起，他研究中国农村已近 40 年。2016 年 6 月，陈锡文卸任中央农村工作领导小组副组长兼办公室主任，但仍是全国政协经济委员会副主任，他对中国农村的关注与思考，并未停歇。

从 20 世纪 80 年代中期开始，陈锡文一直是中国制定农村政策的参与者之一，更被视为中国权威的农村问题专家，也被称作是真懂中国农村的官员。

我说，有一个敏感问题是绕不过去的，就是转基因。现在各方的争论越来越激烈，转基因似乎成了一件没法沟通的事，你对转基因是什么态度？陈锡文略思考，说：“这是一个科学技术问题，按理来说，门外汉不适合谈这个，因为不懂嘛。”

在陈锡文看来，现在最大的问题是，我国社会上对转基因的讨论过于情感化，都是情绪。比如，有些人很激动地说，美国人自己从来不吃转基因食物，种了都卖给中国人吃。“这是天大的笑话！确实有很多美国老百姓不知道吃了转基因食物，但不是不吃。美国的转基因食品正式批准上市是 1996 年，已经过去 20 年了。”

但为何美国对此的争论远没有我们激烈？

陈锡文坦率地表示，很重要的一条原因，是美国政府长期监管很严格，尤其是 FDA（美国食品药品监督管理局）的公信力很强。他们的管理程序也非常规范，凡是通过了 FDA 的严格论证，美国民众就认可是安全的。“所以，美国人对这个问题不太关注，他们相信 FDA。”

很多美国人不知道自己吃了转基因食品，那现在国际上对转基因的标注一般是怎么规定的呢？

陈锡文透露，从全球来看，大致是三种类型。第一种是美国，不用标注，由 FDA 确保食品安全。现在也出现了一些不同声音，但联邦立法还是倾向于继续不标，有些州可能会要求标注。

第二种是欧盟和日本，都是要求标注的，但他们有个限量。比如，欧盟规定加工食品中转基因物质的含量超过 0.5%，必须标注。日本是超过 5% 要标注。

第三种类型就是中国。我们规定不管加工食品中转基因物质含量多少，只要有就必须标注。

这些不同的规定背后，其实反映的是各国对转基因的不同态度。

2015 年，陈锡文为转基因问题去欧洲考察，发现法国已经基本停止研究了。他去了才知道，这里面有政党政治的因素。

萨科齐竞选总统时，法国社会有两大忧虑，一是核电，二是转基因，反对主力是绿党。萨科齐就跟绿党谈判，要求对方不要反对核电，因为核电在法国总发电量占比相当高。作为交换条件，他答应上台后停止发展转基因。后来奥朗德上台，也延续了这个政策。

"国际上的差别非常大。法国是最崇尚自由的国家吧，但他们对转基因是最严厉的，以至于到现在，法国基本上已经没有人研究转基因了，试验田都没了，科学家都跑到别的国家去了。"

相比之下，西班牙和英国都比较开放，特别是西班牙，转基因玉米种得非常多。因为它处在地中海沿岸，很适合种玉米，但又很容易生玉米螟虫，如果大量使用农药对环境污染太严重，所以他们接受转基因。英国也在继续搞试验，没有遭到太大的反对。

接下来必须言归正传，说说中国政府对转基因究竟持什么态度。陈锡文对我说，我们国家采取的政策是非常清晰的，主要是三点。

第一，转基因是生物育种，是当今生命科学的前沿，作为一个农业大国，不能在这个领域没有一席之地。法国本来在这方面的研究是很强的，但如果停顿一二十年，法国可能会吃大亏，种子市场可能就被人家占了。

第二，批准上市的转基因食品，必须经过极为严格的审查，确保安全才可以。到目前为止，我们批准上市的国产转基因食用农产品，只有木瓜；允许种植的还有转基因棉花；允许进口的有转基因大豆、油菜籽和玉米。没有别的。

第三，要确保公众有足够的知情权和选择权，就是转基因食用农产品和含有转基因物质的加工食品必须标识。你愿意吃就买，不愿意吃就不买。

既然中国政府对转基因的态度如此明确，为什么关于转基因的争论近乎成了死结？在陈锡文看来，关键是现在不少反对转基因的人，不是从科学的角度来证明这是有危害的，而更多是从阴谋论、意识形态的角度来解释，那就没有办法讨论了。

"很多事情，包括转基因问题，不是只靠科普能够解决的，有的人不是从科学角度讨论问题，跟他们讲科普没用。"

转基因之争，最终要靠什么来解决？陈锡文的回答非常简单：时间。

“恐怕得让时间来证明。美国人已经吃了 20 年转基因食物了，如果当年是小孩的话，现在已经为人父母了。应该做个科学调查，看看这些人有没有问题，他们生出来的孩子有没有问题。如果没有，但有些人还是固执地坚持认为有问题，是没道理的。”

但有人说，他们自己没问题，孩子也没问题，但如果转基因对人类的危害是隔代才能显现的呢？陈锡文坦言：“那我就没有办法说了，只能再等吧，现在是 20 年，也许要等到 50 年，或者更长的时间。但希望总有一天，能够证明究竟有没有危害。”

陈锡文当年在人民大学的老同学周其仁曾对我说：“锡文黑黑的，很朴实，长得很像农民，他平等待人，非常有思想，保持了这些年农村政策的延续性。”

陈锡文生于上海，有不少人开玩笑说：“一个上海人居然管了这么多年中国农村。”我问他现在还能说上海话吗？他马上用上海话回答，谦称说得马马虎虎。

从下午一直聊到晚上，没有人进来打扰，水也是陈锡文自己倒的。无论是自己的人生经历，还是转基因等热点问题，或者是对中国农村未来的思考，陈锡文有问必答，非常坦率。他拿着一杯茶，无须任何提示，所有数字都信手拈来，这么多年的农村政策都印刻在他的脑子里。

数年前，有位媒体同行曾说，陈锡文给她最大的印象是实在。我的感受则是，他不仅实在，而且深刻犀利。

◆ ◆ ◆

北大荒初识农业

高　渊：你从 20 世纪 80 年代初开始，就直接参与中国农村问题的决策。但让很多人惊讶的是，你居然是上海人。

陈锡文：是啊，我祖籍江苏丹阳，出生在上海，从幼儿园、小学到初中都在上海南汇县的周浦镇。解放前，我父亲从老家到上海工作，认识了我母亲，在上海成了家。

新中国成立后，国家需要培养干部，我父亲又去上了无锡文化教育学院，这是一所干部速成学校。他上学的时候我出生了，所以我叫“锡文”。他毕业后响应国家号召支援老区建设，就去了泰山脚下的山东泰安中学教书，母亲也带着我去了。

但我母亲身体不太好，就带我从泰安回了她的老家杭州。到了我五岁的时候，父亲调动工作，分配到了当时还属于江苏省的南汇县周浦中学教书，这样我们就在周浦安家了，后来上学一直在那儿。

高　渊：你初中毕业那年，正好碰上“文革”爆发？

陈锡文：对，1966 年我初中毕业，毕业前就乱了。一开始还有点热情，到了那年 10 月底，我觉得实在没意思，就约了几个同学结伴去南方，到没去过的地方看看。那时候“文革”搞串联，坐火车不要钱。

我们一路跑到海南岛，这时中央发通知了，要求停止乘车串联，徒步可以，如果人已经在外地，可以领票返回。我们就在海南岛待了一段时间，1967 年的春节在那儿过的。回来后到学校看看，还是乱哄哄的，就回杭州了。

高　渊：什么时候去的北大荒？

陈锡文：到了 1968 年夏天，周浦中学给我发电报，说学校开始分配了，黑龙江生产建设兵团来招人，如果想去就赶紧回来。我马上就回去了，8 月份报的名，9 月中旬就去黑龙江了。

我去的时候，毛主席还没有作出“知识青年到农村去，接受贫下中农的再教育，很有必要”的指示，所以我们这批人走的时候，心态基本上差不多——既然有机会出去自食其力，那就去吧，别再让家里养着了。而且，当时把去黑龙江屯垦戍边的意义提得很高，我们都有点激情。

到了 1968 年底，毛主席那个指示下来后，1969 年就“一片红”了，大家都得下去。我们属于自愿的被动选择，所以也没什么好埋怨。

我被分到了黑河地区，是黑龙江纬度最高的地方之一。那个地方无霜期很短，一年只有 110 天左右，只能种小麦和大豆。我们所在的具体位置是五大连池，有水源，所以我们也试着种过水稻，但不成功。

那时候机械化水平不高，即使现在也没有完全解决，下雨就要拿着镰刀锄头下地干活。各种农活我都干过，后来到了机关，也经常要下去一起干农活。

高　渊：建设兵团的真实状况如何，生活苦不苦？

陈锡文：兵团虽然也是务农，但跟农村差别很大。兵团的前身是农垦局，我们叫农业工人，在当时的国家职工序列上有一栏就叫“农业工人”。所以去了之后，至少是衣食不愁。

后来不少上海知青到我们边上的农村插队，那待遇就不一样了，得自己挣工分，挣了工分才能分口粮和现金，还要看所在的生产队经营得怎么样。我们兵团是大锅饭体制，实行粮食配给制，像我这样的普通农业工人，一个月定量是 42 斤。

我们的固定工资是一个月 32 块钱。但农业工人和工厂里的工人不一样，没有八小时工作制，需要干就得多干。当时兵团的算法是，这 32 块钱，刨除法定假日后是 25 天半的工资，折算过来，一天就是 1.25 元。

在农场，尤其是基层连排一级的干部，都是当地老农场的工人，他们都想多挣一点。反正节假日也没事干，基本上每月要出勤 30 天，工资就有三十七八块。所以兵团和在农村插队很不一样，我们没有他们的那种后顾之忧。

高　渊：从 18 岁到 28 岁，人生中最美好的十年在黑龙江度过，你怎么评价那十年？

陈锡文：不能说那一段对我有多好或者多不好，但毕竟从个人来讲，还是一段很重要的历练。

我在那儿待了十年，其实真正在基层干活也就三年多。后来我做连队的文书出纳，再到团里和师里当新闻干事，编简报、办读书班、参加工作组下基层等，也有机会读一些书。

这段时间让我了解了农业的不易，了解了节气，了解了各种作物不同的特性，了解春播夏锄秋收，了解了农业机械，等等。另外，我们农场那些老职工，基本都是从山东、河北一带来的，最早都被称作“盲流”，因为老家吃不饱，自己跑过来了，本质上还是农民。所以，我对农业、农村、农民有了一些实际感受。

田埂上的广播

高　渊：1977 年恢复高考的消息，你是从哪里知道的？

陈锡文：那时我正在柳河“五七”干校上学，算是后备干部了。这所干校在“文革”中很有名，跟现在的省委党校差不多。就在报到的当晚，我和几个同学吃过晚饭，到干校边的田埂上散步。这时，干校的广播喇叭响了，说要恢复高考了。

我们一听都很激动，马上去跟学校请假。学校说这可不行，你们是层层审批推荐来的，要想回去参加高考，必须得到原单位批准。

高　渊：这个不难吧？

陈锡文：我也是这么想的。第二天一早，我就跑到县城，给我所在的一师师部发电报，要求请假回来考试。但一连等了三天，根本没有回复。我想这样等下去不行，就跟学校打了个招呼，跑回去了。

找到政治部主任，我说你怎么可以这样，你不同意也得回一个电报啊。他说，我就在想，这个电报我回也不好，不回也不好，但如果你意志坚定呢，肯定自己会跑回来的。

我记得很清楚，照片交了，五毛钱报名费也交了。大概过了十来天，省里突然来了个通知，规定凡是 25 岁以上的，必须有高中学历，才能参加高考。我那时已经 27 岁了，没上过高中，这下真是踏空。

高　渊：这个政策是黑龙江自己制定的？

陈锡文：对，这是土政策。当时黑龙江最大的忧虑是，来这里的外地知青太多，而且多数是从大城市来的，总体受教育程度比较高。如果让这些知青都参加高考，当地人可能就没机会了。

报名就这样被退回来了，当然很沮丧。后来听说中央批评了黑龙江的这个做法。

高　渊：好在不到半年，1978 年的高考就开始了。

陈锡文：是的，77 届那年是冬天考试，1978 年春节过后开学。我们 78 届是 6 月份考试，9 月份开学。考了政治、语文、历史、地理、数学，当时不要求考外语，我五门课总分是 379 分，还算不错。

填志愿比考试难，我完全不懂，就去请教那位政治部主任，他是“文革”前的大学生。他也说不大清楚，只说了一些原则，比如学校要好、专业要自己喜欢，等等。

我就问他中国人民大学怎么样，他说那当然好。然后我看了半天，发现有个农业经济专业，问他这是做什么的，他说反正跟农业和经营管理有关吧。

他最后跟我说：“你毕业以后，至少可以回来当个农业会计。”

杜润生的三句话

高　渊：听说人民大学还没开学，你就去报到了？

陈锡文：我是人民大学 1978 年复校后，第一个报到的学生。那天是 9 月 22 日，有两个军人在校门口站岗，我给他们看了录取通知书，他们一脸诧异地说：“没听说开学啊，也没有学生来报到。”但还是放我进去了。

后来我才知道，我在兵团接到的通知是 9 月中下旬开学，然后我就去了哈尔滨，因为有不少熟悉的知青已经在哈尔滨上大学了，我去找他们玩几天，所以没收到人民大学的第二份通知。那是通知我们因为校园还被部队占用，推迟一个月开学。

那时学校确实没法住，我就只能先回上海了，到了10月中旬再去北京。

高　渊：你上大学时，农村问题是全社会关注的焦点吧？

陈锡文：那时候，全国有几千万知青下乡，都在农村生活了好几年。贫困在当时是普遍的，但大家到了农村才知道农村穷成了什么样。虽然已经离开农村了，但都盼着农村尽快好起来，也愿意为农村做点事，特别是党的十一届三中全会召开了，通过了关于加快农业发展的决定，就更这样想。这是我们普遍的心结。

我那时已经28岁了，离开学校12年后有机会再读书，真是起早贪黑。在比我们年长些的青年教师和研究人员的启发下，我们自发组织读书会和讨论会，还有北大、清华、北师大等学校的学生一起参加。主题从来没有离开过农村，讨论人民公社体制、农村社会主义的内涵、农业现代化等，也慢慢接触西方经济学和社会学。

高　渊：你们是怎么讨论的？

陈锡文：过程非常自由，愿意来就来，来了不愿意听就走。经常今天在这个学校，明天在那个学校，最热闹的时候有一两百人。慢慢地，我们就想，除了讨论，能不能再做点事，比如对农村进行一些调查研究。

正好那个时候，中国社科院从中科院里独立出来了，在科研体制上也有一些改革，可以对外委托调研课题。我们就说能不能以一个研究组的名义，向社科院申请课题。

还有个机缘。这个读书小组里，北大经济系的邓英淘是邓力群的儿子，我们人大经济系的杜鹰是邓力群的女婿，而邓力群当时是中国社科院副院长。这样，邓力群就知道我们这批人在做农村问题研究，给了我们一笔5000元的课题费，这在当时就很不少了。

拿到经费后，我们就想：干脆成立一个组织吧！那时候没有什么社团登记之类的，就在1981年初成立了“中国农村发展问题研究组”。

我记得是1981年的2月，还在寒假中，在北京大学召开成立会议，因为当时北大经济系的党总支书记和北大的经济学泰斗陈岱孙都很支持。邓力群和杜润生都来了，他们都讲到国家百废待兴，非常需要年轻人关注国家大事，而农村问题是中国下一步发展的大难题。

杜润生代表农口的老同志欢迎青年人加入这支队伍。他说，中国是一个农业和农民大国，农民如果还贫困，那么国家就富裕不了，农业如果还停留在古代，国家就不可能现代化。听了这两句话，我觉得真是振聋发聩。

高 渊：从那时起，你就决心这辈子研究农村问题了？

陈锡文：那天，杜老还说了一句话。他说，进入农村调查研究这个领域就不容易，坚持下去更难，坚持到底是难上加难。

我当时想，我已经当了十年农民，又是读农业经济专业的人，我以后做什么呢？必须选择这个工作了。就这样一直做了 30 多年，去年刚刚退出一线岗位，我算做到了杜老说的坚持到底。

下乡调研的“老大”

高 渊：这个研究组成立后，你们第一个去调研的地方是哪里？

陈锡文：去了安徽滁县，就是现在的滁州。那是 1981 年暑假，由国家农委出面，一共去了四五十个人，分成很多小组，深入到当地各个地方，调研包产到户和包干到户以来的新变化。

我和一个同学被派到小岗村蹲点，一住就是 18 天。跟当初在生死状上按手印的 18 户农民朝夕相处，了解到改革前穷到什么程度，改革过程中的担惊受怕以及成为农村改革一面旗帜的全过程。

从 1978 年底开始，两年多时间，农村发生了巨大变化。我们去的时候是夏天，还没有夏收，但村里的粮食已经多得吃不了了。村民跟我说，以前乡里的粮库空得都能跑出鬼来，现在家家户户屋子里都堆满了稻谷和小麦，鸡飞在上面吃也没人管。在调研中，我确实感受到了体制的变化给农民带来的巨大喜悦。

高　渊：你后来还多次去过小岗村吧？

陈锡文：去过很多次，有两次还是分别陪着前后两位总书记去的。每次去，村里那些老人老远就叫我，都上来跟我拥抱。

他们都叫我“老大”，1981 年在村里蹲点的时候，就这么叫的。我当时还说，你们岁数都比我大，怎么可以这么叫呢？他们说，你是中央来的啊。

后来我每次回小岗村，一进村他们就说“老大回来了”，关系非常好，有什么情况和问题都愿意告诉我。

高　渊：调研报告是什么时候出来的？

陈锡文：后来形成了一个比较全面的调研报告，对每个层面都做了剖析，既讲了变化，也讲了下一步可能面临的问题。报告出来已经是 1981 年秋冬了，邓力群和杜润生亲自看、亲自改，最后报到中央。

当时的中央领导做了批示，认为这个报告把“双包到户”以后的情况讲明白了。于是，报告受到了各方面的关注，很多内部简报都转发了。

高　渊：这次调研的成功，对后来毕业分配有没有产生影响？

陈锡文：因为“文革”的关系，当时国家机关已经有十多年没进年轻人了，干部年龄普遍老化。到了 1982 年的春天，中央书记处决定从高校选拔一批毕业生，进入中央国家机关工作，解决青黄不接的问题。

当时比较现成的就是我们这个农村发展组，正好都要毕业了，于是决定第一批留下我们。一下子批了 50 个编制，专门从事农村调查研究。

邓力群和杜润生专门讨论过，把我们留下来后到底搁在哪儿？后来是邓力群定的，他说不要去党政机关，因为我们都是小字辈，去那里每天无非就是擦桌子、扫地、打开水，还是干脆放到社科院，这样自由一些，可以集中精力搞调研。

就这样，我们 50 个人的编制统统给了中国社科院，进了农业经济研究所。而且，连“中国农村发展问题研究组”这个名称也一起带了过去，等于在农经所增设了一个研究室。

难忘的“九号院”

高　渊：在中国社科院感觉怎么样？

陈锡文：其实我们去之前，上面是跟社科院讲清楚的，这些人放在你们这儿，但工作要听两个研究室，就是中央书记处研究室和农村政策研究室，邓力群和杜润生已经分别调到这两个研究室当主任了。我们很多调研工作，是由这两个研究室直接派的任务。

高　渊：这个机制是否有点不顺？

陈锡文：对啊，确实不太顺。1982 年以后，全国改革的重点从农村转到城市了，尤其是企业和价格改革。到了 1984 年在莫干山开中青年改革研讨会前，中央就在考虑，在国家体改委下面设“体制改革研究所”。这个研究所成立后，对我们这个组影响很大，去了不少人。当然，还有些人继续坚守，只是人数已经大大减少。

再加上本来机制上就不顺，杜老就想干脆在他的农研室（它的另一块牌子是“国务院农村发展研究中心”）下面也成立一个研究所。到了 1985 年夏天，我们这些还留在社科院的人，包括那 50 个编制，一起转到了农研室。

高　渊：在那个著名的九号院里，当时名人不少吧？

陈锡文：我们这个所是 1986 年春天挂牌的，办公并不在九号院里，因为没房子了。但西黄城根南街九号是中央农研室和国务院农研中心的办公地点，杜老他们都在九号院办公，因此我们经常要去汇报工作和领受任务。

九号院是清朝的礼王府，当时华国锋、姚依林、张劲夫等都住在九号院，纪登奎也在农研中心任研究员。第一任所长是王岐山，我当副所长。所里有周其仁、邓英淘、杜鹰等。林毅夫当时还在社科院农村所，后来杜老下决心把他调过来，也当副所长。到了 1989 年初，王岐山正式去了中国农村信托投资公司，我就接任了所长，副所长除了林毅夫，还有杜鹰。

我们各自学的专业真的是五花八门，有学物理的、地质的、机械的，学什么的都有，反而学农业和农业经济的很少。

但读什么专业不重要，重要的是大家都有共同的经历，都关注农村问题，都对“文革”有比较深刻的反思。而且大家来自各个学科，形成了多学科综合研究的方法，这比在一个学科里面讨论问题，肯定要深刻得多。

高　渊：你们是什么时候分开的？

陈锡文：那是 1990 年的中央机构改革，农研室撤销了，我们被安排到了很多部门，包括农业部、体改委，以及中共中央和国务院两个政策研究室。我去了国务院发展研究中心，先后担任农村研究部副部长、部长和中心副主任。

1994 年我被借调到中财办。1992 年底，小平同志把当时中央的几位领导人叫去，强调党管经济这个原则不能丢，中央财经领导小组还是要恢复。另外，经过 80 年代末一番变化之后，有一段时间国务院没有明确分管农业的副总理了，各地反应很大，毕竟我们是农业大国啊。

这样到了 1993 年的春天，中央财经领导小组和中央农村工作领导小组就同时成立了。根据惯例，财经小组的组长由总书记担任，农村小组的第一任组长是朱镕基同志，他当时是政治局常委、常务副总理，后来就一直由分管农业的副总理担任组长。这个小组是中共中央领导农业农村工作的议事协调机构，对农业农村工作领域的重大问题提出政策建议后报中央决策，并协调和督促贯彻落实。

高　渊：当时两个领导小组是不是下属同一个办公室？

陈锡文：对的，这个办公室对外就叫“中财办”，里面有个专门对应农村领导小组的秘书组。到2003年，我调任中财办副主任，对应农村工作，就彻底离开国务院发展研究中心了。

高　渊："中农办"这块牌子是什么时候打出来的？

陈锡文：是2006年。2005年制定的"十一五"规划中，提出建设社会主义新农村。中央就研究，新农村建设的指导协调工作到底由谁负责？权衡再三之后，决定不增设新的部门，而是加强中央农村工作领导小组和办公室。

过去，中央农村工作领导小组是由八个单位的负责人组成，那次扩大到20个部门。中财办里对应农村的这一个组，原来就七个人，增加到15个人，并设为两个局。同时也明确提出，"中农办"这个牌子要打出来，同意设一个主任、一到两个副主任。

对我来说，其实也没什么实际变化，我还是中财办副主任，只是又加了一个中农办主任的头衔。到了2009年，中央又任命我担任中央农村工作领导小组副组长，明确为正部长级。

不讨论"18亿亩红线"

高　渊：前几年，"18亿亩耕地红线"曾引发不小争议。这条红线是什么时候提出来的？

陈锡文：那是2003年，在党的十六届三中全会的决定里提出来的。但在之前，也提过"最严格的耕地保护制度"。

那年全国耕地总面积是18.51亿亩，而工业化、城镇化是一定要占地的，在1998年修订的《土地管理法》中就已经提出了"占补平衡"，哪里的建设占用了耕地，必须在别的地方补出来。

高　渊：当时不少人反对这条红线，争议的焦点在哪里？

陈锡文：我跟反对"18亿亩红线"的人有过讨论，我发现他们的经济学理论功底非常深厚，但对农业基本不懂。我们讨论的结果是，我目瞪口呆，他们也目瞪口呆。

比如，他们认为这个“18 亿亩”是拍脑袋拍出来的。我说凭什么这么讲？他们就给我算账，说 1 亩地如果产粮 800 斤，18 亿亩地产的粮食，全国人民根本吃不了。

我说，你们到底了不了解农业？必须知道，有的地方是一年两季，有的地方是一年三季，所以每年农作物的播种面积其实是 24 亿亩。而 24 亿亩里，每年种粮食的面积大概是 16—17 亿亩，最多的时候超过 18 亿亩，现在是 17 亿亩以下。还有七八亿亩地干什么的？要吃菜，要吃油，还要吃水果啊。他们根本不懂播种面积这个概念。

所以我一直认为，争论可以，但前提是你必须先弄懂，对不懂的事最好不要讲。

高　渊：另一个说法是，粮食不够可以到国际市场上去买，何必自己硬守着红线，耽误工业化进程。

陈锡文：是，有的经济学家说我们少种点粮，国际市场的粮食很便宜。前不久这个议论又来了，因为我们现在的粮价比国际市场高了，政府要补贴，农民又得不到多少好处，国际上还便宜，为什么不去多买点？

经济学家都在谈效率，农业当然也要讲效率，但必须考虑到，像中国这样的大国，如果粮食大多靠进口，农业这个产业会不会衰弱？如果农业衰弱了，会带来什么结果？中国还有几亿农民，如果大家都吃进口粮，农民的生计怎么办？

在我看来，粮食安全、产业安全和农民生计安全，是必须保障的，不然后果不堪设想。

高　渊：这两年到底进口了多少粮食？

陈锡文：2015 年进口的粮食是 2500 亿斤，而国内实际产量是 1.24 万亿斤，进口已经占了五分之一，这个量还少吗？世界上大概没有哪个大国的粮食进口到这个程度。

更重要的是，要考虑全球有多大的供给量。有的经济学家说，我们的需求上来了，外国的供给就会跟上来，他们还可以开垦土地。我说，是有这个可能，但肯定需要一个过程。在这个过程中，中国如果大幅度增加进口，国际粮价就会暴涨，那“中国威胁论”就一定会有市场。

现在，全球一年出口的谷物大约为3.5亿吨，就是7000亿斤。全球一年出口大豆是1亿吨多一点，我们去年已经进口了8391万吨，全球大豆出口量的三分之二是中国买的。

高　渊：为什么这两年中国的粮食价格会高于国际市场，这正常吗？

陈锡文：现在中国的粮食在国际市场上没有竞争力，这是事实。回过头来看，中国粮价，包括大豆价格，持续大幅度高于国际市场，实际是从2012年开始的，以前没有过。

是不是中国的农业成本突然升高，竞争力突然没有了？也没这么简单，这里面有我们自己的因素，比如从2008年以后，每年都在提，要不断提高粮食最低收购价、临时收储价，而且成本也确实提高了。但成本主要是土地、资金和劳动力价格的快速上升，农业是受害的。

另外还要看到，2012年以后全球粮食价格暴跌，原因是世界经济还没有复苏，需求不足。现在不仅是中国农民受煎熬，其实全世界农民都一样。但国际粮食价格不会永远在低位徘徊，这是肯定的。

同时，还有人民币汇率以及石油价格持续下跌的原因。油价一跌，以前高油价时出现的生物质能源就搞不了，没必要再用玉米转化燃料酒精，国际粮食市场上的玉米供给就增加了，价格也下来了。然后就是运价下跌，现在从美国墨西哥湾运粮到广州黄埔港，运价大概每吨40美元。而国际油价在每桶140多美元时，运价得120美元以上。

但这些问题都不会成为常态，物极必反。所以我们制定政策时，一定要清醒，不能看到国际粮价低于国内，就过度进口，削弱了自己的粮食生产能力。

高　渊：这么说，“18亿亩红线”完全没有讨论余地？

陈锡文：我觉得，这件事无须再讨论。

很多人不清楚，现在的18亿亩耕地是一个什么状况？这里面，水田有4.9亿亩，水浇地有4.3亿亩，加起来9.2亿亩。剩下的那一半大多是山地和丘陵，就是“望天地”，有雨就收，没雨拉倒。在这些土地上生活的农民，他们能养活自己，就是对国家的贡献。

现在的关键是，那9.2亿亩水田和水浇地生产了全国70%的粮食和90%的经济作物，决不能再减少。但也正是这些地，最容易被房地产和工业开发占用，因为都是平整的好地。那些山地和丘陵，因为开发成本高，反而很少有人去占用。

从这个角度讲，形势很严峻。我们的水资源越来越少，水田若被占了是补不上的，因为没有水源。

“土地流转”急不得

高　渊：你从去年起不再参加“一号文件”的起草，今年的“一号文件”又有了些新提法，是这样吗？

陈锡文：确实有新提法，与时俱进，但也引起了很多人新的遐想。比如说，农村在做一件很重要的事，就是土地确权登记颁证，然后是土地所有权、承包权和经营权的三权分置，实现经营权流转。

不过，因为理论研究上的不彻底，有些概念一直没讲清楚。比如说，“土地流转”是什么概念，是买卖还是租赁？如果是买卖，至少应该讲“转让”，这有相应的法律。如果是出租，那就是“租赁”嘛，也有相应的法律。

另外，土地流转的经营权究竟是什么权？抽象到法律层面，必须回答它是物权还是债权？如果这个问题没搞清楚，就允许土地流转，又允许用流转来的土地去抵押、担保，这就会模糊债权和物权之间的界限，容易出问题。

而且，农村土地的经营权可以流转、抵押，城里应该也可以吧。但城市里不少写字楼和商店等，还有外来人口住的房子，绝大部分都是租来的，允不允许他们去抵押、担保、再次转让？这都是问题。

高　渊：这是一个法律层面的问题，而且越思考越复杂。

陈锡文：是啊，还有一个很大的问题，如果经营权是物权，那么再次流转、抵押、担保应该都可以，但承包权又是什么权，那不是空了吗？

现在还在强调农村集体产权制度改革，有的地方提出土地资源变资产，资金变股金，农民变股东，现在很多地方都在做这件事。但中央文件里多次说过农民有“三权”——土地承包经营权、宅基地使用权和集体经济收益分配权。我们要推动农村集体产权制度改革，关键要解决的是三件大事。第一，到底有多少集体经营性资产？除了承包到户的，还有多少投入经营的集体资产，要搞清楚。第二，到底怎么经营？农民要有权监督，提出他自己关于经营的意见。第三，到底一年有多少收入？这个收入应当公平合理分配。这就是说，农村集体产权制度改革主要是落实农村集体经营性收入对农民的分配问题。

而现在说，农民变股东，拥有股权——“股”是什么概念？现代社会中的“股”对应的是资产，持股者是可以对其自由流转和自主处置的。所以这个“股”的叫法，引起了多少人的遐想。如果按这样去做，那么集体经济就演变为共有制经济了。因为只有共有制经济条件下的财产，才可以分割到个人，集体经济是不可以的。把农村的集体资产量化到农民个人，并允许自主交易转让，这是我们推进农村集体产权制度改革的目的吗？

高　渊：股份制改革后，是不是就变成企业了？

陈锡文：如果是按股份制形式办的企业，就必须遵守《公司法》，和市场上其他企业一样，承担同样的责任。现在的企业活过五年的不到一半，但农村集体经济能不能破产？

有人说，有的地方不是已经搞了吗，搞得也挺好。对，但必须知道，那些地方是成立了集体经济组织的资产管理机构，这不是企业，而是拿出一部分资产去注册企业、去冒市场风险。

你去华西村看看，他们不会把土地打包上市的，他们的上市公司即便破产了，也不会影响到华西村的土地。因为村庄是农民的家园，不能把集体经济组织注册成企业，就是因为必须规避风险，不能让农民失去家园。

农村集体经济组织和公司企业是两类不同性质的经济组织。所以，很多东西研究越深入，就发现问题越复杂。

高　渊：以前有过一个共识：中国农村要发展，关键是减少农民。这句话放在现在，还有道理吗？

陈锡文：过去，我们把农村变化的希望，过多地寄托在人口城镇化上。现在看来，至少新的情况又出现了，城里短时期内未必吸收得了这么多人。

有个统计，2015 年外出农民工只增长了 0.4%——63 万人，2016 年只增加了 0.3%——50 万人。要知道，外出农民工总量是 1.7 亿人，这几十万人的增加是微乎其微的，实际上就是处于停滞状态。

高　渊：是因为城市的吸引力下降了吗？

陈锡文：主要是因为城市经济结构在调整，吸纳新增农民工的能力在下降。同时也因为农村的基础设施建设、基本公共服务和社会保障都得到了加强。因此，现在不少农民并不觉得进城就一定好。我来了当二等公民，还要受歧视，我干吗要来？

前些年之所以农民趋之若鹜要进城，无非因为政府提供的公共服务和社会保障主要都在城里。但经过这些年的发展，农村的公共服务和社会保障制度也逐步建立起来了，当然跟城市还有差距，但毕竟制度已经建立了。

高　渊：应该继续鼓励农民进城吗？

陈锡文：现在有人感慨，一边在说要推进农民变市民，一边又说要鼓励农民工返乡创业，到底想怎么做？

关键是一定要把问题想清楚，未来中国城乡人口究竟如何布局，产业结构到底怎么调？如果不想清楚就盲目鼓励农民变市民，是要出问题的。习近平总书记讲过，在人口城镇化问题上，我们要有足够的历史耐心。我觉得，当前最关键一条是建立基本公共服务和社会保障体系，尽可能做到城乡均等，这样就给了农民自主选择权，愿意进城就进城，不愿进城的生活在农村也挺好。

地·粮·人

高　渊：中国自古就是农业立国，经过几千年的变化，你认为农业在中国的地位有没有发生变化？

陈锡文：有些事对中国来说，几乎是永恒的。古人说诸侯有三宝："一曰地，二曰粮，三曰人。"至今为止，土地、粮食和农民这三件事，依然是永恒的课题。

在周朝以前，就开始敬社稷。"社"在古代指的是土地神，社火就是祭拜土地神的。"稷"是古代对小米的称呼，所以"稷"敬的是谷神。"江山社稷"之说，表明了土地和粮食在人们心目中的地位。也就是说，从帝王到老百姓，心目中最重要的是两个东西：地和粮。而在地和粮之间，就是农民。

当然，现在和过去大不一样，现在的工商业很发达，以前整个国家经济基本都来自农业。但不管怎么变，我们国家的农村工作，必须处理好地和粮的关系，要关注这方面的政策与农民的意愿是否吻合。

高　渊："地、粮、人"这三者关系中，土地使用是否成了关键一环？

陈锡文：中国 960 多万平方公里国土面积，折合 144 亿多亩，其中耕地只有 18 亿亩多一点，所占比重就是 13% 多些。现在最大的问题是，中国虽然幅员辽阔，但适于农耕的土地确实很少。

我看住建部的资料，2016 年底中国城镇建成区总面积是 11.8 万平方公里。按国家原来的规划，要求城市建成区每平方公里容纳 1 万人，近 12 万平方公里应该可以放进去 12 亿人。但现在才多少城镇人口，常住人口连 8 亿都没到。

当然，农村用地也有毛病，不完全是宅基地，乡村建设用地有 14 万平方公里，这包括村里的道路、祠堂、经营性和公益性用地等，这是可以节约的。

现在的问题是，按世界各国的基本规律，农村人口减少了，农村的建设用地就应该退回到自然状态，有的可以复垦变成耕地，更多的应该恢复为自然生态用地。但在中国有些人的观念不是这样，农民走了，他想去占。

有人老是埋怨，农民进了城以后，还要保留农村的房和地。但现在不少城里人希望到乡下买个农民院落，也想两头占。这两者性质不一样，农民进城后的“两头占”是个阶段性现象，主要是为了留退路，一旦城里待不下去还可以回农村。城里人的“两头占”，有些是想过过陶渊明的日子，更多是看好了投资土地是保赚不赔的优质资产。不管是哪种想法，都可能造成农村土地的闲置甚至违规改变用途。

说到底，“地、粮、人”是紧密联系在一起的，保护耕地、保障国家粮食安全、农业产业安全和农民生计安全是我国土地制度的核心。

高　渊：很多人说你是农村问题上的“保守派”。周其仁先生跟我讲过，说因为你人在中枢，所以要稳健一点好。

陈锡文：他说得有一定道理吧。我和其仁都在黑龙江兵团待了十年，但那时不认识，后来一起考进了中国人民大学。

我承认，这些年来在农村改革上，和那些激进的人相比，我是趋向于保守的。其中很重要的原因是，我从下乡到现在，当农民、读农业，一直到做农村工作，加起来快半个世纪了，我最深刻的一个感受是，相比工商业和城市，农业和农村是个慢变量，不能太快，这是历史经验。

古人讲“文武之道，一张一弛”，城市已经快得日新月异了，再把农村也搞得鸡飞狗跳的话，这个社会能太平吗？所以，城乡两者之间，有一个快变量了，另外一个就必须把握好，才能使它成为快速转型社会的稳定器和压舱石。

高　渊：一直有人评论说，你最保守的地方是农村土地制度改革，是这样吗？

陈锡文：很多人说，农村的土地制度改革，不光是农村的事，整个国家的改革似乎就是被压在这个问题上动不了了，只要一变就全盘皆活了，资本就有出路了。但真的是这样吗？

现在都喜欢用西方经济学理论来研究中国农村问题。据我所知，现在谈论农业土地制度的有些知名经济学家，基本上在国外留学时都没研究过那里的农村土地问题，而真正在国外读农业的，反而不大谈这个，这是一个很大的反差。还有，西方在农业土地方面的做法，对我们到底合不合适，这又是一个大问题。

高　渊：但如果没有比较大胆的试验，农村改革会不会停滞？

陈锡文：改革要涉及很多人的利益，这是社会试验，跟实验室不一样。

1986年，我们到安徽阜阳去搞改革试验区。去之前，杜润生就跟我讲，试验无所谓什么成功失败，成功了固然是好事，如果不成功，知道此路不通也是好事，所以你们试验只要有结果，回来我都给你们庆功。

杜老接着话锋一转：“不过我跟你讲，你陈锡文带人到那儿去搞试验，失败了回来，没问题。但是，你得对当地老百姓负责任，人家把身家性命搭进去了，你要让他们受了损失，你可能就回不来了。”

现在的试验其实也是这样，而且我们要建设法治国家、法治政府、法治社会，从这个意义来讲，突破法律规定的改革试验，一定要得到全国人大的授权。现在正在进行的好几项改革试验，特别是涉及农村土地问题的，都是走了这个程序的。

农村的成功与忧患

高　渊：你认为当前中国农业最大的隐忧是什么？

陈锡文：坦率地说，最担心的是今后在粮食上出问题。

从总量上看，我们每年还缺五六百亿斤粮，所以进口是必然的。但问题是，2016 年进了 2500 亿斤，远超我们的缺口。为什么，因为大豆缺得太多，大豆就进了 1600 亿斤，大豆的缺口填补平了，别的粮食品种肯定就多了。

这说明，我们粮食生产的结构性问题很大，还有质量和食品安全问题。农村改革 40 年来，至少有过两次大的粮食供过于求，但都是说没就没了，再要把产量恢复上来，那就要用牛劲了。

高　渊：这些年来，农业最成功的地方在哪里？

陈锡文：这 40 年来，我们最成功的一条，是在土地问题上没有出过大的偏差。在粮食政策上，虽然起起伏伏，但总体是通过增加农民收入来调动农民生产粮食的积极性。

土地规模经营，现在成效不小。农业部最新的统计，农户家庭承包的土地经营权流转面积已经超过了 1/3，有 7000 多万户或多或少地流转出了承包土地的经营权。

目前全国经营 50 亩以上土地的农户有 350 万户，一共经营了 3.5 亿亩，平均一户 100 亩地。这应该说非常不简单，差不多得把 10 户人家的地集中到 1 户。不过跟国际上比还是差距很大，那些新大陆国家，一个家庭农场动辄一两万亩地。

高　渊：中国的情况跟他们不同，一个家庭农场想要经营成千上万亩地几乎是不可能的吧？

陈锡文：对，之所以农业要规模经营，就是要提高效率。我们地少人多，土地的规模经营很困难，但也有办法破解。

我到黑龙江、吉林去看，当地用的农业机械很先进，有的在美国刚刚上市，我们就用上了，比美国农民还早。这靠的就是向更多的农户提供社会化服务。比如说，我们一年大概种植 3.5 亿亩麦子，麦收的机械化率在 92% 以上。当然不是 92% 的农户都去买收割机，他们是花钱买的服务，推动了农机的跨区作业，使小规模的农业经营也能分享大机械的效率。

高　渊：这说明，土地规模经营不一定是唯一的一条路？

陈锡文：我再说件事，现在让全世界都很惊叹，就是中国农业在使用无人机方面是世界绝对领先的，无论是使用量和技术水平都没有别的国家可以跟我们比。你说一家一户就这么一点地，你买无人机干吗？买的人一定想好了，我是给大家提供服务的，这样才能发展起来。

这是农民的新创造。我跑了很多国家，这么大规模的农业社会化服务没见过，他们基本上是在流通和加工环节提供服务。像韩国和日本，不能说他们的技术装备水平低，但都是自顾自地，一家一户购买了成套的农业机械，结果大量闲置，成本极高。

所以说，在我国国情下光靠土地规模经营还不能解决全部问题，不能在一棵树上吊死。让农民放弃土地经营权，他们会有很多后顾之忧。应该是愿意流转土地经营权的就流转，不愿意流转的，可以创造条件，让他们共享现代技术装备的社会化服务。

土地流转和社会化服务要双管齐下，肯定不能一条腿走路。

高　渊：你久居中枢，这些年还会经常到农村调研吗？

陈锡文：一年大概下去调研十多次，两三个月的时间。

大部分是专题性质的。常规的话，上下半年调研的任务是不同的。上半年就是围绕刚出台的政策，看看效果怎么样，有什么问题。下半年因为要确定明年农村工作的主线，要了解大家的想法，农民需要什么东西。中间还有一些领导交办的事，比如有的地方出现了新情况或新问题，就要去了解。

高　渊：能否梳理一下，中国农村问题现在遇到的关键瓶颈是哪几个？

陈锡文：我想主要是四个。首先就是粮食供求。供求波动是一个短期问题，会随着经济形势的变化和政策的调整而不断变化。

第二是农业要现代化。习近平总书记也讲了，一方面规模经营是现代农业的基础，但另一方面，要改变我们现在分散粗放的农业经营方式，不是一朝一夕的事，需要有条件，也需要有时间。在这个问题上，我们要有足够的历史耐心。

第三个问题，即使中国城镇化率达到70%，农村至少还有超过4亿人口。这是不得了的数字，未来的农民和城市到底是什么关系，怎么让农民在农村生活得更好，都是非常重要的问题。

最后一个就是基本制度问题，对农村集体经济组织、农民的财产权利问题要讲清楚，什么是必须保护的，什么是不允许做的，深化改革的方向、目标和基本要求是什么。在这个阶段很重要的，就是要把什么是农村集体经济讲清楚。

这四个关键问题，如果回答不好就不能瞎来。有人说我保守，而我无非就是觉得，一定要想明白了再干，所谓“谋定而后动”。如果政策出台后，一半人支持，一半人反对，朝令夕改，就会出大问题，农村工作必须踏实稳当一点。

中国农民是什么人

高　渊：在你眼中，中国农民还是弱势群体吗？

陈锡文：从下乡一直到现在，我觉得农民中的大多数依然是比较弱势、收入偏低的群体，这个至今没有改变。

我第一次真正感受到农民的艰辛，是在黑龙江兵团刚当了连队的文书兼出纳以后。我管发工资，那一次连队100多人都把钱领走了，但有两三个老职工没来领，我知道他们生活很困难，以前都是最早来领的。听说是病了，我想我就送上门吧。

去一看，那真是家徒四壁，什么都没有，老婆是家庭妇女，炕上爬着三四个孩子，棉絮破破烂烂。我说怎么不申请救济？他们告诉我，人均月收入要低于六块钱才行。也就是说，每个月三十六七块的实际收入，要养活七个人以上才有资格申请。

那之前，我老觉得老职工落伍、愚昧、自私。当时团领导开会也批评，说外国有个加拿大，中国有个“大家拿”。是说老职工来上班，看到点什么有用的东西，顺手就拿走了。冬天规定不能砍树，他们也会悄悄去砍了当柴烧，这样可以省下买煤的钱，真是斤斤计较得很。

再比如，我们那儿基本上只产小麦，老是吃馒头、面条，想喝口粥都没有，因为大米小米都没有，连玉米糙子也没有。团里通过地方粮食部门进了一些小米和玉米，但都被老职工买走了。为什么呢？差一点的面粉一毛四一斤，好一点的一毛六，但玉米糙子和小米都只要九分钱一斤，他们挑便宜的买，我们就没有粥喝，老是骂他们，后来才知道就为了省这几分钱嘛。

高　渊：这辈子一直在跟农民打交道，对农民有什么样的感情？

陈锡文：农民也在变，尤其是他们进城和资本下乡后，带来的变化是很深刻的。但总的一条，中国农民的本质是纯朴、善良、大度、吃苦耐劳和执着的，这种品格非常了不起。

从这个意义来讲，他们不仅在物质层面上成为社会存在和发展的基石，更重要的是从精神层面上，在很长时间内对中国人的价值观念、伦理道德等，起到了定位作用。

现在媒体经常讨论文化缺失、道德水准下降、人心不古等。班固说孔子讲过一句话：礼失求诸野。就是在庙堂之上、市井之中，很多礼制、礼仪都被人忘记了、抛弃了，但到乡下去就还能找得到。这说明，自古以来，农村对传统文化道德的保存和守护要强于城市。

高　渊：农民身上最宝贵的东西是什么？

陈锡文：中国农民祖祖辈辈种地打粮，他们是知道感恩的。因为地不是他创造的，粮也不完全是他创造的，但有了地和粮，他才能生活，才可能生活得更好。

农民是中国社会最懂得感恩的阶层，质朴、勤恳、诚实等性格都和这一条有关。现在的问题是，社会的价值取向不能把这些给泯灭了，我们制定制度和政策要把握好导向。

农民保留的那些最传统的东西，是做人最需要的。懂得了感恩，才知道敬畏，才知道应该限制自己的哪些行为，不然就会放纵。

高　渊：现在到乡下去，还能找到这些品质吗？

陈锡文：1987 年我去安徽调研，去了淮河的一个行洪区。每次淮河发大水，那个地方都要被淹没，当地农民家里荡然无存。而且因为不断地行洪，河里的泥浆冲出来，把地面越垫越高，房子的门已经不能走人了，只能从窗户爬进去。

我看到一个农民家里什么都没有了，因为水一来，要随时卷起铺盖就走。我问他，你对政府有什么要求？那个老农想了半天说，既然你们要行洪，能不能在这儿修个闸？

我说修个闸对你有什么好处，还不是照样被淹掉吗？他说是啊，但现在每次行洪都是部队来炸堤坝，水退了还要我们自己挑土去填缺口，好土都填进去了，这里的地越来越不行了。

我听了很受震动，他没有说要赔偿。当然，那个时候也不可能赔。现在再去，可能他的回答就会变了。那时候的农民真是非常的纯朴，他觉得行洪是没办法的事，不淹我们这儿，难道去淹城市？

高　渊：这就是为什么你要做一辈子农村工作？

陈锡文：我做农村工作这么多年，始终要求自己去了解真实情况，这样才会有切身感受，才知道在干什么、为什么干、为谁而干。我的内心深处一直有个强烈的愿望，就是想多做一些对的事情，让农民过上更好的日子。

高　渊：现在已经卸掉行政职务了，你会继续关注中国农村吗？

陈锡文：这是肯定的。我想更多地了解农村的实际情况，政协也有很多调研活动。同时，也想在理论上进一步做一些梳理，因为确实有很多理论问题，似是而非没有搞清楚。比如，真叫我讲什么是农村集体经济，我可能也讲不太清楚。

但有一点，不在其位不谋其政，我不能去干扰行政工作，这是最基本的。不会再参与农村政策的制定了，但有意见、建议还会提。

我的角色不是官，而是僚

王新奎

1947年1月生，浙江定海人，无党派人士，经济学博士、教授、博士生导师。历任全国工商联副主席、上海市政协副主席、上海市工商联主席、上海对外贸易学院院长。

"我们这代人从计划经济体制过来，经历了'文革'，因此最清楚为什么要改革，而且我们更明白的是，改革的道路还长得很，而且改革是越来越艰难。现在的关键是要承认有压力，要看到自己的不足，这样才会有改革的动力。"

在很多媒体眼中，王新奎并不容易打交道，因为他经常直言不讳地说记者的提问太外行，然后反问一句：“你怎么会问这种问题？”

那天下午，在“上海 WTO 事务咨询中心”王新奎教授的办公室里，和他聊了两个多小时。他看看手表说：“我还要去配药，要不今天就到这儿？”我说还有很多问题没有问呢，他马上爽快地说：“我们下周再约一次吧，今天聊得很愉快。”

王新奎的头衔很多，因为当过市政协副主席等一系列职务，可以称主席、会长、院长、总裁，等等。但我还是始终称他为王老师，这不仅因为他自 1982 年从复旦大学研究生毕业后就到当时的外贸学院当老师，更因为他是上海滩知名的智囊人物，“老师”之称或更为贴切。

20 世纪 80 年代初，时任上海市市长汪道涵喜与年轻学者结交探讨，30 岁刚出头的王新奎就经常成为座上宾。此后 30 多年，王新奎一直致力于为各级政府部门提供决策咨询的工作。在他看来，这项工作之所以能长期坚持下来，而且取得了一些成绩，是因为始终坚持理论研究与政府决策实际密切结合，始终保持独立思考和实事求是的态度。我问他，您可是副部级的高官，还能相对独立吗？他说：“我从来没把自己当官员看，我担任过的职务除大学校长外，都是半名誉性质的。确切地说，我的角色不是官，而是僚。”

在20世纪80年代，他曾在冬夜里和市领导一起讨论上海的土地该卖给谁，躲进上海社科院小阁楼参与谋划浦东开发。90年代，他参与浦东开发规划的制定，讨论土地有偿出让的改革方案，研究如何完善社保体制，参与制定“迈向21世纪的上海”发展规划的制定，思考优先发展服务业的上海“三二一”产业结构调整战略。

进入21世纪，他是国务院洋山港专家论证组里唯一的上海专家；中国加入WTO前夕，受命参与组建“上海WTO事务咨询中心”；在担任上海工商联主席期间，还曾提议上海首先试点营业税差额征收改革。

到了21世纪的第二个十年，王新奎还参与了上海自贸试验区总体方案的设计。他提出的自贸试验区不能走“跑马圈地上基础设施，特殊政策搞招商引资”老路的观点，以及自贸试验区要向经济活动高度密集的区域扩区的建议，不乏远见。

王新奎是个坦率的人，他会说有些人智商有问题，也会说当年的盒饭很好吃。他聊的是一个个有趣的故事，而在故事背后，则是他对上海改革开放历程的内在逻辑与未来路径的思考。

◆ ◆ ◆

所有改革都是被现实逼出来的

高　渊：今天我们聊天的主题是上海的改革开放历程。在你的心目中，“改革”是什么？

王新奎：“改革”这个词，是在1978年党的十一届三中全会之后开始广泛流传的。原来不说这个词，讲的都是革命。

“改革”有它的特定含义。简单地说，改革往往没有预设的抽象目标，更没有一条铺满鲜花的道路，改革都是被现实逼出来的。事实证明，预设一个非常美妙的抽象目标，承诺一条铺满鲜花的改革道路，最终结果往往都是相反的。而被现实逼出来的改革，尽管没有美丽的辞藻，没有惊天动地、激动人心的场面，但它是实实在在为老百姓解决问题。这就是我所理解的中国改革的基本要义。

高　渊：1978 年以前，我们的经济体制基本模仿苏联高度集中的计划经济。那套体系最大的特点是什么？

王新奎：核心是价格剪刀差。简单地说，就是以很低的价格把农副产品收购上来，运到城市加工成消费品，再以很高的价格卖出去。政府以这当中的差价，也可以说是利润，作为原始积累，推动以重工业为基础的工业化。

这是当初斯大林采用的办法。客观地说，落后国家要实现工业化，开始阶段都靠剥夺农民——只有美国不是这样，因为它的自然条件实在太好了。像英国、法国和德国的工业革命，走的都是这条路。日本明治维新以后，为什么走上了战争的道路？重要原因就是把农民剥夺得没路可走了，结果就是把他们推到战场上去。

高　渊：在那个时代的计划经济体系中，上海处于什么位置？

王新奎：这个系统有个关键点，就是必须把农产品转移到大城市去加工，因为在大城市，政府可以进行严格的集中控制。但条件是这个大城市要有一定的工业基础。上海是中国近代以来，唯一有比较完整工业体系的城市。

所以，从 1949 年一直到 1985 年，上海始终是全国的工业中心，大量廉价原料都运到上海加工成工业制成品，然后再把制成品运到全国去按计划销售。当时分一二三级批发站，绝大部分的一级批发站都在上海。你看一直到现在，全国各省市在上海还有驻沪办事处，除北京以外，这在其他城市是没有的。这就是计划经济时代遗留下来的，当年各个省市都要到上海来拿物资、拿商品。1978 年，上海上缴的财政收入曾经占到过全国财政总收入的 1/8，工业产值占到过全国工业总产值的 1/6，这些都凸显了上海在集中计划经济体制下的重要地位。

高　渊：1949 年后，上海被定位为工业城市，轻重工业一应俱全。这对上海的城市发展产生了什么影响？

王新奎：那 30 多年，国家对上海的基础设施基本没有投入。像杨浦这样的工业区，还是利用全面抗战之前搞“大上海计划”留下的基础设施。市中心更不用说了，下水道大多是20世纪20年代建的，非常陈旧落后。

有件事我印象很深。那是1971年，我在上海有色金属焊接材料厂劳动，那家工厂是当时全国唯一做有色金属焊接材料的企业。厂里的设备现在想想还觉得很恐怖，唯一一套拉丝设备是20世纪20年代日本人丢弃的废铁，捡来后重新组装一直到20世纪70年代初还在用。那时候，上海一些纺织厂里的纺织机械，也大多是二三十年代的产品。上海这座城市到了这个时候，真是已经破烂不堪了，这是现在的年轻人很难想象的。

高　渊：上海最难的时候是哪几年？

王新奎：最困难的时期是1980年到1990年这十年，因为这时全国都在改革，从农村联产承包责任制到乡村企业的兴起，实行价格双轨制，原料价格逐步放开；但全民所有制企业产品价格仍没有放开，所以上海的企业受到了极大冲击。

那时候，全民所有制企业采购的原材料不再是国家统一计划调配的了，执行市场价格，而产品价格还是由国家计划控制。按当时的说法，就是上海要为全国做贡献，要保证全国商品的供应，特别是消费品供应。打个比方，很多企业是花一块钱买原料，加工以后卖出去是八毛，无以为继了。

那是上海最困难的时候。我记得20世纪80年代末期，上海一年财政收入是46亿元，能够用于市政建设和维护的只有6个亿。

有一年上海南京东路外滩附近接连发生两次火灾，一场是在南京东路的惠罗公司，一场是在四川路上的一处沿街商业用房二楼的居民住宅，两场火灾全都是因为电线老化造成的。这些电线都用了上百年，老化太严重了，电流一大，自己就会着火。

这个时候从上到下没有埋怨、没有追责，就想到必须得改革。那时邓小平讲“实践是检验真理的唯一标准”，讲“摸着石头过河”，讲“贫穷不是社会主义”，道理都非常简单，但每句话都讲到大家心里。

邓小平又讲“不管白猫黑猫，抓到老鼠就是好猫”，就是说能改善人民生活的办法就是好的办法。

所以说，改革都是被逼出来的，当时哪有这么多理论？也不会因为缺乏严谨的逻辑结构而争论不休，因为没有时间争论。

高　渊：那时候你刚从复旦大学研究生毕业？

王新奎：我是1982年从复旦毕业的。我是77届，“文革”后恢复高考的第一届，本科考进的是华东师范大学历史系，1978年春季入学。到了1979年，遇到一个机遇，可能是中国历史上唯一的一次——当初说为了抢救人才，允许在校一年级本科生直接考研究生。我们华东师大同学去参加考试的人很少，我去考了，考取了复旦大学世界经济研究所日本经济专业的硕士研究生。

高　渊：为什么跨越这么大，从历史学科一步跨到了经济学科？

王新奎：这也是偶然，还有个故事。“文革”中，我去了崇明长征农场下乡劳动。1971年农场上调后，我便跟着一位老先生学日语。他是清朝的蒙古贵族出身，他的太太是台湾人，是日本皇族和我国台湾上层人士通婚的后裔。

他年轻时就去日本留学，新中国成立后郭沫若动员他回国，主要做医学方面的翻译工作。刚回来的时候待遇非常好，家里有六个用人，住在巨鹿路的一幢小洋房里。但“文革”时被抄家，全家被赶到重庆路万宜坊一个狭小的三层阁楼里，也没有了生活来源。那时他就收了三个学生，后来坚持下来的是两个，其中一个就是我。老先生每周六晚上授课，学费是五块钱一个月，解决他的医疗费。

老先生的日文非常正宗，他的太太日文更是好。“文革”结束后，他太太先移民去了阿根廷，他一直在等护照。但就在公安局通知他护照批出来的当天，他因为过度兴奋中风去世了，这是那个时代无数悲剧中的一个。

当年中日关系已经正常化了，两国交往非常多，我们开始逐步了解日本的高速经济增长。我就想研究日本经济发展的经验，为我国的改革开放所用，于是选择了日本经济专业。

高　渊：你从本科到研究生毕业只用了四年半时间，可见当年全社会求才心切。毕业的时候，改革开放正进入高潮，你主要做点什么事呢？

王新奎：那时候的上海，有三个地方自发聚集起一批研究经济体制改革的年轻人——复旦、华东师大和市政府经济研究中心，就是后来的市政府发展研究中心。

当时我们经常自发组织研讨会，聚在一起探讨国家和上海的改革开放问题。开会的地方经常放在原上海德新社的房子里——当时的市委研究室等部门都在那里办公。当时那里有个很大的院子，后来拆掉了，建了现在的贵都酒店和希尔顿酒店。

高　渊：你们是自娱自乐，还是有的放矢地讨论？

王新奎：那时汪道涵当市长，他喜欢和年轻人交流，经常叫我们到康平路市委办公楼二楼他的办公室一起聊。那时候没有暖气，冬天晚上非常寒冷，汪道涵下了班过来，叫秘书给我们一人拿一件军大衣披上，印象很深。

讨论的话题就是，上海怎么办？记得有一次看到香港的报纸说，上海是躺在金山上要饭吃，那么好的土地资源没有用起来。那天晚上汪道涵问我们，看了之后有什么想法？我们都提出来，要把上海的地皮拍卖，筹集的资金用来改造城市基础设施。他又问，那么卖给谁？这一问把我们都问住了，大家市场经济的知识都很缺乏，都在想，卖给谁呢？

当时已经有巨大的压力迫使上海要变革。我们也看清楚了，上海原来走的那条路——在计划经济下靠国家计划调拨来维持上海经济——已经不可能了。关键是，上海该怎么办？

高　渊：当时汪道涵最头疼什么事？

王新奎：我记得汪道涵曾跟我们讲，他当市长有一个最大的烦恼，就是居民粪便没地方去。以前，上海的粪便都储存在郊区农村生产队的粪池里，但农村实行联产承包责任制以后，种地都用化肥了。后来实在找不到出路，就只能倒到长江口，每倒一船都要市长签字。

上海西区那些花园洋房，化粪池是建在弄堂里的，定期用卡车来抽走。后来居住的人多了，常常来不及抽，粪便就会溢出来。一到下雨天，粪水更会冲进阴沟，那时候上海的雨水管和污水管是不分的，粪水就顺着雨水管流到黄浦江，再被吸上来用作自来水。至于住在老式石库门房子的居民直接在马路边上洗刷马桶，那就司空见惯了。

我们在议论这个问题时，已经隐约预感到要出事，但不知道会在哪个环节出事。后来到了80年代末，就出现了甲肝大流行。所以我说，改革的目标很简单，就是解决老百姓碰到的最迫切、最实际的问题。

高　渊：你们这种小范围的讨论，一直在持续吗？

王新奎：是的。道涵同志后来从市长位子上退下来了，他在福州路外文书店的楼上，找了一处小小的会议室，隔出三分之一作为他自己的办公室。每个星期天的上午，他都召集一批在各个学科领域做研究的年轻人，一起过来天南海北地聊。

道涵同志没有架子，我们这些年轻人很乐意参加。另外还有一个原因，每次都能吃一份盒饭，饭上有块排骨，味道很好，那时候属于规格很高的。我们都开玩笑说，就是冲着这份盒饭也要去。

高　渊：80年代中期，江泽民同志到上海当市长后，是不是也定期召开一个类似的学者座谈会？

王新奎：那时每两个月开一次的双月座谈会，由市委宣传部出面组织，我一开始就是成员，后面陆续有其他同志加入。每次开会都不预先定主题，想谈什么就谈什么，基本围绕当时上海的突出问题。

座谈会的气氛相当好，大家都畅所欲言，有时候意见不合还会争得脸红耳赤。不过，大家都就事论事，不放在心里。那时候，学者都比较敢说话，像我们这种刚刚大学毕业的，读了一些经济学著作，思维特别活跃，更是敢说。

记得有一次大家和领导一起讨论上海的工业产值、利润和税收之间的关系问题。那时候大家还没有GDP的概念，有的同志主张要花大力气抓工业产值，因为没有产值就没有利润，企业没有利润，政府就没有税收。

但也有的同志持不同意见，他们认为，在价格双轨制下，上海的工业完全靠全国各地供应原料，因此生产越多，企业亏损就越多，企业就会把有限的计划内平价原料转移到乡镇企业去加工，乡镇企业再把利润的一部分以实物农副产品的形式返还给企业。最后一定会出现有产值没有利润、有利润没有税收的局面。当初我是持后一种观点的。

高　渊：那次争论后来有没有结论？

王新奎：过了几个月，江泽民同志让市委研究室的同志来找我，这时候他已经是市委书记了。他说请新奎同志研究一下这个问题。我就写了一个报告，把我的想法理了一下。我说，价格双轨制下，不要过于追求产值，因为没有利润，而是要把上海那些依靠外地原料生产的加工业转移出去，发展主要依托上海自身资源禀赋的产业。我的观点在当时是很超前的，其实已经隐含了上海要发展第三产业的思考，尽管自己也还没有想得很透。

高　渊：双月座谈会一般有多大规模？

王新奎：有十几个人参加吧，基本上都是青年学者，没有长篇大论，经常争论。后来朱镕基当市委书记时，每当双月座谈会上遇到问题大家争论不下，他就会马上把有关委办负责人叫过来，一起研究解决的办法。

上海科学决策、民主决策的传统从那个时期开始就一直保持下来了，历届市领导都很愿意倾听学者的意见。记得徐匡迪同志任市长的时候，不但定期召开座谈会，而且每年小年夜晚上还把大家召集到市政府的食堂吃一顿便餐，聚一聚。

上海的改革之路

高　渊：浦东开发的课题，当时你们座谈的时候有过涉及吗？

王新奎：这件事情比较曲折，因为上海城市如何扩容一直是上上下下的心病。孙中山的时候就有一个“东方大港计划”。新中国成立后考虑过三个方案，一个方案是“北上”，到杨浦江湾一带；第二个方案叫“西进”，往黄浦江上游发展，后来有了闵行开发区；还有一个就是“东扩”，到浦东去。当初最不看好的是“东扩”，因为有黄浦江横在面前。

汪道涵一直很关心浦东开发的问题，支持我们这批年轻人，成立了一个浦东研究室。我们在上海社科院的一个小办公室里，查阅国内外资料，邀人一起讨论。浦东开发的一些基本思路就是那时候形成的，包括外高桥、金桥、张江、陆家嘴这四大区域的分工定位等。

那时候上海想尽办法找出路，但做起来很难，因为国家大的方针没变，80 年代还是希望上海做贡献，改革开放的重点放在深圳。当时中央对上海的要求是，要为全国发展做好后勤保障工作。但我们没有停歇，始终在思索上海下一步到底该怎么办。

高　渊：80 年代的上海，一边在想办法找出路，一边也在可能的范围内动手做事。你认为当时主要做了哪几件事？

王新奎：我觉得大的事情做了这么几件。第一件大事是城市基础设施建设，不仅要做地上，还要做地下。高架路是上海在全国率先建造的，后来全国到处都建，包括一些不需要高架的中小城市也要建一段，觉得这样看上去像现代化城市；那时候，上海沿着中山环路启动建设内环线，借内环线的建设，把中山环路给打通了。地下那一块，就是把污水和雨水管道分开，叫“合流污水工程”，所以后来造新房只要往管子上一接就行，污水和雨水就通过不同的管道排出去了，为此投了很多钱。

第二件大事是拓展城市空间。大家越来越明白，实际上只有“东扩”才有发展空间。当然，最初的设想是把浦东建成上海市中心人口的疏散区。

第三件大事是开始探索建立社会保障制度。

高　渊：除了参与这些课题研究，80 年代那几年你还做了些什么？

王新奎：1982 年到外贸学院工作以后，我的研究重点转向对外贸易，特别是外贸管理体制改革方面。80 年代外贸体制改革的目标很简单，就是取消计划经济体制遗留下来的国家外贸统制政策。这项改革难度非常大，先后经历了外贸承包经营制，取消补贴、自负盈亏，建立外汇调剂市场、实行外汇分成制，工贸结合、专业外贸公司综合商社化等改革阶段。这些改革阶段我都有很深的参与。现在回忆起来，印象最深的是参与了兰生公司的股份制改革，当时这项改革在全国外贸公司改革中是一面旗帜，影响很大。

有一件事情现在想起来很值得一提。那就是我们几个在高校工作的国际贸易研究方向的青年教师，在我们研究生时代的导师的引导和支持下，首先在上海发起了一场关于“贸易比较利益论”的学术大讨论。在 80 年代，我们发展对外贸易的理论基础还是计划经济时代的“拾遗补阙、互通有无”，主张西方经济学的“比较利益论”简直是大逆不道。通过这场大讨论，“比较利益论”终于成为我国发展对外贸易的理论基础，对其后的外贸体制改革和中国对外贸易的大发展都有重要指导意义。

高　渊：进入 90 年代以后，邓小平把上海作为手上最后一张王牌打了出去，浦东开发开放由此展开。可以说，上海是从那时候真正走到改革开放前沿的。你对当时哪些事记忆犹新？

王新奎：在我 90 年代参与的决策咨询研究工作中，确实有好几件事值得回忆。第一件大事就是关于上海未来发展战略的研究，当时叫“迈向 21 世纪的上海”。这个方案后来得到中央批准，还出了一本书。它的核心就是提出了“三二一”的产业结构调整战略和“一个龙头，三个中心”的城市功能定位。“一个龙头”是指上海要成为长江三角洲和长江流域的龙头，“三个中心”就是要把上海建成国际经济、贸易和金融中心。航运中心当时还没有提出来，那是后来朱镕基当总理以后，上海去申报上海城市总体规划时加上去的。*

当时提出“三二一”产业结构调整思路时，遇到的阻力非常大。不少人说，“三二一”以后吃什么？我们当初也是糊里糊涂的，记得当

* 2018 年初，“科创中心”成为上海发展的第五个中心。

时读了一本书叫《各国的经济增长》，作者库兹涅茨获得过诺贝尔经济学奖。他在书中谈到了产业发展的“三二一”规律，是参照美国100多年的统计资料做出来的。我们这些青年学者，没有什么思想束缚，我们从上海在改革遇到的困难分析，上海应该走以第三产业为主的发展道路。后来整个90年代，一直到现在，上海都是按照这个产业结构调整思路走的。

高　渊：除了制定这样的大战略规划，90年代上海还有什么具体发展模式的创新？

王新奎：那就是我经历的第二件大事，浦东开发开放中的城市建设模式改革。当年遇到的大问题，就是没钱搞建设。中央给了浦东不少政策，原则是只给政策不给钱。怎么办呢？我们想到早在80年代初，和汪道涵讨论的土地问题，后来在1988年，新中国成立以来第一次土地有偿出让就在虹桥尝试，受让方是日本华侨。那时候有些老同志提出质疑，说四亩地卖了几千万美元，哪有这么好的事，买地的肯定是日本情报机构。

这其实还只是个案。真正的土地开发，是从浦东金桥的土地滚动开发开始的。具体做法是这样的：市财政拿出30个亿给陆家嘴开发公司，陆家嘴拿这30个亿，向土地局把陆家嘴的土地买过来，这时候只有6平方公里；土地局拿到的钱再还给财政，实际上这笔钱没有动过，是空转。最后的结果是，财政在陆家嘴开发公司有30亿元的股权，陆家嘴开发区拿到了一大块地，再用这块地抵押给银行，贷款搞“七通一平”，然后有偿出让，偿还银行贷款。接下来照方抓药，继续运作第二块地。因为第一块搞好了，第二块地价就更高了，那时我们叫“级差地租”，这样就滚动起来了。

现在回想起来，这一改革试验充分证明了在市场经济条件下，明晰产权的重要性。当时大家都说改革就是生产力，土地批租就是最有说服力的例子。

高　渊：后来全国的土地开发应该就是这个模式吧，开先河的是上海？

王新奎：是的，那时候只要思想解放，不自己束缚自己，完全能够做到“一年一个样，三年大变样”。不仅浦东这样，后来浦西的城市基础设施改造，用的也是这个办法。还搞过“退二进三”，当时市中心有180多平方公里的各类工厂，有的转移，有的倒闭，把土地腾出来搞房地产、搞商业，城市功能调整的问题也慢慢解决了。

高　渊：现在很多人提起上海的90年代，应该不会忘记一件事，就是社会保障体制的逐步建立，这也是属于90年代的几件大事之一吧？

王新奎：这就是我要说的第三件大事，这是一次非常大的改革。上海建立社会保障体制也是被逼出来的。当年那么多工人下岗了怎么办？本来很简单，生老病死都靠工厂，后来工厂没有了，必须靠社会统筹。起先是系统内部统筹，比如纺织系统的再就业中心设在纺织局，由系统内效益比较好的纺织厂出钱安置其他企业的下岗工人。这样一步一步统筹，逐步向公积金、养老金、失业保险金和医疗保险过渡。职工社会保障体系的建立，使得劳动力这最有创造力的生产要素有了按市场供需进行动态配置的可能，这在计划经济条件下是很难做到的。社会保障体制的改革，又一次说明了改革就是生产力这一朴素的道理。

高　渊：80年代上海非常艰难，因为历史欠账太多。90年代上海也很不容易，要破解不少深层矛盾。进入本世纪后，上海又是怎样的状态呢？

王新奎：进入本世纪后，应该讲上海抓住了机遇。一个机遇是洋山港的建设，我是参加国务院专家论证组唯一的上海专家。洋山港的建设，为上海成为国际航运中心打下了最重要的基础。假如没有洋山港，贸易中心也无从谈起。由于没有深水港口，当时上海的集装箱年吞吐量一直挣扎在800万箱左右，上不去，大型集装箱班轮要进上海港装卸，得在吴淞口外等上七八天。

高　渊：有人说，2001年加入WTO对中国发展的意义，堪比1978年和1992年这两个关键年份。你怎么评价？

王新奎：在1994年以前，上海对外贸易学院一直是外经贸部的直属院校，所以我从1985年开始就参与中国复关和入世问题的研究。2000年，中国入世前夕，上海市委市政府发布了“中国入世上海行动计划”，一共16条，第一条就是成立“上海WTO事务咨询中心”。我那时任上海对外贸易学院的院长，受命参加中心的筹备工作。市政府让我推荐人去管这个中心，我推荐了两位同志，但上面都不满意，就让我顶一下，结果一顶就顶到现在。

加入WTO让中国变了个样子。原来我们改革开放与经济全球化的关系，是通过引进港澳资本间接参与；加入WTO以后，我们直接参与到经济全球化过程中去了。所以从80年代到21世纪初，这一轮的经济全球化红利，我们是自始至终都享受到的，当然我们也付出了一定的代价。后来当经济全球化进入新阶段后，我们便面临着经济如何转型的问题。

高　渊：除了建设洋山港和中国加入WTO，还有什么事给你留下了深刻的印象？

王新奎：那应该就是“营改增”改革。那时候我是上海市工商联主席，有一次，市领导到工商联进行调研，一位从事物业管理的小企业负责人发言说，他们一年120万元的物业管理费收入，其中80万付给电梯维修公司，但他120万收入要交营业税，电梯公司拿到的80万还要交营业税，觉得不合理。

这件事本身很小，但我听了还是很有感触，给市委领导写了封信，建议营业税能否改成差额征收？因为这样能避免重复征税。后来在征得中央同意后，先在上海市范围内自费进行营业税差额征收的改革，一年为中小企业减税100多亿元。

后来，在上海进行营业税差额征收改革的基础上，中央又在上海进行“营改增”的试点。营业税改增值税的最大好处是可以促使服务业从制造业中分离出来，加快服务业的专业化和规模化发展。比如说，上海纺织集团90%是服务业，但它却一直归属工业类，交增值税，好处就是增值税发票可以抵扣。“营改增”以后，上海纺织集团就名正言顺地变成了服务型企业。

高　渊：“营改增”的好处应该很明显，但现在也有不少企业抱怨，税改以后反而负担重了，有这回事吗？

王新奎：这个问题非常复杂，比如小微企业，当初计算方案时，给它们定了3%的税率，现在算的话，其实应该定得更低。因为以前小微企业都是包税制，1%税率都不到，现在改成增值税以后，它们反而增加负担了。又比如运输企业，卡车司机在星罗棋布的加油站零星加油，无法一张一张地开增值税发票，企业只能给司机发放统一购买的油票，给管理带来了很大的负担。

我认为，“营改增”的大方向肯定是对的，问题是我们的税种太繁复，征收手段太原始，“营改增”过程中出现的各种问题，正好可以成为推动税收制度改革的压力和动力。

高　渊：不少经济学家说，2001年到2007年是中国发展的黄金时期，因为2008年以后，全球金融危机爆发，拖累了全世界经济。那时候上海的情况怎样？

王新奎：全球金融危机爆发后，我再三向市领导建议，上海一定要沉住气，淡化GDP。当时有领导问我，国家投入4万亿，上海拿不到怎么办？我说，上海拿不到4万亿可能会因祸得福。现在回想起来果然如此，上海没有多少过剩产能，而且总部经济做得很好。总部来了，税自然就来了。

“新常态”已让上海人的观念发生变化

高　渊：我们再来聊聊当下的上海吧。你生于上海、长于上海，下过农场，当过中学老师、大学校长，一直都没离开上海。在你看来，上海是一座怎样的城市？

王新奎：上海是中国近代经济发展和近30年改革开放的缩影。从上海开埠一直到新中国建立后搞公私合营，那100年间，它是中国唯一一座具有比较完整的市场经济框架的城市。公私合营之后，经过对私有经济的改造，上海成为彻底的计划经济城市，而且是计划经济的工业城市。改革开放以后，上海又一直是外资进入中国的桥头堡和国有企业的重镇。

改革开放以后，一方面，因为上海人对过去市场经济的记忆还在，再加上短期内外资的大量涌入，所以有巨大的内在动力要改变计划经济状态；另一方面，在集中计划经济体制下，上海又长期是中国国有企业的重镇，政府对经济的管控体系十分完备，管控能力很强。思考上海的改革和发展问题，不能离开上海的这个基本体制特征。

上海是一个超大城市，每天在地面上活动的人接近 3000 万。这样规模的城市，不要说在中国，在全世界都是很少的。上海现在的建设用地已经达到 3000 多平方公里了，如果把农地上面的建筑算进去，城市化的空间已经摊到了极限。

还有就是上海在中央的决策中具有比较特殊的地位。新中国建立以后，上海被定位为计划经济的中心，国家财政收入的很大部分来自上海。进入 90 年代后，邓小平说把上海作为最后一张牌打出来。到了现在，上海是中国国际化程度最高的城市。这既有一个历史传承，还有地理位置因素，它一直是中国对外开放的窗口，而且是对欧美开放的窗口。为此，中央要求上海成为改革开放的排头兵、先行者。

高　渊：看清楚这些特点，我们应该怎样来思考上海当下面对的问题？

王新奎：以下四个特点决定了我们思考上海问题的基本坐标。第一，上海从计划向市场转型比较彻底，因此上海除了政府职能转变之外，没有太多计划经济的包袱。对上海来说，能够把政府职能转变好，就是生产力。

第二，上海的城市规模够大了，包括人口密度、产业结构的完整性等，基础都有了。所以接下来，要从城市建设向城市管理转变。我认为继续扩大上海的城市建设空间不再是重点，管理最重要。

第三，上海在全国的地位，从原来的计划经济工业城市，到现在的建设“四个中心”和“科创中心”的目标，决定了上海在全国作为改革开放排头兵、先行者的位置，这就特别需要上海着力于体制机制的创新。

第四，上海原来是单向开放，吸引外资流入。现在上海是中国融入全球经济的先行者，新一轮经济全球化过程中，中国要适应全球价值链的新变化，以及全球贸易投资规则重构的新趋势，上海必定成为改革开放的前沿阵地。

高　渊：这些特点基本都是正面的，你认为现在上海面临的最大挑战是什么？

王新奎：我认为，我们上海最大的挑战是如何走好主动引领“新常态”这步棋。前几年我在市政协工作的时候，总有一批委员心急如焚，到外地去转了一圈回来说，人家在飞速发展，我们怎么办，指标一个个对比下来说明上海已经落后了，要被淘汰了。这几年这种话就少了，多数是回来说，还好当年没只追求速度，不然现在上海会有很大问题。

这说明，上海已经具备适应和引领“新常态”的基础和条件。上海人的观念在适应和引领“新常态”上已经开始发生变化，这是非常重要的一步，若干年以后你会记得我今天讲过的这句话。

高　渊：这是上海在发展观念方面遇到的挑战，还有没有更具体的挑战？

王新奎：第二个大挑战，就是怎么把这个城市管理好。上海面临政府治理结构的重大变革。大城市管理关键在两头，一头是政府，这是“点”，一头是社区，这是“面”，不能只有“点”没有“面”。今年春节禁放鞭炮之所以取得成功，就是因为做到了在城市管理上的点面结合。最近我一直讲，禁放烟花爆竹这件事本身不是什么大事，但它在城市管理理念上给我们的启发很深，实在有好好总结、举一反三的必要。

我们要思考一个问题，为什么在工业化及随之必然发生的城市化过程中，很多国家都爆发了革命，发生了政权更迭？因为传统社会是熟人社会，城市化后变成了陌生人社会，如果管理跟不上，很容易激发矛盾。熟人社会的管理，一靠道德约束，二靠信息对称。我老家在浙江舟山，走在路上老能碰到亲戚朋友。中国的城市化进程太快，当大量外来人员进入城市，他们就脱离了原来的熟人社会，在信息完全不对称的情况下，用什么来让他们约束自己的行为？

很多人都说靠法律，当然没错。但特大城市的管理没这么简单，完全靠陌生人社会的法制管理方式在城市化的初期阶段很难奏效，因为你面对的管理对象还生活在一个已经碎片化的熟人社会中。最好的办法是把熟人社会管理和陌生人社会管理结合起来，就是要做好社区管理，在社区里还是熟人多，信息比较对称，道德约束还有一定的作用。如果结合不好，就很容易出现“城中村”或贫民窟这种很难实施法制管理的地方。

高　渊：城市管理上，公务员队伍的能力提高很关键。你怎么评价上海公务员的整体素质？

王新奎：政府自身改革也是一大挑战。这方面，上海有过一些教训，也有一些经验，我觉得要客观地去看待。上海的干部中，那种直接把钱往家里背的很少，公然索贿、买官卖官的基本没有。现在容易出问题的，一是房子，二是配偶、子女经商，这是市场经济条件下的灰色地带，很难避免，要历史地看问题。但上海前一阶段已经设计了一套规则，总体效果不错，这就为建设一支清廉高效的公务员队伍创造了基本条件。

高　渊：你觉得，上海需要怎样的经济增速比较合适？

王新奎：80 年代的时候，上海有一个特点——全国没下的时候，我们先下；全国上了，我们还没有上。结果只要中央一搞宏观调控，一刀切下来，人家切在尾巴上，我们都切在头上。

90 年代浦东开发开放以后，有那么 15 年左右的时间，全国下了，我们下得少一点；全国上了，我们上得比人家多，那当然是发展最快的时候。现在呢，变成不管别的省市上上下下，上海一直比较平稳。换句话说，就是全国下的时候，上海下得少一点；全国上的时候，上海也上得不多。我认为像上海这样的特大城市，这是最优的增长状态。

高　渊：未来上海发展的关键靠什么？

王新奎：上海就是一个舞台，就是要做好服务。不管你是谁，都欢迎你来上海创业、发展，这才是国际化大都市。上海能为市民服务好，把城市管理好，吸引有本事、有素质的人来“唱戏”，这个城市自然就兴旺发达。

我一辈子在教育部门工作，当了15年大学校长，当年我们还争论过，大学究竟是以学生为本还是以教师为本？我说当然要以学生为本，学校是为谁办的，谁是你的衣食父母？城市也是这样的，它只是一个载体。

上海发展到这一步，不必再去提过于详细的、体现政府雄心勃勃目标的发展规划，只要这个城市的空气好一点，交通便捷一点，治安更安全一点，文化更丰富一点，就可以了。有人说房价再低一点，要我说，在上海这样的大城市，房地产首先要让它恢复原来的居住功能，其次房价一定要让市场来调节。

双线故事讲述上海自贸区的启动

高　渊：当时设计上海自贸试验区总体方案时，是否就是想根据上海自身特点，应对这些挑战？

王新奎：不完全如此，上海自贸区建设首先是一项国家战略，不是上海地方战略。基本思路是，第一要转变政府职能；第二要贸易投资便利化；第三要扩大对外开放，特别是服务业的对外开放；第四是与21世纪的国际高标准新规则接轨，承担起先行先试责任。这些都不是增量改革，是存量改革。

高　渊：你怎么会参与到自贸试验区总体方案的设计中的？

王新奎：确切地说，我参与过总体方案设计。大致过程是这样的：

2012年夏天，国家商务部在北京开了一个暑期党组扩大会议，会上让我做个发言，我讲的是全球价值链，引起了不小的反响。大家都认可我提出的经济全球化出现新趋势，全球贸易和投资规则正在重构的观点。

回上海后，我马上给市委书记俞正声写了一个报告，建议上海要关注这个重大变化。俞书记批给了市发改委，要求做研究，发改委还来找了我几次，形成了一个研究文件。那年，上海市市长韩正正好到我们中心来调研，他说上海要成为国际贸易中心，不单要看集装箱吞吐量，也不单单是开多少家贸易公司，更要对国家和全球贸易政策与规则的形成有重大影响力，希望能把我们中心建成能为国家和重大战略决策服务的研究咨询机构。

后来根据韩正的要求，经过我们的努力，上海成立了一个由商务部与上海市政府合作建设的决策咨询研究基地，叫“全球贸易投资研究咨询中心”，与“上海 WTO 事务咨询中心”实行一套班子两块牌子运作。

高　渊：也就是说，从那时起，与上海自贸试验区建设有关的背景研究就启动了，只是当时还不知道要在上海进行这个试验?

王新奎：刚才讲的是一条线，还有另外一条线的故事。应该是2011 年或更早，上海外高桥保税区连续两年被评为全球最佳保税区，那年全球保税区大会就在外高桥开。会议结束后，一位与会的全国政协领导给国务院写了个报告，建议搞一个上海综合保税区的升级版，名字可叫“上海自由贸易园区”。

报告送上去后，国务院总理温家宝批给了国家发改委和商务部去论证。经过一段时间研究和补充材料后，这两家单位后来和上海联合报了一个方案。但彼时国务院领导正处于交接期，这个事情就暂时搁置起来了。到了 2013 年 3 月，李克强就任总理后，当月就来了上海，他在外高桥保税区开了一个座谈会。开会前一天，市委通知我参加会议，并让我准备一个八分钟的发言。

第二天开会时，我从全球价值链的变化，讲到全球贸易投资规则重构，提出我们要有应对策略，建议是否能够在上海先行先试。李克强当场就做了回应，他说：第一条，要以开放倒逼改革，我们国家现在处于改革的深水区，需要改革新动力，按照以往经验，每次重大改革都是开放倒逼的，这次我们也要按照这个思路做；第二条，以美国为主导的全球贸易和投资规则重构我们是绕不过去的，我们必须积极应对，否则就会面临第二次入世；第三条，他说他同意在上海设立自贸区，不过要加“试验”两字。这样，我就被“卷”进去了。

在自贸试验区总体方案设计过程中，我做了其中一部分工作，就是研究总体方案的第一部分——负面清单和准入前国民待遇问题，这个总体方案是由商务部最终把关的，特别是负面清单和准入前国民待遇部分。

高　渊：去年上海自贸试验区扩区以后，很多人都觉得惊讶，首先是有土地空间的临港新城没有被纳入，其次是像陆家嘴这样已经非常成熟的区域却被扩进去了。对这个问题，你是怎么考虑的？

王新奎：我有一次到北京的中央部门去开会，研究上海自贸试验区成立后面临的问题。我特别说了 18 个字，自贸区要避免“跑马圈地上基础设施，特殊政策搞招商引资”，一定不能再这么搞了。当时，我的观点得到大部分专家的认同。但我知道，不少想建自贸试验区的地方都还是传统搞开发区的思路。

说到底，试验区就是政策试验，所以要有人来陪你玩，必须放在经济活动最密集的地区。我一直主张把上海自贸试验区扩展到整个浦东，特别是陆家嘴、张江、金桥和外高桥。有人说陆家嘴这种中心区域连企业站脚的地方都没有了，还搞什么自贸试验区？我说就是要有很多人来陪你玩，你才可能去试验各种政策，试下来可行的，才有在全国复制推广的价值。千万不能再去圈一片空地，然后去搞招商引资，这就没有意义了。

高　渊：你认为当前自贸试验区遇到的最大问题是什么？

王新奎：我觉得主要有三个问题，一是在建设思路上如何引领“新常态”，这在前面已经讲过了。二是改革措施的碎片化。比如说，假定今年拿到的“改革红包”有 100 项，涉及方方面面，看上去还真不少，但有多大作用呢？一家企业可能被 100 件事情捆住手脚，现在改了其中一两件，其他没改，企业是没感觉的。如果 100 多项改革集中到一个行业，这个行业的企业就活了。100 项改革落到 100 家企业头上，这 100 家企业又在不同的行业，谁都没有感觉，所以要进行集约化改革。三是如何提高政府对市场的监管能力。这是一场带有根本意义的改革，我认为上海通过自贸试验区的建设，已经找到了关于如何加强政府监管能力的基本改革方向和操作思路，今后是如何落地的问题。

高 渊：一直有一种说法，觉得自贸试验区改革距离老百姓有点远，好像缺乏能让普通人感受到的“温度”。所以，自贸试验区后来开了免税商店。对此，你怎么看？

王新奎：自贸试验区刚成立的时候，就有很多记者来问我和老百姓有什么关系，都被我挡回去了，我说没有直接关系。自贸试验区要进行很多制度创新，重中之重是政府职能转变，这种事情不是说今天干，明天老百姓就能感受到的，那太急功近利了。

我知道，老百姓希望得到一些特殊的优惠，其实对老百姓来说更重要的是公平。现在最大的社会问题是不公平。凡是搞特殊的优惠，总是好处有的人拿得到，有的人拿不到，结果造成更大的不公平。自贸试验区改革中，无论是负面清单还是政府职能转变，目标就是指向公平，这比开几家免税店、买一点便宜货重要得多。

再伟大的事业，也要从每个人自己做起

高 渊：从 80 年代初开始的城市经济体制改革到现在上海自贸试验区的探索，在上海改革开放的这些年，你觉得自己担任的是什么角色？

王新奎：这 30 多年来，我一直扮演一个智囊的角色。虽然我当过市政协副主席、全国工商联副主席和上海市工商联主席，现在还是市政府参事室主任，但其实除了我曾任的上海对外贸易学院院长以外，其他都是半名誉性的职务。所以我经常讲，我不是“官”，我是“僚”。我不是封闭在书斋里搞纯学术研究的大学教授，我跟政府部门离得比

较近，知道领导在想什么，也知道实际怎么操作，但我又坚持独立思考，实事求是。

上海自贸试验区比较特殊，这次我卷入到操作层面比较深，以前没有过。过去都是在外围搞支持性决策咨询研究，这次是直接参与。但在总体方案设计完成之后，我就不大参与了，因为我认为我不宜涉及太具体的操作层面的东西，这与决策咨询工作的独立性和客观性要求不相符合。

高　渊：你生于1947年，经历了1949年以后的每一个发展阶段。你们这代人最大的特点是什么？

王新奎：谈不上做什么大事情，但总归有点责任感。其实，我们这代人分化蛮厉害的，很大一部分当官了，但我不是官。人家问我，新奎你做过什么事情？我说我一生中做过好几件事，让我觉得不虚此生。比如说，80年代参与了外贸体制改革，90年代参与了浦东开发开放，本世纪初中国加入WTO，还有这几年的自贸试验区建设等。

我们这代人从计划经济体制过来，经历了“文革”，因此最清楚为什么要改革，而且我们更明白的是，改革的道路还长得很，而且改革是越来越艰难。现在的关键是要承认有压力，要看到自己的不足，这样才会有改革的动力。

现在无论是中国还是上海，就像一辆车，朝哪里开是清楚的，驾驶员也有了，车子也正在进行维修，乘客也都上了车，就有一件事，发动机的燃料从哪里来？现在面临的就是这个问题。

有人说，你是能者多劳，可以老骥伏枥。我自己知道，毕竟已经不是早晨八九点钟的太阳了。但有一个道理是不会变的，那就是，再伟大的事业，也要从每个人自己做起。大家都要思考，我能为国家的改革开放做些什么？我坚信，有更多的年轻人会继往开来。

一个甲子的改革情结

高尚全

1929年9月生于上海嘉定。1952年毕业于上海圣约翰大学经济系，研究员、教授。长期从事政策研究工作，1982年起任国家经济体制改革委员会处长、副局长，中国经济体制改革研究所所长，1985—1993年任国家经济体制改革委员会副主任。1999年，任中国经济体制改革研究会会长。

“我虽然已经是耄耋之年，精力体力都已经大不如前。但是，中国的改革事业仍在路上，改革前进还面临着诸多挑战，所以我还不敢停下思考，我希望自己继续思考和努力，为改革伟业做出微薄的贡献。”

这几年，华为越来越神。但在20多年前，华为刚刚起步，便被人告了“御状”，而且罪名很大。

当时正值中共十五大召开前夕，有人向中央写信说，华为姓“资”不姓“社”。主要理由是，华为是非公有制企业，而且搞了职工持股，背离了社会主义方向。这封信引起很大震动，持各种意见者莫衷一是。此时，一位老人主动请缨，提出带队去深圳实地调研。他就是时年68岁的高尚全。

高尚全曾任国家体改委副主任，当时正在参加“十五大”报告起草。他觉得，华为究竟姓什么，是改革进程中必须弄清的重大问题。

听说高尚全要来，深圳市委书记厉有为私下跟他说，欢迎你来，我们一起调查。一路走下来，高尚全发现，任正非以2.1万元起步，国家没有投入一分钱，却创造了巨大的税收和财富，解决了十几万人的就业，职工分享了改革发展的成果。

回到北京后，他立即写报告提出，像华为这样的企业，应该是改革的典型，因为它回答了“什么是社会主义、怎样建设社会主义”的问题。

后来，“十五大”报告明确提出：“劳动者的劳动联合和劳动者的资本联合为主的集体经济，尤其要提倡和鼓励。”

对于这段往事，任正非多年以后才知道。

2014 年 11 月，任正非特意找到高尚全，他说："你做了好事为什么不说？"高尚全说："我不是为你一个企业。人家说你姓'资'，我说这是姓'社'。我用不着跟你说，我也不图什么。"

任正非说："那你一定要再来华为看看。"过了一段时间，高尚全有一次到深圳开会，任正非得到消息，便立刻派了两个人，把高尚全接到深圳总部参观。一路看下来，华为确实早已今非昔比。

我问 87 岁的高尚全："任正非当时怎么感谢你呢？"高尚全笑着说："我跟他说，我不是替华为一家企业说话，所以不用谢我。"

很多人都说，高尚全是位贴了标签的老人。而且，这个标签已经至少贴了几十年，即"改革者"。

这是对高尚全的一个基本定位，在前面还时常会加些定语。

比如，有人说高尚全一辈子只做了一件事，就是搞改革，所以称其为"高改革"；有人因为高尚全一直坚持市场化改革方向，称他为"市场派改革者"；也有人因为他既当过国家体改委副主任，又是一位学界公认的经济学家，称他为"跨体制改革者"；全国政协原副主席陈锦华说得更直白，在前面加了五个字："有胆有识的改革者"。

那天，我们聊了近三个小时，他居然全无疲态。他说他一直如此，只要一谈起改革就兴奋。年轻的时候开会发言要写发言稿，后来慢慢只写个提纲，最近这几年索性连提纲也不准备了，上台就讲，说上一两个小时全程思路连贯，不显老态。

改革开放以来，高尚全参加了六次中央重要文件的起草工作，一次是"十五大"报告，两次是中央关于五年计划的建议，三次是三个三中全会的决定，即 1984 年的十二届三中全会、1993 年的十四届三中全会和 2003 年的十六届三中全会。

到十八届三中全会前，他又两次向中央提出建议，都涉及改革的核心议题。

1956 年，高尚全在《人民日报》发文，呼吁要给企业一点儿自主权，这是他个人发出的第一次改革呼声。至今，已经整整一个甲子过去了。此后，中国改革的几乎每一次重要关口，高尚全均未缺席。那么，他究竟是如何参与其中，曾提出怎样的重要观点，又是如何看待中国的改革进程，怎样理解改革的逻辑呢？

◆ ◆ ◆

50年代：企业要有一定自主权

高　渊：你每次出现在公众场合，总是三句话不离“改革”。你曾经当过八年国家体改委副主任，也是市场派经济学家，你如何为自己定位？

高尚全：有人说我这一辈子就是两个字——改革，把改革作为奋斗终生的目标。中国的改革要坚定不移，既要有勇气也要有智慧，改革为了人民，改革必须依靠人民，改革的成果由人民分享。改革必然得罪既得利益者，所以改革者要经得起非议和质疑。

高　渊：现在都把1978年作为中国经济体制改革的起点，其实早在20世纪50年代，就有人认识到计划经济的某些弊端了吧？

高尚全：我是1953年到一机部（即第一机械工业部，主管民用机械、电信、船舶）工作，慢慢发现一些让人哭笑不得的现象。一机部的招待所永远都住得满满当当，全是部属企业来北京办事的。和他们聊聊才知道，原材料没了，企业要来人；生产任务没了，企业要来人；产品卖不出去了，企业要来人；厂里提拔个干部，就更要来人。许多企业干脆就派专人常驻北京，盯着部里。

还有件事让我印象很深。1956年上海天气很热，有家企业需要采购几台鼓风机降温，打报告给上级部门，按规定要由七个部门批，一路圈画下来，夏天已经过去了。这些情况让我觉得管理体制不改不行。

高　渊：当时你是怎么表达自己想法的？

高尚全：我给《人民日报》写了篇文章，题目就叫“企业要有一定的自主权”，发表的时候还配了一幅漫画——《“必要”的手续》。大意是说，如果企业自主权过小，中央主管机关集权过多过细，不仅会限制企业的积极性和主动性，还会给国家造成很大的人力、财力浪费，助长官僚主义。

高　渊：文章发表以后，有没有引来麻烦？

高尚全：赞成的人不少，反对的人更多。当时汪道涵是一机部副部长，有一次我随同他出差沈阳，早晨散步时他对我说："小高，刚才中央人民广播电台播放了你在《人民日报》上的文章。"听得出，他是比较赞赏的。但也有人贴我的大字报，说企业是政府的，政府叫他干什么就干什么，让他们拥有自主权，不成了南斯拉夫修正主义了吗？

后来反右的时候，我差点因为这事被打成右派。好在一机部是大部，里面大目标比较多。我还只有 20 多岁，级别也低，贴贴大字报也就算了，如果在小单位估计逃不了。但其实现在看看，当时说要有一定的自主权，还是很保守的，企业应该拥有完全的自主权。

改革开放以后才知道企业自主权的重要性。联合国把我 1956 年在《人民日报》发表的《企业要有一定的自主权》译成英文，加上了按语，并赞扬说："不愧是中国前驱的经济学家"。

高　渊：那以后一直到 1978 年的 20 多年间，你在做什么？

高尚全：我先后在一机部、农机部（农业机械部）、国家机械委（国家机械工业委员会）工作，基本都在政策研究部门，正好观察一些现象，研究经济领域的问题。"文革"时我被下放到两个农场进行劳动改造，先去了黑龙江的依兰农场，刚去的时候连房子都没有，要自己盖，睡 20 多个人的大炕。还去了河南新乡的博爱农场，那个时间不长。总的来说，我在"文革"中状况还好，没有受到很大的冲击。

80年代：用行政和计划手段配置资源都是不成功的

高　渊：后来 80 年代初成立了国家体改委，你就离开了机械委，成了一名全职改革研究者？

高尚全：我先是到调研组工作，后来兼任中国经济体制改革研究所所长，开始了从事经济改革总体研究与实践的生涯。我们当时的工作，不仅要宣传改革，更重要的是深入研究改革理论上的难点问题。如果能在改革的方向和政策上有所突破，比出台几项具体的改革措施更具意义和威力。

高　渊：当年把“商品经济”这个名词写进中央的决定，是一次很重要的突破，你参与整个起草过程了吗？

高尚全：那是1984年。当时农村已经全面推行了“大包干”，农民种地积极性得到了极大的提高。同时，城市也开始通过放权让利，逐步扩大了企业自主权。但进一步改革的阻碍依然不少，关键是“计划经济”还在神坛上，没有被真正“请”下来。高层注意到了这个问题，决定在那年召开的十二届三中全会上予以解决，我也参加了文件起草小组。

当时，争论的焦点是社会主义能不能搞商品经济。我在起草小组会上说，我们一直说只有社会主义才能救中国，现在应当加一句话——只有商品经济才能富中国。我说现在的实践证明，哪个地方搞了商品经济，哪个地方的经济发展就快，哪个地方的老百姓就比较富裕，所以我赞成把“商品经济”写上去。

高　渊：当时的阻力大吗？

高尚全：确实有不少反对意见。有人不赞成把“商品经济”写入中央文件，主要是担心把社会主义混同于资本主义，也有的人认为最多只能写上“商品生产和商品交换”。其实，既然有商品生产和商品交换，就必然有商品经济。

那年9月份，我们以中国体改研究会和中国体改所的名义，在北京西苑旅社开了一次理论讨论会，童大林、董辅礽、蒋一苇等近20位学者出席。座谈会上，大家达成一个共识，就是应该明确提出社会主义商品经济的概念，这是当前经济改革要求在理论上的一个关键性突破。

这一建议引起中央决策层的高度重视，在这年10月份召开的十二届三中全会上，审议通过的《中共中央关于经济体制改革的决定》中，就明确指出："商品经济的充分发展，是社会经济发展的不可逾越的阶段，是实现我国经济现代化的必要条件。"

高　渊：这个决定出来后，对当年的改革进程是一个重大的推动。但关于计划与市场的争论，似乎还都没有停止？

高尚全：争论一直在持续。1986年，我以国家体改委副主任的身份，带了一个18人的代表团去匈牙利和南斯拉夫考察，成员包括马凯、李剑阁、杜鹰等人。这两国当时是社会主义国家中最早推行改革的，那次去的目的就是了解他们遇到了什么问题。

匈牙利一位副总理见了我们，他说匈牙利是通过国家计划局编制下达生产计划，执行的结果是，有的企业完成500%，有的连10%都做不到。更糟糕的是，企业更愿意做产值高的产品，这样生产计划就完成得快。这样一来，很多产品都做得"肥头大耳"，因为用料越多产值越高，企业根本不关心款式，不关心用户的需要，造成了资源的极大浪费。

高　渊：你们这个代表团此行的目的，是为即将召开的中共十三大做准备吗？

高尚全：可以这么说，"十三大"是1987年召开的。从国外的例子来看，用行政和计划手段来配置资源都是不成功的。当时，国内的情况也是企业缺乏自主权，因为权都在各个部委手里，人、财、物和产、供、销都在部里。

回来后我给中央写了一个报告，针对"市场经济＝资本主义，计划经济＝社会主义"的论点，我提出计划和市场都是一种手段，并不反映社会制度的属性。我同时提出，用国家经济合同逐步替代指令性计划，是社会主义商品经济发展的需要，是改革的必然趋势。

后来的"十三大"报告吸取了各界的建议，是这样表述的："社会主义经济是计划和市场内在统一的经济。"

90年代："劳动力市场"能否写入中央决定

高　渊：从1984年的十二届三中全会认可"商品经济"，到1987年的"十三大"提出"计划与市场的内在统一"，感觉是一种"小步快走"式的进步。

高尚全：我举过一个城市起源的例子。城市就是"城堡+市场"，有商品生产就有商品交换，就产生市场，这才有了城市。市场是客观存在，并不是资本主义制度独有的。社会主义也叫"城市"，而并不是叫"城计"。

那些年，关于市场与计划的争论一直持续到1992年。那年，小平同志说，计划经济不等于社会主义，资本主义也有计划；市场经济不等于资本主义，社会主义也有市场。计划和市场都是经济手段。小平同志的一锤定音，为这场争论画上了句号。

1992年召开的"十四大"，明确提出要建立社会主义市场经济体制。这样，中国经济体制改革的目标明确了，这是非常重要的一步，也是社会发展的大势所趋。

高　渊："十四大"提出了改革的目标，要建立社会主义市场经济体制，但怎么样搞市场经济，恐怕大家当时还是有点心中无数吧？

高尚全：对，真正明确社会主义市场经济内涵和步骤的，是一年后1993年召开的十四届三中全会。会上通过了《中共中央关于建立社会主义市场经济体制若干问题的决定》（以下简称"《决定》"），这是中国改革开放进程中，又一份关键性文件。

我当时也参加了这个《决定》的起草工作。起草小组下设三个分组，我负责市场体系分组，成员有郑新立、张卓元两位同志。我们整个起草小组在山上讨论了半年多，当时遇到一个很有意思的问题，就是在《决定》里要不要提"劳动力市场"。

高　渊：这个概念现在听上去没什么，当时为何会有争议呢？

高尚全：当时遇到的阻力不小，因为传统理论认为，劳动力市场是资本主义国家才有的，现在社会主义劳动者成了国家的主人，因此不存在劳动力市场。但是，既然提出了建设社会主义市场经济，全部生产要素就应当进入市场，由市场合理配置资源。

十四届三中全会前，中央政治局常委开会讨论《决定》的送审稿。我作为文件起草小组的分组负责人，列席了那次会议。在这个高层会议上，为了能使“劳动力市场”写入报告，我鼓起勇气举手要求发言，说了五点意见：

第一，劳动力的价值通过交换才能体现出来。第二，确立劳动力市场是市场经济体制的内在要求。第三，我们现在就业压力那么大，不开放劳动力市场，就业问题解决不了。第四，我们现实生活当中已经有了劳动力市场。第五，我们提出劳动力市场，不会影响工人阶级的主人翁地位。

其实，工人阶级主人翁地位是个整体概念。过去，我们混淆了整体和局部的关系。不少人认为我是工人，我就是主人，我就是领导阶级。新加坡前总理李光耀曾经说，中国的司机为什么服务态度欠佳？因为他们总在想：我是领导阶级，我为什么要给你开车呢？

高　渊：机关国企里面这样的司机确实不少，当年几乎人人遇到过，只是表现方式不同。

高尚全：我在一机部工作时，有个局长要辆公车出去开会。他刚坐上车，司机就说车子坏了，帮我推一下吧。那个局长只能下来推，出了一身汗，司机才说，好了上来吧。后来听说，那辆车一点问题都没有，司机那天心情不好，故意刁难。

过去我们对劳动力的配置都是依靠行政手段，用人就有不少运气的成分，也存在领导好恶，弊端已经很清楚了。劳动力和人才一定要流动，而流动就一定要通过市场来解决。在市场当中，企业和劳动者都可以在自主、自愿的基础上，进行双向选择。只有这样，劳动者的素质、价值才能获得更准确公正的评价，才有可能使得劳动力资源和整个社会资源实现真正的优化配置。

后来，在十四届三中全会的决定中，第一次明确提出了培育和发展“劳动力市场”，改革理论又上了一个台阶。

高　渊：那之后，社会上又出现了“姓公姓私”的争论。比如说，什么是社会主义公有制，怎么建设公有制等。你参与那场理论交锋了吗?

高尚全：那场论战由来已久，高峰是在1997年，也就是“十五大”召开之前。当时我正在参加“十五大”报告的起草工作，负责所有制改革部分。针对“姓公姓私”的各种争论，我当时提出，在肯定公有制为主体的同时，也要确立非公经济是社会主义市场经济重要组成部分的概念。只有多种所有制经济共同发展，公有制实现形式多样化，才能使公有制与市场经济有机地结合起来。

那时候，对股份制有不同看法。我建议采取这样一种表述，就是“股份合作制是一种新型的集体经济，要致力于所有制结构的改革和国有经济的战略性重组”，后来被“十五大”报告吸纳。

2000年后：要把政府改革放到关键位置上来

高　渊：改革总是伴随着争议，如何处理好政府与市场的关系是个永恒的主题吧?

高尚全：到了2003年，为迎接十六届三中全会，我在当年4月参加了全会决定的起草小组。当时，关于在市场经济条件下政府如何调控经济，出现了一些争议。在三中全会决定的草案中，对于这个问题是这样表述的：“市场在国家宏观调控下对资源配置起基础性作用。”

我提出了我的看法。简单地说，宏观调控是市场经济的重要内容，而不是前提条件。进行宏观调控，也应该主要依靠经济手段，而不是行政手段，配置资源的主体应当是市场。后来，起草小组接受了我的建议，最后文件中的表述是这样的："更大程度地发挥市场在资源配置中的基础性作用。"

高　渊：政府改革总是越改越难，但总是说再难也要改。政府改革为什么这么难，又这么重要？

高尚全：改革开放以来，政府一直是改革的设计者、推动者。现在，改了一圈改回来，要政府自己改自己了。国有企业改革、金融改革为何难有突破？主要原因是来自政府转型的滞后。

2004 年 6 月，我给中央正在制定的"十一五"规划提了几点建议，其中一条就是建议把政府改革作为整个改革的中心环节。我当时是这么写的：从宏观调控的背景来看，经济过热，投资冲动，谁在冲动？是政府。为什么政府冲动？因为要有政绩。如果政府不改革，包括干部制度、考核制度不改革，整个改革就会受到影响。另外，国有大企业改革滞后了，金融改革滞后了，与政府改革不到位也是分不开的。

高　渊：那时候，政府要解决"越位""缺位"和"错位"问题，这个说法一度流传甚广。这个提法是你第一个提出来的吗？

高尚全：我记得很清楚，那是 2005 年 2 月份，国务院常务会议请了九位经济社会方面的专家学者，征求大家对当年《政府工作报告》的意见。当时的背景是，2004 年前十个月，全国国有企业的利润达到 4000 多亿元，不少人有一种错觉，认为国有企业已经改好了，不需要进一步改革了。我提出，国企改革还有很长的路要走，而要改好国企，关键在推动政府层面改革。

我在那次座谈会上说，要正确处理好市场与政府的关系，关键是解决好政府的"越位""缺位"和"错位"问题。"越位"就是政府干了市场能干的事，既是裁判员，也是运动员，担当投资主体，干预微观管理；"缺位"就是政府的公共服务职能没有很好发挥，有权有利的部分抓得很紧，而服务职能不够，责任意识不强。"越位"的要"让位"，"缺位"的要"补位"。政府改革很复杂，但我这么一说，大家就都明白了，也就流传得比较广。

高　渊：其实直到现在，怎么看待国资、国企和国有经济，依然存在一定的争论。比如有很多人在问，国有经济在国民经济中到底应该占多大比重？

高尚全：国有企业是国民经济发展的重要力量，要充分发挥国有经济的主导作用，这一点是没有疑问的。但不能简单地理解为，国有经济比重越大越好。要夯实我们党的执政基础，国有经济是其中一个重要环节，同时更重要的是民心、民生和民意。

民心是根本，“得民心者得天下”，古今中外的历史都说明这个道理。为了得民心，必须把民生问题搞上去，使老百姓分享改革发展的成果；为了得民心，就要尊重民意，使老百姓有话语权、参与权、监督权，有尊严。有了这三个“民”，党的执政基础就牢固了。

2010年后：新一轮改革需要更高的权威性

高　渊：在2013年十八届三中全会前，你向中央建议设立全面深化改革领导小组，是出于什么考虑？

高尚全：因为现在的改革涉及系统性、整体性、协同性，容易改的过去都改了，现在要啃硬骨头，没有一个权威的、高层的机构不行。中央多次提出改革要有政治勇气和政治智慧，谁来总体设计呢？只有中央全面深化改革领导小组有这样的权威性，一是负责改革总体设计，二是搞统筹协调，三是督促检查。

“十八大”前，有人建议恢复体改委。但我觉得体改委力度还不够，因为全面深化改革涉及政治、经济、文化、社会、生态文明五位一体，范围之广、内容之深，不是体改委能协调的。

我在那年5月初就给中央领导提交了一份建议，明确提出成立中央全面深化改革领导小组，因为改革涉及党和国家的命运，涉及“两个一百年”目标，涉及中华民族的伟大复兴，没有综合的协调机构，恐怕没有保障。

高　渊：这些年来，你参加过几次中央重要文件的起草工作？

高尚全：我一共参加了六次，其中一次是“十五大”报告，两次是中央关于五年计划的建议，三次是三个三中全会的决定，就是1984年的十二届三中全会、1993年的十四届三中全会和2003年的十六届三中全会中央的决定。

印象最深的是十四届三中全会前，我们几十个人在山上讨论了半年多。那次全会具体提出了怎么搞社会主义市场经济，明确了“四梁八柱”，非常重要。

高　渊：这么多官员和学者，在一起头脑风暴半年，是一个很有意思也很辛苦的工作吧？

高尚全：是的，这也是长期以来形成的一种工作方式。要起草重要的中央文件时，都习惯于召集部委负责同志和部分专家学者，在集中的时间和地点进行起草，然后再提交给地方和部委进行讨论。这种起草方式取得了很多成绩，也凝聚了很多智慧，便于统一意见，但是也存在部门利益等弊端。

所以，我也曾提出建议，可以选择四五个智库，限期交出有关方案。这样既可以提高智库的积极性和学术水平，也可以丰富中央文件的内容。同时，也要鼓励广大党员干部为改革献计献策，使中央文件的起草过程成为干部群众的参与过程，也是凝聚改革共识的过程。

这辈子：改革是无止境的，不管年纪多大，都要出自己的一份力

高　渊：听说你最近刚来过上海？

高尚全：对，2015年10月份刚在上海开了圣约翰大学世界校友联谊会，我是圣约翰大学北京校友会的会长，首任会长是荣毅仁，经叔

平和鲁平都当过会长，这是我现在担任的唯一的职务。我说我已经 86 岁了，不能再当了。但好多校友说，没有人了。因为我是 1952 年毕业的，是圣约翰大学的最后一届毕业生，这次做会务的都八九十岁了。

但来了之后，我有两个没想到。一是没想到全世界来了 500 多个校友，有的坐轮椅，有的拄拐杖，这些人对圣约翰很有感情；二是我征求各个地方分会的会长意见，这个校友会是不是自生自灭算了，下一届还开不开？大家一致说，要继续办下去。

高　渊：你家庭是什么背景，为什么会上教会大学？

高尚全：我是土生土长的上海人，家在嘉定农村，初中到县城上学，高中考进了圣约翰中学，就在大学校园里面。家里没什么钱，原打算让我读完小学就出去挣钱，但我一个开工厂的舅父说，你读书不错，为什么不读下去，钱我出。

高　渊：当时圣约翰大学难考吗？

高尚全：不容易考。我考上了两所大学的两个专业，一个是复旦大学海洋系，一个是圣约翰大学经济系，最后选了后者。其实，这是两条完全不同的人生道路。圣约翰大学是全英文教学，能接触到不少新的经济学理念，我在那里入了团（中国新民主主义青年团），参加了一些进步活动。

高　渊：你已年近九旬，不仅参加各种论坛，还写文章出书，为何日程排得这么满？

高尚全：我一直开玩笑说，那主要是为了防止老年痴呆，现在我做报告不用稿子，而用脑子。前些年还要准备一个提纲，到了 70 多岁以后提纲也不用了，上去就讲，最长一次讲了两个多小时。有一次我参加一个论坛，主办方看我包也不带，讲稿也没有，感到很疑惑。但我上台一讲，效果很好。

其实道理很简单，如果你念稿子的话，下面的听众肯定要开小差。我不念稿子，也不低头看提纲，既是锻炼自己的脑筋，也是为现场效果考虑。

高　渊：不全是为了这个吧，我想更主要的是你依然希望通过各种场合，进一步呼吁推进改革进程。2015 年你还出了《新时期改革逻辑论》和《有效市场和有为政府》这两本书，为什么依然如此努力？

高尚全：有人问我，你那么高龄了，对改革还操心干吗？但我觉得改革是无止境的任务，思考改革、参与改革是我的责任，尤其是当改革碰到困惑的时候，更应当发出自己的声音。

2003 年，国务院体改办撤销后，要把改革的职能并入新成立的国家发展和改革委员会。这个新成立的机构，初定的简称是“国家发展委”。我当即提出建议，简称还是要兼顾全名中的“改革”，不然容易造成误解，就是只要发展不要改革了。但也有人说，“发改委”没有“发展委”叫得顺口，我说这个绝对不是理由，多叫叫自然就顺口了。你看，现在不是叫得很顺口吗？发改委的领导很民主，尊重群众的意见，把“改革”两字加上去了。

我虽然已经是耄耋之年，精力体力都已经大不如前。但是，中国的改革事业仍在路上，改革前进还面临着诸多挑战，所以我还不敢停下思考，我希望自己继续思考和努力，为改革伟业做出微薄的贡献。

高　渊：你如何理解这么多年中国改革的逻辑？

高尚全：这些年来，中国的面貌发生了翻天覆地的变化，这主要是依靠改革开放和市场在资源配置中作用的不断扩大取得的。但也要看到，前期单边突进的改革遗留问题，已经成为拖累经济社会进一步向前发展的障碍。

在我看来，市场化改革方向是经过长期艰难探索的正确选择，我们应该力排对市场化改革的干扰。下一步，坚持市场化改革方向的关键，就在于真正有效地转变政府职能，厘清政府与市场的关系，建设服务型政府。

如果那轮国企改革失败，我可能第一个被问责

邵　宁

1952年7月出生。清华大学机械工程系本科、研究生毕业，先后在国家经济委员会、计划委员会、经济贸易委员会工作。2003年，任国务院国有资产监督管理委员会副主任、党委副书记。2013年，任全国人大财政经济委员会副主任委员。

“我们曾经面对过一个非常危险的时期。当时国企改革攻坚已经开始，大量职工下岗，但社会上并没有一个完善的社会保障制度作为安全网。当时全国各地都在出事，原因都是职工下岗后既没有人管理，也没有人保障其基本生活。”

北京天安门广场一角，全国人大办公楼并不显眼。我在门口登记时，工作人员跟我大致讲了一下进门以后怎么走，说里面不好找。

60多岁的邵宁，在这个外观平常的大楼里，有一间不算大的办公室。在担任全国人大财经委员会副主任委员之前，邵宁当过10年国资委副主任，分管国企改革、规划发展、企业重组、薪酬分配和稳定工作。

在很多国企高管眼中，邵宁是一位真懂国企的领导，也是一位学者。那天，在他办公室里聊了将近五个小时。邵宁点着烟，不用看一眼笔记本，把20多年来的国企改革梳理了一遍，其中的重点是20世纪90年代末，那是国企最难的时候。

邵宁的父亲毕业于西南联大，解放初曾担任上海纺织机械厂的首任技术科长。所以，邵宁人生的前两年是在上海度过的。1954年，父亲被调到纺织工业部工作，全家一起进京。在颇有名的北京二中还没上完初中，1969年邵宁就去陕北农村插队了。之后五年生活的艰难，让邵宁至今记忆犹新。“那时候最大的问题是吃不饱、看不到前途，白天上山干活，晚上就在昏暗的煤油灯下自学，算是无奈中的自我安慰吧。”

后来的人生，就是他那一代人典型的富有戏剧性的励志故事。由于有自学的基础，恢复高考第一年考上了清华大学，然后开启仕途生涯。

看邵宁的从政足迹，朱镕基这个名字频繁出现。

第一次追随朱镕基，是邵宁清华大学研究生毕业时。当时他已确定留校任教，就在此时，清华学长朱镕基来校做了一次经济形势报告，朱镕基当时的职务是国家经委综合局副局长。

朱镕基的口才众所皆知，一个报告听完，邵宁不想留校了。他后来去了朱镕基曾工作的综合局，而老学长已官至经委副主任。

第二次追随，是在朱镕基由沪返京出任副总理时。朱镕基先组建了国务院生产办，然后成立了国家经贸委，当时已在计委工作的邵宁，平调去当经贸委企业局副局长。

第三次追随，是在 1998 年。朱镕基出任总理，决定启动极为艰难的“国企三年脱困”。时任经贸委企业改革司司长的邵宁，又多了一个头衔：新组建的企业脱困办主任。

由此，在那场惊心动魄的国企脱困中，邵宁成为关键操盘手之一。

然而，当时的国企，是彻底进入谷底了。国企本身就是计划经济产物，从立项建设开始，就没有想过要参与市场竞争。所以，从体制机制、布局结构，到社会定位、职工观念，都跟市场经济格格不入。随着民企、外企加入竞争，国企陷入困境是迟早的事。

一些数据是这样的：

1997 年国企亏损额是 1987 年的 12 倍，利润比 1987 年下降了 42%。更糟糕的是，当时国企的摊子极大，加上集体企业，有 1.1 亿职工。这么大的一个经济系统如果轰然倒下，后果不堪设想。

邵宁和国企打了十几年交道，他对国企有感情，对国企改革有作为，对国企现状有遗憾，对国企未来有思考。他说，现在想起 20 世纪 90 年代末，确实是中国国企最危急的时刻，“踩踏”随时可能发生。

我问他，当年有没有想过去经营一家国企？邵宁说：“没有机会，我们这个国家职业鸿沟太深了，人的横向移动很困难，所以很难出综合性人才。当然，另一方面我做宏观的事还可以，让我真正做企业，也许在大企业搞搞战略还可以，小企业不行。买东西都不善于讨价还价，我这个人太书生气。”

现在的国企改革，又到了深化提速的关键时刻。此刻，听邵宁回忆当年国企改革历程，尤其是最为艰难的那几年，以及随之启动的“国企三年脱困”，应该能获得某种启示。

◆ ◆ ◆

听了朱镕基的报告，去了他所在的国家经委工作

高　渊：你走出清华后，从政的第一站是国家经委，为什么要选择去那里？

邵　宁：其实我研究生毕业前是准备留校的。你想想，一个在黄土高原上种地的知识青年，如果能成为清华大学的老师，那真是“飞天”了。但就在我毕业前，清华的学长朱镕基来校做了一次经济发展和改革形势的报告，他当时的身份是国家经委综合局副局长。他的演讲非常吸引人，使我萌发了投身经济工作的想法。

20 世纪 80 年代初是一个火热的年代，经济领域是主战场。对我这样一个在社会最底层浸润日久，总想找机会为国家做点事的人来说，学校之外的经济改革显然比书斋生活更有吸引力。现在想起来，这一步是跨大了。转行搞经济工作，我既没有知识方面的准备，也没有人脉方面的资源，真有些不知天高地厚。好在那时候各方面都需要人，并不在意你究竟是学什么的。

高　渊：你当时想追随朱镕基的脚步，也去经委综合局？

邵　宁：我进国家经委是一位校友推荐的，先在办公厅，然后去了综合局。这个局主要做经济形势分析，是朱镕基曾工作的地方，不过那时候他已经是国家经委副主任了，分管综合局。

当时国家经委主任吕东组织了一个青年经济研究小组，组长是调研室副主任任克雷，我是成员之一。这个小组是当年国有企业承包经营责任制的主要研究者和倡导者，这也是我第一次接触国有企业问题。

高　渊：但没过几年，国家经委被撤销了？

邵　宁：那是1988年国务院机构改革，撤销了国家经委。经委各业务局按职能，有的划到国家计委，有的划到物资部、体改委、外经贸部等。经委综合局有四位同志进入了计委综合司，我是其中之一。

当时外界评论说，国家计委综合司是“中国政府第一司”。在计划经济时期，年度计划的制定和最终平衡的职能在这个司。转到市场经济之后，以年度计划执行为载体的宏观调控职能也在这个司。它的职能非常重要，可以说是中国宏观经济运行体系中最关键的一个机构。

因为这个司特别重要，所以配的都是精兵强将，日后提拔的机会也比较多。我进去的时候司长是王春正同志，他后来当了国家计委常务副主任、中央财经领导小组办公室主任。这个司出了很多部级干部。不过，它管得比较宏观，实际权力不大，没有多少项目审批、物资分配等实权。

高　渊：你在“中国政府第一司”的工作压力大吗？

邵　宁：我在预测处做经济运行分析。当时工作压力非常大，因为每个季度都要向国务院上报经济形势分析报告，加班加点是经常的。按理说，一个搞经济工作的人，在这样一个核心业务司里工作会得到很大的锻炼。但去了没多久我就发现一个问题，我把经济问题看得太简单了，自己积累的经济学知识，完全不足以应付综合司的业务要求。

在那里，你必须对宏观经济有非常准确的全局性判断，不能似是而非、不能胡言乱语，否则就会耽误大事。我当时的自我感觉是“坐吃山空”，而且越吃越空。因为要常常加班，连学习的时间也没有。我在综合司工作了11个月，尽管领导待我不薄，但感觉自己应该挪地方了。于是我提出调往国家计委经济研究中心，这是计委的一个二线研究机构。

高　渊：你这算是主动找“冷板凳”坐吧？

邵　宁：从第一重要的业务司转到二线研究机构坐“冷板凳”，是我转到经济工作领域后一次不大不小的转折。但这次转型的决定是对的，我在经研中心工作了七年，等于重新上了一次学。

国家计委经研中心有一批专家，年长的如王梦奎、林兆木，年轻的如郭树清等，他们都成了我的老师。我在经研中心的主要研究方向是短期经济形势分析和长期经济发展战略研究。这两个方向都是与国家计委的职能配套的，或者说是为计委服务的。除此之外，我尽可能把研究领域拓宽一点，包括农业问题、产业政策，还有企业改革、财政问题等。我在国家计委经研中心工作期间发表了不少文章，算是一位较“多产”的研究人员，在业务方面我已经拿到了指导经济学硕士研究生的资格。在国家计委经研中心的深造使我终生受益匪浅，其宏观的视野、结构的意识在别处是学不到的。以后在研究处理具体企业问题时，就有了更宽、更全局性的视角。

高　渊：后来你是主动离开国家计委的？

邵　宁：也不完全是。朱镕基同志从上海调到国务院工作后，先组建了国务院生产办，后改为国家经贸委，需要一批业务骨干，尤其是国有企业改革这条战线。我作为原国家经委的“老人”之一，大家知根知底，自然成为重点招募的对象。

另一方面，我在计委搞研究的后期，也发现了另外一个问题。搞研究不是真干，那里环境很好，但你的研究很难落到实处。当时我的感觉是，补课总体上已经完成了，在知识方面已经做好准备了，如果有机会到第一线去，应该是时候了。

1996年，国家经贸委的召唤和我个人的意愿一拍即合，我平调去了国家经贸委的企业局当副局长。时任局长是蒋黔贵同志，分管副主任是陈清泰同志。一年后，蒋黔贵同志升任国家经贸委副秘书长，我接任企业局局长。于是我经历了人生最后一次转折，国有企业改革这一领域成为我职业生涯最后的归宿。

高　渊：那时候，中国的国有企业处于什么境地？

邵　宁：是最困难的时候。到1997年、1998年就真正滑到谷底了。

高　渊：为什么国企在那时候会出现严重的危机？

邵　宁：国有企业本身是计划经济的产物，从立项建设开始，就没有想过要参与市场竞争。所以，这些企业的体制机制、布局结构，到社会定位、职工观念，都跟市场经济格格不入，不经过彻底的改革它们很难适应市场经济的要求。改革开放后，随着其他所有制经济的发展和市场竞争的加剧，国有企业陷入困境是迟早的事。

高　渊：那时候承包制改革热过一阵，这个到底管多大用？

邵　宁：在改革开放之初，主要是两条线。一是放开市场，让民营经济和外资企业发展；二是对国有和集体企业放权让利，调动企业的积极性，其最终模式就是承包经营责任制。应该说，承包制的实施在当时有积极意义，但它能解决的问题很有限。

承包制的积极意义，一方面是实现了国企从面向计划到面向市场的转换。承包制“承包”的是利润，而企业必须把产品在市场上卖出去才能取得利润，因此企业必须面向市场。另一方面是调动国企的积极性。完成承包指标之后，企业在分配上可以有更大的自主权，可以多分奖金。

高　渊：承包制最大的短板是什么？

邵　宁：应该说，承包制只是一种浅层次的改革，体制没变、结构没动，改变的只是政府对国有企业的管理方法。它最大的问题是只适合于短缺经济，不适合于买方市场下的结构调整。

承包制把所有企业的结构实际都包死了。企业的生产数量可以承包，而结构调整是没法承包的。所以，承包制适应中国经济发展的阶段非常短，短缺经济时期还行，一转到买方市场就很难操作了。

国企不能溃退，不然就可能造成“踩踏”。

高　渊：到了 90 年代中后期，国企的摊子仍然很大，但经济效益却越来越差，当时有什么破解之道？

邵 宁：1998年国务院又经历了一次机构改革，国家经贸委实际上被加强了，有10个工业部门被撤销，变成经贸委管的国家局。当时，王忠禹主任升任国务院秘书长，盛华仁同志接任国家经贸委主任，蒋黔贵同志升任副主任，仍分管企业改革系统。那年，朱镕基出任总理，正式启动全国国有企业三年改革脱困工作，改革进入了攻坚阶段。

当时，我担任国家经贸委企业改革司司长。根据盛华仁主任的提议，为加强企业脱困工作，又组建了一个临时机构——国家经贸委企业脱困工作办公室，由我来兼主任。脱困办组建时，我从委外调了两位有研究能力的同志任副主任：周放生和熊志军，其他人员都是借调来的。

高 渊：你身兼的这两个职务，都是当年国企改革脱困的核心部门，是否压力很大？

邵 宁：压力确实很大。当时有人跟我开玩笑说，如果三年改革脱困的目标完成不了，第一个应该拿谁问罪，是最清楚不过了。

高 渊：当时大家怎么看待国企，是否觉得已经没有希望了？

邵 宁：确实是这样。1997年国企亏损额是1987年的12倍，盈亏相抵实现利润比1987年下降了42%。其中国有中小企业盈亏相抵是净亏损的，集体企业也是净亏损的。当时，困难的国有、集体企业到处都是，很多企业发不出工资、退休金，更谈不上公费医疗报销。由于企业困难、职工困难，各种类型的不稳定事件不断出现，各级政府焦头烂额。

问题的严重性还在于，由于之前并没有做实质性退出，当时国有、集体企业的摊子仍然很大，大约有200万家国有、集体企业，1.1亿职工。这么大的一个经济系统如果轰然倒下，后果不堪设想。

高 渊：面对这样困难的局面，三年改革脱困的工作目标是如何确定的呢？

邵 宁：目标确定非常关键。这既是一件非常具体的事情，也是一项政治上需要很好把握的工作。当时，陈清泰主任给我们的交代是：

三年左右摆脱困境是阶段性有限目标，定的要求不能过低也不能过高，各地情况不同，不可能搞一个标准。在他主持下，第一个三年改革脱困初步方案提出的目标是：2001 年前使目前处于困境的国有企业或者走出困难，或者退出市场；2001 年前在多数大中型国家投资企业初步建立公司制度。

党的十五届一中全会正式提出的国有企业改革与脱困目标是："从1998 年起，用三年左右的时间，通过改革、改组、改造和加强管理，使大多数国有大中型亏损企业摆脱困境，力争到本世纪末大多数国有大中型骨干企业初步建立起现代企业制度。"但这个正式提法仍然是定性的，关键是"大多数"需要摆脱困境的亏损企业如何具体化。

高　渊：你们内部讨论时，对于国企改革目标有争论吗？

邵　宁：我们经贸委内部的意见很不一致。有一种意见非常激进，提出使国有企业的亏损面下降到 20%。当时国有企业不计潜亏的亏损面是 39.1%，其他所有制企业的亏损面大约是 30%。记得我在会上和这种意见发生了激烈的争论，我说要求把国企的亏损面压到比其他所有制企业还低，除非大规模地做假账，否则是做不到的。这样设定目标，不留足够的余地，实际效果是给领导设"套"。

后来经过上上下下、反反复复的沟通，最后在国务院副总理吴邦国的主持下，明确了脱困的具体目标。所谓"大多数国有大中型亏损企业"是指 1997 年底亏损的 6599 户国有及国有控股企业中的大多数，这个目标有一定的弹性和余地。唯一的问题是，基数点不在最低点上。因为亚洲金融危机的影响，1998 年国民经济继续下滑，国有和国有控股工业企业实现利润又下降了 34.9%。1998 年才是谷底，这实际使脱困的有效时间缩短了一年。

高　渊：面对这么多难题，目标又这么具体，"三年改革脱困"有什么新措施吗？

邵　宁："三年改革脱困"实际是给国企"动手术"，之前承包制都是属于保守疗法。具体的措施大致可分为两种类型：第一类是针对特定企业、特定行业的，如纺织压锭、债转股、减员增效、技改贴息、行业下放等；第二类是面上普适的，包括国有中小企业改革、国有困难企业关闭破产、再就业工作等。

相比较而言，第二类措施更具有“手术”的价值。“动手术”的“第一刀”是国有中小企业改革，“抓大放小”涉及上百万家国有和集体企业，职工大约有4000万人。改制过程非常艰难，职工并不情愿。原先在国企一起吃大锅饭，改制成民营企业岗位就有风险了。

高 渊：那时候你们最担心什么？

邵 宁：我们这些直接参与工作的人，当时也信心不足。但有一点是明确的，即使搞不好了要退，也要想办法有秩序地退，不能溃退。一旦溃退就要“踩踏”，就要出事了。

改革的“第一刀”切在了中小国企上，“第二刀”是关闭困难的大中型国企。这个过程太难了，把长期掩盖着的矛盾全部挑开了。

高 渊：当时各地都忙着把中小企业卖掉，就是在这个阶段吧？

邵 宁：对。改制退出也有几种方式。第一种是面向内部人的改制，把企业变成职工持股、经营者持股的企业，其中经营者要多购买、持大股；另一种方式是引入外部投资者，并由其控股；最后一种方式是整体出售。不管采用什么方式，改完之后就不是国有企业了，改变性质了。

高 渊：这种卖掉中小企业的做法，当年我采访过一些官员和企业，对此争议很大。直到今天，依然有不同看法。现在快过去20年了，回过头来看，你怎么评价这“第一刀”？

邵 宁：这项改革从方向上讲是正确的。几乎在所有国家，中小企业都是由股东直接经营的，因为企业规模小，没必要再委托代理人。自己经营自己的资产，盈亏都是自己的，所以关切度很高。

如果在中小企业实行国有制，必然是层层的委托代理关系，而且多一个层次，关切度就多一份损耗，跟民企很难竞争。中小企业搞国有制必然站不住，如果不主动退出，以后也会被市场竞争挤出去。因此，当时放开搞活国有中小企业的方针是正确的。

高　渊：这种做法是否造成了国有资产流失？

邵　宁：这种情况肯定有。原因之一是这项改革由地方政府主导，当时地方政府已被国企问题搞得焦头烂额，急于甩包袱，因而推动很急、工作很糙。原因之二是上百万家企业改制，由许许多多不同水平、不同想法的人在操作，过程很难控制。原因之三是当时并没有一个职能完整的出资人机构，管人、管资产、管改革分属不同部门，体制漏洞、政策漏洞很多。

高　渊：当时有没有可能先把管理体制理顺了、政策完善了，再启动改革？

邵　宁：这样设问是有道理的。问题是政府体制是另一个层次的改革，不是想推就可以推动的。等待条件具备再推改革的结果，很可能是完全错过了改革时机，条件也未必能创造好。

另外就我个人的直观判断，这一时期的国有资产流失肯定有，但不会特别严重。因为存在一个制衡因素：职工。有人想做文章，职工这一关很难过去，企业改制的方案是要经职代会通过的。这与后来国有土地、国有矿产资源方面的流失情况完全不同。这“第一刀”下去以后，国资战线大大收缩了，接下来就是国有大企业的问题了。

高　渊：接下来的“第二刀”具体怎么切？

邵　宁：“第二刀”是要关闭一些困难的国有大企业。怎么处置困难国企一直是政府的一个难题。一句老话说，国企最大的弊端是只能生不能死。建一个国企很容易，但如果企业不行了怎么办？

原来的办法是政府养着亏损的国有企业。具体有两个出钱的渠道。一是财政出点基本生活费。这不是主渠道，因为财政一般没有多少钱。二是政府压银行给困难企业贷款。当时银行还没改革，还听政府的“招呼”，那时候有“安定团结贷款”“吃饺子贷款”“过年贷款”等，都是用在困难国企身上的。其实谁都知道，这种贷款必然有去无回，结果造成银行系统内的大量坏账。

企业破产诱发的群体性事件很多

高　渊：要想真正改变这种局面，财政和金融体制也必须要改革吧？

邵　宁：也是在 1998 年，在三年改革脱困工作启动的同时，朱镕基总理这届政府还开始了财政和金融体制改革。

当年财政体制改革的目标是建立公共财政体制。简单地说，就是财政只保公共支出，不再为国企的经营性亏损进行补贴了。当年金融体制改革的目标，是建立国有商业银行体制。国有银行的商业主体地位确立之后，政府也就不能压着银行给特定企业贷款了。这两项宏观层面的改革按说都不是针对国有企业的，但对国有企业的经营状态影响很大，客观上把政府对国有困难企业的输血渠道全部切断了。

高　渊：这样一来，那些国有困难企业就真的活不下去了吧？

邵　宁：这实际上把困难国企的问题摆上桌面了，再也无法回避了。解决问题的突破口，是国有困难企业政策性关闭破产工作。为了做好这项工作，国务院专门成立了“全国企业兼并破产和职工再就业工作领导小组”，主要组成部门包括国家经贸委、财政部、劳动部、人民银行等，办公室就设在国家经贸委企业改革司，简称“破产办”，由宋毓钟副司长负责，上面是蒋黔贵副主任亲自抓。

这项工作真是非常难，太难了。企业破产后职工会下岗，虽然能拿到一笔补偿金，但当年财政比较困难，所以补偿金非常少，全国平均安置费不到两万元，而且还是用“破产剩余资产和土地使用权转让收入优先安置职工”，实际是用银行的钱补了社会保障。

高　渊：那时候，破产企业的职工反弹大吗？

邵　宁：反弹是意料之中的，这实际上也是改革过这一关必然面对的风险。企业破产普通职工是没有责任的，但损失最大的是职工，因而很难接受，诱发的群体性事件很多。

那些年，各级政府为解决破产企业的稳定问题做了大量工作。第一批上去疏导的工作组基本都会被围，打不能还手骂不能还口，耐心做政策解释工作。这种事例全国非常多。当年四川省一个市的经贸委主任对我说，当地一家破产企业职工把铁路堵了，他带领工作组上去做工作，被职工捆在铁轨上，直到警察把他们救出来。他一边说一边掉眼泪，一个40多岁的汉子啊！

当时我们都非常理解，职工可能需要闹一次，等他们发泄了之后再做工作效果会好一些。但该破产的企业必须破产，因为它们已经成为经济和社会发展的负担了。

高　渊：你对哪个企业破产印象最深？

邵　宁：黑龙江的阿城糖厂当时是中国第一个破产的万人大厂。这是一家甜菜糖厂，陷入困境的原因其实很简单，甜菜糖的生产成本太高，已经没法和南方的蔗糖竞争了。但职工们不接受，职代会通不过破产方案。没有办法，只能搁着。然后让职工推选厂长，看有没有人能把企业带出困境。

搁了一年还是不行，甜菜糖竞争不过蔗糖，这不是哪个经营者能改变的，谁也想不出好办法，结果还是破产。这说明，要让企业职工接受破产的现实，是非常困难的，至少需要一个过程。

高　渊：在国企改革进程中，建立破产机制真的绕不过去吗？

邵　宁：只有困难企业能退出市场，国有经济的结构才能优化，市场经济优胜劣汰的机制才能发挥作用。从这个角度讲，这确实是绕不过去、无法回避的一道坎。同时，困难企业破产也直接推动了新的社会保障制度的建立。

中国的国有企业改革，是在改革并不配套、条件并不完全具备的情况下推进的。需要支付改革成本的时候发现财政并没有准备足够的资金，职工大批下岗时发现社会保障制度还没建好，出现国有资产流失时发现国资管理的责任并不明确。这可以理解为当时改革的顶层设计没有做好，也可以理解为是借助一项最重要的改革来倒逼推动其他方面的改革。

高　渊：其中的关键还是建立一套社会保障制度吧？

邵　宁：实际上在计划经济时期，我们对企业职工有一套保障制度，不过那是单位保障的体制，所以我们都是“单位人”。单位保障是指职工的保障责任是由工作单位承担的，包括退休了单位发退休金，看病由单位公费医疗报销，甚至还有分房，等等。

单位保障制度适合计划经济，因为计划经济时期国有企业和财政是“一本账”。企业保障方面的开支多一点，上缴财政就可以少一点，如果企业亏损了财政要给补贴。但进入市场经济就不行了，财政和国企的财务关系切断了，国企变成了一个自身没有保障的市场竞争主体，市场经济下的社会保障制度必须是社会化的。可以这样讲，改革把原来的单位保障制度废掉了，而新的社会保障制度还没有建好。

高　渊：当时有多急迫？

邵　宁：1998年上半年，我们曾经面对过一个非常危险的时期。当时国企改革攻坚已经开始，大量职工下岗，但社会上并没有一个完善的社会保障制度作为安全网。当时全国各地都在出事，原因都是职工下岗后既没有人管理，也没有人保障其基本生活。

在这样的局面下，党中央、国务院做了一个重大决定，建立社会保障体系需要一个过程，来不及，我们就先建一个替代物，就是“再就业中心”。这是上海纺织控股创造出的经验。再就业中心为下岗职工做四件事：发基本生活费、缴基本保险、进行再就业培训、介绍工作。再就业中心作为一个特殊时期社会保障的替代物，稳定了下岗职工和社会，支持了这一时期的改革和结构调整。

2000年底公布国企利润总量，成果斐然使社会质疑数字造假

高　渊：三年国企改革脱困最终效果如何？

邵　宁：应该说，改革措施非常有针对性。“手术”的两刀切掉

两个大的亏损源，因而经济效果非常明显。到 2000 年末，全国国有和国有控股工业企业实现利润恢复到 2000 亿元以上，亏损面下降到 27.2%，包括纺织行业在内的五个重点行业整体扭亏；重点锁定的 6599 户亏损企业中有 4799 户采取多种途径摆脱了困境，脱困率达 72.7%。盛华仁主任向全国人大报告基本完成了改革目标。

高　渊：宣布完成目标后，当时社会上一片叫好吗？

邵　宁：主流媒体的报道当然是正面的，但社会上出现了很多质疑声，有些人说数字造假。那么到底有没有假呢？说实话当时我们心里也没数，因为我们自己没有统计手段，用的是国家统计局的数字。

一般地讲，政府强力推动的工作对统计数字或多或少会有些影响，关键是影响的幅度有多大。结果过了两年，2002 年末同口径国有企业实现的利润超过 3000 亿元。又过了两年，2004 年末同口径利润超过 5000 亿元，这时候再没有人说造假了。

大家开始意识到，“三年改革脱困”确实给中国的国有企业改革带来了重大转折。现在回过头去看，朱镕基总理敢于在自己的任期内把矛盾都挑开，把解决问题的责任和风险自己承担，把改革的成果留给后人，是展现出了一位政治家的胸怀和风范。

高　渊：那三年国企改革脱困过程中，你和你主管的机构主要扮演什么角色？

邵　宁：我们是第一线的工作机构。在工作目标确定后，关键是要把工作组织好，把事情做实。

这包括几个层面。一是政策要做实。每一种类型的困难企业都要有相对应的政策，这些政策有些是上面制定的，有些是地方创造的，因而总结各地改革经验的任务很重。这个任务主要在企业改革司。二是责任要做实。企业自身当然是脱困主体，但政府也要承担相关的帮扶责任。我们在与各级政府部门协商的基础上，为 6599 户重点脱困企业的每一户都明确了一个政府部门作为帮扶责任主体，同时每个季度向全国通报一次脱困进度。这项工作主要由脱困办完成。三是重大个案的解决要做实。所谓重大个案，都是操作过程中出现群体性事件的企业。企业出事了我们必须派人到第一线和地方政府一起解决问题，在这方面“破产办”做得多一些，我的老上级蒋黔贵副主任经常亲临一线指挥。

应该说，我们为实现三年改革脱困，建立了一套政策体系，也确立了一套组织体系。政策体系是治病的，组织体系是督促治病的。

高　渊：“三年改革脱困”的成效应没有疑问，但对这项工作本身各方面的评价，至今并不完全一致，你怎么看待这些说法？

邵　宁：“三年改革脱困”是一系列非常具体的工作组合，人们观察角度不同自然会有不同的认识。前几年有一种说法，“三年改革脱困”是政府用行政手段强力推动的，应该更多地采用市场化的办法。但对于中国这样一个行政力量强大而市场机制发育不完善的国家，这恰恰是一服对症的良药。

高　渊：这句话应该怎么理解？

邵　宁：“国企三年改革脱困”为国企改革创造出三个方面的条件。首先，它使国有企业改革从一项分管领导主持的部门工作，变成各级党委、政府必须向中央交账的“一把手工程”，工作位置不一样了。例如：很多省市的国企改革原先是工业副省长或副市长带领经委负责推动，能动员的资源非常有限。其次，各级党政“一把手”亲临国企改革第一线，各相关部门会主动跟进制定配套政策，改革的政策环境大大改善。第三，各级党委、政府的号召和推进，各层级的积极响应，创造出一种理解和支持改革的浓厚的社会舆论氛围。这三点对于改革的大规模推进都是必不可少的条件。

事实上，有些重大改革措施，如国有中小企业改制、企业破产等，其出台或试点的时间都早于1997年，但实施的范围、力度都很有限，只有在三年改革脱困工作开始后，才有了大规模、大力度实施的可能。改革的推进需要环境、氛围和条件，“三年改革脱困”工作恰恰创造出了这种环境、氛围和条件。

高　渊：你在国企改革领域一干就是17年，现在也没有完全离开。对于国企改革，对于国企的命运前途，你内心中最真实的想法是什么？

邵　宁：国有企业在中国经济，包括竞争性领域中的大量存在是一个既成事实，是我们父辈们已经建好的，简单地否定它们毫无意义。面对这么多企业、这么多职工，我们只能逐步推进改革，有些企业可能需要退出，有些可能需要通过改革和结构调整使其适应市场，并最终实现与市场经济的融合。

我国国有企业目前存在的种种问题，大都是先天带来的，是当年我们选择的经济发展模式所决定的。站在当代市场经济的角度，挑出国有企业种种不适应市场经济的弊端，是很容易的。但这不是有水平的表现。

真正有水平，而且也是国家需要的，是建设性的意见：从中国的国情和国有企业的实际出发，如何帮助国有企业加快改革和结构调整，以尽快适应社会主义市场经济体制的要求。因此全社会都应提倡一种对国有企业理解和宽容的态度。

江湖之远

郑永年 ♦ 周其仁 ♦ 张五常 ♦ 王赓武

有些人不在中枢，有些人不在京城，更有些人久居海外，他们却常思考着大局大势。

郑永年是久居新加坡的中国问题专家，他很真诚地跟我说："我真的很想活 100 岁，如果能做到，那时候就可以把中国问题看得差不多了。"

张五常是一介"狂狷之士"，生于香港，曾在香港大学执教多年，却时不时对内地经济改革"指手画脚"，往往引来很多不同意见，把自己推上风口浪尖。

王赓武被新加坡前总统纳丹称为"新加坡国宝级学者"，他被公认为与余英时、许倬云齐名的"海外三大华人史学大师"。他说，他是从外国人视角看中国历史。

周其仁在北京大学任教多年，但他"走"得更远。他常跟学生们讲，要跳出来研究问题，就把自己当作外星人，看看地球人卡在哪里了？

距离产生美，距离也能让人更跳脱地思考。

我刚把户口迁回余姚郑洋村

郑永年

1962年生，浙江省余姚人，中国问题专家，美国普林斯顿大学政治学博士。现任新加坡国立大学东亚研究所所长，《国际中国研究杂志》（*China: An International Journal*）共同主编。历任北京大学政治与行政管理系助教、讲师，新加坡国立大学东亚研究所研究员、资深研究员，英国诺丁汉大学中国政策研究所教授、研究主任。

“我相信，‘中国模式’是存在的。但这个模式，不是像有些人说的那样，‘中国模式’是世界最好的，也不像另一些人说的那样，中国改革就是要消灭‘中国模式’。在我看来，‘中国模式’是几千年来一以贯之的，而现在走到了一个十字路口。”

郑永年是久居海外的中国问题专家，也是一位偏爱独处的公众人物。

他虽然常居新加坡，但每个月至少来中国两次，或参加论坛，或到各地考察，也会在媒体上露面。“十九大”召开前，在大型政论片《将改革进行到底》的第一集中，他便出镜亮相，谈改革必须啃硬骨头的问题。

不过，他平时最爱独处。只要人在新加坡，便每天早上 6∶45 准时起床，到新加坡国立大学东亚研究所的办公室，开始一天的读书写作生活。他经常两三个选题交替写作，英文写累了写中文，中文写累了写英文，一日三餐基本都在学校食堂解决，直到晚上七八点回家。

“我不抽烟、不喝酒、不熬夜，也不爱旅游，我在新加坡每天都按固定的时间生活，有点像部队生活。”55 岁的郑永年腰杆笔挺，说一口带有宁波腔的普通话，甚为健谈。

我和郑永年聊了一下午，他有问必答，聊到高兴时，还拿出口袋里的身份证，说：“我到现在还是中国国籍，今年刚把户口放到了老家宁波余姚郑洋村。”

在他看来，对他们这个年龄的人来说，要放弃中国国籍是比较难的决定。倒不是说他们身上有多么浓厚的爱国主义，就是觉得怪怪的。郑永年 1990 年就去了美国，要放弃中国国籍早就放弃了。在国外将近 30 年，他一直用中国护照，也习惯了。他这些年不知道换了多少本护照，以前要求五年换一次，最近这些年才是十年一换，但因为经常出国，两三年护照页就用完了。他很感慨地说："我想以后写一写我的护照的故事。"

这位生于农家的学者，这些年笔耕甚勤。我问他，至今一共写了多少本书，他说："其实我自己从来不算的，有一次儿子跟我开玩笑，他说等我写到 100 本书，要为我开个派对。我就真的去算了一下，写的和编的加起来一共 70 多本了，其中有七八本英文专著。"

19 岁那年，郑永年走出了余姚山村，挑着扁担到北京大学报到。当时村里没有电话，北大招生的老师找不到他，中学班主任就为他选了国际共产主义运动史专业。1990 年，他怀揣 120 美元远赴美国普林斯顿大学，逐步完成了从一个农村孩子到国际知名学者的蜕变。

对于这样的命运安排，郑永年显得非常满意。"如果从政或者经商，都要击败很多对手。我是越来越觉得做学问实在太幸福了，这是世界上最好的工作，其乐无穷。做学问不用冒犯任何人，自己跟自己较劲就行了。不过，我对自己写的书从来没有满意过，好像永远都只是刚刚开始。"

我向他求证，是否对外说过希望活到 100 岁？他很真诚地笑道："我真的很想活 100 岁，如果能做到，那时候就可以把中国问题看得差不多了。"他顿了一顿又说，"当然这是开玩笑的，新的问题也会出现。"

✦ ✦ ✦

马拉松："男人需要三种感觉：饥饿感、疲劳感和孤独感。"

高　渊：我关注你的微信朋友圈，发现你每隔一两周都要写一个"周日徒步日志"，每次都要走上三四十公里。只走不跑吗？

郑永年：对，最多的一次走了 71 公里。不过一般走 35—40 公里，接近一个马拉松。

我以前喜欢跑步，还经常打羽毛球，但后来膝盖受伤了，就改成走路。现在，我只要在新加坡，每个星期天早上八点多开始走路。新加坡有个水库，那里环境很好，有树木挡着阳光，我平均一小时走六公里，中午吃个饭，走到下午三四点结束。

高　渊：结伴而行还是踽踽独行？

郑永年：一般是一个人独行，有时候也有其他人，但大多数人走不了那么远，经常走着走着就剩我一个了。而且，我边走路边思考问题，中间除了吃饭从来不停，就是这样一直走，已经养成习惯了。

高　渊：你走马拉松累不累，目的是什么？

郑永年：在我 50 岁之前，做什么事基本都不累，但 50 岁以后，如果在办公室写一天东西，就会感觉累了。所以我就强迫自己，一周要休息一天。这一天如果待在家里，估计就是看看书看看电视，我们男人又不爱逛街，最多去书店。

我想来想去，还是觉得走路比较好。因为我一直觉得，男人需要三种感觉：饥饿感、疲劳感和孤独感。走路可以同时获得这三种感觉。

高　渊：为什么需要这三种感觉？

郑永年：我上大学之前一直生活在浙江四明山区，经常吃不饱饭，而且干农活很累，劈山造田、修公路、种树，等等，我都干过。当农民其实是很孤独的，但我难忘当年的感受。

如果每天吃得很饱，不仅不利于健康，而且不利于思考。现在，我一周有两个晚上让自己有点饥饿感，这样身体就比较舒服。同时，疲劳感也是需要的。如果天天坐在办公室里，新加坡的空调又很厉害，这就是负能量。但走路的疲劳是正能量，睡一觉第二天就恢复了。而且，走路也是很孤独的。这不仅能锻炼身体，也能更好地思考。

高　渊：一个人走马拉松，其实就是自己跟自己的赛跑？

郑永年：对，走马拉松和跑马拉松不一样，走路就是自己走自己的，没有目标，能走多少走多少。

我从来不喜欢比赛，拒绝参加也从不参加学术论文评奖等。20 世纪 80 年代，读萨特的存在主义，带给我一个根深蒂固的概念，就是人只能自我衡量，评判标准只能是自己，不是另外的人或物。所以，我对萨特当年拒绝领诺贝尔文学奖特别佩服，他说人就是自己衡量自己。我的理解就是，自己跟自己竞争，绝不要跟别人竞争。

高　渊：你生于1962年，生在一个怎样的家庭？

郑永年：我家世世代代都是农民，父母亲都是文盲，连自己名字都不会写。他们一共生了11个孩子，活下来八个，前面四个女儿，后面四个儿子，我排行老七。我跟我二哥之间有一个姐姐，在“大跃进”期间，她生病死了。这是我大姐后来告诉我的，她的小孩就比我小一岁，我对她的感觉就像对妈妈一样。

我家在浙江余姚的郑洋村，村里只有100多人，但有一所小学和一个“赤脚医生”。因为当时毛泽东要求，每个村都要有小学和“赤脚医生”。我读书的时候只有五岁，父母亲要种地，就把孩子丢在学校里。我们那所小学只有一位老师，她从一年级教到五年级。我那个年级连我在内，一共两个人，就是一张课桌，一个年级。

高　渊：中学在哪儿上的？

郑永年：我们村在山上，中学我去了山下的鹿亭中学。那时候是初中和高中各上两年，而且基本上没有理工科，像物理我就没上过，当时课本叫《机电》，倒是教了我们不少实用技术，比如怎么开拖拉机、怎么装电灯之类的。

高　渊：你高中毕业是1977年，正好碰上恢复高考，当时想过高考吗？

郑永年：我们乡下哪知道恢复高考，直接就回家务农了，当了生产队的记工员。我年纪小，当时壮劳动力如果是10分的话，我刚开始只有3.7分，连半个劳动力都不到。后来还教过夜校，就是晚上在煤油灯下，教农民识字和简单的算术。

到了1978年，我想去当兵，但名额都给了干部子弟。后来知道有高考了，因为广播里宣传少年大学生。我的大姐夫是鹿亭中学的民办老师，他支持我去考。

高　渊：父母对你有什么期许？

郑永年：他们是文盲，经常被人欺负，所以希望子女能读多少书就读多少，我的姐姐们都上过小学，我跟我弟弟都上了高中。但我弟弟后来没考上大学，也当了农民。

我现在想想，农村生活对我影响太大了。到现在我还是认为，我是作为一个农民在做研究，我从来不盲目相信教科书上的东西，因为中国的现实和书上说的东西，相差太大了。

高　渊：1981 年，你为什么考北京大学国际政治系？

郑永年：那次高考，我英文考了 60 多分，当时算很好了。语文没有考好，尽管我在乡下的时候，经常为余姚人民广播电台写稿。但数学考得比较好，考了 80 多分。考分公布后，就要填报志愿了，我的分数够上北大。

当时北大招生办已经派人到了浙江，我们村没电话，他们打电话到公社，还好我大姐在公社社办工厂上班，把消息告诉了我。我当时的志愿，前两位填的是北大中文系和历史系。招生办看我英文考得不错，想叫我上国际政治系，但打电话找不到我，我们中学班主任就帮我决定了，去读国际共产主义运动史。

高　渊：这是你第一次去北京？

郑永年：当然是第一次，我到了余姚市里才知道火车长什么样。到北京下车，我用扁担挑着木箱和铺盖，木箱是我二哥帮我做的，反正特别土。

到了北大后，感觉我自己非常傻。那些城里长大的同学，唱歌、跳舞、画画什么都会，我真的是什么都不会，什么都没有见过。

高　渊：在北大四年，有什么印象特别深的事？

郑永年：第一就是，我发现读书太容易了，远没有务农辛苦。第二是图书馆里居然有这么多书，真是看不过来，我后来在这里读了很多文学历史方面的书。

刚进学校的时候，我不太自信。但一个学期后，我就考全班第一了，后面名次靠前的全是女生。所以，我真是觉得读书没那么难。但这也是因为我不会其他东西，也没兴趣。人家去跳舞了，我不会，人家去唱歌了，我也不会，只能读书。

生活费主要靠奖学金，我们农村去的学生一般都有，每个月二十三四块吧。那些父母有工资收入的学生，奖学金就会少一点。我的奖学金主要是用来吃饭，偶尔还可以买点书。

高　渊：本科毕业为什么不选择就业？

郑永年：我毕业是1985年，我们北大国政系的学生，当时外交部、中联部都要。但就在那年，中国开始实行研究生推荐制度，我是全班成绩最好的，就被推荐上研究生了。

我也没多想，就继续读书吧。80年代的风气很好，读书氛围浓，思想也开放。我读研的时候，就开始为浙江人民出版社主编一套“政治学译丛”，自己翻译出版了不少书，比如《政治学的理论与方法》，主编这套书一直持续到1990年出国。

高　渊：你在北大待了九年，对北大怀有怎样的感情？

郑永年：我总觉得80年代是很好的时代。那时候，我整天就待在图书馆和教室里，有时候春节也不回家，就在学校里看书。我们那代大学生可以说是思考的一代，当然有点过于理想主义，但不管怎么样，每个人都在思考。

当然，生活很艰苦，我上本科时是八个人一间宿舍，读研的时候是四个人一间。毕业留校后没房子，就住集体宿舍。后来在北大旁边租了间农民房，可以不受打扰地写文章和翻译书。那时候还没成家，冬天骑着三轮车买煤饼生火炉，饭也自己做，白菜豆腐之类的。

去美国：“刚到美国，买一罐牛奶、一根香蕉花了三块多，把我心疼得要死。”

高　渊：1990年，是什么机缘去了普林斯顿大学读博士？

郑永年：我联系了三所美国大学，哈佛、普林斯顿和加州大学圣塔芭芭拉分校。哈佛大学要先收几块美金的邮费才给我寄申请材料，普林斯顿不用，直接寄过来了。加州大学圣塔芭芭拉分校有个老师曾在北大当过访问学者，我给他当过助教，他把申请材料寄给我了。

当时，我考了托福，但成绩一般，没考 GRE。圣塔芭芭拉分校说，到了那儿还要考我的语言能力。但普林斯顿没有要求。其实，那时我对普林斯顿也没多少感觉，人家说爱因斯坦以前在那边待过，我觉得还不错吧。

高　渊：普林斯顿为什么一眼就看上你了？

郑永年：这也是我很多年来的一个疑问，普林斯顿为什么录取我？我找了不少老师和同学打听，据说录取我的是研究西方政治哲学的瑞恩（Alan Ryan）教授。我前些年买了很多本他的书，他是英国人，从英国到澳洲再到普林斯顿，是当今世界研究洛克最好的学者。遗憾的是，我在普林斯顿没有上过他的课。后来听另外一个教授说，我当年翻译西方的书，写了很多文章，把西方政治哲学引进中国，可能是这一点打动了普林斯顿。

高　渊：去美国的第一感受是什么？

郑永年：太贵了。当时我身上只带了 120 美元，从纽约下飞机到普林斯顿的车票要几十块。第二天，实在饿了，就到超市买了一罐牛奶，其实我不喝牛奶的，但不知道买什么才好。还买了一根香蕉，加起来花了三块多，把我心疼得要死。

高　渊：你曾说过，在普林斯顿读博士是你学习生涯中最辛苦的一段时间。

郑永年：当然辛苦了，我连睡觉的时间都没有。首先是英文，因为我对出国没有做很好的计划，说出去就出去了。80 年代很多人想出国，他们一般会先去一个小一点的学校，把语言学好了，再转去一个大的学校，而我是直接去普林斯顿的。

前面六个月很痛苦，基本上不会说。我虽然在 80 年代翻译过书，但就是开不了口，很害羞。老师说，你怎么不会说呢？美国大学不错，有专门的老师辅导英文。后来一位女老师跟我说，英文很简单的，开口说就行了。

高　渊：你研究中国问题是从那时候开始的？

郑永年：先是克服了对英语的恐惧心理，不能说过关了——到现在我的英语关还没过呢。然后我就开始用英语写论文，天不怕地不怕地投给一些政治学期刊，发表了好几篇。

我主修政治哲学，还上一些别的课，像比较政治、国际关系等，普林斯顿的教授都蛮强的。后来，我从政治哲学转向比较政治，这是因为对中国感兴趣，我在中国的时候倒是不研究中国问题的。

对于政治哲学，我有了一些新的看法。到现在为止，我一直觉得哲学是不可研究的。每个人都可以是哲学家，但很难理解哲学家到底是怎么想的。一百个人心中有一百个尼采，哲学只能去体会、体验，所以我从来不去研究他人的思想。

高　渊：听说你的博士论文最初想写中国农村改革？

郑永年：对，因为我亲身经历过农村生产承包责任制，本来想用新制度主义来分析中国的农村改革，但我对这些太熟悉了，反而不好写，可能会带有情感色彩。后来还是决定换题目——当时已经弄了好几个月——改成了研究中国的中央和地方关系。

我这人真是天不怕地不怕，论文写完后，就直接寄给剑桥大学出版社。两位评审说这本书挺好，但要修改。我花了不少时间改好后，其中一位评审却改变他 / 她的观点了，因为当时苏联垮掉了，他 / 她认为中国的中央与地方关系也会像苏联那样，我不认同他 / 她，就撤回了，因为我不能改变我的观点。

高　渊：拿到博士学位后，是怎么打算的？

郑永年：我毕业时有两个选择，要么工作，要么做博士后。我正好申请到了美国社会科学研究会的经费，这个研究基金蛮好的，基本上可以去任何学校，我选了哈佛。申请经费的题目，就是后来我的第一本英文书，研究中国的民族主义，这实际上跟中央—地方关系也有联系。

后来出版的时候，我把书名定为“Discovering Chinese Nationalism in China”，翻译过来就是“在中国发现中国民族主义”。因为我觉得，站在纽约或伦敦看中国民族主义，和站在中国看，是完全不一样的，我不同意西方对中国民族主义的看法。所以，我坚持要写上“in China”。

高　渊：在哈佛大学待了多长时间？

郑永年：从 1995 年到 1997 年，差不多两年。第一年主要在改写“中央与地方关系”那篇博士论文，以及写“中国民族主义”这本书。第二年，我是新加坡和美国两边跑，因为哈佛一位教授建议我研究一下“亚洲四小龙”。

高　渊：因为常去新加坡，后来就决定加入东亚研究所？

郑永年：那时候叫东亚政治经济研究所，他们正好在美国登广告招人。哈佛大学的汉学家傅高义先生认识东亚政治经济研究所的创始人吴庆瑞，他觉得这个地方挺好，建议我去申请。当时的研究所规模很小，但几个月后就发生了变化，吴庆瑞先生退休了，进行了改组。

我和王赓武教授同一年来到东亚所，他是从香港大学校长任上荣休后过来的，比我早几个月。改组后，东亚所加入了新加坡国立大学，更名为东亚研究所，王赓武教授当所长。一开始，整个研究所只有我们三四个人，我们继续招人，所以，我刚来就成“元老”了。

高　渊：后来有没有离开过东亚所？

郑永年：我在东亚所工作几年后，2005 年去了英国的诺丁汉大学，在那里待了三年。当时诺丁汉大学名誉校长是杨福家，但我之前没跟他接触过，跟我谈的是英方校长。谈了以后，他又去问杨福家我这个人行不行，杨福家说行，这样我就去了。他们找我的目的，是要成立中国政策研究所。

其实我也不算正式离开东亚所，当时王赓武教授很支持我到不同的学术环境工作。我还是跟东亚所保持联系，参加东亚所的很多会议。

那时候，我也是野心勃勃，看到英国对中国的研究基础比较差，就想组建一个英国最好的中国研究所，把东亚所很多成功经验复制过去。

高　渊：在诺丁汉大学那三年有什么收获？

郑永年：我在那里当终身教授。因为由我主导中国政策研究所，所以我要考虑招什么人、怎么发展等，这种经验是以前没有的，以前都是在别人领导下工作。另外在学术上，我在英国写了好几本书。

2005年去诺丁汉的时候，在英国研究中国政治的华人教授，我可能是第一个。所以，来找我咨询的人很多，英国外交部、首相办公室、议会也请我去参加讨论。这使我学到了很多，也了解了西方政界到底关注中国什么方面。更重要的是，那三年让我进一步了解了政策咨询和学术研究的差别，前者要更多从决策者出发，了解他们到底在想什么。

身份证："我用的是中国护照，户口放在我的老家余姚市郑洋村。"

高　渊：后来为何选择回到新加坡？

郑永年：因为王赓武教授希望我回来，我对他非常敬佩，他待人亲切、学术精深，是我眼中的当代大儒。2007年，他当了十年东亚所所长后，转任主席。当时，东亚所请来芝加哥大学的杨大利教授担任所长，但不知什么原因，一段时间之后杨教授就辞职了。

这时候，李光耀先生非常关切东亚所，问王赓武教授和黄朝翰教授（原东亚政治经济研究所所长）东亚所接下来怎么发展。黄教授就提了我，李光耀先生也熟悉我的名字，因为我从1996年起就为新加坡政府写政策分析文章，他也觉得我合适，就要我回来。东亚所便跟新加坡国立大学商量，通过评审程序给了我一个"终身教授"，因为我在英国已经有终身教授职位了。对于李光耀先生的关心，我是很感动的。

然后，王赓武教授亲自到诺丁汉大学，邀请我回去。英国方面挽留我，而且当时我已经申请到欧盟和英国的研究基金，我在那边会做得很好。但我考虑来考虑去，还是决定回新加坡。后来我跟我的学生说，任何一个单位都不会是非常完美的，每个单位都有好和不好的地方，也都有不同的人，有的捣蛋、有的干活，但我的体会就是一条——任何组织如果要生存和发展，就必须有干活的人。就像我以前当农民一样，我自己不捣蛋，当一个干活的人。

高　渊：2008 年至今，你一直担任新加坡国立大学东亚研究所所长，你现在是新加坡公民吗？

郑永年：不是，我现在还是中国公民，拿中华人民共和国护照，我也没有考虑过要申请新加坡国籍。

以前确实不大方便，尤其是去欧美国家，用中国护照办手续相对麻烦些。现在好多了，而且因为没时间我也不想老是出去开会，很多国家来请我，我也可以借此推脱。我就喜欢待在办公室里看书写作。

高　渊：现在户口在哪里？

郑永年：我以前一直是北大的集体户口，今年我把户口放到我的老家余姚市郑洋村去了，办了新的身份证。我现在是农民身份证，但没有土地，因此是“失地农民”。

高　渊：准确地说，你是“常年在新加坡工作的中国学者”。这样的双重身份，对于你的学术研究有什么利弊？

郑永年：当然会有点困难，主要是认同上的。80 年代我读马克斯·韦伯的书，他有个理论概念叫“价值中立”，至今影响我的学术态度。

当然，在社会科学研究中，你要完全中立是不可能，因为即使没有政治上的影响，也会有文化上的影响。就像我们东方人看西方，和西方人看中国，因为文化上的差异，要假装百分之百完全中立是不可能的。

但可以尽量争取做到价值中立，这是可能的。所以，我观察政治，包括观察中国、新加坡、美国的政治，尽量不把自己的情感加进去，这样的学术态度虽然比较难，但还是有可能的。而且，中国本身也有这个传统，司马迁写历史，就是要公正、持中，这是目标，是价值观。

实际上，对我们这些在海外的中国学者来说，用西方那一套理念发表作品，要容易多了，但我不能这样，做学问还是要追求接近真理。更何况，向世界解释中国是中国人的责任，不是西方的责任。

高　渊：你领导的东亚所是个知名智库，你认为什么样的智库才是好智库？

郑永年：做智库的关键是要说真话，只有说了真话，政府和领导人才能做出正确的决策。没有真话，哪里能有好的决策？

像我们做智库的人，上至总统部长，下至流氓地痞都要接触。更重要的是，自己不能是利益相关者，否则就不可能客观，这是人的本性，屁股会指挥脑袋。

高　渊：你现在经常去中国，主要是参加各种会议吗？

郑永年：我非常有选择地去中国参加一些论坛，像每年全国两会后，国务院发展研究中心组织的中国高层发展论坛，像上海的世界中国学论坛等。但是有的论坛太虚，我参加一次就不再参加了。

其实我还是个农民，我更喜欢到处看看。我现在回国最主要是做些调研，我在广东有不少调研点，那里离新加坡近，像珠海、南海、顺德、东莞等，这些地方也都比较方便，老家余姚我也经常去。

余姚市和珠海市请我当顾问。尽管这些年做了很多政策咨询，但我觉得自己还是一个研究者。我也更认同东亚所是一个研究机构，而不光是智库，因为我们做很多的学术活动。如果没有学术关怀，政策咨询是做不好的，只会越做越浅。

高　渊：作为一个经常做政策咨询的学者，你觉得应该和政府保持怎样的关系？

郑永年：首先要了解学术和政策的差别。做学术就要标新立异，我们两个人观点一样的话，不是你发表不了论文，就是我发表不了。而政策刚好相反，关键要有共识，我们几个人没有达成共识的话，就没法出台政策。

我喜欢打一个比喻，我们学者跟社会的关系，就像医生和病人。医生凭自己的知识和经验，给病人看病。如果没治好，很多学者喜欢说病人的病生错了，而不是说自己的知识经验不够了。而政府官员比学者更像医生，他们必须要解决问题。所以我们要研究社会，也要了解政府的想法，底线是不要把病人治死。

高　渊：东亚所的研究方向是不是就是中国？

郑永年：以前只研究中国，因为当时新加坡还没和中国建交，所以用“东亚”来“掩护”一下。现在已经名副其实研究整个东亚了，包括日本和朝鲜半岛。研究人员是 40 多人，加上十多个行政人员，一共 50 人左右。

高　渊：作为东亚所所长，你怎么把握东亚所的研究选题？

郑永年：所里的选题，对中国政治经济社会的发展，各个方面都会照顾到。像 2017 年召开中共十九大，中国的经济改革、国企改革、社会改革、政治改革、法治建设等方面都要研究。

对我自己来说，当年去英国的时候，就规划要写“中国三部曲”，第一本书是解释中国共产党，2010 年已经出版了英文版，这花了我很多年心血。第二本书可能明年出版，解释中国的政治经济学。第三本书现在开始写了，解释中国的国家形态。这三本书是互相关联的。当然，现在又有很多题目出来了，反正是做不完的研究。

高　渊：东亚所的经费从哪里来？

郑永年：东亚所创办的时候，是一家政府资助的民间研究组织。后来，创始人吴庆瑞先生留下来一个基金，我们现在一半钱来自基金，一半钱来自政府的购买服务。

看中国：“中国模式是几千年来一以贯之的，现在走到了一个十字路口。”

高　渊：你在中国有很高的知名度，你对此有没有感到过惊讶？

郑永年：实际上，我大部分的学术著作都是用英文写的，当然有几本翻译成中文了。我经常被人误认为是专业的专栏作家，实际上我是写书的，也编了很多书，当然专栏也在写，但是业余的。写一篇学术文章或一本学术著作，可能没有多少人读，因为太专业，但专栏文章的读者要多很多，这在任何国家都一样，这就是大众化。这也符合我的价值观，要写普通人看得懂的文章。

高 渊：从什么时候开始为报纸写专栏？

郑永年：1996年年底开始的，到2017年，已经持续21年了。一开始是为香港的《信报》写，从2006年开始给新加坡的《联合早报》写。一周写一篇，从来没有停止过，现在要停也停不了，因为习惯了。

刚开始写专栏的时候傻乎乎的，把一篇很长的文章寄给编辑，编辑再分拆成几篇发。所以万事开头难，后来写起来就容易了。当时《信报》要求每篇在2500字以内，后来在《联合早报》越写越长，最长写到过5000多字，现在控制在3500字到4000字。我在《联合早报》上的专栏是星期二发，只有出现非常特殊的情况，才会晚一天。比如，上次李光耀先生去世，那个版面基本上都是纪念他的文章，我的专栏就推迟了一天。

我的专栏是把学术思考和时事结合起来，比一般的时评更学术化，但语言会比较土一点，农民也能看得懂。

高 渊：这些年来，外界对你有不少评论，有人说你是保守派，也有人说你是自由派，你自己怎么界定？

郑永年：其实我自己也搞不清，我希望是实事求是、就事论事。我基本上会把中国现在所发生的事放到中国的历史、放在东亚的历史、放在世界的历史来看，一定要把中国放在世界地图上看，才能看清楚，所以很难说有什么意识形态。

有一位记者曾问我，如果你一定要有一个立场的话，你自己怎么形容？我说我是中国的自由主义，不是西方的自由主义。我认为，中国现在有太多的西方自由主义者，有太多的西方的左派，有太多西方的经济学家了，我是中国自由主义者，用中国的方式，而不是西方的方式研究问题。

高 渊：你怎么看待西方？

郑永年：我觉得中国的不少学者既不了解中国，也不了解西方。我比他们了解，至少我不会像国内有些学者那样崇拜西方，因为我看到了西方的事实，我不会轻易相信西方的教科书，我了解西方的制度到底是怎么运作的。

高　渊：很多人很崇敬你，但也有些人会批评你，你在意那些批评的声音吗？

郑永年：这些年来，常有人批评我，说我是不是在投机？人家怎么说我，我都觉得跟我没关系，文章只有写的时候是属于自己的，写完了就不属于自己了。其实，很多人所理解的郑永年，和我自己所认为的郑永年可能是两个人。

说到底，还是要做自己的事，有态度地去做事，不参与那些无谓的争论。我观察政治，但我不参与政治。

高　渊：你在美国、新加坡和英国的一流大学学习工作过，这些国家对中国的研究水平如何？

郑永年：美国人才很多，但现在美国对中国的研究有很大的不足，就是太过于微观，太过于量化。西方的社会科学有一个长期发展过程，在 18 世纪和 19 世纪，马克思、马克斯 · 韦伯等几代人把宏观的理论都建立起来了，到“二战”前后，中观理论也建设得差不多了，走向微观是一个很自然的过程。

我上次去哈佛跟傅高义交流，他也蛮担心的。像他这一代汉学家要花很多时间搞调研，但现在的年轻学者很少调研，就找一套统计数据或者民意资料，然后就闭门写论文了。英国和欧洲其他国家的问题更大，美国还有钱，欧洲钱要少很多。

高　渊：我们自己对中国的研究呢？

郑永年：我觉得，中国的大学有时候比美国的还美国，比英国的还英国，我们的学术思想和评估系统，都比西方还西方。所以我一直说，中国的学术某些方面被“殖民地化”了。

我们的学术不能照搬西方，更不能比西方还西方，特别不能被西方某一派的思想占领。要是一直这样下去，我们的社会科学研究就没有自己的声音了。我现在有点使命感，所以我从不参加争论，要拿出时间做更多自己的研究。

高　渊：这些年来，越来越多的学者在提“中国模式”，你认为“中国模式”存在吗？

郑永年：我相信，“中国模式”是存在的。但这个模式，不是像有些人说的那样，“中国模式”是世界最好的，也不像另一些人说的那样，中国改革就是要消灭“中国模式”。在我看来，“中国模式”是几千年来一以贯之的，而现在走到了一个十字路口。

高　渊：接下去怎么走会很关键。

郑永年：非常关键。中国归根结底最核心的问题还是政治问题，政治这一步走好了，中国就真是一个新型的大国。就像2016年习近平所说，我们完全有信心为人类对更好社会制度的探索提供中国方案。*

现在西方遇到了很多问题，打着“民主”的旗号走不下去了。这200多年来，西方国家大部分时间都是精英民主政治，但现在在大众民主的条件下，哪里有忠诚的反对派，都是为了反对而反对，这是走不下去的。所以从这一点来说，探索好的政治体系，并不只是中国在做，西方也在探索制度重建。

我惊叹于中国这个制度在不同的历史阶段，都能通过转型一以贯之，我相信中国政治也会是这样。

---

* 2016年7月1日，习近平总书记在庆祝中国共产党成立95周年大会上的讲话。

把自己当外星人，看地球人卡在哪里了

周其仁

1950年生于上海。1968—1978年，在东北农场插队落户。1982年毕业于中国人民大学经济系。1991年秋就读于美国加州大学洛杉矶分校，后获经济学博士学位。历任北京大学国家发展研究院经济学教授、院长。2010—2012年，任央行货币政策委员会委员。

“我现在常跟学生们讲，假定我们从外星球来，我们以为发现了一个问题，地球人却不行动。我们觉得他难受，那他本人不比我们更难受啊？他如果很难受，他为什么没有行动？他不行动，究竟是被什么东西卡住了？你顺着这个思路去走，经验主义的路线就出来了。”

在上海市中心的新天地随便找了家咖啡馆，约的是“能见度颇高”的经济学家周其仁。那天上午，他刚从北京飞来上海，中午见一位朋友。下午两点半准时赴约，见面就道歉，说一会儿还有个安排。

当时有点担心采访效果。没想到一聊就聊了两个半小时，年过花甲的周其仁始终专注而有激情。一直到我提醒他是否要赴下个约了，他才看了下手机说：“真得赶紧走了。”然后又说，“不好意思，还得让您埋单。”

周其仁有多重身份。称他是顶级经济学家，他说都是被时代推着走的，千万不要以为自己有多大本事；说他是北京大学国家发展研究院的创院院长，他说根本做不来行政工作，事情都是别人做的。问他如何自我定位，他说自己是个老师，也是个经验主义者。“我现在常跟学生们讲，假定我们从外星球来，我们以为发现了一个问题，地球人却不行动。我们觉得他难受，那他本人不比我们更难受啊？他如果很难受，他为什么没有行动？他不行动，究竟是被什么东西卡住了？你顺着这个思路去走，经验主义的路线就出来了。”

在周其仁看来，每次来上海都是探亲。因为他生在上海，而且母亲至今生活在此。但很明显，他的上海话已经生疏，只是偶尔会蹦出一两个上海话里的词。

周其仁小时候住在愚园路，中学毕业遇到“文革”，18 岁时，毛主席一挥手，他就下乡了，这也是他第一次离开上海。坐了四天三晚的火车去了黑龙江生产建设兵团，他当时是主动报名的，真是热血沸腾。

其实，他当时是可以留在上海的，很多同学都没走。“我当时挺理想主义，看到北京学生已到内蒙古插队，很着急，坚决要求下乡。因为家庭成分关系，当时兵团来招人还挑不上，那年我们中学一共 12 个人去黑龙江，我排在最后一个，很勉强。”

在北大荒，周其仁学会了割草、锄地等各种粗重的农活，不以为苦，反觉得“大有可为”。不过，这个上海来的中学生满肚子“高见”，喜欢批评这个论断那个。半年后，他没能当上人人向往的拖拉机手，被发配到山上打猎。

那座大山叫完达山，寂静无声。每天，他跟着师父巡查遍布深山老林里的几十个陷阱，诱捕野鹿，然后圈养、割鹿茸。很快，他喜欢上了这种自由自在的生活，一待就是七八年。闲暇时，就在窝棚里翻读着父亲从上海邮寄来的书刊，其中有郭大力和王亚南翻译的《资本论》和《国富论》。由于天天过着自给自足的狩猎生活，朝夕相处的只有师父一人，慢慢地，周其仁感到语言功能在退化，见了生人连说话都不利索。

1978 年早春，28 岁的周其仁听到了恢复高考的消息，随后考上了中国人民大学经济学系。在他看来，十年的东北生活，没什么可后悔的，因为让他了解了底层的实际情况，心里埋下了很多问题，对意志的锻炼也是正面的。“当然，文化上欠亏不少，那属于一个特殊时代，希望以后不会再有了。”

20 世纪 80 年代末，周其仁赴美留学。不过在北京上大学期间，学的是俄语。后来美国的某个基金会资助他们学习外语，他是从 ABCD 开始的。

九个月后，他前往芝加哥大学，经济系有一位研究农村的教授，知道他这些年一直在研究农村，对他特别关照。在芝加哥大学待了一年后，那位教授就给加州大学洛杉矶分校写了一封推荐信，他没考试就进去念博士了。周其仁跟我感慨：“如果参加考试，至少英语就不可能过关。”

到了 1995 年底，周其仁的博士学制还没完全念完，已经拿到了学位资格。这时，林毅夫在北京大学筹办中国经济研究中心，他便应邀回国了。在周其仁看来，像他这样的个性，本来就不适合到政府机关工作，自由散漫惯了，又不是中共党员，下海也不可能，不会做生意，所以去学校最好。

2008 年，北大中国经济研究中心准备升格为国家发展研究院。当时林毅夫恰好要去世界银行当副行长兼首席经济学家，大家都推举周其仁帮老林管这个研究院。虽然周其仁一直说，真的做不来行政工作，但还是硬着头皮当了国发院的创院院长。但他始终强调，那几年院里的事情都是其他老师做的，其实跟他没什么关系。

这些年来，周其仁很少接受电视采访，我问他是何原因，他说：“因为我是一个经验主义者，需要做大量的田野调查，希望越少人认识我越好。如果一个人老在电视上出现，人家不会把他看作一个平常人，会产生距离感，不容易说真话。这也是作为当年‘杜门学子’的熏陶。”

周其仁一直说他是经验主义者，核心就是一切要从现实出发，要靠自己经验的积累。具体地说，就是从现象出发，不能从愿望、理想、本本教条出发，必须研究现象背后的东西，但前提是先了解现象。有了现象才会有问题，才能探索里面的原因。提出假说，再以试验去检验它。所以，经验主义并不是与科学对立的力量，而是科学的方法。

周其仁感慨，他当年去黑龙江后见到的农民，哪里是当时报纸上、电台里塑造的形象，他们都是为基本生活整天忙碌的普通人。他这一课是在农村上的。所以，一定是先有现象，再有问题，然后再来找寻什么理论和办法可以解决问题。

不过，周其仁又追了一句：“当然，没有理想也不行，那就没有一团火。”

✦ ✦ ✦

我们都是杜润生的徒子徒孙，那个时代让人怀念

高　渊：杜润生先生还在世时，曾有人说你不过是“杜润生的徒子徒孙”。但你回应：“此生以此为荣。”你当年在杜老领导下工作，觉得他身上最有意思的地方是什么？

周其仁：我是1978年从黑龙江高考来到北京的。当时因为提倡解放思想，北京处于一种非常活跃的思想状态中，有各种各样的沙龙、讨论会、读书小组等。我参加了一个读书小组，里面有一位是我们中国人民大学经济系资料室的老师。有一次他说有位老人愿意见你们，谁有兴趣去见？我就这样见到了杜老。

那时候有一帮大学生常去杜老那儿。他态度和蔼，鼓励年轻人在他面前畅所欲言。老头不会批评你，就是问问题，鼓励两句，所以谈得很开心。

高　渊：他喜欢跟你们谈什么？

周其仁：年轻人关心的他都有兴趣。1979年我们见他的时候，他已经复出，当了国家农委副主任。但看上去很悠闲，不是绷得紧紧的，似乎总有大把时间跟人聊。在我的印象中，他很有自己的看法，但不会强加给你，而是会引导你。

我读的是经济系，连着几个暑假都参加农村调查，就放弃考研了，一头扎进去，从此没有回头。这跟杜老有直接关系。他有兴趣听年轻人不成熟的汇报，看到什么，想到什么，建议什么，批评什么，他给了很多机会。他的插话、提问，就像导师一样，会让你自己知道几斤几两。我们谈着谈着就知道自己功夫不行。但有冲动，还想回去再把事情搞清楚。

当时和他聊得比较多的，除了我们人大的，还有北大、北师大和北京经济学院（首都经济贸易大学前身）的同学。我们大多下乡好几年，觉得农村现状很难改变，好像天生就是这么穷。但1980年前后的

农村发生了很大变化，这给了我们鼓舞，说明如果想法对头，能够深入调查研究，能够从底层吸取力量，能够制定正确的政策，是有可能推动农村变革的。

1982 年，我大学毕业，和陈锡文、杜鹰、白南生、高小蒙他们一起，被分配到杜润生门下。当时编制设在中国社科院农业经济研究所，办公地点在西直门内半壁街，调查研究工作则由杜润生领导的中共中央书记处农村政策研究室直接领导。

高　渊：1986 年，杜润生在中央农村政策研究室成立农村发展所（国务院农村发展研究中心发展研究所），王岐山和陈锡文先后担任所长，都当过你的领导。你对他们有什么印象？

周其仁：王岐山真是没话讲。我们搞研究的人，个性上多多少少有些毛病，但他都能团结起来，让大家往一个目标走。后来他有这么大的成就，是有道理的。

陈锡文是上海人，到黑龙江下乡十年，多年后一直当到中央农村工作领导小组副组长、办公室主任。有人说，怎么弄个上海人来管农村？其实他长得就像农民，黑黑的，非常朴实，学的专业就是农业经济。这些年，他在那个位置上，大家给他的压力也不小。当然，学界呼吁的农村改革，有些也不见得马上就可行。他的位置不一样，我老说中央就是得站在中央，不能冲在太前头，否则翻了车没法收拾。

高　渊：2015 年以来，万里、杜润生等人陆续故去，很多人感叹 80 年代改革先驱一代已经告别。他们那一代人为何有这么充沛的改革激情？

周其仁：那是因为中国被逼到墙角了。如果没有“文革”，没有以前极左的错误，也很难有那么一场改革。杜老是智囊型人物。上面有邓小平、陈云、胡耀邦等人，那是决策层，杜老是帮助决策、提供思路、参与决策。这很重要，因为完全可能提供不同的东西。

万里是大将风度，他话不多，理论也不多，但真有风浪来的时候，他可以顶住。杜老很柔韧，能够汇集不同的意见，把原来完全对立的东西“缝”在一起，这样让中央做决定的时候可以减少阻力。

现在有人说杜老是“中国农村改革之父”，其实他要说服很多人，汇集很多人的正确意见。对于大国改革来说，这个环节很重要。很多事情，就是因为真实情况搞不清楚，高层再有勇气也难以拍板，或者拍了也落实不下去。所以要把情况弄清楚，再加上政治智慧和勇气，两者缺一不可，才能解决问题。所以，80 年代还是挺令人怀念的。

不必人人操心天下大事，但加起来要让社会往前走

高　渊：很多人说，现在的人天天埋头挣钱，更多关注个人生活。你觉得，当年那种情怀还能找回来吗？

周其仁：这是难以避免的。说实话，从社会发展来看，如果所有人都天天操心天下大事，也不见得一定是好事。所谓好的市场经济，就是每个主体为自己谋利，通过为别人、为市场提供产品和服务谋得自己的利益。这样加起来，经济社会就向前发展了。

当年的改革，是要把市场的门打开，而这门真打开了，就是这么世俗的画面。80 年代是“破冰之旅”。如果现在的人不把自己的专业琢磨得透彻一点，天天讨论国家大事也有问题。当然在情感上，人们会怀念当年的英雄情怀。像我们毕业的时候，觉得研究包产到户、乡镇企业、农民进城真有意思，我们赞赏那个时代的精神状态。但也要理性分析，那是一种非常态，难以持久的。

高　渊：不少“80 后”说，现在整个社会阶层逐步固化，即便努力了，但被固定在某个层面的现实很难改变。你怎么看这种情绪？

周其仁：所谓固化，是不是说社会更有秩序了？从这方面看也有积极意义。如果天天变来变去，恐怕有问题。现代化的过程，在马克斯 · 韦伯看来，官僚化有一定的正面意义，当然我们要担心不能把这个变量搞得太硬了。我们这个时代突破固化的关键，还是依靠新技

术、新组织。你看马化腾和马云，他们能够冲出来，从这个角度看并不固化，因为过去所有的产业界大佬或社会精英在他们面前都黯然失色。

创新不光是人和自然的关系发生变化，也提供了突破社会关系固化的机会。只要开放，只要新技术处于机遇期，一切都有可能。

高　渊：现在都在鼓励“大众创业、万众创新”，这是社会变革创新的最佳渠道吗？

周其仁：这个口号的积极意义，是能创造一种积极的氛围。现在再保守的人，也知道政府在倡导创新。你说创新，人家就不好意思一棍子打回去，这个作用很重要。最好的情况是，即使我自己不能创新，也要支持别人创新，希望能达到这个效果。

当然，最终能创新成功的，总归是少数人。我有一次去以色列，问一起去的中国企业家，这几天看到什么新东西？他们都说没啥不一样，多数人的生活方式跟我们差不多。但为什么以色列的创新做得好，可能就是他们中千分之几的人的状态跟我们这里的人非常不一样。

一项发明创新一旦应用，所有人都可以分享。这也是上海要关注的问题。我们强调公平很重要，但科研要有适当倾斜，因为爱因斯坦只有一个。保护多数人和关照少数人，是一门艺术。优秀的人冒出来，会改善其他人的状况，在分配当中，就要让有些人享受很多资源。如果大家都一样，必然平庸化。

高　渊：2013年开始，你担任新一届上海市决咨委专家。为何接受这份聘书，因为是上海人吗？

周其仁：更多是因为我长年研究农村问题，包括农村工业化、城市化。我们国家工业化的成绩不错，把很多剩余劳动力都从农村带出来了，但城市化现在遇到不小的挑战。现在农业产值占全国GDP的10%左右，像上海是占0.5%，江苏是占6%，广东是占5%，这反映了现代化进程。工业发展起来，农业在GDP中的比例肯定低。

但是你看农村，现在待在农村的人是多还是少？很多人说农村没有什么人了，这是观察力不够才会得出的结论。我们要思考，为什么还有这么多村庄？你看东亚所有高速发展的经济体，工业化在推进，城市化在推进，人口在移动，村庄数量会迅速减少。通过土地整理，很多地方都恢复为耕地和绿地了。

我们这方面是滞后的。现在全国还有近 60 万个行政村，按一个行政村有 10 个自然村算，那就有 600 万个自然村。每个村出来一些人，稀稀拉拉留下一些人，这些村庄的生活就缺乏活力，因为人气都没有了。接下来的重点，还要推动很多农村的人出来，最理想的状态就是农业产出占总产出的百分之几，农业劳动力也占总劳动力的百分之几，这样至少农业劳动力能得到中国劳动力的平均收入。这个问题就是杜老到 90 岁还讲的：让更多的农民转出来。

高　渊：所以你把目光转向城市，因为农村的解药在城市？

周其仁：现在的情况是，人人都要去的地方，承载能力不行，人仰马翻；大家不要去的地方，在大建大修，最后不知怎么收场，全是债务。所以我想，我们研究农村的人也要好好研究城市，看看这个局怎么破。

2013 年，上海请我当决咨委专家，对我来说是天赐良机，因为我正好想转向城市研究，而上海是中国人口密度最大的城市，具有极强的典型性。我对上海决咨委办公室的领导说，如果请我来就是开几个会、讲几句话，那就不需要来了，因为我并没有发言权。如果有机会做些深入的观察和研究，那还比较有意思。他们一口答应了。

高　渊：你对上海的研究，从什么点切入？

周其仁：我在研究城市化方面，有一些积累，可以运用到这里。城市的“市”就是市场的市。上海是高端市场，所以这两年我把上海的交易所全跑了一遍，了解它们的来龙去脉。这是一个切入点。

所谓中心城市，就是要给很大一片区域提供服务。我曾在纽约泡过一段时间。为什么纽约是全球城市，因为它提供的辐射和服务是覆盖全球的。全世界很多企业，包括我们的阿里巴巴要上市，要跑到纽约去。什么叫纽约？就是你有巨大的野心和想法，但你缺钱，那就去纽约吧，到纽约就可能圆梦。对上海来说也是这样，关键是中国其他省市甚至是亚洲其他国家和地区，它缺什么东西，就可以到上海来寻求帮助。能否做到这一点很重要。

第二个维度，就是科创中心建设。上海究竟要产出什么东西，这也是我们调研的重点。上海集聚了这么多的高校、科研院所，产生多少“想法”？传到了多远的地方？我特别感兴趣什么东西是上海人创新的，并辐射到外面去了。

还有一个维度是文化。听说外国游客谈到对上海的印象时，很多人表示喜欢一部叫《时空之旅》的多媒体剧。这部戏在上海已经演了很多年。其实成功的演出就是一座城市的一个吸引因子。纽约的百老汇就有这个功能，很多人一家老少去纽约，看一场演出就走了。在这方面，我们还差得很远。文化是一种重要的城市吸引力，非常值得研究。

慢慢地，我形成了一个研究上海的思路：辐射力怎么样？吸引力怎么样？承载力怎么样？现在主要围绕这三个维度做访问调查。

高　渊：你每次到上海来，是不是都要开个“调研菜单”？

周其仁：我跟决咨委办公室的年轻人一起商量，因为他们对上海比我熟。我希望利用这段时间多学点东西，毕竟城市比农村复杂得多，但研究方法是一样的，就是经验主义的办法。先接触现象，提出一些问题，然后顺藤摸瓜。

高　渊：担任这个角色这么久后，对上海有什么新认识？

周其仁：近代以来，上海为什么发展这么快？道理很简单。上海不是“管”出来的，而是“放”出来的。

中国最早出现路灯的城市就是上海。上海以前也没有路灯，谁上街谁自己点灯。穷人摸黑，富豪点个大灯，都是自备的。后来因为华洋杂居，把欧洲的理念带过来。上海决定由市政出资建路灯，当时是煤油灯。没想到夜市随之发展起来，这是革命性的。当时还有很多官老爷观念转过不来，说为什么要在马路上给别人点灯？当时上海是工部局（即市政委员会，是清末设置于租界的行政管理机构）体制，他们发现了问题，研究了问题，自己筹资就可以解决问题。

今天的上海同样如此。一定要敢于先行先试，不能等着别的地方做了再做。这样的话，一是机遇失去了，二是不符合上海在全国的定位。

专车思路可破解大城市死结，意义不亚于当年农村改革

高　渊：说到这里，就必须提一下这几年颇受争议的网络专车了。你的态度如何？

周其仁：这其实和当年马车被出租车替代是一个道理，它的合理性是必然的。当然，一定要处理好新旧矛盾。现在“分享经济”刚露头，大势不可阻挡，争论必定纷繁。

大城市管理一大难点就是道路。第一，道路增速永远赶不上车辆增长；第二，城市道路在时间上始终是不平均的，高峰的时候堵得一塌糊涂，半夜都是空的。现在破解这个矛盾的天赐良机就是专车。专车看起来是私车，其实是公共利用，而且如果给它们以适当的法律环境，引导好这种公共利用，就有可能抑制人们买私车的冲动，或者买了私车也减少上路。

我一直向有关部委建议，不妨让各个城市试验一把。不是一定行，也不是一定不行，因为出租车管理不是全国性业务，不是国家事权，说到底是市长们的事。有些地方试验下来效果好，也可以供其他地方参考。

我自己认为是有可能行的。为什么很多旅游景点周边有家庭旅馆，就是因为季节差。旺季宾馆供不应求，淡季门可罗雀。这就需要发展

“分享经济”了。

高　渊：很多人说，高峰的时候专车出来不是更堵了吗？

周其仁：其实市场会调节。太堵的话，专车司机赚不到钱——但好就好在他不是全职，可以利用信息技术“在空中”讨价还价。

我有一次在国外用“优步”，它会告诉你，这个时候是高峰时段，价格比平时高，你要不要？如果要，专车就来。传统出租车做不到这一点。因为如果允许拦着出租车当街讨价还价，交通就瘫痪了。这说明发挥价格机能要讲条件。现在的互联网技术提供了可以利用价格机制的条件，再拒绝就没道理了。

从这个思路看，专车极可能是破解城市交通承载力死结的突破口。现在还有一个新东西，就是“空中酒店”（Airbnb，爱彼迎）。我最近去首尔开会，他们请了它的创始人去做分享，就是一个美国大男孩，大学毕业没几年，现在手里有遍布全球的200万间房间随时提供出租。

我们的城市膨胀得这么快，盖了这么多房子，能不能分享利用？我有一次讲，上海有多少洗衣机，占了多少地方，按上海的房价算，那是多大的资产啊。为什么每家都要买洗衣机？能不能通过某个信息平台实现共享？这就是“分享经济”。它带来的变革意义，一点不亚于当年的农村改革。

高　渊：在你看来，现在的专车就是当年的包产到户？

周其仁：本质上是一样的，都会带来革命性变革。当年农村包产到户是怎么起来的？就是被逼到没办法了，民间拼死尝试，社会几多争议，高层默许一试，最后点头推广。

专车管理有上海市交通委员会冲在前面尝试，是天降的大好事。怕的是没人愿冒风险啊。所以，破解社会难题的答案，不在书斋里，而是在实践中。

前一段时间，我参与全国和地方层面的“十三五”规划讨论。我提醒过一句，我们要看看当年制定“十二五”规划时，有什么事情没有预见到。我觉得至少有两件事，一是互联网发展得那么快，二是经济下行压力比预期的大。

我们要承认，当今世界科技进步越来越快，总有些事情我们事先预见不到。在制定“十三五”规划时，要为目前看不到的事情留有足够的空间。在产业发展方面，我始终认为不要以为能够指哪儿打哪儿。最好留点机动去捕捉今天还看不到的机会，对付今天还看不到的危险。还有很多事情要敢于尝试、敢于探索，上海就应该是探索者的角色，要在全国冒尖。

我可能说错，但不会说我不相信的

张五常

1935年12月生于香港，新制度经济学代表人物之一，毕业于美国加州大学洛杉矶分校经济学系，先后在芝加哥大学、西雅图华盛顿大学、香港大学任教。

“你问在经济学家中我怎样排自己的位置，那就让我选择对自己有利的准则吧。从文章传世时日这个准则衡量，让我无聊地预测我不会有机会见到的将来，从百多年来新古典经济学的发展看，我斗不过的恐怕只有马歇尔和费雪这两个人。”

中午拨通电话，那头传来一通广东话，中气十足且语速很快，并不像八旬老翁。可惜张五常先生的广东话我听不懂，他也听不懂我的普通话。词不达意地聊了两三句，他说："你等下，我让我夫人来听啊！"这句话我倒是听明白了。

半分钟后，传来非常标准的普通话，他夫人苏老师说，上午收到你约采访的短信了，准备和张先生商量之后再回复。这些年来，无论张五常到内地讲课还是接受采访，苏老师必是他的翻译，几乎能达到"同声传译"的速度。而且张五常高兴，苏老师就语气轻松；张五常严厉，苏老师也语气冷峻，可谓绝配。

一头乱蓬蓬的白色卷发，是张五常的标志。似乎在说，这是一个桀骜不驯且脑力发达的人。加上确实常发"狂悖之语"，很多人说他是"狂生""怪咖"。当年最火的时候，他更被视为"香港明星"，大有和"四大天王"抢镜之势。

他的经历颇为特别。

1935 年，张五常出生于香港。抗战时期，香港沦陷，很多港人都各自逃难。有一天，张五常听到父母商讨，不要把所有鸡蛋放进一个篮子内。意思是说，他们有十个孩子，分散一下才不会全军尽墨。于是，父亲留在香港，有长子与两个女儿陪伴；母亲带着张五常的四个姐姐、小哥哥、他和比他小四岁多的妹妹（共七个孩子），去广西逃难。

他们一路北上，来到略为安定的桂林与柳州。几位姐姐进入桂林医学院，三个小的在桂林停了一段日子，随母亲到柳州。在柳州住沙街，张五常和哥哥进入了那里的中正中学附属小学，读小四。其实，没有什么读的，因为老师也要逃难，频频换人，而同学们也要逃难，也是频频改变。但印象最深刻的是同学中很多人饿死：先是手足肌肉腐烂，这是营养不足的证据；继而全身黄肿，这是无可救药的象征。他自己的手足腐烂了两年，所幸没有达到黄肿的地步，生存了下来。

广西逃难的生活，使张五常对中国的农村生活与农植操作有了较为深入的了解。后来写《佃农理论》时，他对中国农业资料的处理驾轻就熟。关于中国农业的文字描述与数字统计在图书馆都能找到，但只读这些不容易体会实际情况。逃难的经历，使他参考这些资料时，有了自己记忆的印证。张五常后来说，几乎没有一种中国的农作物，他不知道种植与收成的过程。所以，他觉得自己比大多数人都更了解中国农业。

抗战胜利后，张五常返港，先后就读于湾仔书院和皇仁书院，但学业并不顺利。1959 年起，张五常进入美国洛杉矶加利福尼亚大学学习。1966 年初，张五常以“佃农理论：应用于亚洲的农业和台湾的土地改革”为题作为博士论文的开题报告，并写了 11 页的提纲，听取导师们的意见。

《佃农理论》一经发表，就惊动了整个经济学界，后来甚至被认为是现代合约经济学的开山之作。1982 年，由美国返回香港大学执教后，张五常在报纸上发表许多专栏文章,《卖桔者言》《补鞋少女的故事》等后来都成为名篇，流传甚广。

虽然很多人未必同意他的观点，但很难否认，张五常称得上是一位眼光犀利的经济学家。而他的性格同样引人注目，很多人都说张五常是不懂“谦虚”的。

多年前，就有不少同行预测他能拿诺贝尔经济学奖，但似乎一直近在咫尺，却触手难及。张五常不屑地说，我现在最看重的是文章能否传世。同时，他常以与众不同的口气，时不时对内地经济改革“指手画脚”，往往引来很多不同意见，把自己推上风口浪尖。

作为一介“狂狷之士”，张五常的观点难免偏颇，但他自有他的角度和逻辑。听张五常先生来聊聊对当下中国经济发展的思考、对改革开放这些年的评点，以及他对自己历史地位的豪放之言，你可能不一定同意，但一定不会觉得无趣。

◆ ◆ ◆

不要老是要抄西方的，我们要考虑自己的

高　渊：虽然已是八旬老翁，但你总是“不甘寂寞”，最近又引来很多关注。你说过，中国改革开放以来有一个问题，就是引进了一些与中国实际不符的西方理论。学习先进国家的经验不对吗？

张五常：我不明白为什么我们老是要抄西方的，无论最低工资、《劳动法》、社保、反垄断、大学教授的算文章数量等，都是从西方抄来的。西方的大学教授数文章，是“越战”带来的灾难性后果，但也只在次一级大学才采用。我们偏偏要抄人家最差的。

想想吧，美国农民人均土地约60亩，中国农民人均不到一亩。人家的土地挖下去，不是石油就是值钱的矿物。我们的土地挖下去，找到的是唐三彩！局限不同，政策的取舍有别。我们要考虑自己的。

一些朋友老是忘记，地球上最值钱的资源是人类的聪明脑子。这方面我们得天独厚。可惜我们的教育制度把这项最重要的资源浪费了。你只要看今天出土的几千年前的文物，就知道我对炎黄子孙的脑子的评价没有夸张。

高　渊：你认为中国并不需要严厉地反垄断吗？

张五常：《反垄断法》把外资吓跑，是没有疑问的。我在美国做过多年的反垄断顾问，加上这方面的专家朋友无数，所以知道好些企业采取的行为，我们很难判断是不是源于垄断。即使是源于垄断，是否

就对经济不利更不是浅问题。

我看不到今天在内地有什么研究过垄断行为的专家。美国研究反托拉斯应该始于戴维德（A. Director），跟着就是斯蒂格勒（George J. Stigler）、弗里德曼（Milton Friedman）等人。这些人跟我很熟，他们一致反对反垄断法例。当然也有赞同的，但属少数，而且这些人水平不怎么样。水平高的夏保加（Arnold Harberger，现通译为哈伯格）认为，反垄断偶尔有可取之处。

高　渊：你认为中国经济发展的一大动力，是县域经济的竞争，现在应该强化还是淡化地区竞争？

张五常：我绝对不认为地区竞争制度需要淡化，而是需要改进。其中要改进的一个重点，是要怎样增加干部的奖金来源。另一方面，我建议把作为地区竞争主角的县改为有限公司制，但这是不浅的学问，要仔细研究。

高　渊：改革开放初期，你一度认为腐败不是大问题，甚至还要"鼓掌欢迎"，但后来你又担心腐败长久存在下去。在腐败与经济发展的关系上，你是怎么认为的？

张五常：我从来不赞成贪污腐败，但当年见到出现一些贪污现象时，我是"高兴"的。这是因为贪污替代了之前的"走后门"，反映当时以等级界定权利的制度正在瓦解。从以等级界定权利转到以资产界定，贪污可能很难避免。

但必须注意的是，不能让贪污制度化，不然改革开放就会停顿下来。当年我大声疾呼，说国家不要走上印度之路，北京的朋友一律赞同。这是昔日。八年前我对新《劳动法》提出不同意见。

80年代吵归吵，大家都没有钱，都希望国家好起来

高　渊：我们来回顾一下中国改革开放的历史进程吧。20 世纪 80

年代初，当各界还觉得看不清时，你曾撰文断定中国必然会走“市场化道路”。促使你做这个重要判断的关键因素是什么？

张五常：当年，我把广义的交易费用，分为两类：知道外间讯息的费用与说服当时等级特权放弃他们既得利益而改革的费用。1981 年，我发现这两方面的成本都在下降。而更重要的是，我当时认为这两种费用的走势不会再回头，所以我肯定地推断了中国会转走市场经济的路。

当年反对我这个推断的行家朋友不少，其中西雅图的同事巴泽尔（Yoram Barzel）说他虽不同意我的推断，但认为我的理论半点瑕疵也没有，应该发表。

高　渊：在 80 年代研究中国经济时，你主要是跑农村还是企业，当年给你印象最深的是什么事？

张五常：当时我主要研究承包合约，起初是考察工业，包括那所谓“层层承包”，跟着转到农业的承包问题上。印象最深是在首钢的宿舍住了两个晚上，也在那里交流，提出所有权和使用权这两权要分离。印象同样深的，是温州的一位副市长，带我到雁荡山脚下的一间宾馆内挑灯夜谈，再跟着在杭州的一家国企，跟工厂的厂长吵了起来。

想当年，吵归吵，大家虽然都没有钱，但都希望国家能好起来。今天有钱了，很多人想的是怎样弄更多的钱，利益团体就容易出现。大家没钱时比较容易爱国，有了钱却容易为了一点小利益做出一些对社会经济整体有害的事。这类现象不是中国独有。20 世纪 70 年代初，美国推出的价格管制，害得经济不景气超过 10 年。

高　渊：现在回过头去看，你认为中国 80 年代改革最大的成功在哪里，原因是什么？

张五常：80 年代经济最大的成功是两权分离，就是把土地的使用权界定为个人所有，容许出售土地的使用权，也容许转让。当时，国家职工转为合同工，是相同的产权转变，同样重要。当时最大的问题是人口还不能自由流动，这约束着人民的选择自由。我为此写了《与木匠一夕谈的联想》与《补鞋少女的故事》。

高　渊：对 1992 年在中国历史上的地位，你如何评价？与 1978 年相比，有什么相同和不同？

张五常：1992 年是非常困难的一年，邓小平在该年春天南下，带来一个重要的转变。1978 年邓小平复出，当然也重要。历史学家一般不相信一个人可以改变世界，邓小平看来是做到了。

高　渊：邓小平去世后，你和夫人都穿黑衣去新华社香港分社祭拜。你对邓小平怀有怎样的感情？你们见过面吗？

张五常：邓小平是个伟人。1997 年我在美国加州大学洛杉矶分校的夏保加首届演讲中，对他做了极高的评价。那次到新华社祭拜，我花了几千块钱买了一套黑西装、一条黑领带，太太也买了一套黑衣服。但花这些钱是值得的。

我没有见过邓小平先生，是因为我明显做错了一件事。1988 年，我带弗里德曼夫妇到北京，接待方说有可能安排见邓小平先生，细想后我婉拒了。原因是我记得弗里德曼曾经在台湾对当地的一个领导人很不客气，我怕弗老与邓老吵起来。今天回顾，是我做错了选择。相信弗老如果见到邓老，大家会很客气的。

高　渊：有人说，90 年代中国经济发展虽快，但依然有很重的计划经济色彩，你怎么看？当年提出了“国企三年脱困”，你如何评价从那时以来的国企改革路径？

张五常：要搞好经济，是不能没有计划的，问题只是怎么样的计划。有原则的计划非常重要，我们也要问信奉的原则是否对社会整体有利，而跟着推行有关的政策也不容易。

关于国企改革，一个要点是 2000 年起中国的地价上升，帮了国企改革一个大忙。因为国企连土地一起出售，得到的钱容许遣散国家职工，跟着可以改制。可惜到今天，拥有垄断权力的庞大国企还没有好好地改。这一点我在 1982 年发表的小书中，就推断了这些国企的顽固存在性。

高　渊：关于 90 年代中国改革开放，你印象最深的事情是什么？

张五常：有三件相关的事都很重要。其一是通胀率从1993年初的25%减少到1997年的零通胀，跟着到“负四通缩”，但经济却飙升；第二件是国家开始让人民流动，使工作年龄的农民在几年时间里有3/4转到工商业去；其三是县际竞争这个制度在1994年开始形成。

高 渊：那个时候，你开始在内地报纸上撰写文章，吸引了越来越多的内地读者。当年那些文章都是你授权发表的吗？

张五常：我从来没有在内地的报纸上撰写过文章。如果有，那也应该是转载。

高 渊：2001年，加入世贸组织对中国改革开放进程具有什么意义，最大的利好在哪里？

张五常：加入世贸是我的次选，但在当时的形势下可能没有更好的选择。我的首选是中国自己全盘开放外贸，取消关税。这是香港的经验，证实可行。历史上，我们见不到保护主义能给一个国家带来上乘的经济发展。我也深信中国人的能耐。不仅聪明，而且吃得起苦，完全放手让他们参与国际竞争，我要赌的钱会全部押在他们那边。

高 渊：你怎么看21世纪起初几年中国的发展？

张五常：21世纪起步的六七个年头，中国发展得非常好。跟着就出现了几个情况。其一是新《劳动合同法》的推出；其二是人民币的处理变化较大；其三是引进凯恩斯的思维，就是那4万亿加上地方政府推出据说近20万亿的刺激经济投资。当然，加大投资不一定是坏事，我们要看这些投资的回报率究竟是多少。

高 渊：抗战期间，你曾随父母到广西农村避难，对农村有切身体会。你怎么评价这些年中国农村的发展变化？

张五常：大致上，从1994年到2007年这13个年头，中国农村发展得很好，农民收入增长较快，虽然以户籍人口算是另一回事。我认为，当年撤销农业税是很好的“一着棋”。目前还是让农民自己自由发展最好。在基建与交通等各方面，国家要做的都做得差不多了。

我关心的重点，是农村穷孩子的教育问题。我有一个观察非常重要，我认为农村孩子的天生智商跟城市孩子没有分别。可惜他们的教育机会不及城市。中国发展的最大本钱，是有无数的聪明脑子，而且没有什么种族歧视。问题是，要多给他们有启发性的学习机会。

高　渊：中国改革开放以来，最重要和最困难的年份分别是哪一年？改革开放进行得最顺利的时间段是哪个时间段？

张五常：最重要与最困难的年份可能同在1992年，最顺利的应该是2000年到2007年这七年。

高　渊：有人说，中国经济至少还能高速增长30年，而且GDP很快会超越美国。也有人说，中国经济面临一些问题，要避免像当年日本那样陷入停滞。你对此是乐观还是悲观？

张五常：从财富方面看，我认为中国早就超越美国了。这是因为中国的房地产价格高于美国，而我们的高楼大厦那么多。另一方面，我们的聪明脑子更是无数，都是值钱的资产。

今天虽然我不乐观，但我认为中国不会像日本有28年停滞不前那么悲观，这是因为日本的不幸是源于借贷膨胀又破裂这个很难处理的大麻烦。今天中国要把目前的形势改过来是可以的，问题是懂不懂得怎样做，加上能否跨过那么多利益团体那一关。

高　渊：你认为中国改革开放总体成功的关键原因是什么？又如何评价改革开放这些年在中国五千年历史上的地位？

张五常：成功的关键就是邓小平先生当年说的，要让每一个人发挥他的潜力。这观点在中国历史上有人说过，例如老子。邓老能把这项艰巨工程付诸实践，是个奇迹，但到目前只实践了约一半。历史上的中国曾经有好几段时期做得很好，这些大家都知道，不用我说了。

回港工作最重要的原因是要回来观察中国的改革开放

高　渊：我们再来看看你的人生经历。1982年，你从美国回到香港，担任香港大学经济系主任。当年让你下决心回来的，是港大的这个职务，还是能获得近距离观察中国改革开放的便利？

张五常：当年我在美国的待遇很好，回港工作是要减薪的。但母亲年老，要多看她；又希望让两个孩子学点中文——但后来还是没学成。最重要的还是回来观察中国的改革开放。我知道自己对经济制度的运作有很好的掌握，但我不是个改革者。提些建议可以，但也只此而已。

高　渊：有不少人认为，你当年离开美国，脱离了经济学核心学术圈，对你的学术发展不利。现在回头再看，你怎么看待当年回港的得失？

张五常：有些人认为用中文下笔不算是学问，可惜那些认为中文不是学问的大师，写出来的英文我读来却像中文。当年见到国家改革开放，我当然感到高兴。重要的是从近距离观察这场改革的过程中，我对经济制度的运作知道得更多了。今天回顾，一些懂中英两种语言的经济学朋友认为，在经济学上，我的中文作品的贡献是英文作品的两倍。

高　渊：1983 年，你在《信报》开设专栏后，很多文章对内地改革开放，特别是产权理论方面具有启迪意义。你如何评价当年这些专栏文章的价值和作用？

张五常：1983 年之前，我没用中文写过东西，但后来写起来发现还可以。当然，刚开始是有些朋友帮忙修改的。我的《卖桔者言》（1984）、《中国的前途》（1985）、《再论中国》（1986）这三本书大都是《信报》专栏文章的集结。这三本书得到内地朋友的喜爱，我当然高兴。

今天回顾，这几本书的建议可能对国家的改革有点影响。其实，没有影响也无所谓，我只是因为对中国青年前途的关心而下笔。

高　渊：当年那些专栏文章中，你最得意的是哪几篇？

张五常：上述三本书的文章我都有用心写，其中最花时间的是 1984 年 11 月 15 日发表的《从“大锅饭”到“大包干”》和 1985 年 4 月 26 日发表的《中国大酒店》。可能有点影响的是 1986 年 6 月 25 日发表的《出售土地一举三得》。这篇文章发表后，1987 年春天深圳的朋友邀请我到那里研讨，跟着在那年 12 月 1 日他们在深圳举行土地拍卖。巧的是，那天是我的生日。我也很喜欢 1986 年 6 月 1 日发表的《补鞋少女的故事》。

高　渊：2000 年之后，你更频繁地在中国的高校巡回演讲，受到了明星般的追捧。你认为自己是明星吗？中国需要明星一般的经济学家吗？

张五常：我平生最怕出名，从来没有用过一张名片。懂是懂，不懂是不懂，什么名头、明星一律是废物。我只是为年轻的学生指导一下。中国绝对不需要什么明星经济学家。什么名头我一律不要，就是给了我也懒得用。

很多人不知道，做学问这个行业，论成败，没有什么能比得上一篇重要文章。而文章重要性的衡量是要经得起时日的蹂躏。这就是为什么我那么重视自己的文章能否传世。

高　渊：内地和港澳的经济学家中，你最欣赏谁？

张五常：还健在的不便说。但我认识而又谢世了的，我欣赏杨小凯。小凯天赋高，可惜他对经济学基础概念的掌握弱了一点。要是小凯有我的际遇，他会成为一个经济学大家。

高　渊：在全球范围内，你最尊敬的经济学家是谁？和你关系最密切的经济学家是谁？

张五常：我最尊敬的经济学家是阿尔钦（Armen Albert Alchian），因为他是我的老师。阿尔钦的思想我学得深入。跟我关系最密切的经济学家是巴泽尔，因为他跟我在西雅图华盛顿大学共事 13 年，日夕研讨。

身为炎黄子孙，对国家的兴衰所说的话，免不了比较夸张

高　渊：有人觉得，你长年住在香港，对内地缺乏实地勘察和第

一手的数据，但又对内地发展“指手画脚”。你怎么看待这种声音，你的观点符合中国实际吗？

张五常：对于内地的实地勘察，我可能做得比任何人都多。这方面，内地尤其是北京的朋友帮了我很多忙。所以对我的这种批评是不对的。另一方面，我对他人写的关于中国的论著以及政府的报告一无所知，这是我多年来研究经济的法门。

要是自己见到的与读到的不一样，作为一个学者要怎么办呢？生命短暂，我不要花时间处理这个问题。这里我不单是说我对中国的研究，在回到香港工作之前，我大部分的论著都是基于实地考察，不依靠读物。

高　渊：作为一个特立独行的经济学家，你经常为中国改革开放唱赞歌，也经常发表尖锐的意见。你认为，经济学家应该和政府保持怎样的关系？

张五常：身为炎黄子孙，对国家的兴盛或衰退所说的话，免不了比较夸张。我只是一个学者，无足轻重。有人问我意见，我知的说知，不知的说不知，我可能说错，但我不能说自己不相信的话。1983 年在香港，我曾跟一位在新华社工作的、我童年时的师姐说：“我可以不说，也可能说错，但我不能说我自己不相信的。你们要我不说，只交代一句便是。”这个君子协定持续了多年。

高　渊：很多年前，就有人预测你很可能获得诺贝尔经济学奖。现在，你还期待这个奖吗？

张五常：传我会拿到诺贝尔奖的说法，起自 1971 年。之后，我多次听说我有怎样怎样的机会。但你要知道像奈特（Frank Hyneman Knight）与罗宾逊夫人（Joan Robinson）那样的高人，也与该奖无缘。作为后学，我能怎样看自己呢？我是做经济解释的，来来去去的研究都是找世事验证。这个取向在目前的经济学发展中属少数，而这些年经济学的诺奖不重视我选择的这条路。

高　渊：你如何评价自己的学术成就和地位？在全球经济学家中，

你排在什么位置？在华裔经济学家中，你又排在什么位置？

张五常：那要看是哪一方面的经济学了。在某方面，我看好自己；在某方面，我是考不合格的。在产权与交易费用的研究上，多年前一些行内朋友把我排在第一位。曾经拿过诺贝尔奖的诺斯（Douglass C. North），把我誉为他所在的“华盛顿学派”（经济解释学派）的创始人。老实说，这些对我都不重要。对我重要而我又感到自豪的，是以文章传世的时日衡量。我觉得做得好，比数十年前自己预期的更好。要知道自己的某篇文章能否传世，起码要等30年。

今天老了，发觉自己40多年前发表的文章，今天大部分还在，在美国的研究院的读物表中常见。我没有发表过大红大紫的文章，但文章的顽固存在性让行内的朋友啧啧称奇。当年我没有想到，像《蜜蜂的神话》那样容易写的文章竟然可以历久弥新。要是当年知道，我的英语有影响力的文章会不止两掌之数。写学术文章若不是为了传世，还有什么其他意思呢？

你问在经济学家中我怎样排自己的位置，那就让我选择对自己有利的准则吧。从文章传世时日这个准则衡量，让我无聊地预测我不会有机会见到的将来，从百多年来新古典经济学的发展看，我斗不过的恐怕只有马歇尔（Alfred Marshall）和费雪（Philip A. Fisher）这两个人。

我从外国人视角看中国历史

王赓武

祖籍江苏泰州，1930年生于荷属东印度（今印度尼西亚）泗水。南京国立中央大学肄业，新加坡马来亚大学历史系毕业，英国伦敦大学博士。先后任吉隆坡马来亚大学教授、历史系主任、文学院院长，澳大利亚国立大学教授、远东历史系主任、太平洋研究院院长，1986年起，担任香港大学校长十年。现任新加坡国立大学特级教授、东亚研究所主席，台湾“中央研究院”院士。

“中国正经历历史上第四次崛起……需要的是和平和善意。这不仅是当前的需要，而且是长期的需要。因为中国要把数量庞大的劳动力带入小康生活，并不是件容易的事。”

他被新加坡前总统纳丹称为“新加坡国宝级学者”，其实，他是澳大利亚公民。

他被公认为与余英时、许倬云齐名的“海外三大华人史学大师”，但他说，那两位是中国教育体系培养的传统学者，他则是从外国人视角看中国历史。

他被口述史家唐德刚比作顾维钧大法官，说他不做驻强国大使，也应做大学校长。果然，王赓武当了十年香港大学校长。我提及此事，王教授笑道：“唐德刚是‘马后炮’，我当了校长以后他才说的这话。我曾在伦敦遇到过他，但跟他不熟，当时我只知道他在哥伦比亚大学搞口述史。他那篇文章是在我当校长之后写的，我们这些研究历史的人都这样——事情过去了，我都知道了。”

但在他看来，当校长到底没有当教授那么有意思。当教授可以天天跟学生自由交流，当校长要办很多不得不做的公事。在港大那十年，他只带了两个研究生，因为不敢带，没那么多时间。

87 岁的王赓武教授一头银发纹丝不乱，虽是盛夏，依然身着笔挺的灰色西服，一口标准的普通话，时而穿插几句英文。诚如唐德刚先生当年所言，他兼具了中国儒生和英国绅士的气质。

这位老绅士的经历颇为特别。他生于印尼泗水，求学于怡保、南京、新加坡和伦敦，任教于吉隆坡马来亚大学和澳大利亚国立大学，执掌香港大学整整十年。从港大荣休后，应新加坡前副总理吴庆瑞之邀，担任新加坡国立大学东亚研究所所长、主席，至今已 21 年。

2015 年 11 月，习近平访问新加坡时，前往新加坡国立大学，在“新加坡讲座”上发表演讲。作陪的除了李显龙等新加坡政要，还有国立大学校长陈祝全和东亚研究所主席王赓武。演讲结束后，王赓武向习近平赠送礼物——由新加坡本土陶艺家创作的一件陶瓷艺术品。

王赓武和余英时、许倬云同龄，都是 1930 年出生。余英时是钱穆的高徒，新亚书院第一届的研究生；王赓武和许倬云是在台湾第一次见面，他跟两位交往都不少。

“应该说，他们两位是真正的中国学者，是中国教育体系培养的。我是外国学者，而且是半路出家，要坦白承认，我跟他们差得多了。”

虽已耄耋，但王赓武每周还会到东亚所上两三天班，而且都是自己开车。“现在年纪大了，尽量避免晚上开车，好在新加坡不大，开车也就十分钟。”他每年还要来两三次中国，或讲学或开会。但他都会避免冬天远行，因为在东南亚住了几十年，“早就成了热带动物”。

前段时间，王赓武的三个孩子一起回新加坡看望父母。“大儿子 60 岁，大女儿 58 岁，小女儿 56 岁，他们都定居澳大利亚。这次他们都不带孩子，三个人和我们一起住了两个多星期，非常高兴。”在王赓武心中，国家的概念已经不强烈，家人和朋友在哪里，才是最重要的。

◆ ◆ ◆

从泗水到怡保：“那时候的南洋华人总是要想方设法回家的。”

高　渊：你生在印尼泗水，这个地方现在听起来还是觉得很遥远。

王赓武：印尼当时叫荷属东印度，还是荷兰人统治时期。我父亲在泗水华侨中学当校长，这是当地第一家华人中学。但没过多久，就遇到了全球性的经济萧条，这个中学办不下去了，只能离开了。

高　渊：你父亲为什么会下南洋？

王赓武：我祖父辈从中国北方迁到江苏泰州，家里有“学而优则仕”的传统。我父亲从小读四书五经、《离骚》《文选》，后来考进了南京东南大学的高等师范学院，他喜欢文学和英文，所以专攻英国文学，这为他后来去海外执教打下了基础。

毕业后，南京的教育部正在为南洋的华校找教师，我父亲被聘出国，先到了新加坡华侨中学，随后在吉隆坡尊孔中学、马六甲培风中学教语文，反响很好。1929 年泗水成立华侨中学，他就被推荐去当校长。

高　渊：离开泗水时你多大了？

王赓武：一岁多一点。我父母当时很想回国，但没有旅费，就去了马来亚霹雳州的怡保，当副视学官，就是为霹雳州政府管理当地华校。

所以我对泗水没什么印象，坦率地说，现在问我家乡在哪里，不是泗水，更不是泰州，而是怡保，泰州就是祖籍。我在那里一直住到 16 岁回国，从南京回来后，又在怡保住了几个月，才去新加坡念书。

高　渊：对怡保印象怎么样？

王赓武：怡保当时是一个相当兴旺的小城，因为有锡矿，可能是世界上最多最好的锡矿。当地的华人很多，城里的店多数是广东人开的，城外的锡矿很多是客家人在经营。我小时候，怡保是比较富裕的，但日军打进来之后就乱了，后来锡也不值钱了，这个小城就慢慢萧条，现在完全就是个小地方。

1941 年日军打到怡保，我父亲不愿为日本人做事，副视学官的工作就没了。当地华人都做小生意，但他一点也不会，只能到一些学校教教书。好在我们家就三个人，我没有兄弟姐妹，还可以维持。

这样到了 1945 年，抗战胜利了，父亲希望我回去上大学，他也很想回国，就打算全家回去，不在南洋待下去了。所以我一直说，那时候的南洋华人都是纯粹的华侨，不是移民，从前没有移民的概念，总是要想方设法回家的。

高　渊：你从小上的是华校还是英校？

王赓武：英校。我父亲让我到英校去练英文，华校的那些东西他可以教，他从《三字经》开始，包括《古文观止》等，四书五经是选读的。他只教我文言文，不教白话文，也不鼓励我看白话文的书。

家里完全说中文，学校说英文，这是两个不同的世界，观念思路都不一样。但也有它的好处，英文学好了之后，懂得外国人的世界观，而且当时马来亚是英国的半殖民地，不了解他们不行，所以我父亲鼓励我学好英文。

高　渊：你们全家是1947年回国的？

王赓武：对，坐船回来的。这是我第二次回国，第一次是1936年，我才六岁，父母带着我回了趟老家泰州，住了大概两三个月。那次见到了祖父母，等我1947年回泰州时，祖母已经去世了，只见到了祖父。

回来大概不到一个月，就去南京考试了。我记得是6月底，天热得不得了。我父亲帮我报的名，考中央大学外文系。

高　渊：为什么考外文系？

王赓武：因为别的系考不上吧。中央大学那年只招400人，而且工科招得多，理科还好，文科很少。我想主要是两个原因，一是经费不足，当时在内战；二是刚刚爆发了反饥饿、反内战的学生运动，是中央大学带头的，南京政府很头疼，干脆少招点。

中央大学录取的名单，《中央日报》要刊登的。当时有人看到，工学院录取的学生中，有个学生叫朱镕基，但他自己选择上了清华。我在中央大学学习了一年多一点，二年级第一个学期没念完，学校就解散了，因为解放军已经打到长江边上。

当时我父母又回到怡保了。因为我父亲身体实在不好，他回国后在中央大学附中教书，南京的冬天非常冷，屋子里没有取暖设备，他在南洋待了 20 多年，完全吃不消，病得很重。1947 年的冬天过去后，我母亲就说一定要回怡保了，她很怕我父亲过不去南京的第二个冬天。

高 渊：但你继续留在南京？

王赓武：那是 1948 年底，中央大学已经解散了，大部分江浙学生都回家了，我和一些四川学生还留在校园里，想等学校恢复。当时学校还管饭，但社会上物价飞涨，我是比较幸运的，我父母回去之后，每个月给我寄 15 块港币，我就变成大富翁了。

坦白说，我是不愿回去的，很想在中国开始新的生活。但父母坚决要我回怡保，我是家中独子，就必须得走。上海的叔父帮我买好船票，再赶到南京催促我赶紧走，这样我就只能走了。

高 渊：当时怎么去上海，火车还开吗？

王赓武：宁沪铁路还正常运行，而且不收费，因为全是难民，人多得不得了，都到上海去。我根本挤不上火车，送我的同学把我从窗口推进去，我就一路坐在我的箱子上。到上海大概是半夜一两点钟，外面戒严了，可以下车，但不能出站。我一直坐在箱子上，等到早上六点才出站，那已经是 12 月初了，冷得不得了。

在上海的叔父家等了好几天，坐的是香港太古公司的船，从上海到新加坡，中间要停靠基隆、厦门和香港。到基隆港要停两天，我就下船坐公共汽车去台北玩，那是我第一次到台湾，记得都是日本式的房子，马路很清洁。

但我后来才知道，当时“二二八事件”过去才半年，局势还很紧张。我真的很幼稚，一点也不知道，还下船去玩。

高 渊：回到怡保后，面临怎样的变化？

王赓武：我们全家离开怡保的时候，根本没想过还会回去，所有东西都卖了。刚回去那几个月，我精神上很受打击，因为不知道以后怎么办，我在中央大学学了一年多，难道就放弃了？

我去考了新加坡的马来亚大学，校址就是现在的新加坡国立大学。我参加了剑桥考试，专门针对中学毕业生的，当时是全世界大英帝国殖民地统一考试。对我来说很方便，成绩足够了，还拿了一笔小小的奖学金。

高　渊：新加坡马来亚大学怎么样？

王赓武：1949 年刚刚成立，我是第一届新生。以前是莱佛士学院，类似于美国的文理学院，那年跟爱德华七世医学院合并，成立了马来亚大学。第一届一共招 100 名学生，其中 60 名文科生，40 名理科生。当然，还有那两所学院两三年级的学生，全校总共六七百个学生，规模很小。

马来亚大学的规定是，学生头三年是不分系的，每个人可以在三个系学习。当时文学院一共就四个系——英国文学系、历史系、经济系和地理系，当然也可以选理科的数学系，文理兼修。但我对数学和地理都不感兴趣，选了前三个。

高　渊：到了四年级要“三选一”，为何最终选择了历史？

王赓武：我本来想读英国文学，有个教英国文学的老师非常好，他是英国人，被剑桥大学要回去了。这个系其他老师我不太欣赏。也可以选经济系，这是最实用的，但我不太感兴趣。

而历史系的几个老师都很好，新来的帕金森教授（Cyril Northcote Parkinson）非常好，后来很有名，专门研究英国海军史。他发现，从 18 世纪到 19 世纪末，英国拥有世界上最强的海军，但海军司令部规模很小。“二战”后，英国海军没落了，司令部却变得非常庞大，盖了座大楼。他就提出了著名的“帕金森定律”，指出在行政管理中，行政机构会像金字塔一样不断增多，行政人员会不断膨胀，每个人都很忙，但组织效率却越来越低下。

高　渊：帕金森教授对你的影响大吗？

王赓武：他教书非常认真，看问题又很客观，比如他教英国殖民地历史，不讲英国怎么好，而是完全从客观的角度讲。当然，他教西方政治思想史的时候也会有偏见，但他自己知道，他会说他的偏见是什么，他认为这是主流，但可以争论。

我当年就跟他公开讨论，我那时年轻，站在自由主义立场上，他相对比较倾向于保守主义。但他对我很公平，毕业后还把我留下来，当他的助教，是位好老师。

高　渊：你是从这时候决定研究历史的？

王赓武：我上大学时，喜欢参加各种活动，演戏、办报、诗文活动等，从来没想过当学者。后来遇到帕金森教授，他给我自由发挥的空间，他一直跟我说，你对什么有兴趣，你觉得自己能做什么，你就做什么。

到我写毕业论文的时候，他建议我写本地史。而且，他要求我学会用档案，因为这是研究历史的方法。我想，我的论文一定要跟中国、跟华人有关系，就想研究康有为和孙中山。

当时去中国大陆或台湾找档案都不合适，帕金森教授说，可以去香港。他给我去香港的旅费，我在香港待了一个多月，找不少人谈。我这篇论文是想研究康梁和孙中山在新马的历史，讲的是戊戌政变之后，康有为的保皇党和孙中山的革命党之间的斗争，这场斗争当时可以说把华侨社会分裂成两部分。

我还去新亚书院拜访了钱穆，他对我态度非常好，很高兴跟我谈历史。当时，他刚出版了《中国历代政治得失》，书很薄，我特别喜欢，也是对我后来从事历史研究工作影响最深的一本书。

高　渊：后来你去英国伦敦大学读博士，为何选了中国历史？

王赓武：说起来也是笑话，英国的制度很特殊，我是先拿到奖学金，至于哪个学校收我是另外一回事。我申请了伦敦大学亚非学院，想跟一位研究明史的教授学习，但我报到的时候，他却走了，去了澳大利亚。

学校里面研究中国历史的教授就那么几个，他们看到我是从东南亚来的，就让我跟一位研究东南亚历史的教授学习。他问我想研究什么，我说自己的兴趣在中国历史，他说可以，但你要自己负责，然后他就不管我了。

他不管我，我就天天自己去图书馆。其实，英国的教育制度就是这样，跟美国相反。美国是不管你以前学什么，可以给你一两年的工夫，培训你做这件事。英国不是，他们要求你以前的成绩非常好，收你的理由是因为你能够自学，自己做研究。

高　渊：你的博士论文是怎么写出来的？

王赓武：我一直都没有得到好好的指导，好在当时看到一个英国人在写博士论文，才知道博士论文该怎么写。那个英国人的博士论文题目是“安禄山叛乱的历史背景”，写得很精彩，他的学问非常好，后来当了剑桥大学教授。

我刚好在研究唐史，很喜欢《资治通鉴》里唐朝的那一部分，看到他那本博士论文，受到了启发，就研究中国中古史了。

我在伦敦大学学了三年，主要是奖学金用完了，我的博士论文是《五代时期北方中国的权力结构》。1957 年，我回到了新加坡马来亚大学历史系。

马来亚大学用的是英国那套教育体系，当时一个系只有一个教授，就是系主任，别的都是副教授——非常严谨的精英制度。但也有不利的地方，这套制度让英国大学失去了很多人才，很多人都因此跑到美国去了。

高　渊：你后来为什么离开新加坡？

王赓武：这个故事长一点。我回到新加坡后，马来亚独立了，当时叫马来亚，到 60 年代才组成了马来西亚联邦，彼时新加坡还是殖民地。独立之后，马来亚政府就说，马来亚大学不应该在新加坡，应该在吉隆坡。但新加坡不愿意，因为学校已经发展得不错了。后来决定，马来亚大学分两个校区，分别是新加坡的马来亚大学和吉隆坡的马来亚大学。

我们这些教师是自由选择，愿意到哪个校区都可以，我当时是马来亚公民，1959 年就去了吉隆坡。没过几年，新加坡马来亚大学就更名为新加坡大学了，后来又改称为新加坡国立大学。

高　渊：你是吉隆坡马来亚大学的第一批教师？

王赓武：对，我是新加坡马来亚大学的第一批学生，还是吉隆坡马来亚大学的第一批教师。办一个新大学很有意思，那时候忙得不得了，学校发展得很快，当时是整个马来亚联邦唯一的大学。

我们历史系招人也招得很多，我去的时候是讲师，后来是高级讲师，就被选为文学院院长，做了一年后就当教授。那里也是英国的体系，一个系只有一个教授，我就成了历史系主任。

高　渊：后来是什么原因促使你离开？

王赓武：从1959年到1968年，我在吉隆坡马来亚大学工作了差不多十个学年。事情忙得不得了，学生又多，一直在到处请老师。我自己既是院长，又是系主任，还要教书，而且因为是新大学，一开始没有研究生，改文章都要自己改，没人帮忙的。

总之是手足忙乱，没有时间做研究。我有些担心，如果一直这样下去，研究方面不会有新成果。我当时出版的书，其实都是我的论文。就在这时候，澳大利亚国立大学请我去当教授，这是一所研究型大学，对我的引诱力太强了。

高　渊：当时，你的研究重点还是中古史吗？

王赓武：五代史做不下去了，因为在教学和管理上要花很多时间，在那种环境下很难持续。我开始做海外华人研究，尤其是东南亚华侨所面对的新问题。这些是切身问题，是我自己，也是我家人、朋友、同学、同事们都要面对的问题。

但当时，当代中国的资料在马来西亚和新加坡都看不到，属于禁书。在去澳大利亚前一年，就是1967年，韩国教育部请我去韩国讲学一个月，看到他们对中国的东西保留得很好，图书馆也非常好，我很激动。刚巧那时候澳大利亚国立大学远东历史系请我去，我从韩国回来跟太太讲，“还是去吧，至少澳大利亚是开放的”。

高　渊：对澳大利亚国立大学印象怎么样？

王赓武：他们的图书馆很好，尤其是关于当代中国的资料，能买到的他们都买。我觉得太有意思了，就写了几篇当代中国的研究文章，后来出了本书。

我先是当远东历史系主任，他们也是传承了英国那套制度，一个系只有系主任是教授。后来叫我当太平洋研究院院长，做了五年，我不想再做了，就回到系里当教授。这时候，香港大学来请我当校长了。

力推香港大学转型:“不重视研究，学校怎么办得好?”

高　渊：香港大学为什么请你去当校长?

王赓武：到现在我也没弄清楚是为什么，而且我自己从来没有想过要当大学校长。

我跟港大有些接触，大概是从 20 世纪 80 年代初开始的。当时我受邀担任香港的大学委员会的委员，这个委员会负责分配政府用于大学教育的资金。英国就是这样的制度，教育部拨给大学的资金不是由政府分配的，而是由民间性质的大学委员会负责具体分配。这个委员会中有大学教授，也有商界人士。

香港的大学委员会每年开两三次会，但不是都在香港开，有时候会在英国开。我当了两三年委员，后来就不当了，但也许在那时候，香港大学校方对我有印象。

他们找校长是在全球物色人选，我根本没想过，更没提出申请。有一天，香港大学来联系我，问我对校长职位有没有兴趣，是否愿意去香港谈一谈?我就跟我太太讲，这又是一个很好的机会。

高　渊：对你来说，这个机会意味着什么?

王赓武：一是出于对当代中国的兴趣，对我来说，香港是个很好的观察点，离中国大陆不太近也不太远；二是出于对历史的兴趣，当时整个东南亚已经去殖民地化了，香港还被英国殖民统治，我是在殖民地出生长大的，对西方帝国如何在殖民统治地区去帝国化，还是蛮感兴趣的。

高　渊：你从 1986 年开始担任港大校长，当时你觉得港大是一所怎样的大学？

王赓武：我去的时候，香港大学是一所典型的殖民统治地区大学，一直不重视研究。英国是帝国教育制度，好的研究型大学都在英国本土，优秀的学生都送到英国去做研究，而殖民统治地区的学校不需要做研究。这就等于在他们自己的帝国体系内，做了分工，像港大这样的大学只要做好教学就行了。

这是个很大的问题，一个大学没有真正一流的研究环境和研究成果，这个学校怎么办得好？我的前任黄丽松校长已经看到这个问题，他是港大第一位华人校长，他曾向大学委员会争取更多的研究经费，但没能获得同意。

高　渊：你的目标是要把港大转变为研究型大学？

王赓武：我跟黄丽松校长的看法一致，港大有最好的学生，教师也很认真教书，不敢说每个人都不错，但总体水平相当高。所以教学方面不成问题，而且学生那么优秀，他们都会自学。但学校没有研究成果，我觉得学校不能这么办下去。

我去了之后，就不停地争取研究经费。但好不容易申请下来了，又面对一个问题，怎么鼓励老师们做研究？因为在那个环境中，大多数老师只会教学，都好多年不做研究了，这靠什么去推动呢？

一方面，我要求老师们都去申请研究基金，事先都要写好课题规划，有的人连规划都写不出来，真是头疼得很；另一方面，我们扩大了对中国内地的研究生招生——香港的学生不爱读研究生，他们要早点赚钱。这对港大的老师又是一种压力，你不做研究，怎么带研究生？

高　渊：到你 1995 年卸任港大校长时，港大转型成功了吗？

王赓武：坦白地讲，还有一个推动力，就是港大的老师非常关心回归之后怎么样。我跟他们说，你们如果没有研究成绩，以后没人理你的，就没有希望了。他们明白，要受到中国的大学和教育部尊重，自己一定要有足够的学术成果。

临近回归那几年，不少港大教师移民了，这确实带来了相当大的冲击。但也有好处，他们走了，我可以请新的人来，对新人可以提出更高的要求。有一点港大是非常有优势的，就是香港的薪水很高。当时港币和美元直接挂钩，那几年美元一直在升值，港币也就很值钱。

这样过了几年，港大慢慢地就好了。后来到我走的时候，基本上解决了转型问题。

高　渊：你在这么多大学学习工作过，香港的大学教授薪水处于什么水平？

王赓武：算是高的，比澳大利亚、马来西亚都要高，比英国本土也高，美国的大学教授也不是收入都高，要看什么专业。这一点上，香港的大学是有吸引力的。

高　渊：你从香港大学荣休后，为何会选择来新加坡？

王赓武：原计划是回澳大利亚国立大学，他们也欢迎我回去。但正好新加坡副总理吴庆瑞找我，当时他已经退休了，他当副总理时办了这个东亚所，最早叫东亚哲学研究所，后来改名为东亚政治经济研究所，再后来改名叫东亚研究所。其实就是研究当代中国，因为他认为新加坡对中国太不了解了。

那时候，他是东亚所主席，我们是老朋友，他比我大十岁。他身体不好，跟我说："请你来帮我。"我说要回澳大利亚，他说："我需要你现在就来帮我。"我以为来个两三年，就回澳大利亚了。没想到，到今年已经21年了。

高　渊：你是怎么规划东亚所的发展的？

王赓武：1996年，我来的时候，东亚所是一个独立的研究机构，不归属新加坡国立大学。吴庆瑞希望自由独立，但我跟他说，这个独立的研究所规模太小，而且经费不足，只有放到大学里面，才能请到更优秀的人，因为很多人都觉得在大学里面才有前途。

吴庆瑞一开始很不愿意，后来他提了个要求，就是要我来当所长，具体负责东亚所的运作。这样我就当了十年东亚所所长，直到 2007 年改任东亚所主席。

东亚所这些年发展得还不错。国立大学很支持我们，更重要的是中国发展得这么好，我们是搭上了中国的快车。

高　渊：现在还带研究生吗？

王赓武：现在不带了，年纪大了，不能负起这个责任。我现在每周到东亚所来两三次，平时在家里写东西，还要参加不少会议，毕竟还是大学教授。

外部视角看中国："目前中国的改革动力，可以和秦统一中国时的爆发力相提并论。"

高　渊：十多年前，你曾经写过一篇文章，认为中国正面临历史上第四次崛起，现在依然持这个观点吗？

王赓武：对。那篇文章是用英文写的，是给外国人看的，让他们了解中国的历史发展是起起伏伏的，它衰落了，但还可以复兴，这是中国的特点。很多文明一旦衰落就完了，被别的文明代替了。

在中国历史上，第一次崛起是秦汉时期，第二次是隋唐时期，关于第三次崛起充满了争议，我认为是明清时期，现在是第四次。中国的关键是要统一，一旦分裂肯定是最弱的时期。

高　渊：所以在 1949 年，你在海外看到新中国成立，充满喜悦？

王赓武：非常高兴，我在那之前也是不愿离开的，但我父母一定要叫我回来。我很多年后才知道，中央大学好几个同学都是地下党，后来在北京遇到他们，他们说当年不能告诉我真实身份。

高　渊：中国的第四次崛起跟以往三次相比，有什么不同？

王赓武：目前中国的改革动力，完全可以和两千多年前秦第一次统一中国的爆发力相提并论。今天的中国还会让人想起公元 7 世纪时中国的复兴。那时的中国战胜了外来入侵，吸收了外来思想，还向外国贸易和新技术打开了大门，为今天的中国创造了宝贵的文化遗产。

当然，世界在经历了欧洲的殖民主义和帝国主义后已经面目全非，中国的这一次崛起与以往截然不同。那种认为中国将赶超并威胁其他大国的说法，实际上是一种误解。对中国来说，真正重要的是，如何面对社会显现的问题，如何保持现行社会制度的稳定，如何实现国家统一。

这意味着，中国需要的是和平和善意。这不仅是当前的需要，而且是长期的需要。因为中国要把数量庞大的劳动力带入小康生活，并不是件容易的事。

高　渊：你在海外研究中国历史，觉得有什么利弊？

王赓武：可能看中国历史的角度不一样。你说我传统还是不传统，这很难说。因为我有我父亲的影响，他教我的东西相当传统。但我在外国学校学的东西，受了西方历史教育的影响，他们的史学传统跟中国的不太一样。

高　渊：你生在印尼，学在新加坡、中国和英国，先后在马来亚、澳大利亚的大学任教，又在香港大学当了十年校长，现在又回到了新加坡。在你内心，你认同自己是哪国人？

王赓武：以前是马来西亚人，80 年代入籍澳大利亚，现在是澳大利亚人。我要老实承认，我现在的国家观念不强。从我一生的经验来看，国家好像已经疏离了，对我来说，我的家人在哪里、朋友在哪里，这才重要。

非常幸运的是，我工作的几个大学环境都很好，都是非常自由的。我研究什么，写什么文章，从来没人干涉过，没有人说你不应该写什么。这方面，我太幸运了。

象牙塔中

陈佳洱 ♦ 吴启迪 ♦ 方汉奇

大学，映照一个民族的灵魂。对于现在中国有没有世界一流大学，尚有争论。但可以肯定的是，要建设一个世界一流的国家，必定需要多所世界一流的大学。

20 世纪 90 年代，陈佳洱当了三年半北京大学校长。将近 20 年后，他说：“像牛津、哈佛那样的一流大学中国现在还没有，我觉得还要等三五十年。”

1999 年 8 月 5 日上午，吴启迪在同济大学校长室发病，她在医院住了五个月，满脑子想的都是同济还没进入“985 工程”。

年逾九旬的方汉奇是位“驻校教授”，他的家就在中国人民大学内的宜园，步行到新闻学院只要三分钟。

身处象牙塔中，他们或许最能感受中国一流大学的发展变革，以及与世界一流大学的差别。

我当北大校长那些年

陈佳洱

1934年生，上海人，儿童文学家陈伯吹独子，加速器物理学家，中国科学院院士、第三世界科学院院士。曾当选中共十五届中央候补委员，中共十六大代表、大会主席团成员。毕业于吉林大学物理系，曾任北京大学校长，国家自然科学基金会主任、党组书记。先后获美国加州门罗学院、日本早稻田大学、香港中文大学、英国拉夫堡大学等院校荣誉理学博士学位，并获德意志联邦共和国绶带功勋十字勋章，当选英国物理学会特许会员、纽约科学院院士。

“我当校长那时候，院系没有行政级别，校长是享受副部级待遇。我听说，有的前任校长直到退休，还是正局级。我的感觉是，大学里面一搞行政级别，就变成‘学而优则仕’，就走到歪道上去了。”

一早，京城狂风大作。

与陈佳洱院士相约九点，在北京大学重离子物理研究所二楼见面。从宾馆走过去，原本只需六七分钟，但那天走了 20 分钟。路上行人姿态各异，顶风而行的都身体前倾，顺风走路的则尽量后仰，大风灌进口鼻，产生瞬间窒息感。

二楼是两排办公室，其中一间门口贴着一行小字：陈佳洱院士。敲门无人应，等了几分钟，看到一位瘦削的白发老者慢步拾级而上。他见了我就握手微笑道：“抱歉啊，来得晚了。”

此时，距九点还有五分钟。陈佳洱掏钥匙开门，说：“其实我早就出来了，刚要走出小区，一阵大风把我帽子刮走了，我去找帽子了。结果找到却拿不到，被刮到汽车底盘下面了。”

我说：“您自己走过来的？没车送？”陈佳洱边为我泡茶，边说：“我就住在蓝旗营那边，走过来不到 20 分钟，不用车送。”

他的办公室陈设非常简单，一桌一椅一沙发，开水还是自己到走廊上打的。作为中科院院士、北大原校长，83 岁的陈佳洱依然保持着中国老派知识人的脾性：儒雅、谦虚、和善。

我们的话题从他出生开始，聊了他父亲陈伯吹先生，聊了他的学业与工作经历，聊了他 90 年代当北大校长那几年的往事，更聊了他对中国建设世界一流大学的思考。

1934 年 10 月 1 日，陈佳洱在上海广慈医院出生，没有兄弟姐妹。在那个年代，这种情况并不多见，战争是关键因素。三岁多的时候，“八一三”淞沪会战爆发，日军占领了上海。当时他父亲陈伯吹从事抗日救亡活动，为了避免日本特工的抓捕，就去了重庆北碚国立编译馆编教科书，出版《小朋友》杂志，而陈佳洱和母亲生活在上海。

在陈佳洱的记忆中，父亲很和蔼，是一位慈父，从小到大从来没有打骂过他。倒是母亲曾打过，但也屈指可数。母亲是钢琴教师，他们的教育总体还是宽松的，陈佳洱从小生活、学习都比较自在。

很小的时候，父亲就给他讲电的故事，表演摩擦生电的实验。上中学时，带他去看《发明大王爱迪生》《居里夫人》等电影。特别是看了《居里夫人》后，父亲教育他要像居里夫人一样，做对社会有贡献的人。

陈伯吹一直既鼓励陈佳洱写文章，也引导他追求科学。陈佳洱读初中时，抗战刚刚胜利，父亲从北碚给他带回一本英文版著作《森林中的红人》，并鼓励陈佳洱将这本书翻译成中文，在《华美晚报》上发表。

虽然父亲的专业是教育学，但是对科学和文学都有浓厚的兴趣。他曾对陈佳洱说，要不是小时候家境贫寒，没有足够的资金供他读书，他很可能选择去学数学。

后来，陈佳洱没有成为像父亲那样的作家，但也继承了父亲对数理化的爱好，成为加速器物理的权威学者。加速器是使带电粒子增加速度的装置，应用于原子核实验、放射性医学等领域。我问他：“科学家当大学校长，有何利弊？”他淡淡一笑：“会比较呆板，但一般会比较认真。”

又说起他的堂弟——港澳专家陈佐洱、指挥家陈佐湟，以及他三位在科研领域颇有建树的儿子。我说：“你们陈家几代人都很优秀。”他说：“优秀谈不上，反正都比较老实。”

◆ ◆ ◆

不满16岁上大学:“同学们一直管我叫‘小儿科’”

高　渊：你的中小学都是在上海念的？

陈佳洱：对，小学上了两个，一个是基督教的培德小学，另外一个是上海西区的工部局小学。抗战胜利后，我上了位育中学，校长李楚材是陶行知的学生，跟我父亲是好朋友。但好朋友归好朋友，这是私立中学，交了费才能入学的。

中学同学中，有一位后来大名鼎鼎的田长霖。他有个外号叫“大头”，人很聪明，特别是考数学，他总是全班第一。他后来先去了台湾，再去美国，被称为“华裔奇才”。我和他同学四年，他一直坐在我后面。他喜欢跟我开玩笑，高兴的时候就用铅笔在背后捅我。他后来说过一句话：“我用铅笔捅出了一位北京大学校长。”

长霖在美国普林斯顿大学获得博士学位后，成为引领热物理领域发展的著名科学家。我留学英国后，成为加速器研究专家。而且我们同为中国科学院院士，同在20世纪90年代出任中美两所名校的校长，他是美国加州大学伯克利分校首位华裔校长，我当了北京大学校长。

还有个外号叫“面包”的同学，胖胖的，老是流着两根鼻涕。后来当过我国核试验基地司令员，中国工程院院士，是小平同志表扬的全军科技模范，叫钱绍钧。

高　渊：1950年你就上大学了，当时才16岁吧？

陈佳洱：当时还不满16岁。中学是初高中一贯制，根据成绩分甲班和乙班，甲班念五年，乙班念六年，我被选到了甲班。

刚进大连大学时，削苹果把手弄破了，去医院挂号，护士一看我还没到16岁，就给我挂了“小儿科”。后来被同学们知道了，就管我叫“小儿科”。

高　渊：当年最向往哪个大学？

陈佳洱：我最想考的是上海交大和北京大学，交大是家乡上海的大学；北大是五四运动的策源地，讲的是科学民主，一直很向往。

但我父亲有几个地下党的朋友，他们建议把孩子送到老解放区去锻炼。当时东北解放区有两个大学可以选，一个是大连大学，另一个就是哈尔滨工业大学。我听说大连靠海，风景好，就报了大连大学。

大连大学就是现在的大连理工大学，当时是多学科的综合大学。1952 年院系调整以后，把一些系调出去了，后来就改名大连理工大学。

我考的是电机系，因为我喜欢电。同时，我也觉得新中国成立后要发展工业，就一定要发展电机。到了东北老解放区后，发现确实跟上海不一样。就在离大连大学不远的地方，有个劳动公园，里面有块碑，写着“劳动创造世界”。一看到这个碑，我就深有感触，觉得世界是劳动人民创造的，我们要为劳动人民服务，做劳动人民的知识分子。这个给我印象很深。

高　渊：在大连大学的学业怎么样？

陈佳洱：我在班上是小组长，也是物理实验课的课代表。我们物理实验课的老师是应用物理系的系主任王大珩先生，他是我的恩师。他向工学院的屈百川院长建议，培养工程技术人员，如果没有理科的底子，视野和思维都受限制。所以后来就成立了大连大学应用物理系，由他来担任系主任。

因为我是课代表，所以我对物理实验比较努力。王大珩先生对实验的要求很严格，虽然是系主任，但他亲自来带我们做实验。每次做实验，我们还没到，他已经在实验室门口等着了。每个学生进门，都要先经过他的口试。他会问：“你今天来做什么实验？为什么要做这个实验？实验的目的是什么？你准备怎么做？”

高　渊：物理实验是你的强项吗？

陈佳洱：王大珩先生的实验课一做就是半天。做的时候，他到处巡视，检查同学做实验的认真和严谨程度。做完以后，他要看你的实验数据记录，还要给你打分。根据开始的提问、实验进展和数据结果，按 5 分制来打，得 5 分非常难。

我们班上有一个“潜规则”，谁得了 5 分，就得请客吃花生米，因为大连花生米又便宜又好吃。我记得那一个学期我有幸请了三次花生米。

从东北人大到北大：“可以说恩师朱光亚带了我一辈子”

高　渊：在大连大学读到本科毕业吗？

陈佳洱：没有，1952 年底全国高校院系调整，我们就去了当时的东北人民大学，前身是东北行政学院，后来改称吉林大学。

物理系的很多老师都是从北京调来的，系主任是清华大学的余瑞璜，他是国际一流的 X 射线晶体学家，能自己做 X 光管。教我们分子物理的是霍秉权，当过清华大学教务长，后来当郑州大学校长。当时的东北人民大学物理系，号称有“十大教授”，实力很强。

高　渊：对你影响最大的是哪位？

陈佳洱：是朱光亚教授，他是我的恩师。

高　渊：朱光亚当时很年轻吧？

陈佳洱：他 29 岁，比我大 10 岁。他教原子物理，讲得非常好，备课也认真，板书特别清晰。

当时，他刚从朝鲜回来，得了一枚军功章，在我们学生眼里，就是一个大英雄。他上课不是简单灌输知识，而是从历史讲起，像讲故事一样，把我们从经典物理引导到量子物理。他不仅讲课好，每次讲完课还来辅导我们，会很认真地听你的提问，并把问题简化后写在黑板上，然后他倒过来问你，一直把你问懂，非常循循善诱。

我对朱老师特别敬佩。他当时是系里最年轻的教授，29 岁就正教授了。他在北京大学的时候是副教授，从朝鲜回来调到东北，不到一年就升正教授了。我这一生，对我影响最深的就是朱光亚，他的业务功底非常好。

高　渊：你跟朱光亚的私交密切吗？

陈佳洱：我们师生关系非常密切，情谊很深，可以说朱老师带了我一辈子。

我的本科毕业论文就是他出题并指导的。当时的论文题目是“研制探测 β 放射性粒子的盖革-缪勒计数管”。他对我要求很严，每周都检查我查阅文献的笔记，理解不对或不准确的地方他都用红笔勾出来。经过近一年的努力，我终于在他的指导下研制出我国第一支能探测 β 放射性的计数管。后来他说，我的毕业论文比他预期的还要好。

就在那时，毛主席说我们也要有原子弹。中央专门组建了核武器专家委员会，由周总理牵头，具体是聂荣臻元帅负责。他们知道朱光亚原来就是蒋介石派到美国去学原子弹的，就把朱光亚调到北京。

高　渊：其实你们师生并没有分开多久，朱光亚马上把你调到了北京？

陈佳洱：对，朱老师是 1955 年春天被调到北京的，先在钱三强先生主持的中科院近代物理研究所工作。没过多久，教育部发来调令，要调我去北京。

但我们系主任余瑞璜不干了，他说：“假如要调走陈佳洱，我就辞职！”所以，一开始没调成。但也没多久，大概是 6 月份，中组部来函调我进京，余瑞璜也没办法了，只能放行。

我先到了中科院近代物理研究所“物理六组”，实际上呢，当时中央正委托钱三强的近代物理所，帮助教育部建立“北京大学物理研究室”，大量培养核科技人才。调我来就是参与这件事，当时我们只跟北大校领导单线联系，对北大广大师生是保密的。

我当时将近 21 岁，记得我报到时，他们看我年纪小，说哪里来的小孩？你走吧，我们要办公。我拿出报到证，他们才知道我是朱光亚的学生，后来都对我很关照。

高　渊：你们主要培训北大的本科生？

陈佳洱：一开始是招北大、复旦和武汉大学等学校的三年级学生，经过一年的训练，就送到核工业的科研院所和工厂工作。但后来觉得这样训练一年的质量还不够高，就开始从本科新生中选拔。为此，1958 年后，北大正式成立了原子能系，后来改名叫技术物理系。

高　渊：后来去英国留学是因为什么机缘？

陈佳洱：我是 1963 年底被公派留英的，此前的留学生大多去苏联。当时，中国科学院党组书记张劲夫跟英国皇家学会达成了人员交流协议，互派留学人员，第一批中英各派四人。劲夫同志决定从高校和中科院各派两名，北大推荐了我。

这是我第一次出国，路上还有波折。我们先乘火车到莫斯科，然后转机去伦敦。那天晚上伦敦有雷雨，飞机只得降落在曼彻斯特。降落后，飞机上招待乘客吃饭，我们却不敢吃，怕要收钱。想打电话也不行，因为没有钱，然后坐大巴去伦敦。

我们离开莫斯科时，问使馆能不能给我们带点钱？他们说不需要，到了伦敦会有驻英国使馆派人来接。结果飞机这一备降，使馆人员直到半夜一点才找到我们。

高　渊：你们去了哪所大学？

陈佳洱：我们四个人去了不同的地方，他们三个分别去伦敦、雷丁的研究所和利物浦大学，我一个人去了牛津大学。我的导师是丹尼斯·威尔金森（Denys Wilkinson），他是牛津的英国皇家学会会员。他问我在国内做过什么工作，我说搞加速器，他就让我参加他们新到的串列静电加速器的安装调试工作。

这项工作大概做了一个半月，我一边做安装，一边做实验，晚上还做理论计算。然后就发现了一个问题：这个加速器出来的束流比预定的要弱，原因是他们设计的偏转磁铁接收空间和加速器出来的束流特性不匹配。当时我比较犹豫，到底告不告诉他们，因为我怕人家说刚来就指手画脚。

后来威尔金森问我，这个加速器的束流为什么通过磁铁后减少这么多。我就老老实实跟他讲，这里有一个匹配问题，因为磁铁的真空室里面装了一些膜片，导致束流接收度下降。他听了不但没生气反而很高兴，马上叫我写了一篇内部学术报告。

我在牛津大学待了两年半，其中包括在英国卢瑟福高能物理国家实验室做等时性回旋加速器的研究，中间还到伯明翰大学访问研究了两个月。

高　渊：留学英国这段经历，对你来说有什么价值？

陈佳洱：最主要是学到了怎么做科研，以及科研需要怎样的思维方式。

一开始，我觉得英国人挺松垮，早上大概要九点多到，到了十点半就茶歇了，午饭要吃一个多小时，到下午三点半又茶歇了。看上去，似乎没工作多长时间，但后来发现，他们的茶歇和吃饭花这么多时间，其实主要都是用来进行思想交锋。

在他们的科学文化里，做科研最重要的是要发展新思路（Developing Idea），不然做不出好的研究。他们最瞧不起的是没有新思路就写论文，讽刺这种人是“论文机器”。这是我在英国得到的最重要的收获。我当北大校长时，就反对简单地用发表论文的数量来评职称，后来又加上什么刊物的“影响因子”，其实这些都不重要，重要的是你的研究有什么新思路、新理论或新方法，对推动科学前沿的发展有什么新贡献，或对经济社会发展有什么贡献。

高　渊：但这个问题现在也没解决。

陈佳洱：对，所以我还不断在提。现在无论是评职称，还是读硕士、博士，最后都要靠论文，导致大家只关注写论文，成了英国人说的“论文机器”。

高　渊：你从英国回来，就正好赶上了“文革”开始？

陈佳洱：我是 1966 年 2 月份回来的，“文革”还没开始。回来后，我就找到国家科技委，汇报发展中国加速器研究的重要性，后来科技委基础局决定批给我 500 万元经费，相当于现在 5 个亿，让我在国内发展国际上最先进的等时性回旋加速器。当时我非常激动和高兴，我们教研室扩充到 50 个人，大家都干得很投入。

结果干了没几个月，“文革”爆发了，我被扣上五顶“帽子”：“黑帮分子”“资产阶级反动学术权威”“走资派”“漏网右派”和“特务嫌疑”。红卫兵把我抓起来，和北大校长陆平一起关在印刷厂里打杂。厂里师傅对我都很好，说我腿勤手勤，帮他们搞技术革新。红卫兵来斗我打我，他们都保护我。

高　渊：一直关在印刷厂？

陈佳洱：总共关了两年多，有一年关在第一教学楼，当时叫作“清理阶级队伍”。1969 年下放到汉中，在那里一直待到 1979 年，整整十年。一开始都是体力劳动，种地、养猪、修铁路，反正什么活重、什么活累就让我干什么。修铁路的时候，要不断来回扛 100 斤一袋的水泥。当时，我一顿饭要吃半斤。

高　渊：那十年就没再碰加速器吗？

陈佳洱：开始的时候，我想这辈子搞不了加速器了，把英国带回来的书都卖了，只留了几本笔记本作为纪念。

后来，清华大学想搞加速器，他们知道我在英国研究过加速器，清华革委会就跟北大革委会建议，要我去清华联合研究新型的直线加速器。我们经过半年多的研究讨论得到了一个技术方案。这个方案虽然先进，却因汉中山沟沟里的条件太差，不可能在那里研制出来。我就提出，让我留在北京继续查文献。经过一段时间的文献调查，我发现德国法兰克福大学提出的一个新概念——螺旋波导加速器，对我们很有意义。虽然实验上还未做出来，但我觉得它的结构小巧、简单，有可能在汉中研制出来。

回汉中后，我就和技术物理系的同事一起，从事螺旋波导加速器的研究工作。我们和加工车间的工人师傅一起，克服重重困难绕制成有足够机械强度的螺旋线，并在此基础上制成相互耦合的螺旋波导，最后完成了高频测试并在预定高频功率下稳定运行。

为了测试载束运行下的性能，我们就将它运到北京，利用北师大的 400 千伏高压倍加器上的氘束，测试其聚束性能，结果非常好，只用了

8.4 瓦的射频功率就高效地将 350 千电子伏的连续氘束群聚为 1 个纳秒的脉冲束。实验结果与群聚理论的预期完全一致。1983 年，我在美国国际加速器会议上报告了这一成果，并获得了北京市科技进步二等奖。

副校长、代校长、校长："1984 年国庆游行，北大学生突然打出来'小平您好'的横幅，我有点吃惊。"

高　渊：70 年代末回到北大后，担任什么职务？

陈佳洱：我回到了技术物理系，担任教研室主任。印象最深的是参加了全国科学大会，钱三强同志还让我负责全国低能加速器研究规划的制定。

1984 年，我直接从教研室主任被提升为北大副校长，我也不清楚具体原因，我在去英国之前曾担任过系的副主任。可能那个时候要提拔一些年轻干部，我那年正好 50 岁。那时北大还特批了十名正教授，我是其中之一。

先是分管外事、科研，后来还分管方正集团。最早不叫方正，叫北京大学新技术公司。一开始，汉字排版软件市场竞争很激烈，只有《经济日报》选用方正，但用下来效果非常好，《人民日报》等许多报纸跟着都改用方正，后来方正占到了 90% 以上的国内市场。

高　渊：1984 年国庆游行，北大学生打出了"小平您好"的横幅，你事先知情吗？

陈佳洱：那天我就在天安门上面，事先一点也不知道。当时讲好，除了带一面北大校旗外，不能带任何东西。结果，他们突然打出来"小平您好"，我有点吃惊，我想学生会不会闯祸？回头一看，小平同志在带头鼓掌。

我的感受是，一方面觉得我们北大学生了不起，实际上就是拥护改革开放；另一方面觉得小平同志了不起，他理解北大学生的爱国热情。

高　渊：什么时候担任代理校长？

陈佳洱：那是 1989 年，丁石孙校长出国了，指定我当代理校长，当时我是常务副校长。代理了几个月，直到吴树青从中国人民大学调到北大来当校长，我继续当副校长。过了两年，还兼了国家自然科学基金委员会副主任，工作重心就放到基金会了。

高　渊：那几年有点淡出北大的感觉，后来是什么原因出任北大校长的？

陈佳洱：吴树青当了七年校长后要换届，教育部派人来，让北大三四百个中层干部民主推荐校长，结果我排在第一。但我自己没投自己，我强烈推荐周光召，他刚从中国科学院退下来，如果他来当校长，教育和科研的结合肯定会做得更好。

组织上连续找我谈了三次话，前两次我都推荐周光召。到了第三次谈话，告诉我中央已经定了，这样我只能硬着头皮当北大校长。

高　渊：你当北大校长任内，主要做了哪些事？

陈佳洱：当校长时，我已年近 62 岁，总共当了三年半。那几年，我主要是推动学科建设，因为一个学校办得好不好，学科建设是安身立命的根本，要有在世界上领跑的特色学科，学校才能在世界上有地位。学科建设的关键是人才，必须要有领军人物，所以那时候我特别注意引进人才，尤其是培养和引进年轻人才。

为了促进学科之间的交融，我还提议成立若干学部，比如：人文学部包括文、史、哲等系，社会科学部包括经济、管理学院和法律等系，理学部包括数学、物理和化学学院等，信息与工程学部包括信息、计算机等，后来还成立了医学部。当时，中央正在推进院校合并，任命我做北大和北医合并的组长。我们商量下来，合并必须坚持一条，北大跟北医通过学科交叉来合并，所以专门成立了医学部。

高　渊：先成立医学部，再跟北医合并？

陈佳洱：对，医学部先放在那里，这有利于两校的合并。然后还想跟北京航空航天大学合并，打算先跟北航联合成立一个北大航空航天研究院，北航领导也很想合并。但后来因为种种原因，没能合起来。

除了学科建设和合校，我还推动课程交叉。为提高学生的文化和科学素养，规定文科学生至少修四个理科学分，理科学生也至少有四个文科学分，互相要学。

高　渊：接下来就是要筹备北大百年校庆吧？

陈佳洱：当时，我特别想通过百年校庆，来提振一下北大师生的士气。从1997年秋天起，我三次邀请江泽民总书记来北大参加百年校庆。第三次是哈佛大学校长来访，哈佛和北大有合作关系，我陪着哈佛大学校长去见江总书记。那天谈得很高兴，他还带着哈佛校长参观他的办公室、会议厅和小花园。哈佛校长看完后，就告别了，我没走。

我说，江总书记，我找您还有事，再过一个多月我们就要校庆了，北大是新文化运动的中心，是五四运动的策源地，所以一定要请您来，指导我们建设一流的大学。他说，那好，你去写个材料来。我们就连夜写了一个报告。

高　渊：报告交上去后，有回音吗？

陈佳洱：我记得是1998年4月25日下午，我们得到通知，26日早上江总书记要来视察。时间太短，我们根本来不及准备，只能是什么样就让他看什么。

我们请他看了新的计算机实验室、最新的指纹识别技术，还有我们的赛克勒博物馆。然后去图书馆，我本来想带他到教师阅览室，结果他直奔学生阅览室。当时，我很不放心，不知道学生会怎样表现。

结果真是出乎我的意料。江总书记现场吟了很多诗，他吟什么诗，学生就对什么诗。然后，江总书记用英文、法文、德文，还有罗马尼亚文跟学生聊天，学生们都能应答，表现得非常好。

高　渊：这些学生不是校方事先安排的？

陈佳洱：我们在教师阅览室有准备，但学生阅览室没有。教育部长陈至立跟我说，你们北大真的了不起。

高　渊：就在那个时期，北大提出了要建设世界一流大学？

陈佳洱：对，就在北大校庆上，中央正式提出，我国要建“若干所具有世界先进水平的一流大学”。紧接着，我跟清华大学签订了北大清华携手共同建设世界一流大学的协议书，规定我们两校学分互认、教授互聘、资源共享、后勤共建等八条。然后，我们又联名向中央要求拨一笔专款来建设世界一流大学，中央也批了，所以后来有了“985工程”大学，因为是1998年5月份提出来的。

“真正的一流大学要出一流的人才，出一流的科研成果。”

高　渊：你跟北大有这么多年的情缘，你所理解的北大是一所什么样的大学？和中国这么多大学相比，北大的特性在哪里？

陈佳洱：北大的传统就是“爱国、进步、民主、科学”，北大的学风是“勤奋、严谨、求实、创新”。北大师生首先是非常爱国的，从新文化运动与五四运动，到“团结起来，振兴中华”，再到“小平您好”，都说明北大师生爱国。

另外，北大提倡“思想自由、兼容并包”，这是蔡元培先生提出来的。所以一直以来，北大的教学研究环境比较宽松。当然，北大也在不断自我完善，就像鲁迅先生说的，“北大是常为新的，改进的运动的先锋，要使中国向着好的，往上的道路走”。

高　渊：你是以物理学家的身份，担任北大校长的。在你看来，科学家当校长的利弊在哪里？

陈佳洱：比较呆板，但也会比较认真。

高　渊：你觉得自己适合当校长吗？

陈佳洱：我还是适合做研究。

高　渊：但你当校长那些年，口碑很不错。

陈佳洱：口碑我也不清楚，我这个人比较随和一点，跟我沟通比较方便。

我当校长的时候，还坚持给研究生讲授加速器物理，每周上一次课。如果我不上课的话，我跟学生、教授的共同语言就会少得多。我自己上课，才知道教师想什么、学生想什么，我理解他们、支持他们。

高　渊：去年北大表示要尝试取消院系领导的行政级别，你对中国大学的行政级别怎么看？

陈佳洱：我当校长那时候，院系没有行政级别，校长是享受副部级待遇。我听说，有的前任校长直到退休，还是正局级。

我的感觉是，大学里面一搞行政级别，就变成“学而优则仕”，就走到歪道上去了。这是对大学很大的损害。对学校来说，最重要的是要对国家社会发展有贡献，要让教授们沉下心来做教学和科研。

高　渊：从 1998 年提出中国要建世界一流大学，到现在 20 年过去了，中国现在有没有出现世界一流大学？

陈佳洱：像牛津、哈佛那样的一流大学中国现在还没有，我觉得还要等三五十年。

真正的一流大学要出一流的人才，出一流的科研成果。我有一次陪美国斯坦福大学的校长去见朱镕基总理，那时候国际上对大学排名炒得很热。朱总理问，你们斯坦福大学很有名，又缔造了硅谷，为什么只排在第四？斯坦福大学校长说，总理先生，你把这个排名忘了吧，我们斯坦福大学有斯坦福大学的文化，我们斯坦福大学有斯坦福大学的传统，不管它排第几名，斯坦福就是斯坦福。

这话说得非常好。我们中国的大学必须坚持自己的文化和传统，加快培养和引进世界一流的人才，才有可能真正成为世界一流的大学。这一点，清华现在比我们做得好。比如他们引进的薛其坤教授发现了量子反常霍尔效应，在国际上是领先的！

高　渊：就北大来说，跟世界一流大学的主要差距在哪里？

陈佳洱：还是缺乏能引领未来的领军人物！特别是在科研上，我们国家的方针是“自主创新、重点跨越、支撑发展、引领未来”，最后一句话最重要，就是要引领未来。

生命、同济和江上舟

吴启迪

1947年生于上海，浙江省永嘉人。智能控制专家，同济大学教授。于清华大学获无线电专业学士学位、自动控制专业硕士学位，于瑞士苏黎世联邦理工学院获电子工程博士学位。曾任同济大学校长、教育部副部长，当选为中共第十六届中央候补委员。

“我当校长那几年，正好是中国高校合并的高潮，也引来很多争论，不少人怀疑一窝蜂把一些学校并起来是否合适？我觉得，中国合并若干所大学是有必要的，综合性大学符合高等教育的发展潮流。但合并一定要考虑大学的历史，最不应该出现的情况是，把两个优质但没有渊源的大学硬合起来，这是得不偿失的。”

吴启迪还是老样子。

虽已年届七旬，看上去依然清癯而干练。

或许是早年留学瑞士的缘故，她跟我约在一间咖啡馆，在闹中取静的南昌路上。说好九点半见面，她提早了 20 多分钟。看我有点诧异，她微笑着跟我解释，之所以提前到，是要先和一位同事商量工作。

中国有很多大学校长，吴启迪教授是其中为数不多的名人。1995 年，她以民主推举的方式，成为同济大学首任女校长。一直到 2003 年赴京任教育部副部长，她当校长那八年，主持了同济两次与其他高校的合并，也经历了前所未有的高校扩招。时隔 20 年，她对当年的高校改革，是怎么看的呢?

和吴启迪聊天，她的先生江上舟是绕不过去的。他们同在清华大学无线电系学习，毕业分配同赴云南，然后一起回京工作，一起考上清华研究生，先后到瑞士苏黎世联邦理工学院读博。回国后，一个在上海，一个去海南，长期分居。多年后，他们又在上海团聚，直至 2011 年江上舟因病辞世。

这些年，吴启迪极少与媒体谈起江上舟，这次跟我聊起往事，言必称“我先生”，30 多年相伴的感情清晰而内敛。我说：“江上舟先生被称为战略型科学家，曾力促大飞机和集成电路芯片项目落户上海，您认为他是个怎样的人？”吴启迪平静地说：“我先生很关心政治，学习能力很强，他不搞基础科研，更关注战略上的事，这是他的特长。”

吴启迪更让外界惦记的，是她在将近 20 年前经历的一次生死考验。

1999 年 8 月 5 日上午，吴启迪在同济大学校长室发病，突然腹痛难忍，随即被送往医院抢救，查出是急性坏死性胰腺炎。这病非常难救，还并发心肺肝肾等脏器功能严重障碍，心脏八次骤停，做了四次手术，可以说濒临死亡。在瑞金医院住了将近五个月，直到年底才出院。

医学界都说，能把吴启迪校长救回来，是中外医学史上的奇迹，所以她至今感激那些医生。躺在病床上的那五个月，虽然九死一生，但她还是很乐观，别人都说她坚强。“其实，我当时精神状态是比较亢奋的，因为满脑子想的都是同济还没进入‘985 工程’，这个目标我是放不下的。”

吴启迪住院期间，教育部和上海市的领导都很关心，经常去医院看望。只要他们来，她一定会提这件事，在气管被切开的那段时间，不能讲话，就用笔来写。

有一次，上海市委书记黄菊到医院探视，吴启迪又提了这事，还对他笑了笑。就听黄菊跟别人说：“吴校长病得这么重，怎么还在笑？”吴启迪当时气管切开不能说话，心里想，我有机会当面向领导提“985”的事，能不笑吗？

在病情特别危险的时刻，吴启迪会思考生命。她在想，生命尽管顽强，但有时候又很脆弱，就像一张纸，一捅就破。而在这时候，如果还有很多事没做完，就会觉得很遗憾，但这反过来又会激励她坚持下去。

吴启迪会用各种方法来鼓励自己。她想到了电影《泰坦尼克号》中的情节，当男主人公杰克觉得自己必死无疑时，对女友萝丝说：“你一定要顽强地活下去，要过得幸福。”当时，她病床边有一台 CD 播放机，不断放着音乐，《泰坦尼克号》的主题曲《我心永恒》经常回荡在病房中。

采访那天晚上，吴启迪就要去杭州出差，第二天再去苏州开会。问起她的健康状况，她笑笑说："现在还有几个兼职，都不取报酬的。身体还行吧，还能走动走动。我想再做两年，到 2020 年是我大学毕业 50 年，这也兑现了我当年的诺言：为国家工作 50 年。"

◆ ◆ ◆

扩招："早晚要做，但当时做得有点急了。"

高　渊：发病的那个上午，您当时在处理什么事？

吴启迪：那天上午接到一个电话，说马上要开学了，今年大幅度扩招，还合并了上海铁道大学，新招学生 7000 人，来了怎么住啊？

以前同济大学每年只招两三千个学生，我对此很焦虑。当然也不能说因为这事，导致了我发病，不要挂钩。

高　渊：1999 年是中国大学大规模扩招的起点？

吴启迪：对，那年召开了全国教育工作会议，我参加了。当时为了应对亚洲金融危机带来的冲击，会上提出了怎么促进消费，拉动内需。当时，国务院有关部门提出一个方案，认为对于老百姓来说，教育是非常重要的一种消费，因为中国人特别重视教育，希望子女都能上大学。

很快，中央要求我们教育部所属高校大幅扩招，一开始要求扩招一倍，后来发现其实做不到，但至少平均扩招了 1/3。

高　渊：那个提出方案的"国务院有关部门"，是教育部吗？

吴启迪：后来很多人都以为是教育部提出扩招的，其实真不是。跟大学扩招一起提出的还有"教育产业化"，都是当时的国务院宏观管理部门提的。

高　渊：当时你对大学扩招怎么看？

吴启迪：作为一个大学校长，在国家没有任何投入的情况下，要多招这么多学生，不管从哪个角度看，都是困难的。同济在那几年经历了一个困难时期，首先碰到的是学生宿舍问题，男生已经八个人一个房间了，再扩招一倍不可能，即便是1/3，也没有空间了。

但当时国家经济有困难，大学要做出自己的贡献，我们还是接下了任务。其实，各个大学都是在非常困难的情况下接受扩招任务的，思想上也没有形成共识。

高 渊：在扩招中，同济什么时候最困难？

吴启迪：应该是2000年和2001年，我印象中这两年都是每年招7000名学生，当然这没持续几年。当时还叫我们招二本，我说我们同济从来不招二本的。后来学校实施了后勤改革，通过银行贷款以及和企业合作建设学生公寓，总体上缓解了空间紧张问题。

但有些问题很难在短期内解决。扩招前，同济的师生比是1∶8，扩招后达到1∶10甚至1∶12。从办学效益讲，扩招当然是好的，但学生太多、教师太少，实际上对办学质量是有影响的。但不管怎样，我们还是克服困难，完成了扩招任务。

高 渊：现在回头看，你认为当年扩招对不对？

吴启迪：对于扩招，社会上一直有很多议论，认为扩招大大影响了中国高等教育的质量。2003年，我到教育部工作后，站在国家的高度来看整个高等教育，越来越觉得扩招这件事早晚要做。但当时做得有点急了，如果分几年来做，可能更稳妥。

在大学工作的时候不知道，中国在20世纪90年代中期的大学毛入学率只有5%，比印度还要低两个百分点。如果当时的大学校长都知道这个情况，可能会对扩招更积极一些，因为我们总不见得还不如印度吧。

高 渊：和大学扩招伴生的，还有“教育产业化”，你赞同这个理念吗？

吴启迪：我从来不接受教育是一个产业的观点。记得当时在北京的一个论坛上，我发言的观点就是教育不能产业化，因为教育是公益事业。教育可能有部分产业或非公益的功能，但这一般是指非学历教育。

我的观点没有得到大多数人的认同，很多人认为我太保守，思想跟不上形势。也有些人拿美国的私立大学举例，来支持教育产业化的观点。其实，美国不少私立大学办得好，有他们特殊的发展过程，他们是通过基金会来规范运作的，而不是出资人自己办学。而整个欧洲，包括英国，以及亚洲大学几乎都是公办的。还有人说，日本当时正在实施法人化的高教改革，但法人化不等于私有化。

当时，不少人的思路是，让大学自己去收钱，自己去发展，后来对医院也是这个思路。这是不对的，教育和医疗向来是国家的事、社会的事，不能是产业。

与清华的缘分："我们家五个人都是清华电子工程系毕业的。"

高　渊：现在回过头来说说你的经历。你是温州人，小时候在温州生活过吗？

吴启迪：我生在上海，小时候的记忆都是关于上海的。2009 年，我父亲 100 周年诞辰的时候，我们全家（包括江上舟）回过一趟老家。温州还有个"世界温州人大会"，2017 年我带儿子全家去参加过，我儿子是跟我家姓吴的，老家那里有个吴氏祠堂，还有祖屋保留着。

小时候一直住在徐汇区，小学是南洋模范小学，后来叫天平路一小，就在南模中学对面，中学上的是位育中学。在我的记忆中，中小学老师都很敬业。当时，老教师有不少来自名牌大学，比如中央大学、复旦大学、圣约翰大学等，后来的年轻教师才来自师范院校，如华东师大、上海师院（上海师范大学前身）。

高　渊：现在基本上都是师范生当中小学老师。

吴启迪：这在中国相当一段时间内是有必要的，尤其是在一些比较贫困的省份，能保证中小学师资到位。而且减免学杂费的师范院校，还让不少贫困生上得起大学。不过从今后的发展看，应该争取让素质最好的人才去当中小学老师。

最近，我经常在教育部的一些座谈会上呼吁这一点：为什么清华、北大毕业生不能去当中小学教师？这需要杠杆撬动，比如政府购买服务等相关政策。

高　渊：考大学的时候，什么原因让你想离开上海？

吴启迪：我们那时候的想法跟现在不一样，觉得没有出去过，就一定要出去。其实，家里是不太同意的，因为我两个姐姐都已经去北京了，我们姐妹三个，如果我也出去的话，父母身边就没人了。

所以，我母亲当时就劝我还是读上海的学校吧，我父亲是上海交通大学的教授，他们觉得上交大也挺好。但我还是一门心思想离开上海，就填报了清华大学无线电系。

当时，我大姐就在清华大学无线电系上学，我的选择跟她很有关系。我上清华的时候，吴邦国同志是我们的辅导员。其实我们家五个人都是清华电子工程系（当时叫无线电系）毕业的，大姐、大姐夫、我和我先生江上舟，还有我大儿子吴江枫。

高　渊：在清华的感受怎么样？

吴启迪：我考进去的分数很高，所以很受校领导和辅导员的重视，他们鼓励我入党，我曾写了好几次入党申请书。但一年后，“文革”开始了，我因为是知识分子家庭出身，当时被定为出身不好，自己又成了所谓的“修正主义苗子”。所以，我是不能加入红卫兵的。

我主要是帮着抄抄大字报。大串联我很积极。实际上，串联倒是给我们长了很多见识，各省大学都有接待站，住宿不要钱，在各地高校看大字报。

串联去了很多地方，因为我本来就想出去走走。先后到了天津、河北、四川、重庆、广东、广西、湖北，反正是一路走，哪里有火车就上。当时坐火车不要票，只要凭学生证就行，不过多数没座位，都是站着的，有时候上下车要从窗口爬进爬出。

坐车的大都是学生，而且当时民风比较淳朴，基本上没什么安全问题。但后来开始武斗就不行了，造反派把学校房子都占了，我就经常待在上海。我曾到上海无线电二厂劳动，帮技术员描图，也做过钳工，觉得挺好的，学到不少东西，与工厂师傅有很多接触。

高 渊：大学毕业分配时，想回上海吗？

吴启迪：没有回上海的名额，除了大城市，其他任何地方都有可能，也有留校名额，但留校名额由工宣队掌控，当时工宣队负责人是迟群。而且，当时清华的氛围已让我们无可留恋，我们也不想留校。于是我和江上舟被分配到祖国的边疆云南。在云南省电信局报到时遇到一位军代表老李，他和蔼地问了我们的情况，就说，不要把你们分开派到两个不同的县了，还是一起留在昆明吧，正好刚建一个新的电讯器材厂，跟你们的专业对口。

高 渊：你和江上舟是一起分到云南的？

吴启迪：对，当时我们在谈恋爱，他当时是所谓的“可以教育好的子女”，也不可能留校。还有另外一个女同学，上海人，出身不好，被单独分到了丽江。据说我们三个是历史上分配到云南的第一批清华学生，以前没有过。

去了之后，我们都觉得昆明挺好的，四季如春，厂里对我们也挺重视。后来厂里还来了一批省体工队下来的运动员，所以生活挺丰富的，排球赛、乒乓球赛、羽毛球赛天天都有。后来，不少人说我俩是因祸得福，那时候有好几对像我们这样谈恋爱的，去了更远更艰苦的边疆。

这个厂现在没了，因为通讯的概念全变了，原来的产品已没有需求了。当时这家厂主要搞微波机和载波机，我研发载波机，我先生研发微波机，一起试制新产品，我们在厂里挺顶用。

我们在云南待了五年，1975 年回到北京。我们能回来，是因为我的公公江一真在“文革”中受到很严重的迫害，在监狱里心脏病发作，然后保外就医。当时，他身边一个人也没有，子女都插队了，连老伴都去了江西的干校。

当时有人向中央反映，说像他这种情况，还是应该有人回来照顾。正是因为这个机会，把我和我先生调回了北京。

高　渊：你先生的哥哥江上虹当年挺有名。

吴启迪：江上虹是个很传奇的人，他先当兵，是个好兵，后因家庭原因受到迫害。“文革”中密谋暗杀江青，差点被判死刑。他会飞檐走壁，功夫很好。

高　渊：你们回北京后去了哪里工作？

吴启迪：我们都在电子工业部，我在标准化研究所负责通信和计算机产品的标准。我后来跟这些领域的专家都比较熟，因为定标准的时候要请专家，我负责会务。我那时候要经常出差，给铁道部和民航局“捐了”很多钱。我先生在电视电声所，做产品开发。

高　渊：当时，两个儿子已经出生了？

吴启迪：大儿子是在昆明生的，后来送到上海外婆家。外婆还在上班，所以只能放到别人家里寄养，然后是全托，他还生过大病。

小儿子是回到北京后生的。本来想如果生个女儿就自己要，结果又是一个儿子，我妈劝我把他过继给我大姐，因为大姐没孩子。所以，小儿子一直跟着我大姐生活。

高　渊：在电子工业部工作几年之后，为什么决定考研？

吴启迪：主要是我们正规的大学学习只有九个月，“文革”开始后，在迷茫中度过了那混乱的大学五年。我们在昆明工厂的时候自学了不少，我先生比我还卖力，他求学的愿望比我更强烈。1978 年恢复研究生招生，我们开始想考中国科学院，后来想想还是考了母校清华。

当时我们已经工作八年了，年近 30 岁，但在考生中还算年轻的。而且，两口子一起考进来，当时挺受校领导关注的。

高　渊：你们又考了同一个专业？

吴启迪：没有，这个我是让他的，我没考通信，去考了自动控制，这个专业对我来说等于是重新学。

因为每个专业的录取名额都非常少，20个考生里能录取一个就不得了了。我们只有分开考，才有把握都考进去。我大学只上了一年的课，但也不知道什么原因，入学后，在免修的考试中考得还不错，免修了两门课。

高　渊：后来是什么机缘，你们一起去瑞士苏黎世联邦理工学院留学？

吴启迪：我先生先去的。他考上研究生不久，又考上了出国研究生，就去集训外语了，第二年就公派去了苏黎世联邦理工学院，他是“文革”后首批公派留学生。

我是研究生读完，拿到了硕士学位后，再考虑留学的。那时候大家都想去美国留学，排队不知道要排到什么时候，我先生对苏黎世联邦理工学院感觉很好，就叫我也去吧。我当时不了解这所大学，只知道是爱因斯坦的母校。

因为要出国，我在1981年三四月份就提前进行硕士论文答辩了。那年中国刚刚开始授予硕士学位，清华又是最早授研究生学位的单位之一，所以我的硕士学位证是“00X”号，非常靠前。

高　渊：你也是公派出国留学吗？

吴启迪：我是自费公派，算清华大学派出，但费用自理。因为我先生拿的是瑞士联邦奖学金，可以资助一下，我出去生活没问题。后来，我在苏黎世联邦理工的教授那边打一份工，先是给他当助教，后来成了他的博士生。

其实，我本来没想读博士，我这人对自己没那么高要求。我先生是很要求上进的，而且他父亲盯着他拿到博士学位。

高　渊：你们是哪一年回国的？

吴启迪：我是1985年完成博士论文答辩，1986年初就回来的，没有在国外逗留。其实，苏黎世联邦理工学院的毕业生在瑞士和德国很容易找工作，但那时候的中国留学生都回来的，1989年前没有人留下来。

我先生比我晚一年毕业回国，因为他的社会活动太多了，他是全瑞学生会主席。他回国后先到了国家经委，当时朱镕基还是国家经委副主任。他被特批当了处长。后来海南开发了，他的从政愿望很强烈，自告奋勇去海南，我想人各有志，就让他去吧。

当时的海南很艰苦，他当了三亚市副市长，凤凰机场是他负责建设的，天天跟征地农民打交道，这是很苦的事。当时全国没几个人知道三亚，他把三亚弄上了中央电视台的天气预报节目，慢慢打开知名度，现在当地很多人都还记得。

他离开三亚后，又到海南省洋浦开发区当党工委书记、开发区管理局的第一任局长，一直到1997年来上海，先后当市经委副主任、市政府副秘书长。他参与了大飞机和集成电路芯片项目，向中央争取过来落户上海。现在的年轻人都不知道这些事了。

高　渊：2011年，江上舟因病辞世，很多他当年的老同事至今都在缅怀他，说他是位战略家。你怎么评价你先生？

吴启迪：他很关心政治，在国外对学生会这些事情很积极，他不搞基础科研，更关注战略上的事，这是他的特长。

他的学习能力很强，而且算账算得很清楚，对数字很敏感，像芯片要花多少钱进口等，这些数据最早是他提供的。在决策大飞机项目时，国务院有关同志专门找他谈了一次，后来我发现，国务院总理温家宝在科技大会上的讲话中的一些素材是他提供的。比如：为什么要上大飞机项目，为什么一定要做民用大飞机，为什么要自己制造芯片、光刻机，等等。他在这些战略问题上有思考，跟中央不少人也讲得上话，可以推得动，我认为他的贡献主要就是这些。

他年轻时身体很好，我们在清华大学绵阳分校劳动时，他可以同时背两袋100斤的水泥袋。那时候，我也能背一袋，一顿饭要吃八两。“文革”中有一段时间我们经常去颐和园游泳，在学生食堂前东大操场打球，我们那时候是“三个饱两个倒”，一天三顿饭，还睡两个觉。我现在还经常回想起那些年。

当校长那八年:“现在再有人叫我当校长，我是肯定不当的。”

高　渊：从瑞士回国后，为什么不回母校清华大学，而是去了同济大学？

吴启迪：因为当时我父亲已经过世了，就我母亲和儿子在上海，所以我不回清华是肯定的，一定要回上海。

因为我父亲的关系，一开始有点想去交大。上海大学的钱伟长校长也来找我，跟我谈了六个小时，他希望我去上大。当时，徐匡迪是上大常务副校长，他也跟我谈过。

但我回北京请教了我们清华的老领导，也去教育部人事司了解情况，他们说同济大学现在非常需要人，而且说我在苏黎世是用德语的，同济正好德语也是强项，同济电子工程专业不太强，正好需要人啊。

我父亲在世时，一直觉得同济是个好学校，他对李国豪校长是很尊重的。当然，我高考不考同济，是因为我当时并不喜欢土木建筑专业。我从瑞士回来后，同济很希望我去，同济电气系的党总支书记专门到北京来，住在我家旁边的招待所，天天来盯我。

高　渊：初到同济感觉怎么样？

吴启迪：我一到同济，江景波校长马上让我进了校务委员会，这样平台就不一样了。我这个人也是有点初生之犊不畏虎，在学校里喜欢到处讲讲，结果不少老先生对我印象不错，他们说这个人还有点想法。

我也没什么资源，一门心思想搞学术。当时，有个老教授给了我600元复印费，用来复印资料申请科研经费。申请到的第一个项目是自然科学基金，三万元，当时已经是顶格了。后来又拿到一个教育部的青年教师基金，还有霍英东基金，等等。

高　渊：后来逐步转做管理了？

吴启迪：对，校务委员会是一个咨询机构，在那里能见到我们学校最有名的教授。我到同济后的第一个管理岗位，是电气系自动化教研室主任。后来当系副主任、研究中心主任，1990 年当校长助理，1992 年当副校长。

高　渊：1995 年，你出任同济大学校长，当时很受国内外舆论关注，媒体都把焦点放在你是第一位民主推举产生的校长。当时是怎么推举的？

吴启迪：这不必过度渲染，其实就是设了校长遴选委员会，由一些老教授和民主党派人士组成，向党委会推荐校长人选。当时，我和另外三位教授被推举为校长候选人，组织上进行了很多考察工作，对此我是不知情的。

然后，学校为每个候选人安排了十分钟的校内电视讲话，由全校干部测评投票，最后把我作为第一候选人上报国家教委。整个过程是在同济党委领导下，党委全委会通过，经国家教委党组批准的。我很感谢大家对我的信任和支持，我知道我的优势可能就在于当时相对年轻。

高　渊：八年校长当得辛苦吗？

吴启迪：很辛苦，所以现在再有人叫我当校长，我是肯定不当的。当时的同济大学面临很严峻的竞争，主要是三件大事。

一是国家要在 21 世纪重点建设 100 所大学，这个“211 工程”已经启动，但同济还未进入，而同济一定要跻身高校“国家队”；二是作为一所立足上海的重点大学，同济要争取国家教委和上海市政府共建；三是国家教委将要对高校进行文明校园建设评估，实际上是对学校全方位工作的评价。这三件大事关系到同济能不能赶上高教改革的步伐，能否打下继续发展的坚实基础。

在校党委的领导下，我和同事们夜以继日地工作，调动一切积极因素，在 1995 年底前都实现了。消息在校园里传开后，师生们都很高兴，我也信心倍增。

高　渊：你在病榻上最关注的“985 工程”，这个目标是什么时候实现的？

吴启迪：那是在 2003 年，我到教育部工作之后。其实，调我去教育部的事，组织上已经问了我不止一次了，第一次我没同意，因为那时同济还没进“985”。到了 2003 年，我看这事已经差不多成了，而且万钢已经当副校长了，有了接班人，我可以走了。

1998 年 5 月，中央正式提出，我国要建“若干所具有世界先进水平的一流大学”，第一批包括清华、北大等，上海的复旦和交大均榜上有名，这就是“985 项目”大学。

在历史上，同济历来就是中国高等教育的第一梯队，怎么能变成第二梯队？你要知道，一所大学进不进“985”，政府扶持的力度是完全不一样的。一开始，我们没能进入“985”，李国豪老校长安慰我说，我们不在乎这个。但后来进了“985”，我首先把消息告诉他，他很高兴的，这是不可能不在乎的。德国现在也在搞德国大学卓越计划，评选“精英大学”，这就是向中国学的。

高　渊：你跟同济有这么多年的情缘，你所理解的同济是一所什么样的大学？和中国这么多大学相比，同济的特性在哪里？

吴启迪：同济是一所比较特殊的大学，它是 1907 年由一位德国医生创办的。后来第一次世界大战德国战败后，就交给中国人办了。很多人以为，但凡外国人创办的一定是教会学校，但同济恰恰不是。

新中国成立前，同济有医、工、理、文、法五大学院，尤其医和工是中国历史最悠久的，是著名的综合性大学。1952 年院系调整后，同济就以工科为主了，十位化学领域的院士去了复旦等学校，很多医科教授去了二军大（第二军医大学）、上海第二医学院，稍后医学院搬往武汉，有大约十位医科一级教授离开了同济，船舶制造专业给了上海交大。当然倒过来，交大也把他们的土木工程专业给了同济。

所以我一直说，大学之间不要乱竞争，历史上是你中有我、我中有你。

高　渊：你当校长期间，同济经历了两次合并，你怎么看高校合并？

吴启迪：我们经历过两次，第一次是和上海城建学院、上海建材学院合并，第二次是和上海铁道大学合并。当时的上海铁道大学，刚从上海铁道学院和上海铁道医学院合并而成。

我当校长那几年，正好是中国高校合并的高潮，也引来很多争论，不少人怀疑一窝蜂把一些学校并起来是否合适？我觉得，中国合并若干所大学是有必要的，综合性大学符合高等教育的发展潮流。但合并一定要考虑大学的历史，最不应该出现的情况是，把两个优质但没有渊源的大学硬合起来，这是得不偿失的。

高　渊：那几年，你一直在推动同济往什么方向发展？

吴启迪：德国前总理施罗德曾说过，同济大学是一所伟大的大学。在中国高等教育历史上同济是有重要代表性的，而且一直是一所综合性大学。当时有些人觉得，同济就应该以土木工程为主，为什么要搞人文、社科等？

我的回答就是，同济要回归，回归我们历史上综合性大学的地位。

高　渊：你先当八年校长，后来又当了五年教育部副部长，哪个位子更辛苦？

吴启迪：我在教育部分管高等教育和职业教育，但总体来说比当校长轻松，因为上面还有部长。当时，周济部长还是压力挺大的。

高　渊：同济大学校长是副部级，你对中国大学的行政级别怎么看？

吴启迪：在我们国家，是不可能没有级别的，我觉得不用去议论这事。这是我们的特点，如果你没有行政级别，就不能看一些文件，就不能了解许多事情。你说一个大学校长或者党委书记，不了解这些他怎么管理学校？

高　渊：这些年身体还好吗？

吴启迪：我还担任国家自然基金委员会管理科学部的主任，这是兼职，是完全的志愿者，不取酬。身体还行吧，还能走动走动。我想再过两年，到届了，就不做了。2020 年正是我大学毕业 50 年，这也兑现了我当年的诺言：为国家工作 50 年。

新闻史家是新闻事业的守望者

方汉奇

广东普宁人，1926年12月生于北京，1950年毕业于国立社会教育学院新闻系。1951年起，先后在圣约翰大学、北京大学和中国人民大学任教。1984年成为中国第一批新闻学博士生导师，1989年创立中国新闻史学会，并担任首任会长。专著《中国近代报刊史》、主编的《中国新闻事业通史》等，是中国新闻史权威著作。

“我现在是早上看手机，晚上看电视和报纸……很多上班族就是这个习惯……知道了新闻以后，深度报道和评论可以慢慢看。所以我晚上看报纸，这方面是纸媒的优势，关键是要有分析、有回顾、有前瞻，对新闻事件有多角度的深度报道。”

方汉奇是位“驻校教授”，他的家就在中国人民大学校园内的宜园，步行到新闻学院只要三分钟。

只按了一下门铃，里面便传来急促的脚步声，91岁的方汉奇自己开门迎客。他麻利地沏茶倒水，顺手递给我一张名片，上面写着：中国人民大学荣誉一级教授、北京大学新闻学研究会学术总顾问、中国新闻史学会创会会长。

作为中国新闻史学泰斗，方汉奇早在1951年就在圣约翰大学讲授新闻史专题，后来的人民日报总编辑范敬宜便被他吸引，常从中文系跑来听课。

有学生谈起方先生的课，用八个字形容：满座叹服，惊为天人。他讲梁启超，随口就可以背出一篇千字政论，一边背诵，一边踱步，兴之所至，旁若无人。20世纪80年代，他的公开大课，学生多到挤坐在窗台上。

方汉奇是新闻史大家，也是公认的幽默大师。即便在“文革”中蹲牛棚，他依然玩笑不断。有一次，他很严肃地对同住一棚的同事黄河说：“毛主席已经过问你的事了，你很快就能解放。”黄河大喜过望，问他是怎么知道的。方汉奇指指新编《毛主席语录》说：“上面有句话，一定要把黄河的事情办好！”

前一阵子，他又幽默了一把，不过是被动的。

2017 年底，“方汉奇基金”在中国人民大学成立。即将过 92 岁生日的方汉奇，将所获的“吴玉章人文社会科学终身成就奖”奖金 100 万元全部捐赠用于设立基金，以推动新闻学、新闻史研究和新闻传播学科发展。不料，当方汉奇到银行要转账 100 万时，柜员怀疑其遇到诈骗，陪同方老一同前往的人员，被当成骗老人钱的骗子审问，还差点报警。

银行那天的值班经理表示，老爷子年岁比较高，陪同老爷子的是两个年轻人，比较急，这让他们心里面马上提高了警惕，问了一下老爷子汇款的用途。老爷子斩钉截铁地说这就是捐款。这时候，一位女士出示了当时的新闻，然后银行工作人员私下也百度查了一下信息，才确认是真实的。

年过九旬的方汉奇独居京城，儿子在芝加哥，女儿在伦敦。他们会回来看他，他也会飞过去，算起来，方汉奇已经去了 15 次美国，最近刚回来。

问起日常起居，方汉奇说，做饭对我来说不是问题，自己能做。“我不仅在干校做过一年大锅饭，在家里也做过 15 年的饭。那时候家住在北京城里，我那口子在北大附中当老师，她上下班很远，一直是我做饭。而且，现在学校食堂就在我们楼对面 20 米，还有一个小保姆，让她做也可以。”

住在大学校园里，让方汉奇感觉舒畅。因为学校环境不错，而且年轻人多，很有朝气。他有什么问题，比如电脑故障了，就找学生来帮忙。

老先生还爱赶时髦，不仅是国内最早的一批网民，而且微博、微信都用得很熟练。聊了一个下午，告别时，他用自己的自拍杆熟练地和我合影。我说想加个微信，他立马递过手机说：“那你扫一下我的二维码。”跳出来的微信名字是“coco”，我问：“这是您的英文名字？”方先生摇头道：“不是，这是我儿子家里那条狗的名字。”

♦ ♦ ♦

颠沛童年：辗转于14所中小学

高　渊：听说您童年颠沛流离，换了很多学校？

方汉奇：我这个年龄段正赶上抗日战争。1931年就是“九一八”事变，一直到大学毕业，整个学生时代都处在非常动荡的社会。我的小学和中学一共念了14个学校，有时候一年还不止换一个学校，这在现在是不可思议的。

我是广东普宁人，生在北京，第一所小学在西安。当时我父亲方少云在河南开封工作，没带家眷。我母亲就带着我和弟弟住在西安我祖父家。在那里先上了一所穆斯林办的培德小学，后来转学到西安女师附小。

上到二年级回到了北京，先上西直门小学，然后是师大二附小。这个学校很有名，王光美当时也在那读书，她比我高两届。

高　渊：抗战全面爆发后，全家去了香港？

方汉奇：那时候，整个华北已经搁不下一张书桌了。我们一家从北京坐了一天火车到天津，在那里等了一个月，才等到一艘船去香港。船上八天八夜，非常艰辛。

我在香港换了四所小学，最后是在一所女校毕业的。当时是战乱时期，女校也就近招男生了，但全班就我一个男生。

先在香港的文化中学念初一，然后到重庆上了两个学校，又到广东韶关上了两个学校，再到梅县，最后在汕头高中毕业。汕头那个中学，我就上了高三下半学期。

高　渊：后来报考了哪几所大学？

方汉奇：我一门心思只想考新闻系。当时国内五所大学有新闻专业，我考了四所，南京的政治大学、上海的暨南大学和复旦大学、苏州的社会教育学院。北京的燕京大学也有新闻系，但学费太贵，我上不起，就没去考。

我只报考新闻系，就是喜欢。这个兴趣是从高一开始的，我在韶关上学。当时抗战已经进入中后期了，日本要打通粤汉铁路，准备攻打韶关。我是班上的学习委员，要办墙报和壁报，还要采访，时刻关注这些战争的信息。这就和新闻有点关系了，但只是在学校里办报，属于新闻的广义传播活动。

上了高二以后，开始搜集历史上的报纸。我从 1942 年搜集到 1953 年，有十年的时间，从一二十份到 3000 份。1953 年，我到北大新闻专业工作，把旧报纸全都送掉了。

当时送给了北大中文系新闻专业的资料室，现在都在人民大学，就在我们新闻学院的楼里。应该说，这 3000 多份报纸，还是有很多珍品的。

高　渊：考试成绩怎么样？

方汉奇：只考上了社会教育学院，也是勉强考上的，其他三个都落榜了。你看我的经历就注定考不上，念了 14 所小学和中学，文史课倒没关系，反正开卷有益，但数理化不行，课程接不上。

高　渊：当时觉得遗憾吗？

方汉奇：也没什么，社会教育学院是国立的教育学院，相当于师范学校，不但不要学费，还给学生发东西。每个月给我们的伙食定量是两斗半米，一斗米是 45 斤，加起来有 100 多斤。然后，每年发两套衣裳。这些对我挺重要的，因为家里没钱。

高　渊：当时家境不好吗？

方汉奇：我父亲当过立法委员，后来又当了汕头市长，但他没钱，所以我不能考学费贵的教会学校。而且，我在苏州上大学的四年，没有回过一次汕头的家，因为没有路费。

那时候，国民政府的官员也不是个个都贪污的，一个市长的儿子居然没钱回家，现在很难想象。

家里七个兄弟姐妹，我是老大，父母负担重。我主要是在社会教育学院吃公费，家里偶尔给点零花钱。后来，我大学毕业去了上海，他们都去了台湾。

高　渊：有“台湾关系”这个问题，后来有没有影响？

方汉奇：我的历史问题有两个，这只是其中之一。另一个更严重，我在重庆上初一时，加入过“三青团”（三民主义青年团）。当时也不征询学生意见，是全校集体加入，介绍人写的是宋美龄，因为她是这个中学的名誉校长。

后来我在汕头上高三时，学校一查说我1939年就入“团”了，介绍人还是宋美龄，就让我挂个名当区队长。新中国成立后，这个职务达到了反动党团骨干的起点线，被内部控制，直到80年代我才被吸收加入中国共产党。

大学四年：旧书店里淘旧报纸

高　渊：大学念得怎样？

方汉奇：那四年，我没参加“三青团”的活动，倒是经常参加地下党组织的反饥饿、反内战运动，我还喜欢音乐，参加一些演出。

社会教育学院抗战时在重庆璧山，胜利后要回到南京，但需要重建校园，于是就借了苏州的拙政园，我的大学四年就在拙政园度过。

环境太好了！园子里每一个亭子都放一架钢琴，社教学院有艺术系，教戏剧、音乐、美术等，所以满园琴声。

高　渊：师资情况怎么样？

方汉奇：学校规模不大，一共400个学生吧。老师也还不错，我们新闻系主任是俞颂华，他是中国第一批去苏联采访的记者，同行的有瞿秋白和李仲武。他还以《申报》记者的身份，去延安采访过毛泽东。他属于民盟系统，进步人士，自由主义者，1947年就去世了。

紧接着，是马荫良当系主任，当时他是《申报》总经理。后来在他手里，把《申报》全部移交给了《解放日报》。

高　渊：大学时还继续收集旧报纸吗？

方汉奇：继续。苏州有很多旧书店，有不少旧报纸，但书店老板看中的是老版本的旧书，不在乎旧报纸，我捡了很多漏。一般是拿新报纸去换，他们可以用新报纸当包装纸，有的旧报纸就送给我了，基本没花钱，我也没多少钱。

当时收集到了《述报》一套十本，这是海内孤本，中国大陆仅此一套。前几年，我把这套报纸送给了苏州大学，在苏州收集到的，应当回到苏州去。

高　渊：研究新闻史就是从那时开始的？

方汉奇：对，那时开始写一点新闻史方面的小文章，也关注新闻史的研究题目。比如我上大三的时候，写过一篇研究宋代新闻史的文章，有将近一万字，但写完没地方发表。当时新闻史的专业刊物很少，《中央日报》办了一本《报学杂志》，《前线日报》有一个讲新闻史的专栏。《前线日报》是第三战区长官司令部办的报纸，总编辑宦乡是地下党员。

高　渊：上大学时，最向往什么职业？

方汉奇：最想当记者啊，但我知道是不会要我的，因为我不够格，有过“三青团”的历史。

还想参军，但更不行了。1949 年 4 月，苏州刚解放，29 军的几位新华社记者到我们新闻系来，介绍战地记者的生活，我听得心里热火一团，特别向往去前线采访。后来，好几个同学参军走了，我真是很羡慕。

高　渊：1950 年大学毕业后，就去了上海？

方汉奇：我的老师马荫良先生邀请我去的。当时的背景是，上海解放后，《解放日报》成为市委机关报，《申报》和《新闻报》停办，报馆和印刷设备都交给《解放日报》使用。这两家报社的一些老报人，不适合在党报工作，需要另行安置。

于是，《解放日报》办了上海新闻图书馆，安排了20多个老报人，馆长就是马荫良。我在上大学时，办过一次个人集报展，展出了1500多份报纸，给他留下了印象。他也知道我写过新闻史的文章，新闻图书馆不能全是老人，需要一个干活的年轻人。所以他就来信说，给你留了个位子，愿意来就来。

这是一个很好的岗位，我不能当记者，做这个也跟新闻有关系。这是我第三次到上海，1930年我曾到上海姥姥家住过半年，1939年在上海的大夏大学附中念过一学期。

高　渊：来了之后主要做点什么？

方汉奇：大多数时间在看报纸。新闻图书馆在思南路71号，是一幢小洋房，离周公馆很近。那时候我还没成家，就住在一楼，二三楼就是图书馆和办公室。

我参加了一次“土改”，在上海的郊区，离宝山县城不远，有四五个月。就在那里学了点上海话，因为老乡们听不懂普通话。另外，我还用一年时间，把上海所有图书馆都跑了一遍，一共40多个，调查这些馆的藏报，编了一本上海各图书馆藏报目录。那时候刚解放，徐家汇藏书楼的法国神父都还没走，那里收藏的报纸特别多。这本目录的书名是严独鹤题的，他是老报人，他看了后，觉得有点遗憾，因为这本书没有前言和后语，应该有个背景交代的。

那些报人：被老报人招为婿

高　渊：严独鹤当时有什么职务吗？

方汉奇：他是新闻图书馆的常务副馆长。他当过《新闻报》副总编，长期兼任副刊《快活林》的主编。张恨水的《啼笑因缘》就是经他精心编辑后，在《快活林》上连载，使张恨水名满天下。后来汪伪政府接管《新闻报》后，曾对他重金留聘，但严独鹤毅然辞职。他过

60 岁生日时，蒋介石送过寿礼，毕竟他是上海很有影响的报人。

严独鹤英文很好，中文当然更不用说了。我刚到新闻图书馆的时候，有些外国神父经常请他参加宗教活动，第一年他还应付一下，后来就推掉了。他是在“文革”中受到冲击去世的。

高　渊：对马荫良印象怎么样？

方汉奇：他是同济大学毕业的，德文很好。他和史量才有亲戚关系，史量才被蒋介石暗杀后，整个《申报》的经营管理都委托马荫良来管。抗战时，《申报》被汉奸霸占了一段时期，他因为不与汉奸合作，还受到了通缉。

新中国成立后，他先在新闻图书馆当馆长，后来去了解放军的学校教德文，“文革”中也受到了冲击，但他熬过了“文革”，最后活了 90 多岁。

高　渊：在新闻图书馆那三年，天天就和这些老报人在一起？

方汉奇：一共有 20 多位老报人，其实说老也不算老，除了严独鹤年过花甲，其他人年纪都不大，马荫良只有 45 岁。他们都是从第一线退下来的，一般都有 20 多年的新闻工作经验，有很多见闻。

那时候，老先生们每天中午都要喝点小酒，每人起码喝一斤，都能喝。我不大会喝酒，喜欢听他们讲故事，很有趣。吃完饭有三个小时的休息，然后再聊会天就回家了，神仙过的日子。我那三年，就是一边看报纸，一边听故事。

高　渊：感觉上，那三年就像在“读研”吧？

方汉奇：在自学。不光是听他们讲故事，下午五点他们下班后，就都是我的时间了，每天晚上看书看报。

老先生们看我爱念书，工作也卖力，都对我不错。好几位还来给我说亲事，黄寄萍先生托我们馆内的一位女同事，把他女儿黄晓芙介绍给我，晓芙后来成了我妻子。黄寄萍先生当过《申报》社会调查部主任，还管过体育，编过杂志。当时馆内有待嫁女儿的老先生不少，但我岳父占了先，这是后来才知道的。

高　渊：也就是那时候，应邀去圣约翰大学讲新闻史，范敬宜也来听课？

方汉奇：圣约翰请我去讲新闻史的专题，不是系统讲一门课。其实就是讲讲我的看报心得，这种专题课往往比较好听。

范敬宜是中文系的学生，他的太太是新闻系的，他当时正追求他太太。当然，也许他对新闻史本身就感兴趣。他是无锡国专毕业的，然后进了圣约翰，所以中英文都好。“文革”结束后，我去东北讲课，他在《辽宁日报》当记者，吃饭时主动过来说，当年听过我的课。

其实我当年对他没印象，范敬宜很有才，后来当到《人民日报》总编辑。他去世后，设立了“范敬宜新闻教育奖”，我获得了首届“新闻教育良师奖”。

北大岁月：备课一周就上讲台

高　渊：后来去北大教书，是因为遇到了罗列？

方汉奇：对，就是因为他的关系。罗列当时是《解放日报》的秘书长，他也住在新闻图书馆的一楼宿舍。本来张春桥也想住进来，他和夫人文静还来看过房子。那天我看到他昂首阔步地走进来，他当时是《解放日报》的领导，这些地方归他管。但据说他嫌这里不好，后来住到了隔壁的香山路。

罗列 20 岁左右就在苏北参加了新四军，当过几家革命报刊的记者编辑，担任过苏南新闻专科学校的教务长。这个学校的学生，很多是新中国第一批新闻工作者，林昭就是这个学校毕业的。林昭后来也去了北大，我跟她先后在北大新闻专业和人大新闻系相处六年，我是老师她是学生。感觉上，她就是一个典型的江南女子，吴侬软语的，也很聪明。没想到，后来这么刚烈。

高　渊：和罗列关系很好吗？

方汉奇：因为都住在新闻图书馆，天天低头不见抬头见，他又做过新闻教育，我们有很多共同语言。另外，我们还是广东老乡。

他是1952年去的北大。当时，北大中文系要成立新闻专业，最初是想请《解放日报》社长恽逸群去，但恽逸群受到诬陷，被停职检查了，就请了罗列，因为他有新闻教育的经历，据说人选是胡乔木定的。罗列临走的时候就问我，有没有兴趣去北大讲新闻史？

高　渊：北大为何有吸引力？

方汉奇：其实，那时候的社会评价是，北大是一所旧学校，地位不如人民大学，因为人民大学是新的。而且，人民大学是“吃偏饭”的，50年代请苏联专家到大学任教，分给了人民大学100位，还把唯一的新闻学专家放到了人民大学。当时的排序是“人北清师”，人民大学、北大、清华和北师大。

但我一点也没犹豫，因为我对教师这个职业感兴趣。

高　渊：到北大后，就开始教新闻史？

方汉奇：我是1953年8月23日到北大的，9月1日就上课，只有一个星期时间备课，只能一边备课一边上课。特别是要讲革命报刊这部分，当时没有什么材料啊，还得上档案馆、图书馆去查。这不像在圣约翰讲专题，那时候就是我知道什么讲什么，现在作为一门课，必须要成体系了。所以挺忙活的，得恶补。

高　渊：革命报刊的材料得从头整理？

方汉奇：当时有的材料，就是胡乔木写的《中国共产党的三十年》，里面提到了《新青年》和《共产党》月刊，还有毛主席办的《湘江评论》等。但这些不够，得再扩大，再去开掘。当时刚建国，材料要现找。

因为是现备现教，这门课一开始的效果不好，学生们意见很多。这些都必须在教学中不断去改进充实。我还结合教学，发表了十多篇论文，像《太平天国的革命宣传活动》等就是那几年写的。

高　渊：这样的教学与研究一直持续到什么时候？

方汉奇：1958 年以后，重点就不在教学方面了。“反右”的时候，我差了一点点［被划为右派］。我当时就说了一句话，我说报上登的那些意见，也不是没有道理，有的意见还是可以参考的。

但这就不行了，说我同情右派。后来安排了一次教研室内部的批判，批判了一天，上下午两个会，我就闷头做记录，表示虚心接受批判。我还有“三青团”的历史问题，还有海外关系，所幸最后没被划为右派，但是内部掌控，这已经很危险了。当年北大划了 700 个右派，在北大当个右派太容易了。

运动的时候，我就见缝插针地做卡片，把零碎的时间利用起来。白天搞运动，晚上可以看书做卡片，然后备课。备课也是教学相长，一年是一个回合，一个回合提高一点。等到“文革”结束以后，才开始有比较系统的新闻史的教学，特别是研究方面有了较大的开拓。

中国新闻史比较完整的教学，从 50 年代起步，是一个慢慢摸索的过程。

高　渊：到人民大学是哪一年？

方汉奇：就是 1958 年，当时北大新闻专业和人大新闻系合并了。“文革”中人民大学一度停办，我又回到了北大，后来再回人民大学，就在两个学校间来来回回。

我一进校门，看到校园里全是炼钢的小高炉。那时候已经大炼钢铁了，马上又是三年困难时期，学习和研究都搁置了。当时的口号是，“教育为无产阶级政治服务，教育与生产劳动相结合”，根本不提学术研究，真是浪费了不少时间。我的大多数教育科研，是在“文革”结束后这 40 多年干的。

高　渊：在历次运动中，干些什么活？

方汉奇：北京的郊区我都去劳动过，还修过水库，一去一个多礼拜。“文革”时，我在干校砸石头，五斤重的锤子，一天要抡一万多下。还当过一年的炊事员，用铁锹炒菜。

高　渊：这倒是很锻炼身体。

方汉奇：天天锻炼，那时候我 40 岁，身体真好，拉 500 斤的车不是问题。干校回来后，还得继续劳动，人大校园里所有地下管道我都钻过，要疏通管道，所有的楼顶我也都上过，给瓦工、木工当下手。

我就说，知识分子劳动化这不难，但劳动人民知识化难度就大了。

高　渊：到了 1984 年，王中、甘惜分和你成为中国第一批新闻学博导，你们三人交往多吗？

方汉奇：当年一起参加过很多活动，我和王中还住过一个房间。他晚年身体不好，另外爱开点玩笑。1985 年，我跟他一块儿参加《大众日报》的报庆活动，会上会下他常说些调侃的话，其实是有所指的。

老甘是我很多年的老同事，50 年代在北大，后来一起去人民大学，“文革”时一起住牛棚。一直到他去世，我们都在一起。

高　渊：他们两位有什么不同？

方汉奇：王中是莫言的老乡，山东高密人。他参加革命的时候已经读大学一年级，学外语的。当时知识分子到解放区去的不多，大部分是中学生，念到大学去的也有，但不多。所以，他比一般解放区的干部文化基础好，又是学外语的，思想也比较开放。

老甘来北大前，是新华社西南分社采访部主任。他一度被日军俘虏，自己逃了出来。后来党内老审查他的历史，党籍也被停了。所以不适合在第一线工作，就被调来了北大教学。

总的来说，王中是新四军，老甘是八路军；王中在华东，老甘在延安；王中是念外语出身的大学生，老甘是小学学历，完全靠自学。他们在新闻理论的教学和研究上，都有很深的造诣。

民国报业：张季鸾的功夫、范长江的采访、胡政之的经营

高　渊：咱们回过头来说说新闻史研究。在被研究的老报纸中，相当部分是民国的报纸，它们在中国新闻史上也占有重要地位，你怎

么看这段历史？

方汉奇：那时候，办报纸不需要很大的投资，所以办报纸并不难，但要办得好很难。当时像《大公报》《文汇报》《晨报》《时事新报》，上海的《申报》《新闻报》，再加上《民国日报》等，无论是评论、采访还是编辑，各方面都比较强，办得也很投入。

高　渊：跟这些报业翘楚有过接触吗？

方汉奇：在 80 年代有一些接触，像《文汇报》的徐铸成、《大公报》的王芸生、重庆的王文彬、上海的冯英子等，都给我留下了比较深的印象。

高　渊：民国报人身上有哪些东西值得继承？

方汉奇：简单地说，就是张季鸾的功夫、范长江的采访、胡政之的经营。

张季鸾的文字功底好，还是海归，当时海归办报的很少，他的综合素质高。范长江做记者的那一段，是他人生最辉煌的阶段，后来他离开新闻界了，就没有发挥的机会了。胡政之和陈铭德、邓季惺的经营管理能力，都是很高的。

高　渊：为什么当时民间报纸普遍比国民党的官办报纸出色？

方汉奇：国民党的报纸因为有政府经费支持，所以它们没有经济困难，像《中央日报》《和平日报》都是十几个地方版，不考虑成本。相对而言，民间办报要维持就不容易了，必须要有特色，才能有受众，才能有经济上的收益。很多东西都是被逼出来的。

高　渊：我们现在能从前人那里借鉴什么吗？

方汉奇：办报有很多共性的东西，应该为当代人参考借鉴，这是理所当然的，顶多加一句：有所借鉴、有所扬弃。毛主席和鲁迅都讲“拿来主义”，研究新闻史的目的就是这个，不然干吗上这个课？

我们媒体这些年得到的教训不少。“大跃进”的时候，很多“卫星”都是媒体带头放的，甚至明知是假，也在那里吹牛。1958 年，我带学生在《保定日报》实习，那里的记者编辑正在“放卫星”。他们也知道是假消息，特别是一线记者心里是清楚的，但不能不跟，不跟就会挨批，这也是没办法。我们讲新闻史的时候，这些就是教训。办报纸，就是要把真实性放在第一位，真实性是媒体的核心属性。

媒体变革：早上看手机，晚上看报纸

高　渊：现在中国媒体正处于巨变期，您还关注媒体变革吗？

方汉奇：我因为还在带研究生，所以必须关注媒体的发展，而且要紧跟。但是我和年轻人比起来，还是相形见绌，年轻人总是比我们老年人接受新事物更早、更快、更及时。

现在主要是新媒体和新的传播手段，给报纸带来了很大的压力，很多人尤其是年轻人不看报了。纸媒面临很大的冲击，得想办法适应这个新形势。

新闻事业是不断发展的，在互联网出现之前，它也面临过很多挑战，从广播到电视，都对纸媒产生过冲击。只不过，互联网的冲击力度是前所未有的。

高　渊：纸媒还有多少生命力？

方汉奇：纸媒的核心生命力就是白纸黑字。现在，图书馆还在保存报纸，没有人保存微信，因为报纸可以立此存照。所以，纸媒还是有它存在的必要和发展的前景，就是要适应新形势。

关键是，大家的阅读习惯改变了。我现在是早上看手机，晚上看电视和报纸。每天早上打开手机看看微信和新闻客户端，昨天主要的国际、国内新闻，花一两分钟就全知道了。现在很多上班族就是这个习惯，上班路上看一下新闻。

知道了新闻以后，深度报道和评论可以慢慢看。所以我晚上看报纸，这方面是纸媒的优势，关键是要有分析、有回顾、有前瞻，对新闻事件有多角度的深度报道。

高　渊：现在主要看哪些报纸？

方汉奇：我是报社送什么就看什么。比如《北京青年报》《新华每日电讯》《参考消息》，香港的《大公报》《文汇报》等。

现在，媒体人的压力是很大的，竞争很厉害啊，要想既有政治效益，又有经济效益，是需要动一些脑筋的。

高　渊：你长年从事中国新闻史的研究，出了很多著作，《中国近代报刊史》是第一部吗？

方汉奇：对，"文革"结束后需要这么一本书，为新闻史教学提供教材，这是一项历史任务。

我从1978年夏天开始写，因为教学工作比较忙，都是利用课余时间写作，拖了两年才完稿。写作计划也一变再变，最初打算写8万字，后来逐步改为15万字、20万字、30万字，最后定稿是50多万字。

因为是70年代末写的，那个时候还有不少思想束缚。比如说，革命就好，改良就不好，改良就是修正主义，因此历史上孙中山就好，梁启超就不好，先定了调，没有具体分析。

这30多年来，这本书出了好几版，但我没有改动一个字。

高　渊：为什么不改呢？

方汉奇：没考虑过，因为没有必要。它就是那个时代的产物，明白人一看就知道，当时就是那么一个框框，就是时代的局限认识，没有必要去改。但书里面讲的那些事，都是客观存在的东西，这个没有问题。事实是第一性的，至于怎么去分析，与时俱进地看就行了嘛。

高　渊：你教过的学生，像蔡铭泽、陈昌凤、程曼丽、彭兰等现在都当了大学新闻学院的领导。怎么评价中国大学的新闻教育现状？

方汉奇：现在开设新闻教育的办学点太多了，全国有700多个。一些重点院校的新闻院系日子还好过一点，一般院校办那么多的新闻系，可能学生将来的就业都会有问题，供过于求了。

几个重点院校的新闻院系，它们的图书资料、师资力量的配备还是有基础的，把这几个重点院校办好，保证第一线有足够的后续力量，把这个事业发展下去，就符合客观需要了。

现在看来，80 年代的新闻院系发展得太快，当时因为百废待兴，需要新闻采编人才。“文革”结束时，全国只有 42 家报纸，紧接着媒体全面开花，有的恢复，有的新办，需要大学培养新生力量。当时多设新闻教学点是有必要的，但现在应该适当掌控了。

高　渊：教学的方式方法需要改进吗?

方汉奇：现在已经变化很大了。我经历过 50 年代学苏联的那一段，大概是从 1953 年开始，一边倒学苏联，高等院校聘了很多苏联专家。那些专家刚开始还都有模有样的，到后来就不那么整齐了，他们没有把最好的师资力量派过来。

像北大中文系的苏联专家就是卫国战争受伤的一个老兵，还只是副教授。他讲课时，学校让所有教授都去听，那个专家讲课是写了讲稿，他念一段，然后翻译一段，这就形成一种教学模式。

到后来，因为政治运动多了，中国的教授也按这种模式上课。大家都是事先写好讲稿，到课堂上念。当时的北大中文系，吴组缃、游国恩和王力都很有名。王力是搞语言学的，因为斯大林说过语言学没有阶级性，他就还比较好办。但讲文学理论、文学史就面临问题了，像吴组缃讲《红楼梦》《三国》等，1953 年以后都是写了讲稿来念。

高　渊：听说你讲课很吸引人?

方汉奇：我倒是从来不念稿，但是也不敢胡说八道。如果念讲稿的话，会把教和学两个环节都弄得非常没意思，学生听着也没劲，应该说，念讲稿不可取，但如果放开来讲，政治上首先要正确，在这个前提下可以在学术范围内发挥。

其实我上课是肚子里有讲稿，因为我平常做卡片，又跟大家合作写过新闻通史，我想讲的东西都在肚子里。而且，我是用十桶水去应付一桶水，所以我讲课是“东方不亮西方亮”，总有东西吸引学生。

我常说一句话，媒体人是社会的守望者，新闻史家则是新闻事业的守望者。要明白，历史研究总是为现实服务的。

媒体巨变

白岩松 ✦ 张力奋 ✦ 胡锡进 ✦ 曹景行

这是一个媒体大变革的时代，身处“乱世”的媒体人怎么想、怎么做?

白岩松还在央视，因为他觉得新闻还在这里。在他看来，每次媒体变革的实质就是尊重规律、尊重时代和尊重期待，尤其要尊重人们不断变化的期待。

张力奋当了一辈子记者，曾在英国 BBC 和《金融时报》任职多年。他说:“我仍认同记者这个职业的价值，如果我们把自己看得很低，这让别人怎么尊重你呢? ”

胡锡进饱受争议，很多人敬仰他，也有很多人抨击他。在中国的媒体中，这样广受关注的人物屈指可数，他知道怎么卖报纸。

曹景行做过报纸、杂志、电视和电台，后来玩起来了“一个人的 CNN”，占领所有微信好友的朋友圈。

我们的媒体记录着这个国家的历史，媒体人需要更专业、更勤奋。

我没走，因为新闻还在这里

白岩松

1968年8月生于内蒙古呼伦贝尔市，1989年毕业于北京广播学院（现为中国传媒大学）新闻系，进入中央人民广播电台工作。1993年，参与创办中央电视台《东方时空》，并推出了《东方之子》等栏目。1997年主持了香港回归、三峡大坝截流等重大事件的电视直播。现在主持《新闻周刊》和《新闻1+1》等节目。2000年，被授予“中国十大杰出青年”。

“我觉得新闻人是这样，绝大多数时候应该处在边缘，因为如果新闻人很靠前，那么一定是这个时代出问题了。但当大事发生，需要你的时候，你必须迅速、得体、专业、持续、理性地出现在公众面前，投入报道。”

约好上午十点半见面，戴着口罩的白岩松提前了七八分钟到。

感觉上，他是个老派人。

比如，他不用微信，我们联系都是通过短信。他短信必回，但一般会是一两个小时之后。这说明，他并不是一直抱着手机。用他的话说：“我和手机不亲。”

再比如，我问他开车了吗，他从裤兜里掏出一张北京交通卡说：“坐地铁来的。”几乎每次坐地铁，白岩松都会买一份报纸或杂志，在人手一台手机的地铁车厢里，属于明显的另类。

聊到将近12点，白岩松看了看时间说：“马上要讨论晚上节目的选题了。”话音刚落，他的手机就响了，是《新闻1+1》节目的编辑打来的。白岩松先问编辑有什么选题，耐心听完后，马上说了自己的两个选题，并且很详细地阐述这两件事的来龙去脉，以及评论的立场和切入口。

在聊选题时，白岩松语速很快、情绪饱满。而这档节目，他已经做了九年，每周至少主持三次。看得出，他很享受当媒体人的感觉。说到媒体转型，他认为关键是“种好粮食”，就是做好原创内容。“现在不少传统媒体做新媒体后，自己也开始‘炒菜’了，但你‘炒’得过人家吗？”

从报纸到广播，再到央视主持人，从1993年起，白岩松亲历了电视杂志、电视直播和电视评论三个时代。在他看来，每次变革的实质就是尊重规律、尊重时代和尊重期待，尤其要尊重人们不断变化的期待。

正因如此，白岩松在2016年里约奥运会的开幕式上，尝试了一次段子手式的解说，反响强烈。也因如此，他觉得又到了做新东西的时候了，因为感受到了公众期待的新变化。

很多人看了白岩松解说的里约奥运会开幕式，把他称作“国家级段子手”。其实，用这种轻松的方式来解说奥运会，他不是第一次尝试。

四年前，在2012年伦敦奥运会的闭幕式上，白岩松就是这样说的，当时报道就非常多。只是那时候别人管这叫“吐槽版”，现在则变成了“段子手”，其实风格是延续的。

在白岩松看来，这次反响之所以更大，可能是因为开幕式从来都比闭幕式更受关注。另外，开幕式容易冗长，因为有很长时间的运动员入场。把那种冗长的观众上厕所的时段，变成好玩的时段，就会吸引大家的关注。

而且，这是中国解说奥运会开幕式的进程中，解说员第一次全程看屏幕，而没有看稿子。在直播现场，白岩松手头有个粗线条的稿子，但他对自己的要求是，一定不能看。

因为如果一会儿看屏幕，一会儿低头看稿子，必定会错过屏幕上很多信息。比如：这个引导的姑娘没骑自行车，他就说“是不是掉链子了”；那个哥们热泪盈眶，他说“是不是想到会有很多奖金”，等等。

这样做的目的，他当然不是想收获“白岩松段子手”的称号。而是因为，现在观众对奥运转播的期待是，不仅要有，而且要好，观众已经越来越不喜欢大的词汇了。从2010年亚运会起，白岩松就开始“破大词”，尝试幽默、轻松、欢乐的解说。这次到了巴西，就做得更加彻底了。

之所以能迅速引起广泛反响，说明他尊重了观众的期待。从这个角度看，白岩松又是个新派人。因为他不拒绝变化，希望通过尊重期待来凝聚期待，然后推动社会的变革。

最近这几年，白岩松很忙。不过，有的是真忙，有的是假忙。

他办了一个新闻学堂，取了一个类似当年西南联大的名字，叫作“东西联大”。虽然每届只招 11 个学生，但白岩松做得非常投入，他希望给新闻教学带来一点新东西。

很多人以为他还忙着在朋友圈发鸡汤文，这当然是假的。白岩松说，他没这么“愤青”，也没这么文青，但他也没法打假，只能说：“叫白岩松的人真多。”他还忙着写书、写专栏，特别是还要忙着回答一个千篇一律的提问：“你怎么还没从央视出来？”

我自然也没能免俗，问他会不会在央视做到退休，白岩松的回答很坦率：“将来辞不辞不知道，我现在不是还在嘛。我已经有很多年，不去想五年之后的事情了，因为很多事情是不以个人意志为转移的。”

显然，白岩松对央视怀有很深的情感，而且在他看来：“此时此刻，新闻还在这里。”

◆ ◆ ◆

《东方时空》的江湖地位

高　渊：你是从 1993 年开始做电视的，在那之前做过一段时间纸媒？

白岩松：对，我在《中国广播报》当编辑，整整四年。我是北京广播学院新闻系毕业的，分到了中央人民广播电台。当时希望工作岗位离新闻近一点，比如去做“早报摘要”之类。但因为种种原因，让我去了《中国广播报》，当时感觉就是一个登节目表的地方，同事们年纪都比较大，我是非常不愿意去的。

高　渊：时隔多年回头来看看，这段纸媒生涯有价值吗？

白岩松：我现在非常庆幸，命运有这个安排。

正因为去了报纸，才会锤炼自己的文字，才会有时间尝试很多东西，比如说后来我兼职做了一年多广播主持人，自己还不断写东西。我到那儿不久，就成为一个整版的编辑，既要约稿，也要改稿、起标题、划版样，还要去印刷厂，当时还是铅印。

大学刚毕业时，我不知道什么是好文章，但四年后知道了。我还在报纸上写各种评论，同时写了《中国流行音乐小史》，九万多字。我在报社得过“最佳标题”“最佳版面”“最佳文章”，等等，把该得的奖都得了。

这为我后来做电视打了非常重要的底。我们报纸是周报，我有大把的时间思考和写作。后来做电视直播、新闻评论，都跟这段经历是对应的。我经常说，所谓口才的最高境界是“出口成章”。

高　渊：是什么机缘去了央视的《东方时空》？

白岩松：就是因为不断发表文章。1992 年底到 1993 年初，中央电视台有一帮人在筹办《东方时空》，缺个策划。当时崔永元也是我们广播电台的，他有个同学在那个组里，就推荐我去，说小白在《广播报》上的文章挺不错。

我一开始还是兼职，当然不愿意出镜，不然被电台的同事看到不大好。但《东方时空》的制片人时间够狠的，我被“赶鸭子上架”当了采访记者。

因为这档节目要填补央视晨间节目的空白，我记得时间对我说：“你觉得有谁会这么一大早看电视吗？”

高　渊：当时你想跳槽去央视吗？

白岩松：没过几个月，央视就希望把我调过去。但第一次被我拒绝了，原因是《广播报》正在筹办一份流行音乐的新报纸，而且刊号已经基本通过了，我们在做第一期的样报，名片都印了。

这事由我总负责，目标是以这张报纸为基石，扛起流行音乐的大旗，将来出唱片、签歌手、办演出，形成产业一条龙。现在回过头去看多前卫啊。但后来最后一关没能通过，当时对流行音乐还是有点不同看法，这样我就离开了。

高　渊：20多年过去了，很多人依然对《东方时空》印象深刻，你认为它带来了什么？

白岩松：《东方时空》最重要的历史贡献，是对语态的改变，它改变了过去那种高高在上的电视语言体系，我把它定义为“第三种语言系统”。它既不是老领导的话语，也不是纯粹街头巷尾的老百姓话语，而是一种全新的语言状态。

另一个变化是这个节目的平视态度，既不仰视也不俯视。“平视”这个词是我引入央视评论部的，大家都接受了，后来写进了我们的“部训”。

高　渊：语态和视角的变化，是怎样具体操作的？

白岩松：在《东方之子》这个子栏目中，被采访者过去都是被仰视的。我们特别强调，要把对方当作一个普通人去平视他，最关注的不是他的头衔，而是人和人性的东西。

还有一个子栏目是《讲述老百姓自己的故事》，普通人的生活容易被俯视，但我们也追求平视，拉到跟《东方之子》一样的平台上。

另外，平视还要有一个更深层的思考，不仅仅是平视人，还要平视社会。我觉得，平视社会意味着舆论监督走进中国的传媒，尤其是电视。过去我们报道的社会生活，全是阳光灿烂的那180度，但是从《东方时空》开始，以及第二年诞生的《焦点访谈》，我们看到了生活中的另外180度，那里可能有很多问题、缺点、腐败等，这样呈现的社会生活开始变得真实起来。

《东方时空》从第三种语言系统的搭建，到平视访谈对象的态度的建立，再到平视整个社会，由此舆论监督成为中国传媒题中应有之义，到现在已经习以为常。我觉得，这就是《东方时空》的江湖地位。

正面遭遇直播时代

高　渊：你转行做电视的时候，想过自己会火吗？

白岩松：一切的成功都是因为你不背包袱，同时又不去畅想更远的未来。在做《东方时空》的时候，我们不知道将来会不会出名，当时就是觉得有一团火，一群气味相投的人在一起干事，大家互相促进，然后燃烧一下。

后来我由人物访谈，迅速变成直播节目主持人和评论员，这都不仅仅是我个人的喜好，而是中国电视走到了这一步，需要开疆拓土。

1996 年 1 月，我的一篇论文刊登在中国传媒大学的学报上，题目叫《我们能走多远》。最后的结束语是，“我急切地期待着新闻直播时代的到来”，因为如果没有直播，就可能充满假象。一年半之后，香港回归开启了中央电视台的大型新闻直播时代，我当时负责驻港部队进港的全程报道。

高　渊：也就是说，你已经预见到直播时代必将到来？

白岩松：其实，我不仅写了那篇论文，还早就为直播做准备了。从 1996 年开始，我在《东方之子》采访的时候，就在摄像机上挂表了，要限定自己的采访时间。8 分钟的节目，过去可能采访一个小时甚至更长，但从 1996 年起，我要求必须在 25 分钟之内结束，后来变成了 20 分钟，就是为了训练自己的直播能力。

高　渊：做直播的时候紧张吗？会不会担心把准备的话都说完了？

白岩松：不紧张是不可能的，但是我有方法调节自己。直播首先锤炼的是心理能力，或者说心理能力就是直播业务能力的重要组成部分。

直播是要准备“十”去做“一”，而且要准备应对突发情况。2004 年我直播悉尼奥运会赛事，这是我第一次参与奥运会直播。其中一项比赛时，我和体育频道主持人宁辛对着镜头说了28分钟，多烦人啊。

因为赛场的程序不断在变，导播一会儿告诉我："收嘴，马上颁奖仪式。"我刚收嘴，导播快哭了："接着说，颁奖仪式现在进行不了。"这不是我们能决定的，是悉尼组委会的工作，我们只能跟着他们变。

高　渊：做直播最大的不可控还不是这个吧？

白岩松：是的，比如1999年直播澳门回归，请了一位境外嘉宾上直播。台领导有点紧张，直播马上要开始了，他忍了半天，还是跟我说："小白啊，直播可得掌握好，这是咱们第一次引进境外嘉宾。"我就跟他说了一句话："你放心，门开了，我不会让它关上，只会越开越大。"

在做直播的过程中，这样的责任是必须承担的。我们正面碰到了历史，历史也选择我们这一群人，躲开是不可能的，做好了它就会加速，做不好就会停滞。如果我们把头几次大型直播都做砸了，直播进程一定会减速，那么我们就是罪人。

所以，当你碰上了机缘，你躲不开，但同时你也有责任把它做好，不能让历史往回走。

高　渊：当直播成为电视的常态之后，接下来又会遇到什么？

白岩松：我跟台里的领导不断地讨论，直播成为常态之后，电视该走向哪里？我说观点正在成为新热点，中央电视台这个传媒，不能没有自己的新闻评论。过去也有评论，但不是独立存在，是依附于新闻的。

正是在这样的背景下，2008年创办了《新闻1+1》，这是一个严格意义上的电视评论栏目，我也成了央视第一个评论员。

高　渊：《新闻1+1》的推出，是否意味着央视进入了电视评论时代？

白岩松：这件事情很有趣，中央电视台在1994年就成立了新闻评论部，但我们心里都知道，不管是《东方时空》还是《焦点访谈》，都不是严格意义上的评论节目，但还是设立了新闻评论部，反映了大家对电视评论的一种期待。

到了2003年，央视有了专门的新闻频道，大部分是直播的，一开始就设立了一个评论节目叫《央视论坛》，但没做多久就不行了。我从这个栏目的第一期就开始参与，但我不是操盘的，后来我越来越不满意，因为过于主题先行，我也就慢慢淡出了。但当时我已经在打我的“观察员”身份。

高　渊：所以你想操盘一档新闻评论栏目？

白岩松：《新闻 1+1》是我筹办的，等于说参与操盘，然后是确定参与者和节目理念。创办头几年，把中国除了官方之外的电视评奖几乎全拿到了，这反映了整个社会对电视评论的期待。

有一次，《新周刊》颁发年度电视栏目时，我说明年别再提名我们了，如果提名还会是我们得奖。而这一点，其实并不让我高兴，因为不是我们做得有多好，而是只有我们在做。后来就不是这样了，各种电视评论越来越多，包括央视四套的《舆论场》，等等。

这个栏目到 2017 年已经九年了，我也没想到能活这么久。中间经历了各种各样的事，动车事故、大连 PX 项目等虽然风险很大，但我们基本都没有失语。之所以能够走过来，很重要的一点是管理层的包容。

最大的官是制片人

高　渊：什么时候觉得自己成了公众关注的人物？

白岩松：我记得《东方时空》1993 年 5 月 1 日开播，当年下半年就有媒体要采访我了。最早几篇采访我的文章标题我都记得，其中一次接受《中国青年报》的采访，标题是“我希望远方的妈妈看见我”。

高　渊：你在央视当过最大的官是什么？

白岩松：制片人。

高　渊：有行政级别吗？

白岩松：股级？科级？最多的时候当了三个栏目的制片人，《新闻会客厅》《中国周刊》和《时空连线》。我在团队里实行编委会制度，民主管理、责任共担，鼓励创新和尝试。所谓责任共担就是削减我的权力，所有的事由编委会决定，有时候还会投票表决，为此我们获得过央视的年度管理创新奖。

民主管理的好处是，每个人都要承担更多的责任，这样才能提升能力，也会更理性地约束自己。其实，越不担责任越容易抱怨，越担责越理性。所以我觉得民主是个好东西。

高　渊：后来为什么决定不再当官？

白岩松：在 2003 年 8 月 19 日，我全部辞掉了，前后当了两年多。我知道这个决定意味着什么。

往小里说，我一卸任，那三个栏目里就有三个人提拔为正制片人，还有人被提为副制片人和主编，一下子提拔了十多个人。

往大里说，这样可以按照主持人和评论员的定位去思考，而不再按照制片人的方式去工作。因为屁股决定脑袋，制片人必须为节目播出负责，而主持人重点考虑新闻热点在哪里，这两者是有区别的。我觉得，好的制片人有很多，但优秀的主持人不多。

高　渊：卸掉行政职务以后，你的空间更大了吗？

白岩松：这样更适合我。好几年前，有记者采访我，说你做节目的时候，更多考虑的是老领导还是老百姓？我说，真话告诉你，都不考虑，我考虑最多的是这条新闻是什么。现在依然如此。

去年我看到一句话，感触非常深。1959 年，英国 BBC 采访罗素，请罗素针对思想和道德说两句话，作为留给年轻人的财富。没想到罗素老先生的回答是：“关于思想我只想说一句话，你先要确定什么才是真正的事实。”他又说，“关于道德我也只想说一句话，恨是愚蠢的，爱才是聪明的。”

我觉得说得真好，尤其是头一句。现在思想满天飞，但真实的事实是什么，很多人并没有搞清楚。所以这些年来我一直提醒自己，一定要确定真实的事实是什么，要把更多精力放在厘清事实上。

高　渊：但有时候还没有了解事实，你会不得不说吗？

白岩松：不，我一般不会这样。如果新闻事实不清楚，我的重点是靠近新闻事实，而不急于发表评论。而且我已经学会，在不知道事实真相的时候，可以沉默。不然的话，很可能没过几天就被“打脸”。

应该考虑做新东西了

高　渊：你看好电视的未来前景吗？

白岩松：将来一定也是融合。我对新媒体的担心是，它们能否真正承担起媒体的责任。但对于我们很多所谓的传统媒体，我最担心的是，以失去自己竞争力的方式去拥抱未来。

我们过去是“种粮食”的，我们的优势也在于此，但现在有多少传统媒体在认真“种粮食”？想“种好粮食”有三个条件必不可少：多一点人，多一点投入，多一点时间。不少传统媒体做新媒体后，自己也开始“炒菜”了，但你“炒”得过人家吗？

高　渊：这些年变化非常大，接下来可能迎来什么新的变革？

白岩松：接下来的新东西可能出乎意料，我觉得会与人心更有关，更突出精神需求，但没有想好。

我觉得此时的中国正处在折返点，由物质的中国向精神的中国转变的关键时刻，每一个个体也如此。先从国家的目标来说，我们不正在由从数字可以衡量的目标，向数字无法衡量的目标阶段转变吗？

过去说的翻两番、GDP 等都是能用数字衡量的，而现在的幸福、尊严、中国梦等，都很难用数字衡量，只有 PM2.5 是用数字衡量的。所以，传媒接下来要提供的，是与社会和解与对话有关的东西，因为中国已经撕裂得很严重了。

高　渊：媒体在其中能够起什么作用？

白岩松：媒体的重要使命就是汇聚期待。要让期待凝聚在一起达成共识，这样就会成为改变的力量。我还是愿意相信，你要把未来当成朋友，它真的会是朋友；如果你把未来当成敌人，它终将会是敌人。

这句话的背后就是期待的力量，判断的力量。

此时的中国情绪占上风，理性退得很远了。我们相信的真实，更多的是想象中的真实，如果真实跟想象有距离的话，我们甚至愿意扔掉真实的事实，去继续相信期待的事实。就像美国打伊拉克，是建立在伊拉克拥有大规模杀伤性武器的基础上的，打成了一片废墟，过了很多年了，已经没有人谈论他们其实没有大规模杀伤性武器，这太可怕了。

高　渊：你的媒体人生涯会以怎样的方式继续？

白岩松：我从 2008 年开始，做电视新闻评论栏目，到 2017 年，已经九年了，我真没想到能走这么远。现在的电视上，到处都是新闻评论，我觉得我的使命完成得差不多了，应该考虑做什么新东西了。

这不是简单的个人喜好，而是我被时代的发展选择了。我前几年想开一档深夜节目，这更符合我的气质，但台里没让。

要说个人爱好，我觉得像我刚做电视时那样，做人物访谈是最好的。这既是一份工作，也是一个课堂，跟人交往最能让人成长。我相信将来可能还会回到人吧，回到做与人有关的东西上来。

高　渊：你享受当媒体人的感觉吗？

白岩松：我一直很喜欢“火柴”这个概念，把自己烧了才多大亮，但如果把一些东西点燃，那就不同了。

新闻人在报道每个新闻事实时，就是要扮演“火柴”的角色。媒体人最大的价值是，在报道每个具体的事实时，用自己这根“火柴”点燃“火堆”。

办个学堂叫“东西联大”

高　渊：听说这几年你除了主持节目，还办了一个新闻课堂？

白岩松：我管它叫“东西联大”。学生们来自北大、清华、人民大学和传媒大学的新闻和播音主持专业，都是研究生一年级，每年招收

11个。我希望是单数，因为我们这儿有些事情需要投票。

高　渊：为什么叫“东西联大”？

白岩松：因为轮流在传媒大学和北大上课，分别在北京城的东西面，所以就取了这个名字，每届学两年。

各个学校每年会挑五六个人给我，最后我来定。给每一届学生上第一堂课时，我都会说，你们回去想，白老师为什么选择了我？我说就两个字：缘分。因为我从来不面试。

高　渊：为什么要做这个事？

白岩松：我爸妈、舅舅、姑姑和嫂子都是老师，当老师一直是我的梦想。我以前也经常去学校做讲座，但都是过客，没法细细交流。

大概十年前，我就想自己招学生了，就是想给新闻教育添加点不大一样的东西。几年后有一天，我在读赵越胜的《燃灯者》，看到一半把书一合，跟自己说，这件事必须做了。

高　渊：你希望他们在你这里学到什么？

白岩松：在我这儿学几样东西：一是文字要打磨；二是了解历史，我用半年时间，让他们走进历史，起码对过去100年的中国和世界有全面了解；第三是对人生与人性的思考；第四也是贯穿始终的，是新闻实践业务。新闻理论可以在大学里学，我这儿更强调实践。

同时，我希望他们体验一种教育的混搭，因为他们来自不同的大学，是几所学校信息和理念的汇聚整合。他们在一起的亲密度远超同校同学，以后可能成为一生的团队。

另外，我们还采用“扑克牌规则”，比如发言顺序、作业谁先交、谁当班长等，全是抽扑克牌定的。这是一种潜移默化的民主模式。

高　渊：你在东西联大投入了多少精力？

白岩松：我已经持续做了五年，毕业了三届。我每个月给他们上一整天的课。有个有趣的现象，他们说见到我的次数比见到他们老师的次数多多了，这透露出研究生教育的大问题。

现在研究生二年级就基本没什么课了，主要是实习、写论文和漂着。学生们常会问我能不能多上一些课，我说不行，因为我同时带两届学生，每个月要上两个整天的课，还要批作业、指导阅读，等等。

高　渊：东西联大学费多少呢？

白岩松：我不仅不收学费，还倒贴钱。我的一个学生统计过，带他们两年，白老师砸进来小十万块钱。因为每堂课上完，我都要请他们吃饭。我们一般是下午一点上到六点，然后出去吃饭吃到晚上八点。吃饭是一个开放的课堂，有什么问题都可以问，不是我的一言堂。

我曾开玩笑说，这事我要做到 70 岁。等到什么时候，东西联大第一期毕业生的孩子进了联大，我的班就宣告结束。我还开玩笑说东西联大有个校训，就叫“与其抱怨不如改变，想要改变必须行动”，这 16 个字说明了我为什么办这个联大。

怕手机变成手铐

高　渊：你一直没开通过微博、微信，平常联系靠什么？

白岩松：短信，或者直接打电话。

高　渊：每天要讨论选题，如果用微信拉个群，不是比打电话更方便吗？

白岩松：对，但我只要用微信就完了。因为我不太会说假话，别人问我用不用微信，我要有一定会告诉他，然后必定互相加一个。你说这样我现在会有多少个群，日子没法过了。

对这个我是有警觉的。现在可能只是极少数人有我这样的警觉，但应该会慢慢演化成小集体的警觉，会有越来越多的中国人开始思考，别把太多的时间花在手机上吧。

就像中国人十年前玩命吃，现在中国人不那么吃了，时髦的是跑步、快走。这个我不担心，但需要时间。

高　渊：节约下来的时间做什么？

白岩松：看书、听音乐、踢球、跑步。

高　渊：有没有节约时间之外的考虑？

白岩松：确实有。我每天在电视上说话，如果同时在微博和微信上说，很容易让大家觉得，哪个是你？会引起很多错乱。而且，如果我在微信上说的东西，在电视上没说，可能就有人议论，你看电视台管得很死，在微信上敢说，在电视上不敢说。

高　渊：平时坐地铁吗？现在坐地铁人人都在看手机，你看什么呢？

白岩松：我刚才过来就是坐地铁的。我一般会买张报纸看，特别是体育类的，今天因为路程太短就算了。另外，我是个“杂志控”，特别喜欢杂志，但现在报纸、杂志经常在告别，很多都结束了。

我跟手机不亲，怕它变成我的手铐。当然，有的碎片化时间，我也会看手机。我下载了一些资讯类的APP，有时候会打开看一下。不过它们越来越同质化，靠这些找选题不行。

高　渊：你讨厌新媒体？

白岩松：我是全身心地欢迎互联网来到中国，这比任何国家都更生逢其时，因为这能让不同的意见共生，还能打开信息的疆界，等等。

但问题是，互联网到底是不是媒体？我认同它应当成为媒体，而同时也要承担起媒体的责任。现在很多互联网媒体没有采访权，整天在当“标题党”，歪曲内容。这就是因为他们不种粮食，只是炒菜，不知道粮食有多珍贵，所以会随意糟蹋。

我在想，为什么不给予互联网媒体采访权呢？当他自己也种粮食的时候，就知道粮食的珍贵了，才可能担起媒体的责任。我是希望以开放的姿态，把互联网纳入媒体责任的阵营中来。

比如说我前一阵子说过一句话：“贵州智诚冲入中超，对于贵州人来说，可能就像2001年中国人看到中国足球进了世界杯一样。”这句话一点问题也没有，但网上的标题变成“贵州智诚冲入中超，就像中国队进了世界杯一样”，舆论一片喧哗，我也是哭笑不得，我原来是有限定的，“对于贵州人来说”。

高　渊：一旦新媒体都有了采访权，传统媒体会不会更难生存了？

白岩松：我觉得能形成一种良性竞争，至少新闻知识产权保护有可能落实，而且他们的人员结构会改变。你看现在的互联网企业，有几个学过新闻，又有多少人经受过新闻训练？

如果他们有了采访权，就必须向专业化靠拢，因为他们要竞争，他们也不傻。这样才能从恶性循环转变为良性循环。

网上尽是“白岩松”

高　渊：你虽然不用微博、微信，但网上流传很多你的文章。你看到这些冒牌文章，是什么心情？

白岩松：我只能说，叫“白岩松”的人真不少。一般有出处的可能是我说的，没有出处的大部分是假的，尤其是“愤青”类的。我没法去打假，因为人家也可以叫“白岩松”啊。

1995 年，我采访启功老先生，我就问他：“您经常去琉璃厂吗？”他多聪明啊，说：“去过，真有写得比我好的。”我说：“那怎么判断哪个是您写的哪个不是？”他说：“但凡写得好的都不是我写的，写得不好的，有可能是我写的。”

我没想到这么多年后，这话还给我了。

高　渊：有什么办法来鉴别“真假白岩松”？

白岩松：一是我没那么“愤青”，二是我也没那么文青。但现在很多确实真假难辨，因为头一两句话真是我说的，后面就变了。

高　渊：你出版了好几本书，有人说书里面充满了人生智慧，也很幽默风趣，但有人说你的书是另一种鸡汤，你怎么看？

白岩松：别人怎么议论，我完全不关心。我关心的是，100 个读的人里，如果有一二十个人，会被我书中的某些事情触动并开始思考，就可以了。

我一直在琢磨文字的呼吸性，非常在意我的文字。很多年前，董寿平老先生给我写过一幅字，“一言需自重，万事贵质平”，每一言都需要自重，但万事贵在本质是平易的。去年，濮存昕给我写了五个字“真佛说家常”。我这些年，无论是文字还是语言，都力求做到自重、质平、家常，但背后要有很大的思考空间。

高 渊：除了写书，你还在开专栏吗？

白岩松：我可能比较喜欢文字，从来不敢断自己的笔。我现在只开一个小小的专栏，写体育。我觉得将来的社会上，有两大能力素养会受到前所未有的重视：一是语言，二是文字，文字是另一种语言。

我带学生的时候，有两个要求。第一个是写东西别那么沉重；第二个是写东西要有洁癖，减法做到极致。如果对文字没有敬畏，还谈什么文化人。

高 渊：最近这几年，你觉得你的影响力是在往上走还是往下走？

白岩松：这要大家评论吧。在网上，好像署名“白岩松”的东西超级多，排在头几位。我的《新闻 1+1》和《新闻周刊》，在全中国新闻专题类节目的互联网播出量，已经连续两年排第一第二，你说这是在上升还是在下降？

个人影响力不是我该谈论的，应该谈的是媒体影响力。归根结底，还是要走向优质内容吧，如果将来大家全是炒菜的，没有人种粮食了，那新闻媒体才真死了。

高 渊：收视率对你的压力大吗？

白岩松：我是比较幸运的，做过的节目收视率都很高。我一周起码要做四天节目，三期《新闻 1+1》直播，还有一期《新闻周刊》，后者的解说词都是我写的。收视率虽然不是最高的，但还处在不错的位置，台里综合评价前 20 名。

我们有的兄弟栏目，一连两个月做钓鱼岛，收视率一直很高。可是我觉得你还能说什么，新闻都不在了，你还在为情绪做节目。我当时跟节目组的同事说，这件事有新闻的时候，我们要继续做，没有的时候，就做别的新闻。

我们这个团队，因为朝夕相处时间长了，大家都能理解。现在有的节目过分军事化，好像第四次世界大战都已经打起来了，太可怕了。我们这一两代最幸福的地方在于有将近70年没有打过仗了，意味着绝大多数的人不会成为炮灰。

走与不走的真实原因

高 渊：你曾对媒体说，现在很多人碰到你都问你怎么还没走。你会在央视做到退休吗？

白岩松：从1993年到现在，我不是一直在中央电视台吗？将来辞不辞不知道，我现在不是还在吗。如果没有上上下下的支持和保护，我不会走到今天。

我已经很多年不去想五年之后的事情了。当你有了一定的岁数，当你做了很久新闻，就会知道，时代的变化，是不以你的意志为转移的。

现在有人问我这个问题，我会反问我去哪儿呢？对方一般会说，去新媒体啊。我又接着问，具体哪家呢？到目前为止，没有人回答过我这个问题。

高 渊：是不是经常有人劝你到体制外来创业？

白岩松：首先我认为，960多万平方公里的土地上，没有体制外，这是一个伪问题。我们没有体制外，只有编制外，这才是准确的说法。

每年不只一两次有人找我跳槽，而且各方面的条件也都不会差，但关键是自己看重什么。当钱不再作为我的目标时，我就自由多了，做选择就容易了。我的生活方式不太费钱，现在也不缺钱，我夫人跟我有同样的价值观，那就没问题了。

高 渊：你对央视怀有怎样的感情？

白岩松：我关注的是一个地方背后活生生的人，比如台长什么样，主任什么样，同事什么样。2014 年 9 月的一天，我正在参加母校中国传媒大学的校庆活动，突然接到电话说，我们的老台长杨伟光去世了。我顿时热泪盈眶，然后就悄悄地走了，没法继续在那里欢庆了。我一边走一边想到的一句话就是：“一个人对了，一群人都对了。”

杨台是改变我们很多人命运的人，他尊重规律、尊重时代，更尊重了期待。他当台长的时候，开办了《东方时空》《焦点访谈》《实话实说》《新闻调查》等栏目，当时多少人希望能进中央电视台工作啊！

90 年代的时候，我的工资不高，但只要说我是《东方时空》的记者，别人立即肃然起敬，那就是一份职业荣誉感。我为现在很多年轻同行没有体验过这样的职业荣誉感，感到真正的遗憾。我常常跟年轻同行说：“真的，90 年代那样的日子，不给我工资我也会干的。”

高　渊：除了人的因素之外，你还有什么别的考虑？

白岩松：因为新闻还在这儿。像这次里约奥运会，我可以行走在各个场馆，真正直接贴近奥运会。现在大多数新媒体没有采访权，你说我去干什么？

我的新闻生涯中，印象最深刻的那一瞬间，真的不是香港回归、澳门回归、奥运会，或者中国入世等，而是 2008 年汶川地震直播的那一夜，我走出直播间的时刻。我一打开手机，一下子涌进了近千条短信，以前只有除夕夜遇到过这种状况。真是铺天盖地，我用了几天时间才看完。作为一个新闻人，汶川直播那一夜是最难忘的。

高　渊：你希望经常遇到短信如潮涌的时刻吗？

白岩松：我觉得新闻人是这样，绝大多数时候应该处在边缘，因为如果新闻人很靠前，那么一定是这个时代出问题了。但当大事发生，需要你的时候，你必须迅速、得体、专业、持续、理性地出现在公众面前，投入报道。

高　渊：对央视这个平台，你最看重什么？

白岩松：这是一个很重要的发声平台。国内哪家媒体都没有这样的放大能力。在我看来，此时此刻新闻还在这里，就这么简单。

全球进入假新闻时代

张力奋

1962年生于上海，毕业于复旦大学新闻系并留校任教。1988年获中英友好奖学金（也称包玉刚奖学金）赴英国留学，获莱斯特大学大众传播学博士学位。1993年进入英国广播公司（BBC）工作，2003年加盟英国《金融时报》，曾任《金融时报》副主编、FT中文网总编辑、《FT睿》杂志总编辑。2015年底，回归复旦大学，任新闻学院教授。

“我做了一辈子记者，仍认同这个职业的价值。在BBC和FT工作，我享受到外界对记者和新闻界的尊重……我们媒体人要更专业、更勤奋，如果我们对自己没有这样的高要求，而是把自己看得很低，这让别人怎么尊重你呢？”

2017年4月3日，习近平在芬兰最大的英文媒体《赫尔辛基时报》发表署名文章，题为“穿越历史的友谊”。

显然，这是为他一天后的到访预热。

中国领导人在出访前夕，在到访国重要媒体发表署名文章，这并非许多年来的旧例，至今历史不过十年左右。

这个新惯例是多方合力促成的，其中有段鲜为外界所知的过程。张力奋是亲历者，他曾任英国《金融时报》副主编、FT中文网总编辑。

约访张力奋先生，他说就到申报馆一楼喝咖啡吧。

那家咖啡馆有点特别，不仅因为是50多位复旦校友众筹开的，而且只有英文名字“The Press”（报刊、报界）。

采访沪上资深媒体人，也许没有比这里更合适的地方了。

其实，张力奋不仅是媒体人，也是传媒学者，更是一位良师。1980年，他同时报考了复旦大学新闻系和上海一所技校。复旦毕业后留校任教，兼了一个班的辅导员和班主任，这个新闻系的8413班后来名声大噪，出了不少媒体名人。

1993年，张力奋写完博士论文初稿，即进入BBC电视台国内部，从助理制作人做起。22年后离开媒体时，职务是英国《金融时报》副主编，并以创刊总编辑的身份，把FT中文网带到了一个业界瞩目的高度。

我曾问 8413 班的一位前辈，张老师当年给你们什么印象？他说：“真诚可爱。”

孩提时，因为头大人瘦，大人们送外号“黄豆芽”。小学时，他曾在少年宫接待外宾，那是他最早一次接触外面的世界。

如今，外形依然颇具特色的他，除了在大学教书，还活跃在各种媒体论坛和峰会。最近，他抛出了“新媒体主义”这个新词，他认为技术正变得疯狂，使得不少媒体在转型中失去了定位，而新闻专业主义则在弱化。

在媒体和媒体人都面临巨变的今天，听张力奋聊聊他的媒体人生涯，别具意味。而我们的话题，是从中国领导人在国外媒体发文开始的。

✦ ✦ ✦

中国新闻突然多了起来

高　渊：将近 10 年前，中国领导人开始在海外媒体发表署名文章，你在其中扮演过什么角色？

张力奋：我是 2003 年到英国《金融时报》工作的。作为 FT 中文网总编辑，可能我是最早推动此事的。

当时，中国领导人要发文章，一般都选择国内重要媒体，主要是《人民日报》，新华社会发通稿。如果出访的话，大多是在北京接受到访国媒体的集体或书面采访。

以我当时在英国的感受，中国以这样的方式与外界交流，是比较隔膜的。我觉得收效不大，甚至很弱。

高　渊：《金融时报》会用新华社通稿吗？

张力奋：《金融时报》一直非常强调用自己的信源和稿源。像路透社、美联社的稿子都用得很少，除非特殊情况。

高　渊：那时候，世界对中国的关注度如何？

张力奋：2003 年到 2004 年，我们每天编辑新闻，发现跟中国相关的事情越来越多，并且来自世界各个角落。乍看起来，很多新闻彼此之间没什么关系。比如说，今天收到一条消息说，韩国造船订单大增；明天收到一条消息，波罗的海油价指数上升；后天收到一条消息，南美国家的铁矿石突然涨价。

仔细研究后发现，这些新闻背后都有“中国因素”。特别是当时中国入世不久，效应开始显现，这是中国经济真正走向世界。

高　渊：你们报纸上的中国新闻也越来越多吧？

张力奋：有几次我为 FT 中文网选当日国际新闻，发现十条新闻都是关于中国的，最后只能拉掉几条。而且，越来越多的中国新闻从内页的行业版上了头版，有的直接成了头版头条。

英国并没有哪个部门给报社打电话，说中国现在很重要，你们要突出报道。中国就像一个埋头劳作的庄稼人，突然有一天发现，自己在银行里已存了很多钱，成了经济大国了。对这个经济崛起的过程，中国一开始并不自觉。

高　渊：是什么时候向中国官方提出，邀中国领导人为外国媒体直接撰稿？

张力奋：大概是 2007 年吧。遇到中国的官员，特别是外交圈的官员，我经常会问，中国领导人为什么不能为《金融时报》这样的权威外国媒体直接撰稿？为什么这个事情必须做，我的理由是，中国已经强大，必须向世界解释它在做什么、在想什么，需要直接跟他国的政治和商界精英对话。

一开始，得到的反馈是说这个事情可能有难度。但一年后，北京要举办奥运会了，这提供了一个比较好的契机。北京奥运会开幕前两个月，时任国务院副总理王岐山为《金融时报》撰稿，阐述加强中美能源合作。这是 FT 言论版上（op-ed）第一篇中国高层的署名文章。

到了 2009 年 5 月，王岐山再次撰稿，谈的是如何加强中英双边的金融对话。那时，已经爆发全球金融危机了。2012 年，时任常务副总理的李克强正式出任总理前，安排了欧盟之行，并第一次为 FT 撰稿，主要谈中国和欧盟的关系。2013 年，已是总理的李克强为《金融时报》和FT中文网联合撰文，是在大连举办夏季达沃斯论坛前夕，重申中国将继续推进可持续发展。

高　渊：现在中国高层领导出访前，在到访国的主要媒体上发表署名文章，几乎已经成了标配。你们试水的时候顺利吗？

张力奋：一开始，试的过程不是特别容易，关键是在寻找和相信中国内生的开放力。为外媒撰稿，要熟悉西方媒体的运作和沟通风格、逻辑，寻求国际通行的表达方式。比如那些领导人的署名文章，一开始文字磨合时间比较长，改了好几稿。之后就顺多了，编辑过程大大缩短。

这样的署名文章都发在FT言论版上，一般要求不超过900个英文单词，集中谈一个观点，讲清楚就行。在这个版面上发文的，基本上都是全球政商学界的权威人士，如总统、总理、央行行长、国际组织首脑、财长、贸易部长、知名学者等。对言论版，《金融时报》有自己严格的操作规范，对所有撰稿人一视同仁，不会打破惯例，发一个整版的署名文章。

高　渊：你和中方是怎么具体沟通的？

张力奋：FT总部在伦敦，一般会与中国驻英国大使馆或外交部沟通。

在伦敦独家专访温家宝

高　渊：除了邀约中国领导人的署名文章，直接采访是否更难？

张力奋：专访任何一国领导人都很难。早在2007年，我向中方申请专访温家宝总理。这和邀约中国领导人写文章一样，就是希望中国能更开放，破一些传统惯例，做以前没有做过的事。比如采访地点最好在出访途中，而不是在中南海，更能显示中国的自信。

经过一年多的等待，到2008年秋天，终于等到消息，温总理可以考虑接受《金融时报》独家采访。

高　渊：当时有什么背景？

张力奋：那时已经爆发全球金融危机。温总理决定参加2009年1

月的冬季达沃斯论坛，随后访问英国。中方答应在五天访英期间，接受我们专访，这是完全打破惯例的。

2009 年 2 月 1 日，温总理抵达伦敦的第二天，在他的住地，海德公园文华东方酒店，接受了《金融时报》专访。采访组共四人，总编辑巴伯（Lionel Barber）、两任北京分社社长，加上我。

高　渊：采访前的提问和采访后的稿件，需要给中方审阅吗？

张力奋：FT 的惯例是，采访前，会就感兴趣的议题，提出采访计划，但不提供具体问题的清单。FT 对谁都一视同仁，中方表示接受。

那天温总理谈兴很浓，原定采访 60 分钟，延长了 15 分钟。中午采访完，下午就得把近 4000 字的采访记赶出来，一整版。晚上近六点，临近亚洲版截稿，大家已很累，标题上卡住了。我说，干脆就叫"Message from Wen"（来自温的信息），大家说好，就签发了。当时正是全球金融危机的发作期，世界急切等待北京的信号。按照惯例，稿子发表前没有给中方审阅。

高　渊：稿子发表后，中方满意吗？各界反响怎么样？

张力奋：我们在报纸上发了一个整版的采访记，同时把采访实录放在了 FT 官网上。《人民日报》马上转载了采访实录，全文照登，一字未动，从一版转到二版。这样的处理前所未见。

各界反响相当大，大量的转发、援引和评论，因为温总理透露了中国将在"拯救计划"中投入巨资，扩大内需（即马上推出的"四万亿"）。当时西方国家都希望中国帮一把，这番谈话非常引人注目。

高　渊：除了温总理，你还采访过哪些中方高层？

张力奋：还采访过时任中共中央政治局委员、上海市委书记韩正。另外，王毅外长上任后的第一次独家专访，是我做的。他是 2013 年当外长，2014 年 1 月份代表中国政府出席达沃斯论坛，我提前三四个月向外交部提出采访申请。不少国际媒体在争，结果 FT 拿到了。那次访谈中，包括中美、中日关系，以及很敏感的中朝关系，王外长都做了认真解答。那是一次中国官方对外交政策的完整阐述。

在达沃斯采访完之后，当天赶了两篇稿子。一篇写成新闻——因那年安倍出席达沃斯，很受关注，我把王毅谈中日关系那部分拎出来，发在《金融时报》头版；同时又为FT中文网写了篇采访记。

在国际顶尖媒体的那些年

高　渊：在你的媒体人生涯中，有哪几个节点特别重要？

张力奋：这是个好问题，我觉得首先是童年。我出生于1962年，小时候完全不知道中国之外发生了什么，国内媒体对国内的实情也不报道。我记得，1979年《解放日报》在头版刊登社会新闻《一辆26路无轨电车翻车》，后来拿了中国新闻奖。评委非常有眼光。这则报道是重大突破。之前很多年，交通事故这样的“负面新闻”是不能上官方媒体的。

我是1980年考大学，当时国门刚刚打开，我懵懵懂懂觉得，一个国家不能没有好的媒体和优秀记者，所以立志考复旦大学新闻系。我父亲不太支持。他知道我爱看书，希望我读图书馆系。他觉得新闻这东西太敏感。

高　渊：当时全家都反对你考新闻系？

张力奋：母亲说我肯定考不进，其实是为我减压。她是小学老师，擅长一年级教学、汉语拼音和音乐。但她在“文革”中被学生绊倒摔伤，后来30多年长期卧病在家。她是病人心态，就希望我身体好点。她叫我同时考技校，我们一幢楼里有四个同届生都考技校。她告诉我，不能特殊。

母命难违。考复旦的同时，又去考了一个技校。技校好像考三门课，我担心真考进了，就把答案做好后再改掉，但还是超过了分数线。

高　渊：进了复旦新闻系后，觉得自己的选择对不对？

张力奋：那时候，整个国家都非常热切地想了解外面的世界，社会透明度不断加强，这是中国媒体的一个黄金时期。不少老一代报人也都平反了，有的回到媒体，有的到了大学。在我看来，记者的功能和角色的合法化，是一个社会正常化的重要标志。

高　渊：你的媒体生涯中，还有什么重要节点？

张力奋：那就是1988年去英国留学，这让我后来能亲身了解国外媒体的运作。

1993年3月份，我刚写完博士论文第一稿。孩子才三岁，太太在念物理学博士。我得养家了，想去BBC试试，觉得要去就去世界上最好的媒体。

BBC有国内台和国际台。World Service那里有中文节目，“二战”时成立，一直有华人同行。我申请的是BBC国内台，后来才知道，我应该是第一个拿中华人民共和国护照的BBC国内台制作人。

高　渊：对BBC印象怎么样？

张力奋：刚进去的时候职位比较低，是助理制作人，但开了眼界，感受到专业精神，也感受到中西方沟通的隔膜与困难。

我一直强调，什么是好的教育，相当一部分就是开阔眼界。在BBC，你的同事可能是世界上在这个领域做得最专业的一批人。为了10秒钟的一个片头，他们会坐上一整天，一帧帧地搞定。另外，我学到了职业自尊，理解了媒体与政府、市场、公民之间究竟是什么关系。

高　渊：为什么要离开BBC，转投《金融时报》？

张力奋：因缘吧。2003年，FT中文网要筹办，时任FT副总编辑的约翰·李尔庭（John Ridding）真诚相邀。我觉得，FT中文网要在中国落地，可以让我观察与研究中国更近一些。《金融时报》给了我按照自己的理念打造东西的平台。

高　渊：你觉得BBC和FT有什么不同？

张力奋：两家都在国际上最权威、最专业的媒体之列，FT比BBC的历史更长。他们有各自深厚的文化、做事方式甚至仪式感。

我喜欢BBC的文化，那种格局、视野，以及BBC人的专业自尊。但和任何大机构一样，它也有缺点——官僚化，机构太大，效率不是很高，当时员工就有两万多人。FT是老牌的财经媒体，不到2000人，小而美，扁平结构，团队合作紧密。

BBC的资源要强很多。在BBC做夜班，每天有专车送回家。在《金融时报》时，我的团队也上夜班。格林尼治时间晚上七点报纸截稿，我们开始选内容、交翻译组，还要编辑原创内容，保证中文网和英文报纸的新闻内容同步。下班已是深更半夜，同事们常常小跑步赶末班地铁。

高　渊：FT中文网是按你的思路办的吗？

张力奋：FT中文网是FT的一部分，是FT编辑理念的产物和延续。当然，作为创刊总编辑，在建构和执行层面有我对新闻业务以及对中国大势的思考。我坚持一点，就是一定要有原创内容。三年后，原创内容占了40%，到北京奥运会时，已接近50%了。一半内容保证原创。

FT中文网资源很少，团队很小，一开始才几个人，这迫使我开辟外面的作者与专家资源，并很快建起一个专栏作家团。

后来很多人说这个思路做对了，其实是条件和需求使然，用FT的编辑理念、我对中国的判断来打造专栏，培育专栏作家。

高　渊：你怎么塑造这些专栏作家？

张力奋：当时，我的基本判断是，中国在纯新闻和信息披露上有进步，但对信息的解读与加工做得远远不够。FT中文网就应该尽力补这块，做成那个样子。

此外，我对一个媒体的语言风格与文体，有很高的要求。很多作者到FT这里写东西，我一定请他们远离没有生命和逻辑力量的表达、套话，而且越远越好。FT是国际媒体，距离感很重要，不要太近，要想象自己坐在伦敦的酒吧里写东西。对作者我也会提些具体建议，成就他们的风格。比较成功的专栏作家，前后有五六十位，像周其仁、薛兆丰、吴晓波、老愚、徐达内等。

高　渊：会担心他们写出格吗？

张力奋：我给写作者足够的自由空间、足够的尊重。如果老去敲他们的“木鱼”，他们写不出来的。做媒体，压力总有，总编辑就是承担压力的。

初创时期困难很多，我要求又高，只能找自己熟悉、相知的朋友与同行。我很感激他们，感激他们的承诺与包容。绝大部分专栏作家都是我找的，我在新闻圈的时间也长了。所谓人缘好，是别人的善意解释。可能我不功利处事，也是个因素。大家很愿意帮我，还要接受我的各种高标准，这的确是事实。同行间，彼此都出力相助，做事就容易些。

回归大学是人生规划

高　渊：你的学者生涯起于复旦，如今在好几家媒体工作了 20 多年后，又回到复旦。当年离开的时候，想过要回来吗？

张力奋：想过的。这是我人生规划的一部分。刚出国留学时，曾计划 50 岁左右回到大学，是不是回到复旦不敢说。我去英国留学，担保人是谢希德校长。现在回母校，对谢校长也是一个交代。

这学期上一门课“深度报道基础”，还主持一个讲座系列，邀请中国最顶尖的媒体人来演讲。其他几门新课，多与英国有关。理想的大学，不仅要学知识，更要培养眼界。有了眼界，才能做出好的判断，做对社会进步有益的事。

高　渊：最近这几年，每年都有一些纸媒关门。你做过报纸、杂志、电视、电台，做新媒体也很早，现在是新闻学教授，你怎么看中国媒体所处的时代？

张力奋：我觉得，中国媒体人在幸运中有点不幸。我们正处于一个剧变的转型期，需要解决两个问题，一是平台，二是本位。

一个媒体要生存，必须继续拓展读者或用户，不要在乎他们在哪个平台上阅读。这个时代，平台的转型和迁移是很正常的。这些年，《金融时报》也在有意识地缩减纸质版，现在纸质版和网络版付费阅读数已经达到 81 万，其中三分之二在网上，发行量远超纸质媒体时期的最高纪录。因此，最重要的是怎么找到和保持用户，提供他们需要的服务，把服务变成媒体生存的资本。

高　渊：本位是一个什么问题？

张力奋：本位的问题，是回答媒体为何存在？为谁存在？如何存在？靠什么赢得自己的“出生证”、生存权？市场和政府在媒体生态中，承担怎样的角色？还有，一个社会如何生产优质的信息公共品？不然，会有怎样的影响？

这些问题值得媒体人和机构媒体思考，寻求共识，当然不可能一步到位。政府、市场、用户、传统媒体和新媒体，已在一条船上，要共存。各自定位清晰，共识才有可能，规则才能议定。

高　渊：怎么评价媒体现状？

张力奋：现在，全球已进入假新闻时代。最近，我在美国高价买了一本 11 月 8 日的《新闻周刊》，一本很权威的时事杂志。因他们认定希拉里当选总统，就提前几天把希拉里的纪念特刊印出来了。《新闻周刊》这条乌龙，并非假新闻，但凸显了社交媒体时代“新闻机构”的脆弱与不适。

新闻专业主义的弱化，其实也反映在新闻教育本身。中国目前注册的新闻院校有 1000 多所，但能不能为学生提供最基础的新闻专业主义训练，很难说。

现在，中国的社交媒体在全球独树一帜。在对媒体技术的吸纳和挖掘方面，中国做得最有激情、最精致，也最彻底。但有一个问题是：社交媒体有没有可能建立规则？社交媒体是否有条件成为公共品？现在看起来，还是一个大问号。

高　渊：在这个媒体巨变的时代，你觉得记者这个职业还有意思吗？

张力奋：我做了一辈子记者，仍认同这个职业的价值。在 BBC 和 FT 工作，我享受到外界对记者和新闻界的尊重，哪怕采访英国首相，记者也不会低三下四。我们会想，你不过当了一两届首相，我已报道了四五任首相了。

我们媒体人要更专业、更勤奋，如果我们对自己没有这样的高要求，而是把自己看得很低，这让别人怎么尊重你呢？

我也会退出江湖的

胡锡进

1960年生，1982年毕业于中国人民解放军国际关系学院，1989年获北京外国语大学俄罗斯文学硕士学位，进入人民日报社国际部工作。1993—1996年任《人民日报》驻南斯拉夫记者，20多次深入战火中的波黑采访。1996—2005年任《环球时报》副总编辑，2005年起任《环球时报》总编辑。

“我主张让中国社会信息通畅，要让大家知道世界上发生了什么，包括对我们不利的事情，这一点很重要。只有这样，才能增强社会的承受力和免疫力，这是一个社会长期稳定的不可缺少的因素。如果缺少了这个，就像把一个人放在无菌环境中，他一旦走到外面的世界，就容易出问题。现在中国人都出国，互联网靠堵是堵不住的，让人们知道发生了什么非常重要。”

和胡锡进约了一个多月，他一直忙。直到采访前一天，还临时调整了时间。

《环球时报》社的小楼在人民日报大院里面，楼很旧，没有电梯。下面两层是发行和广告部门，三楼是编辑部，楼梯口的墙上有个灯箱，上面两行红底黄字“既要努力开拓，又要十分稳妥”。虽然押韵，但全是大白话，与灯箱色调配在一起，颇合外界对这份报纸气质的观感。

那天约好早上八点半，胡锡进前一个晚上夜班做到十二点半，他略晚了 10 分钟到。作为颇具争议的媒体人，他从 1996 年进《环球时报》社当副总编，到 2005 年当总编，为这张报纸打上了极强的“胡氏烙印”。而《环球时报》也从一张每周八个版的小报，到现在中文版、英文版和环球网多管齐下，用胡锡进的话来说，成为中国最有影响力的市场类媒体。

胡锡进没要求提前看采访提纲，但有问必答，而且都是正面回答。一上午聊下来，只有两个小问题他做了回答后说，这个算了，不要提了。从与吴建民的根本分歧、“单仁平”怎样出炉、受处分之后的心情，到“鹰派”立场是否出于市场需要、会不会在这里做到退休等，都一一做了回应。

我更关心他是个怎样的人。他给自己贴了几个标签，梳理一下可以这样表述：在政治立场上算中左，在中国媒体界是体制弹性的探测者，在人文情怀上是人道主义者。

应该说，胡锡进是个奇人。

爱他的人爱死他，骂他的人恨不得骂死他。他每次更新微博，不管说点什么，跟评必然会有一片骂声。以至于我和老胡聊天，特别想问他：你的粉丝们怎么不到微博里来拯救你?

公道地说，他是勤奋的，他说只要人在北京，每晚必到报社上夜班，即便周末住在郊区也会赶回来；他也是聪明的，他知道怎么吸引注意力，知道怎么卖报纸，也知道怎么长久地卖报纸；他当然还是好斗的，喜欢用“斗争”“博弈”这样的字眼，会说“如果我们不发声，中国会吃亏”。

很多人说，胡锡进是中国的“鹰派”，他则说：“我应当说是观察者。但我认为中国需要几只‘鹰’，中国不能没有‘鹰’，既要有‘鹰’，也要有‘鸽’，都得有才行。只有这样，才有利于跟西方全方位地博弈。这是我的观点，我认为我的观点是对的。”

对于《环球时报》为何拥有这么大的影响力，胡锡进说，这都是他们一步一步摸索出来的，因为中国的机制就是需要你自己去摸索。“我们有的文章发出来，上面一看可能吓一跳，后来看完之后也接受了。这都是一步一步做出来的，现在我们有了这样的宽容度。过去一说中美、中日关系，都不能说负面的东西，如今的环境有相当一部分是我们开创的，可以自由地批评外国。”

胡锡进透露，1997 年，美国总统克林顿访华，《环球时报》头版登了幅漫画，克林顿穿着盔甲，上面插满了箭。后来他们还报道了朝鲜水灾，透露他们严重缺粮，这些在过去都是不可想象的。而在 2008 年北京奥运会前，他们告诉中国人，奥运圣火被人踩灭了。这就是靠一步一步闯出来的，也开拓了中国人的眼界。

“现在可以说，在《环球时报》上能够看到我们国家真实的国际环境。当然，可能我们有的时候也有偏差，但总的来说，这是社会的进步。”

胡锡进有句名言，说中国是复杂的。而他本人，其实也远比多数人想象得复杂。很多人敬仰他，也有很多人抨击他。但不管你对他印象如何，还是应该进一步了解他。毕竟，在中国的媒体中，这样广受关注的人物屈指可数。

✦ ✦ ✦

经历波黑战争全过程

高　渊：先聊聊你的经历。你进人民日报之后，过了多久被派去驻外？

胡锡进：我是 1989 年从北外研究生毕业，进了人民日报国际部。先在国际部资料组搞资料，做了将近两年，然后又上了两年夜班，1993 年春天被派到南斯拉夫当驻外记者。

高　渊：你大学和研究生学的都是俄语，南斯拉夫说的是塞尔维亚语，这两种语言接近吗？

胡锡进：应该说有点关系，但其实听不懂，像北京话和广东话；写出来也看不大懂，这点像中文和日文。我走之前，找了一个北外学塞尔维亚语的学生给我上了两小时课，好像花了 16 块钱。

临走带了本“塞汉字典”，还带了本 WPS（办公软件）的书，因为我没用过笔记本电脑。到了贝尔格莱德先学塞尔维亚语，学电脑，然后是学开车，样样都从头学。在那儿前三个月非常辛苦，一下子掉了十几斤肉。

到了那年夏天，能够大致听明白当地人说什么了，也能看报纸了，WPS 我硬是看书学会的，这样就进入工作状态了。

高　渊：当时南斯拉夫局势已经很动荡了？

胡锡进：内战已经开始了。波黑是 1992 年打起来的，我到了之后经常往波黑跑，一共跑了 20 多趟。我从贝尔格莱德开车过去，大约三四百公里，相当于北京到邯郸，都是山路。

当时不觉得危险，那年我才 33 岁，毕竟年轻。现在回过头来看，其实挺危险。就像要从路面上横穿一条繁忙的高速公路，机灵的人天天横穿也没事，运气不好的穿一次可能就被撞死了。

高 渊：那时候《环球时报》刚刚创刊，还叫《环球文萃》，你的稿子主要发在《人民日报》还是《环球文萃》上？

胡锡进：当时《环球文萃》还是周报，而且只有八个版，所以我的稿子主要还是发《人民日报》，但《人民日报》版面也很少，国际版只有一两个。那时候能上一条消息已经很高兴了，不像现在编辑追着驻外记者写稿子。

那时候波黑战争打得正激烈，经常是全世界的头条，我就身处那个世界关注的焦点。记得有一次看到交战的城市着了大火，满地都是炮弹壳，塞尔维亚军人躺在炮弹壳旁边，联合部队刚刚进来。我试图穿过中间地带进入城市，但是被拉回来了。我写过一本书，记录了那段经历，真的是惊心动魄，能够听到子弹飞过来“啾啾”的声音，腿都发软。但最后，这篇特写在《人民日报》也就发了 700 多字。

高 渊：要是换成现在，你应该早就出名了吧？

胡锡进：现在的话，版面多了很多，再加上微博、微信什么的，还可以发很多照片，我就出大名了。因为我一直待到签订停火协议，差不多经历了波黑战争的全过程。而且在大多数情况下，那里中国大陆记者只有我一个，新华社会临时派个记者组，采访几天，然后过一段时间再来。

那个时代驻外挺光荣的，因为出国机会少。今天回忆起来，当时一个月收入才 170 美元，加上波黑战区有的一点补助，加起来也就 300 美元。第一次出国不允许带夫人，我中间回国休假，然后妻子就跟我去了，把女儿送到陕西咸阳亲戚家去。

等我们回来的时候，看到别人的孩子都能说英语，我女儿却是一口陕西话。她后来上的唯一的补习班，就是英语。

当总编的前四年每天弄版面

高　渊：从南斯拉夫回来就去了《环球文萃》？

胡锡进：我在南斯拉夫待了三年，1996 年回来后在人民日报国际部待了几个月，我要求去《环球文萃》，当时这张报纸隶属于国际部。去了就当副总编，当时人少，一共才一二十人。

其实早在三年前，就是我去南斯拉夫前的几个月，当时《环球文萃》还没创刊，我帮他们拉了这张报纸的第一笔赞助。别人也拉过赞助，但真正见钱的我是第一个，那笔是 1.5 万元。

我当时拿着黄页本打电话，像做酱菜的六必居我都打过，还有生产铅笔的厂家。就跟他们讲，《人民日报》要办一张子报，希望支持一下，等将来我们报纸出版以后，给你们补做广告。

那时候报纸少，真有企业给钱，我一共拉了 10.5 万元。同时，我也参与编辑工作，创刊号的头版就是我做的，当时做了好几期的头版，然后就去南斯拉夫驻站了。

高　渊：你负责《环球时报》全面工作是什么时候？

胡锡进：2005 年，那一年我当的总编辑。

高　渊：你主持《环球时报》工作之后，跟之前比主要变化在哪里？

胡锡进：应该说，报纸比我 1996 年刚去的时候好多了，虽然还不是现在这样，但已经一周出三期，版面多了，在社会上已经很有影响，大家都已经知道有一份《环球时报》，虽然还没有英文版和环球网，也没有社评。

我的前任总编辑很了不起，基本上把《环球时报》的影响力做出来了。到 2005 年，已经有百万份的发行量。但当时《环球时报》面临很大的挑战，一是互联网起来了，二是都市报也起来了。另外还出现了很多跟我们类似的报纸，连排版都像，所以分散了一些读者。现在那些报纸大多见不到了。

当时《环球时报》的发行量在下降，所以压力特别大，也有点困惑。在我上任之前，前任总编就做出了决定，《环球时报》要变成日报。我上任后要实现这个决定，这是一把赌博，改成日报以后，发行量一下子掉了一大截，落到 70 多万份。

高　渊：你当时想出了什么大招吗？

胡锡进：我上任后四年没有出过国，几乎连外地出差都不去，每天弄版面，很辛苦。当时觉得必须突破一些报道上的束缚。我们先是形成了多个记者写稿的业务模式，围绕一个题目，由多名前方记者提供素材，然后编辑来综合，就是为了增加报纸的信息量。现在《环球时报》头版都是多人署名，改变了过去一个记者写的模式，这是一个突破。

高　渊：这种多记者写稿模式，对制约那些模仿你们的小报有用吗？

胡锡进：大多数小报在国外没有记者，就是找个人抄抄编编，但攒出来的稿子还跟我们有点像。而我们的优势是人民日报有一大批驻外记者，都可以为我们写稿。所以就让记者把前方信息都弄回来，让人感觉很真实，信息量很大，凸显我们的优势。在国内媒体中，我们是第一个这样做的。

高　渊：但你真正的“撒手锏”是社评吧？

胡锡进：《环球时报》1999 年开设了国际论坛版，由阎学通等那批学者为我们撰写大块头稿件，产生了一些影响。那个时候没有社评，专家写的文章都比较长，劝学者写短一些的文章经历了一个过程。我们磨合得总的来说不错。

到了 2008 年，针对奥运会火炬传递和拉萨“3 · 14”事件，《环球时报》发了不少夹叙夹议的文章，直接介入一些敏感事件，那段时间的报纸发行量越来越高。

高　渊：广受关注的社评是什么时候出来的?

胡锡进：写社评是因为英文版创刊。英文报纸都有社评，不然就不像一张报纸。但做英文版的那些编辑不适合写，所以就让做中文版的编辑先写，然后翻译过去。第一篇社评是 2009 年 4 月 22 日见报的。

高　渊：比你们社评更受争议的是“单仁平”，这是什么时候出来的?

胡锡进：“单仁平”比社评早几年出现，因为最早是包括我在内三个人轮流写，所以根据谐音起了这个笔名。后来三个人散了，就是我写了，但把名字留了下来。

高　渊：社评和“单仁平”的定位有什么区别吗?

胡锡进：“单仁平”一般是评国内的事，国际事务几乎不用这个署名。另外就是特别敏感的事，不太适合用“社评”，社评太正式。还有，比如具体评某个争议人物，这也不太适合署“社评”，太高抬他了。总的来说，“单仁平”讲的东西比“社评”要敏感一点。

高　渊：听说《环球时报》每篇社评和“单仁平”都是你口述的，是这样吗?

胡锡进：以前是由评论组的人写，写完我来改。我这个人比较较真，和我比较难合作，改动会很大，经常最后留不下几个字。所以后来换了一种方式，他们提供材料，我来口述，负责写的那个人做记录。我讲的时候，记录的人可以随时提出不同意见，我经常每说一两句话就问“对不对”，他要是说“对”，我就心里踏实些，他要说“不对”，就谈他自己的想法。

基本是三个人帮我整理，他们是轮流的，每天都换。以前一天写一篇社评，值班这个编辑就先找材料，等我确定选题后，晚上跟我一起写。后来改成一天写两篇社评或“单仁平”，我们的想法是一个讲国外一个讲国内，这样第二篇评论就需要评论组的其他人一起找材料，但跟我一起写的还是当天值班那个人。

现在的程序是上午先给我报第一篇的选题，报完选题助手去准备材料。第二篇选题是下午四五点钟再定下来。我口述是在下午七八点钟开始，再晚就来不及了，一般到晚上 11 点左右完成两篇评论。

高　渊：这个值班的人跟你形影不离吗？你如果出国怎么办？

胡锡进：我出国时就让写社评的人跟着我走，我走到哪儿，都跟着我。周末就到我家里来，有时候晚上我有应酬，也跟着，在车上口述。我吃完饭出来，上车又接着写，断断续续地写，有时间就写几句。不时会这样，因为事多。

但也有个别的时候我自己一个人，比如我跟领导出差去了，那没办法。这时候只能打电话口述，但看不到记录的东西，得凭记忆。

我定评论选题主要看国际关注度，如果外界已经很关注了，成了一件大家共同关心的事件，我们就会出手。

高　渊：现在不少人看《环球时报》的评论，他们不一定赞同你的观点，但觉得能了解一些别的地方看不到的信息。从你内心来说，是不是也希望以评论形式来提供一些信息，提高报纸的发行量？

胡锡进：我不能说我是故意的，但我觉得客观形成了这种状态。一些敏感的事情发生了，我们是否对这些事情完全不报道？我一直不主张这样，还是要面对敏感的事情。我主张让中国社会信息畅通，要让大家知道世界上发生了什么，包括对我们不利的事情，这一点很重要。

只有这样，才能增强社会的承受力和免疫力，这是一个社会长期稳定的不可缺少的因素。如果缺少了这个，就像把一个人放在无菌环境中，他一旦走到外面的世界，就容易出问题。现在中国人都出国，互联网靠堵是堵不住的，让人们知道发生了什么非常重要。

高　渊：当你决定对一个敏感事件发表评论，你会设法了解一些内部信息吗？

胡锡进：我们会和很多部门保持联系。比如一个敏感事件发生了，敏感在什么地方、为什么这个事件敏感，我们要了解内情，就需要有很多信源。这类事情出来以后，编辑就会打电话到有关方面去问。有时候碰到特别敏感的事情，编辑了解不到，就得我来找关键的人问。

我经常自己打电话，有时候会打一个晚上。

高　渊：我们来聊聊具体的稿子。像香港铜锣湾书店、广东乌坎等事件的评论，在《环球时报》的评论中，属于什么敏感级别？

胡锡进：属于很敏感了。有的时候得摸黑写，因为问不到任何信息，但在问不到的过程中，也会发现一些东西。我们的编辑记者有很多社会关系，他们能问都会去问，但他们问不到的时候，也会发现问不到的理由。如果谁都不说，我就知道了，这是特别敏感的事情。

铜锣湾书店那个事情我觉得还是要报道，有必要让中国社会知道那儿发生了什么，这个原则我跟很多领导都这么说。当然，一定要让那些对我们不利的信息软着陆，我们的评论一定要坚持立场，就是坚决站在维护中国国家利益的立场上，这也是我们全社会的共同利益。

高　渊：你每天定选题时，总是尽量挑最敏感的事情来写？

胡锡进：我主要看国际关注度，如果外界没怎么关注，我们就判断这是小事，不理它。比如有些事情对中国不利，当事方明摆着想把事情弄大，但外界没怎么报，《纽约时报》、美联社这种大媒体都没说什么，我们干吗传播这些信息？

但如果外界已经很关注了，成了一个大家共同关注的事件，这时候我们就会出手，就会发评论，拿出我们的观点。我们的衡量标准就是国际主流媒体有没有报道，因为他们有重大影响力，如果他们说了我们不发声，中国会吃亏的。

高　渊：你们的评论在国内影响很大，但能影响国际舆论吗？

胡锡进：我们统计过，国外媒体转载《环球时报》的稿子，大约一半以上是转我们的社评。我们的信息没有优势，但评论很有影响。我们的社评几乎没有一篇外界不转，尤其是日韩媒体，他们是天天转，韩国媒体更是关心中国所有的事。我们的英文版专门有个《亚洲评论》版，评亚洲国家国内的事，转载率也非常高。

高　渊：一般而言，国内选题比国际选题更敏感吗？

胡锡进：对。国际方面的评论，遇到朝鲜问题会比较敏感。当然，现在比前几年好一点。

高　渊：评论都是自己定稿吗？需不需要请上级部门看一下？

胡锡进：绝大部分不需要，个别时候需要看一下。我写社评以来，这种情况屈指可数，基本上都是我们自己搞的。

领导的很多批评都是善意的

高　渊：2015年，你因公出国，多去了一个国家，结果受到了纪律处分，还被通报了，网上传得到处都是。很多人觉得诧异，像你这么冲锋陷阵的人，为这点事也要受处分？当时是什么心情？

胡锡进：那次申报的是去德国，我们顺道去了波兰，这个确实没有报批。我觉得这体现了八项规定的严格，领导也跟我谈话了，我坚决接受。给我一个处分也是爱护我，也没有更严重的处理，现在我不是照样还能出国吗？这次处理了我，我又有点知名度，然后互联网上全是，大家都有印象了，这也是大家共同吸取教训的过程。

高　渊：现在你的压力主要来自两方面吧。一方面可能来自上级主管部门，另一方面来自网络上对于《环球时报》和你本人的批评，这两方面的压力哪个更大？

胡锡进：这是不一样的。工作上的压力是我职责范围内的，宣传部门批评我，那是我履行职责出了问题，我需要反思和调整。

对来自网络上的攻击，我不会考虑修正我的立场，我怎么能因为有人批评我就修正立场呢，但我的斗争水平和艺术要提高。有的人就是故意的，拿他们没有办法，也不可能去改变他们，但他们也没法改变我，那就大家共存嘛。

高　渊：因为稿子的问题，你写了不少检查吧？

胡锡进：那肯定有。我觉得是这样，我是发自内心要维护国家利益，中国的媒体还是要往前走。媒体也不能缺位，不能做缩头乌龟，在关键的时候要发挥引导作用，这是我们当代媒体的任务。

媒体姓党是必须的。但我们不能机械地理解这个原则，天天等上级领导的指示，让写什么写什么，这样主动性等于零。如果媒体都这样，符合国家利益吗？

我们是在维护国家利益的同时，最大限度地调动自己的主动性。因为我在媒体一线，了解媒体的情况，了解市场的情况，我们有舆论场上的经验。所以要发挥我们的主动性，媒体毕竟不是外交部，不是政府，媒体就是媒体，我要用符合媒体规律的方式维护国家利益，维护党的执政地位。

但怎么做是个考验。当我们做错的时候，我们真诚地接受批评。我跟同志们说，我们受到一次批评，就在那儿立一个桩，再受一次批评，再立一个桩，决不会犯同样的错误。把这些桩连起来，就连成了一条线，这条线就是我们的边界线。

高　渊：你总是从积极的角度来理解上级部门的批评？

胡锡进：我觉得领导的很多批评都是善意的，不能理解为领导在整你，要这么理解的话，就没法工作了。还有就是千万不要跟领导搞成猫抓老鼠，而应该是一种积极的建设性的互动。

如果我们的评论在互联网上引起轩然大波，起了不好的作用，我们就应该反思。比如我们发过一个评论，被别的媒体转载时，题目被改成了“要允许中国适度腐败”，而原文中都没有“适度腐败”这个词。为什么会出现这种情况？我们就得反思，文章中不能有那种被人一下就逮住的话。我们现在聪明多了，这种情况越来越少了。

不要因为和对方斗争，就把自己给逼“左”了

高　渊：现在很多人在网上给你贴标签，有人说你民族主义，有人说你极左，你觉得你是什么样的人？

胡锡进：我觉得我是个实事求是的人。现在的问题是，实事求是的坐标原点被移动了。现在变成了只有批评政府才是实事求是，你要是批评少了就不实事求是。

我可能算中左吧。我不评论谁左谁右，我跟同志们说，不要因为我们跟对方斗争，对方可能是一个自由派，就把自己给逼“左”了。

现在的情况是，社会上的左、右派相互逼，右派把左派逼得更“左”，左派把右派逼得更右。我提醒我们自己注意，尽量实事求是，什么事就是什么事。有人说我“墙头草”，我无所谓，其实我的态度很稳定，《环球时报》的价值倾向是中国所有媒体中最稳定的，我们就是维护国家利益和大众的根本利益，永远这样。

高　渊：你的价值观是人生什么阶段形成的？

胡锡进：我觉得关键还是我驻外那段时间。我是学俄语的，驻外之前就密切追踪苏联的解体。当年苏联在我们心目中多么高大，多么强大，结果它变成了今天这个样子。他们周边的那些国家，有的小国好了，比如波罗的海三国，人口很少，现在富有了，比过去好了一些。但像乌克兰，现在人均 GDP 是中国的一半，多惨。还有很多地方，都很差。

后来我亲身经历了波黑战争，南斯拉夫打成那个样子，震撼了我。1993 年我刚到贝尔格莱德，那时候塞尔维亚已经受到国际制裁了，贝尔格莱德还是比北京强多了。到那儿一看，房子装修得那么好，全铺的地板，步行街那么漂亮，社会文明程度也高。但现在没法比了，前南斯拉夫的那些国家，除了斯洛文尼亚和克罗地亚，其他国家的人均 GDP 都低于中国。我们前进了，他们落后了。

我知道了一个国家的脆弱，一旦发生动荡，根本就不是我们个人所能控制的。我希望国家在变化的过程中，一定要保持应对这种变化过程的把握能力，否则是很容易出问题的。

我好像没有什么特别崇拜的偶像，影响我一生的是俄罗斯文学。我本科第一年就把课本全学了，后来三年基本上没有跟课，因为我已经远远超过上课的进度了。我从第二年开始就读俄文原版小说，第三年、第四年更是读疯了，每天读五六十页，《战争与和平》《安娜·卡列尼娜》等让我如痴如醉。

高　渊：你从这些作品里读到了什么？

胡锡进：《战争与和平》读中文版读不下去，但读俄文版读得我热泪盈眶，掉进他的语言描写中。还有像契诃夫、陀思妥耶夫斯基、亚历山大·奥斯特洛夫斯基等，他们的作品我几乎是照着“全集”读的。直到现在，我的俄语忘得差不多了，但我还记得不少俄文句子，都是俄罗斯文学碎片的记忆，我还能背下来。这不是普通的碎片，它就像圆明园里留下的那几根柱子一样，至今支撑着我的精神世界。

我上中学的时候，中国人在读什么？是《艳阳天》《金光大道》这么几本书，看戏都是样板戏。大学里面一下子接触到伟大的俄罗斯文学，像冰雹一样把当时年轻的我砸懵了，原来世界是这样的，原来这才叫小说。再回头看中国 20 世纪早年的小说，感觉有点像是习作，包括一些挺著名的，感觉也是没法比的。俄罗斯文学最伟大的价值就是人道主义，我受到了一次人道主义的彻底洗礼。

高　渊：从内心来说，你觉得你是人道主义者吗？

胡锡进：对我来说，人道主义就像一瓢瓢清水泼到头上，不仅美，而且深刻，真是彻底的洗礼。我的大学在部队院校，管得很严，每天一早五点钟起来，闭着眼睛还做着梦就得跑操。但我掉入了俄罗斯文学的环境中，天天读，跟托尔斯泰、跟屠格涅夫、跟契诃夫对话。大学毕业到延庆的山沟里当兵，到北外读研究生，都一直在读。

从 18 岁到 28 岁，那是人生最重要的十年，也是价值观形成最关键的十年。我今天写的东西，都会不自觉地用那些俄国作家的句式。我记得《战争与和平》上部最后的情节，大体是娜塔莎接受了皮埃尔的爱情，皮埃尔跑到街上热泪盈眶，他仰望天空感怀生活，看到一道彗星划过天边，那是 1812 年的彗星啊，意味着战争就要来了。小说的文笔挥洒和价值宣扬都深深打动了我，这是 20 世纪 80 年代初我在尚且有些贫瘠的中文世界里没有经历过的。我精读的那些小说代表了俄罗斯文学的高峰，也是人道主义的兴盛时期。

高　渊：你觉得办《环球时报》最难的地方在哪里？

胡锡进：中国的媒体很难办，因为互联网、报纸、广播、电视等，这些全是西方传过来的，它们跟西方的政治体制是一种量体裁衣的关系，跟西方政治很适应。而到了中国，跟我们这种体制显然是一种非完全对应关系，所以这些东西必须中国化，针对我们国家的社会现实做出某种调整，然后形成新的适应性和发挥新的建设性作用。

高　渊：中国有这么多媒体从业者，你觉得你在其中扮演了什么角色？

胡锡进：我是一个积极的探测者。我们中国媒体不可能办成《纽约时报》《华盛顿邮报》，它们的社会角色不可能是我们的摹本。中国的媒体必须发挥针对中国社会的建设性作用，舆论监督是重要方面，它的指向应当是社会凝聚力，而不是相反。政治体制和社会体系的不同决定了舆论传播一些规律性的差异，媒体只有理解、契合这些根本的东西，做中国社会需要的新闻开拓和价值担当，才有可能走出一条可持续的发展道路。

但这需要探索，其实挺难的，大家对这个问题没有形成共识，很多意见是非常矛盾对立的，这方面我受西方的影响很大。我们都挺欣赏一些西方大报的，他们很自如，在美国社会形成了一种固定的角色，性格非常鲜明，该扮演什么角色很清楚。而在中国，媒体的角色扮演不是很清楚，指示和要求都有，但是我们到底怎么落实到实践中，这就很难。

高　渊：你和《环球时报》一直面对很多批评，你们活下来而且活得还不错的根本因素是什么？

胡锡进：我觉得最根本的，就是要站稳立场，维护中国国家利益，它和人民的根本利益是一回事。把这个东西搞清楚了，其他东西我们都可以去试。我总是申辩，我和《环球时报》可能会犯错，但我不认为我们会犯根本性的错误，这是我们的立场决定的。

社会上有一些负面评价，但同时也给了我们鼓励。我们生存了下来，没有被打死，在市场类的媒体中，应该说我们的影响是最大的。我们有中文版、英文版，还有网站。我们的网站多大啊，环球网每天都有1000多万读者上来浏览。

高　渊：一个媒体个性越鲜明，虽然会招来骂声，也容易形成一个较为固定的读者群。你们的个性就是你们在市场上立足的卖点吧？

胡锡进：我觉得我们是真诚地来帮助这个国家，真诚地服务社会，真诚地促进中国崛起，我们与中国崛起共荣辱。西方媒体的批评我们不怕，他们批评中国的时候，捎带把《环球时报》批评了，这证明我们是主流媒体。如果西方媒体特别喜欢我们，说明我们是中国社会的捣蛋分子、异见派，这可不行。

我跟同志们说，只要我们真诚地为社会服务，社会一定会回报我们，我们的各种利益一定会跟着到来。

体制的弹性非常宝贵

高　渊：这两三年来，你觉得骂你的人多了，还是挺你的人多了？

胡锡进：支持者越来越多，可能有各种各样的因素，其实我没变，而是周围环境在变。我还是过去的观点，但舆论场分裂得比过去厉害了。

高　渊：你删不删你微博下面的负面评论？

胡锡进：除了极个别的，我不会去删评论，一般我也不看，没工夫看。其实我的微博已经不那么活跃了，我做了一个战略性选择，把《环球时报》的微博做起来，让我自己的微博慢慢淡下来，要突出报纸的品牌。光是我个人的影响力也不好，现在《环球时报》的微博影响力比我的大了。

我有个音频脱口秀叫《胡言不乱语》，刚做了几十期。其实就是我把社评读出来，又多几十万读者，扩大了影响力。晚上写完社评之后读一下，一会儿就完了，很轻松。

高　渊：网上有些人把你跟孔庆东、司马南等人相提并论，你认可吗？

胡锡进：我不评价，对我的看法各种各样，有人说我是“四大恶人”“十大恶人”，让他们说去吧，没关系。我也不知道，我是罪大恶极还是穷凶极恶？

高　渊：你前一阵在你的微博上发了一句话，说“我奄奄一息地活着并且长寿”，这有什么寓意？

胡锡进：当时有人又说老胡不行了吧，好多人慰问我，给我发微信问我怎么了，出什么事了？我说开玩笑的。

应该说，我们的体制还是宽容的，不然《环球时报》不一定能走到今天。从我们的经历中，也能够看到这个社会的弹性，以及我们体制的弹性。《环球时报》验证了体制的弹性，这种弹性是非常宝贵的。

高　渊：你是1960年生人，估计会在《环球时报》做到退休吗？

胡锡进：我就在这儿退休了。

高　渊：如果哪天你离开了，《环球时报》会不会大变样？

胡锡进：我不知道，可能会有些改变，我还没有考虑这个问题。价值观比较鲜明的媒体，个人的烙印会比较多。我离退休还有几年，几年后到底怎么样，我觉得新来的人会干得更好。

离开了谁，地球都会转。像我们过去的老总做得很棒，把《环球时报》从零带到了100多万发行量的大报，没有他打下的基础，就没有今天。后来我接了他的班，《环球时报》没垮嘛，又起了一个高潮。将来接我的人，又会带着《环球时报》达到新的高潮。

我也会退出江湖的，江湖上会有新的身影。

一个人的CNN

曹景行

1947年生于上海，著名作家、报人曹聚仁之子。1968年下乡，在黄山茶林场务农十年。1978年考入复旦大学历史系，毕业后任上海社会科学院世界经济研究所助理研究员。1989年移居香港，先后任《亚洲周刊》撰述员、编辑、副总编，兼任《明报》主笔。1996年任中天新闻频道总编辑，随后进入凤凰卫视，当过资讯台副台长。2005年起，任清华大学新闻与传播学院高级访问学者。

“我认为恐龙全死光，最后剩下的都是猴子。传统媒体一定要‘瘦身’，要把内容变得小众一点，反应更加灵活一些。除此之外，要想不死只有一个办法，就是有政府的扶持。”

认识曹景行先生，是在一位媒体友人组织的饭局上。

我随口问他用不用微信，曹景行说："当然用啊，不过你加了我，你的朋友圈会被我刷屏的。"我有点不解其意，第二天打开朋友圈，发现已经完全被老曹占领。

后来做访谈时，话题便从每天发多少条朋友圈开始。

老曹略有点神秘地笑笑，说可能没人知道一天发朋友圈的上限是多少，但他知道，因为这是他亲身实践的。"昨天我碰到红线了，被暂停发圈一天，因为我昨天发的总量超过了 400 篇。"

70 岁的老曹一头白发，但精力甚佳。当年有人叫他"新闻雷达""师奶杀手"，现在不少人称他"超级爷爷"。他自言睡眠习惯比较奇特，每天晚上睡六个小时，下午会短时间休息一两次，别的时间几乎都在发朋友圈。他说他就是一个人的 CNN，以后的目标是在全球找 100 位志同道合的媒体朋友，这样全球新闻都在朋友圈里了，抵得上一个通讯社。

大家都说曹景行出身于新闻世家，因为他的父亲是民国时期的著名记者、作家——曹聚仁。

曹聚仁可谓大名鼎鼎，在抗日战争时当过战地记者，尤以对淞沪战争的报道出名。20 世纪 50 年代后，曹聚仁旅居香港，主办《循环日报》《正午报》等。

不过，父亲对曹景行的要求并不高。“文革”的时候，曹景行去黄山插队落户，父亲也觉得挺好，这样安稳。后来曹景行考复旦大学，也没报新闻专业，而是读历史系。

1989年，曹景行夫妇带着5000港币前往香港。那时候，父亲已经去世十多年了。到香港后，第一件事是找住的地方，租了一个20平方米的小屋，很潮湿，月租金要2000港币。然后就是找工作。他父亲有几个好朋友在《大公报》，去那里上班没问题，但他想自己闯闯。

当时在香港找工作就是看报纸广告。找中文工作看《明报》，找英文工作看《南华早报》。经济形势好的时候，报纸有上百页招聘广告。

但曹景行只能找媒体职位，去大学教书根本不可能，因为他们不承认内地的学历。于是，曹景行到不少报社去应聘，一圈转下来，他选择了《亚洲周刊》。这是美国《时代周刊》旗下的新闻周刊，在香港编辑出版。他在试用期间先当撰述人，主要是帮记者改写稿子，或者自己根据资料写稿。三个月后转正，再过一年做编辑，已经算高层了。

同事都听不懂普通话，要么讲英文，要么讲广东话。他一边要提高英文，一边拼命学广东话。后来做到高级编辑，很多封面文章都是他来负责，内容涵盖了两岸三地和国际新闻，有时候半本杂志是他编的。有一次，另外一位资深编辑受伤了，2/3的内容都要他来编。偶尔还要飞到一个地方采访，然后在回来的飞机上写一万多字，下飞机就直奔编辑部。

不过，最辛苦还是改稿子，眼睛经常充血。在曹景行看来，那几年的纸媒生涯，简直要了他半条命。

老曹专职研究过美国问题，做过纸媒，当过电视名嘴，也在大学教过书，如今还没停止“折腾”。他的媒体人生涯有点特别，在媒体遭遇大变局的当下，不妨听听他的故事，以及感悟。

不过，故事是倒着说的。

◆ ◆ ◆

一个人的CNN

高　渊：你是什么时候开始用微信的？

曹景行：大概两年前吧，因为我有了人生第一台智能手机。我以前用手机就是打电话，甚至没想过用手机拍照。

高　渊："刷圈创意"从哪里来的？

曹景行：早在2008年，我当时在清华大学教书，凤凰卫视的工作也没完全停。凤凰和中国移动要合作办《凤凰手机报》，我想自己先试试，就叫《老曹手机报》，每天选十条新闻各配一个短评，这是从北京奥运会开始的。

内部测试的时候，大家都很喜欢，但后来遇到一些问题，手机报做不下去了。我就转移到了邮件上，仍然是叫《老曹手机报》，每天搜集新闻加评论传给朋友，朋友会再传出去，读者不少。

现在每天发三四百条朋友圈，我每加一个新的好友，就多了一个信源。我主要选文化界、新闻界还有企业界比较关注的话题，有的纯转发，有的我自己写几句评论。微信不只是比较低层次的交流，我想把朋友圈变成一个高层次的自媒体。

高　渊：你的朋友圈有多少好友？每天发这么多，担心被别人屏蔽吗？

曹景行：我也不知道有多少好友，连怎么查看人数都不会。但有一点，每次有新朋友加我微信，我都会警告他，你受不了你就走，可以把我屏蔽出朋友圈。但现在，我知道有一批朋友已经被我黏住了。

我没太想盈利。因为一旦追求盈利的话，就可能会和一些读者产生疏离。还有一点，以我这个年龄，不用靠这个来维持生活。

高　渊：如果盈利不是目标，那么真正的目标是什么？

曹景行：有一个朋友看到我这么做，他说：你是CNN吧？我说对，我就是一个人的CNN。我在想，下一步可以在全球找100个朋友，最好是资深媒体人，每人每天在世界各地手机直播五分钟，资讯总量可以超过一个通讯社。当然，这样做需要发稿费，到时候就要开发商业价值了。

课堂是“近距离肉搏”

高　渊：听说最近这些年你在清华教书？

曹景行：高级访问学者。拿的就是外教的补贴，相当于一般教授的基本工资，一年六万元还要交税，再加一些讲座的费用，可以报销一次来回飞机票，没有医疗费用。

我就像外教，学校提供住房，就在校园里。我们一年一签，一共教了九年。对我来说，平均每十年就想换个地方。

高　渊：你那九年上了哪些课？

曹景行：主要是“电视新闻评论”“电视新闻报道”和“电视新闻出镜记者”，有时候轮流上，有时候同时开，一个学年开三门课。还有一门我独创的课，叫“媒体镜头与战争及国际关系”，这是全校的公共课，可以拿必修分，叫作精品课。

其实，上课比做电视节目难多了。做电视是“远距离开战”，炮放出去，打准打不准，要调查收视率才知道。课堂上是“近距离肉搏”，每句话都能得到不同的回应，打瞌睡也是一种回应。我上课不点名，教室全满的也有，有时候遇到特殊情况，只有一两个学生的也有。

高　渊：你觉得在清华那些年过得有意思吗？

曹景行：我花了大量精力去备课。我会选很多片子在课上放，蒋方舟在清华读书时，就很喜欢我选出来的片子。我上课讲的观点，就是要给学生打开一扇观察外界的窗。

另外，通过备课和上课，我也是在梳理自己的媒体生涯，那几年在清华看了大量的书，做了非常多的案头工作，收获很大。

高　渊：很多人都是通过凤凰卫视认识你的，你是因为去清华而离开凤凰的吗？

曹景行：那是 2005 年，我跟凤凰说，不想再在香港待了，而且一个工作做得时间长了，会有点腻。说得不好听点，我就像一个点唱机，要我评论了，点一下我就说。

那时候，我已经快 60 岁了，我想我还有 10 年的活动时间。而且，我觉得整个电视行业快到头了。现在回过头去看，2005 年确实是这个行业的最高峰。

高　渊：说走就走了吗？

曹景行：也不是。我走之前又给台里出了一个创意，办一个新节目叫《总编辑时间》，就是每天让资深人士来盘点新闻，其实跟我现在做的事情有点像。

当时我写创意就是一句话：让老头来谈新闻。总裁刘长乐让我写个具体方案，我写了 100 多字就通过了。

高　渊：当时找好下家了吗？

曹景行：2005 年 3 月 31 日，我们与北京大学一起做凤凰九周年台庆节目。清华大学新闻传播学院的领导到北大来，正式邀请我去讲课，就此定下。

我们两年前就认识。2003 年“非典”疫情过后，国务院新闻办和清华、复旦等大学合作，举办发言人培训班，我是讲师。当时，清华新闻学院就问我愿不愿意去讲课，我说我有此想法。

做完台庆节目那晚，我请凤凰的同事们到鼓楼一个酒吧喝酒聊天，我没明说，但也算告别吧。

高　渊：其实你在清华教书的前几年，还没有彻底离开凤凰？

曹景行：对，我是 2009 年从凤凰辞职的。在清华的前四年，我一边教书，一边还做点凤凰的节目，比如《景行长安街》《口述历史》等。

2008 年汶川大地震一发生，我带了一个助教就奔赴现场。我和凤凰同事胡玲在一个灾民安置点，独家采访到了胡锦涛总书记，当时很匆忙，有一段镜头是晃的。但我们不管，马上通过海事卫星传到香港，他们一收到就播出，没做任何剪辑，香港其他电视台都转了。

我在《亚洲周刊》工作的时候，就跟凤凰的高层认识了。到了1997年底，刘长乐问我能不能帮他做策划，我说我不想做，我离开《亚洲周刊》就是为了自由，毕竟已经50岁了，自由最重要。

刘长乐说，你有没有特别想做的事？我说我有台湾的资源，想做台湾新闻。他说没问题。结果我就去了，当时《杨澜工作室》刚刚开始，我做策划和顾问。

开始做电视新闻评论，用的是互联网思维

高　渊：什么时候开始做电视评论的？

曹景行：1998年3月份开全国两会，凤凰有记者在北京，包括吴小莉。每天有十多分钟的两会时段，内容不够，就问我能不能上去做点评论？

我说我以前都是写评论，这个没做过啊，但也可以试试。上了才知道，原来我面对镜头不紧张。而且可能写评论写惯了，把逻辑训练好了。电视上讲三四分钟，相当于1000字，对我来说很容易。

高　渊：你会事先写好稿子吗？

曹景行：不会，但会写个大概的提纲，拿在手里，从来不看，就是为了壮个胆，我喜欢手里拿个东西。

高　渊：就在那次两会上，朱镕基总理点名吴小莉，说常看她的节目，凤凰出了大风头。

曹景行：那次点名非常重要，凤凰卫视从“身份不明”到“一举成名”，这是关键性的，刘长乐都流泪了。

说来也怪了，那两年凤凰做什么节目都成功。1999年5月8日，中国驻南斯拉夫大使馆被炸。那天是星期六，本来晚上要直播凤凰和

湖南卫视合作的娱乐节目，台领导和主持人基本上都去长沙了。

香港就我们几个人，我临时找了两位新闻界的朋友来评论，同时穿插全国各地电话连线。董嘉耀在广州休假，马上上街采访了。凤凰在成都有一个会计，他也拿着手机出来采访。节目播出后，反馈非常强烈。台里的领导回不来，只能在长沙看电视，一开始很担心，看着看着就放心了。

高　渊：这就是《时事开讲》节目的雏形？

曹景行：三个月后，《时事开讲》就开播了，而且是放在深夜11点以后播出。这个时段以前是没人要的，但播出效果很好，成了新的黄金时段。而且成本低得不得了，就一张桌子两把椅子，但最好的时候，一年广告有几千万。

高　渊：有人说，中文电视的新闻评论就是从你们开始的。

曹景行：以前有个理论，电视是不能做评论的，所以央视都不做新闻评论。我们是公认最早的，而且建立了十个人的评论员队伍，后来很多电视台学我们。我们是一帮电视的外行，但外行有外行的好处，就是不受规矩约束，其实这就是互联网思维。

凤凰的评论部一开始就我一个人，评论员基本上是我找来的。一般是先请来当嘉宾，聊得不错就请他加盟。当时像杨锦麟、阮次山等都没有正式工作，被我们请来，大家都觉得很好。

我发现一个规律，如果只有内地工作经验的人可能会不适应，至少要在香港待过一段时间，最好多几个地方的工作经验，以前做没做过电视倒没多大关系。

高　渊：你认为，凤凰的电视评论成功的关键是什么？

曹景行：邱震海做节目的第一天，他要跟我商量选题。我说我不商量，你想做什么就做什么，我请你来是觉得你可以，你要讲什么是你的事。

我们评论部从来不开会，节目录之前没人管，录完也没人审——哪有这个成本，录完就播出。我们讲什么，连刘长乐也是看了节目才知道的，他也没时间管。我觉得，只有这样才能出新。

要了半条命的纸媒生涯

高　渊：你在进入凤凰之前，其实已经“触电”了？

曹景行：那是1996年底，我已经离开《亚洲周刊》，担任香港的中天新闻频道总编辑。当时正遇上电视技术革新，原来一个转播器只能播一个频道，那时可以播六个频道加四个调频。电视成本大大降低，港台就出来不少新的电视频道。

我在中天只待了几个月，但做了一条全球独家新闻，就是邓小平去世，CNN、路透社等都跟在我们后面。第二天，我们用“我们唤醒了世界”来总结这次报道，也为自己打广告。最让我欣慰的是，在这个重大消息上，中文媒体没有输给英文和日文媒体。

高　渊：《亚洲周刊》是你在香港的第一份工作？

曹景行：我刚到香港时，到不少报社去应聘，有家报社要我，但需等回音。我就去了《亚洲周刊》试用，当了撰述人，主要是帮记者改写稿子，或者自己根据资料写稿。三个月后转正，再过一年做编辑，已经算高层了。

那几年做纸媒真是要了我半条命！同事都听不懂普通话，你要么讲英文，要么讲广东话，我一边要提高英文，一边拼命学广东话。在香港媒体工作，尤其《亚洲周刊》又是美国《时代周刊》旗下的，大家必须拼实力。

后来做到高级编辑，很多封面文章都是我写，内容涵盖了两岸三地和国际新闻，有时候半本杂志是我编的。有一次，另外一位资深编辑受伤了，有三分之二的内容都是我来编。偶尔还要飞到一个地方采访，然后在回来的飞机上写一万多字，下飞机就直奔编辑部。最辛苦还是改稿子，眼睛经常充血。

冷暖自知的“跨界媒体人”

高　渊：现在该说说你为什么要去香港了，是因为你父亲曹聚仁先生的关系吗？

曹景行：人家说我是新闻世家，我自己从来没讲过，我父亲对我没要求。“文革”的时候，我去黄山当农民，他也觉得挺好，这样安稳。我后来考复旦大学，也没报新闻专业，而是读历史。当然，我对新闻一直蛮感兴趣的。

毕业后去了上海社科院世界经济所，这是我自己找的，看起来专业跨度有点大，其实我在大学里已经把世界经济主要的课都上了。我在社科院待了六年，对我来说等于读博士。我从打杂开始，然后做研究，一年写两三篇文章，平时也不用上班，所里一个星期碰两次头。我家离社科院比较近，我平时就泡在社科院图书馆里。

那里有很多国外和港澳的报纸，但不是谁都能看。像我是研究美国的，才能看《纽约时报》《华尔街日报》等。社科院的资料比很多大学都好，很多东西堆在那儿根本就没人看。

高　渊：你是哪年去香港的？

曹景行：1989 年，我们夫妇带着 5000 港币去的。第一件事是找住的地方，租了一个 20 平方米的小屋，很潮湿，月租金要 2000 元。然后就是找工作。我父亲有几个好朋友在《大公报》，去《大公报》没问题，但我想自己闯闯。

当时在香港找工作就是看报纸广告。找中文工作看《明报》，找英文工作看《南华早报》。经济形势好的时候，报纸有上百页招聘广告。我只能找媒体职位，去大学教书根本不可能，他们不承认内地的学历。

高　渊：你离开清华后，主要做些什么？

曹景行：应该说，这几年做了不少事。比如同上海和台湾的电视机构合作，开了时政类节目《双城记》，已经播了七年。去年还去台北举办了“两岸青年论坛”，嘉宾是姚明。

我帮华东师大组建了“两岸交流与区域发展研究所”，我是第一任所长。我还是上海外国语大学的特聘教授，基本上每年带学生出国采访，最近刚刚从美国回来。我在香港《明报月刊》还有一个专栏，一个月一篇。每天还做十分钟新闻评论，发给各地电台播出。另外还有一些项目性质的合作，去年跑了 15 个国家。

高　渊：你做纸媒的时候，收入怎么样？

曹景行：我进《亚洲周刊》试用的时候，每月 9000 元，试用结束是 13000 元，年底就是两万，第二年三万，第三年四万。我离开的时候，月薪差不多六七万港币。凤凰的工资相对比较低一点，一直到我离开，都还没达到在中天新闻频道时的收入水平。

我在香港一直是拿月薪，香港媒体从来不会让自己的员工按篇取酬，这会出现漏洞。他们就是签个合同，约定工作内容和薪水。如果老板觉得你做得好，会涨薪水；如果不好，提前三个月跟你打个招呼，你就走人了。

高　渊：你做过报纸、杂志、电视、电台，现在又在玩微信，有人说你是跨界媒体人。你觉得媒体未来会怎么样？

曹景行：现在不管新媒体还是老媒体，大家都很难，都在摸索中。我在《亚洲周刊》的时候，作者稿费是一个字一块钱，高的时候是一块五。当然，像美食家蔡澜这种是例外，他可以一个字五块。而现在呢，平均一个字五毛。

多数自媒体没有稳定的盈利模式，还是靠卖东西。很多微信公众号说接一个广告多少钱，其实都是假的，他们的“10 万 +”也是刷出来的。当然确实有做得好的，但为数很少。

高　渊：什么样的媒体能活下去？

曹景行：我认为恐龙全死光，最后剩下的都是猴子。传统媒体一定要“瘦身”，要把内容变得小众一点，反应更加灵活一些。除此之外，要想不死只有一个办法，就是有政府的扶持。

入世风云

沈觉人 ♦ 佟志广 ♦ 谷永江 ♦ 石广生 ♦ 孙振宇 ♦ 张月姣

1986 年，中国启动漫长的复关入世谈判；15 年后的 2001 年 12 月 11 日，中国正式成为世界贸易组织第 143 个成员。2016 年时值中国入世 15 周年，本书作者连续访问了多位对外经济贸易部老部长，以及鲜为人知的前三任中方首席谈判代表，听老人们聊聊被淹没的往事，说说最深的感悟。

任何成功的国际谈判，都是妥协的结果

沈觉人

中国首任复关谈判代表团团长。1931年出生于浙江省嘉兴县。1949年曾就读于南京大学，1953年毕业于中国人民大学。毕业后即进入中国对外贸易部工作，曾任外贸管理局局长，对外经济贸易部部长助理、副部长，华润（集团）有限公司董事长。

“我经常讲，复关也好，入世也好，是我们要求参加，不是人家邀请你参加。因此，我们去谈判，不能跟人家吵架，尤其不能拍桌子瞪眼睛甚至走人。”

八旬开外的沈觉人衣着讲究，白发纹丝不乱。坐在商务部的一间会议室，和我聊起30年前的往事，人名、地名信手拈来，与实际年龄形成不小反差。

从1986年提出复关申请，到2001年加入世贸组织，在那15年的复关入世谈判中，中国先后有四位首席谈判代表，分别是沈觉人、佟志广、谷永江和龙永图。因此，沈觉人有“中国复关谈判第一人”之称。

沈觉人最早接触复关谈判，是在1986年1月份。当时，他刚担任中国外经贸部部长助理，带队到美国去谈纺织品配额。谈判对象是美国贸易代表办公室（USTR）的助理代表，两人在职务上是对等的。

纺织品谈判快结束时，那位助理代表接了个电话，然后对沈觉人说，楼上有另外一位助理贸易代表纽柯克想见你，他是分管关税及贸易总协定事务的。沈觉人说可以啊，这里谈完就上去。一见面，纽柯克就向他介绍关贸总协定的情况，说得很详细。沈觉人当时有点奇怪，因为他虽然当了部长助理，但还没有分工负责关贸。

但沈觉人从美国回来不久，就被明确分管中国复关工作，有人事后说，是不是美国人事先做了研究？

代表团回来就向国务院汇报了，国务院领导希望进一步了解中国复关的具体步骤。那年6月，沈觉人到瑞士日内瓦去开会，参加联合国开发计划署第 33 届理事会，而关贸总协定的总部也在那里。

当时，他还带着一个隐秘任务，国务院领导让他去了解一下，我们到底什么时候提出复关申请比较有利。沈觉人去向一些国家驻日内瓦大使请教，比如在递交复关申请时，是否要同时交《中国对外贸易制度备忘录》(以下简称“《备忘录》”)。这个《备忘录》虽然篇幅不必很长，但很复杂，因为要涉及我国经济社会体制等方方面面，必须经各个部委通过，最后还要国务院批准。有的国家的大使很有经验，对中国也很友好。他们跟沈觉人说，可以分开递交。而这，显然对我们很有利。

当时还有件事要办。那年 9 月份将在乌拉圭开部长级会议，关贸总协定要发动新一轮国际贸易谈判，就是著名的“乌拉圭回合”。中国当时的身份是观察员，中方不知道能不能参加这个会。

所以，沈觉人就去打听。得到的消息是，有两类国家可以参加，第一类是关贸总协定的缔约方，这是理所当然的；第二类是已经正式提出加入申请的国家。换句话说，如果我们尽快递交申请书，就可以参加。

为此，沈觉人在回国前，去拜访了关贸总干事邓克尔，这是一位瑞士老教授，对中国很友好。但在沈觉人的印象中，这人脾气挺大，说话很冲。

沈觉人对邓克尔说，中国希望尽快启动复关进程，但我们可能先交申请书，以后再交《备忘录》。邓克尔很敏感，马上说你们是不是想参加乌拉圭会议？沈觉人直言是有这个考虑，更重要的是，《备忘录》一时写不出来，至少要用半年时间准备，而申请书现在就可以递交。

邓克尔说可以分开递交，沈觉人回来后马上向国务院报告，很快获得同意。1986 年 7 月，中国驻日内瓦大使钱嘉东作为代表，递交了中国复关申请书。“申请书虽然只有几句话，但由此开启了漫长的 15 年谈判，确实是历史性的。”

沈觉人当首席谈判代表的那五年，经历了试探摸底、递交申请、东角谈判、应询答疑等阶段。其中，既有全面参与乌拉圭回合谈判的喜悦，也有 1989 年跌入冰点的困局。

对于那五年，沈觉人有很多故事，也有不少感慨。他常说，任何国际间谈判都要学会让步与妥协，而入世带来的最大变化是，中国人看问题有了更多的世界眼光。

◆ ◆ ◆

中国作为观察员参加乌拉圭会议

高　渊：我们再回过头来看一下。早在 1947 年，中国就是关贸总协定的创始国。到了 1971 年，联合国恢复中华人民共和国的合法权利。根据惯例，关贸总协定应该紧跟联合国决议吧？为何当初我们没有提出复关？

沈觉人：在我国恢复在联合国合法席位后，关贸总协定按惯例驱逐了台湾当局。当时，我国领导人让外贸部和外交部研究一下，提出对策。后来，这两个部门向国务院有个正式报告，认为从长远来讲，参加关贸总协定是有利的。

但当时的情况是，“文革”还没结束，我们是一个完全计划经济国家，对外贸易有很多特殊做法，比如易货贸易、记账贸易等，与西方国家完全不同。

年纪大一点的人都知道，那时候经济改革的事是不能谈的，政治最重要，其他的想都别想。1971 年，我还在河南“五七干校”劳动。

高　渊：我们是什么时候正式考虑复关这个问题的？

沈觉人：1982 年，政府实行机构改革，合并了四个部委，成立了新的外经贸部。当时有很多任务，其中一项就是研究复关。那时已经改革开放了，跟 70 年代初的情况完全不同。

到了 1984 年，我们经过申请，成了关贸总协定的观察员，有些会议我们能参加了，又接近了一步。

高　渊：1986年9月份的乌拉圭会议，是你率团去的吗？

沈觉人：我们中国代表团一共只有七个人，我是团长，钱嘉东大使是副团长，还有外经贸部、外交部、海关总署的人。

中国团的规模很小，因为我们是观察员，第一次参加这样的会议，而且经费有限。记得会场很大，我们七个人坐在那里，别人找都找不到我们。美国代表团有400人，日本团也有300多人，欧共体及其成员国代表团人也很多。

高　渊：第一次参加这么大的国际贸易会议，有没有什么插曲？

沈觉人：当时没经验，我们是先到阿根廷，和乌拉圭就隔一条河。开会的地方在乌拉圭的东角，我们都没听说过，以为是大城市，去之前也没订酒店，想到了再订吧。

到了那里发现，就是一个很小的旅游点，酒店早就订完了。这下怎么办？找当地人打听，他们说可以租住老百姓家，反正你们人也不多。

后来找到一户民居，那家人出去旅游了，也没有收拾，家里值钱的东西都摆在外面。我们团里就规定，房东的东西一律不许动。开完会后，房东回来了，一看挺满意。

高　渊：你们去乌拉圭之前，有没有明确要完成什么任务？

沈觉人：有两大任务。第一是要求成为乌拉圭回合谈判的全面参与者。就是说，所有谈判的议题我们都要参加。

这方面遇到的阻力是很大的，因为中国只是观察员，很多国家不赞成我们全面参加，甚至有国家激烈反对。我们就去跟各个代表团沟通。只开了五天会，我们去沟通的代表团就有30个。

高　渊：哪些国家的态度比较积极？

沈觉人：主动沟通还是很必要的，不少代表团听了我们的介绍，态度慢慢就转变过来了。这过程中，加拿大代表团对我们支持很大。加拿大驻华大使也参加了代表团，我们是老朋友了，他帮我们去斡旋，起了很重要的作用，他们还为大会主席起草了对此事的说明。

到会议结束时，由大会主席、乌拉圭外交部部长发表主席声明，中间有这样一句话：所有新一轮谈判的参加者，有权参加所有问题的所有谈判。这样，我们第一个目的就达到了。

高　渊：第二大任务是什么？

沈觉人：那就是关于中国复关。当时，我们代表团内部讨论了好几次，要完成这个任务，美国的态度特别重要，要不要先约他们谈？从美国国内舆论来看，他们的态度会比较消极。但我和钱嘉东大使商量，还是要谈谈看，不接触就什么都不知道。

我们主动约美国代表团，他们反应很积极，说第二天就见面。双方各出四个人，对方贸易代表亲自参加，我和钱大使参加。坐下来寒暄之后，美国贸易代表尤特就说，欢迎中国的经济体制改革，他刚去过中国，觉得很受鼓舞。

美方表示愿意派贸易代表团到北京去，时间可以是两个月后。我们听了比较满意，表示欢迎。那年 11 月，美方第一个代表团就来了，团长是助理贸易代表纽柯克。

高　渊：作为中国首次参加的贸易大会，你对乌拉圭会议满意吗？

沈觉人：应该说，我们出席乌拉圭会议的两项任务都完成了。我们不仅全面参与谈判，而且在复关问题上跟美国谈了。美国那时候在关贸的影响是很大的，他们走出第一步，很多国家就会跟上来。

但国内对乌拉圭会议的情况知之甚少，因为当时中国和乌拉圭没有外交关系，也没有记者跟着去，基本没有报道。

有不少人问我，那次大会这么重要，你们有什么影像资料留下来吗？我说基本没有，我在乌拉圭大会上的发言，照片是当地记者拍的，然后挂在走廊上，谁要谁买。我们看到后买了几张，要不一点资料也没有。

“想”出一个GDP

高　渊：1986 年递交了复关申请后，第一件事是要起草《中国对外贸易制度备忘录》?

沈觉人：其实，《备忘录》很早就在准备了，但碰到了很多绕不过去的问题。比如，中国实行的是计划经济，我们没有 GDP 这个概念，只有工业和农业总产值。因为 GDP 是增加值，就是马克思所讲的剩余价值，我们当然不会统计剩余价值。

但关贸总协定要看你的 GDP，总量和人均都要有，这对我们来说非常难。后来递交的《备忘录》里，写了人均 GDP，其实是估计出来的，因为我们没有基础材料，没办法计算。

高　渊：除了 GDP，当时还有什么难题?

沈觉人：比如物价由谁来定。那时 90% 以上的物价由政府定价，这跟关贸总协定的要求差距太远了，人家是市场定价。还有关税制度，也很难弄。

我们的办法是请各部委自己写一段。比如说物价，就请国家物价局写一段，关税问题就请海关总署写一段，然后放在一起看能不能说得圆。所以没法跟关贸总协定说定哪天递交《备忘录》，我们自己也没把握。

当时国务院已经设了专门的复关领导小组，组长由国务委员或副总理担任，先是张劲夫国务委员，后来是田纪云副总理。副组长有三位，分别是外经贸部部长、海关总署署长和外交部部长。1987 年初，我们递交了《备忘录》。

高　渊：递交《备忘录》之后，就要进入审核程序了?

沈觉人：关贸总协定有个规定，遇到新的加入申请，就要成立专门的工作小组。凡是想跟中国单独谈判的国家，都可以自由报名参加。最后参加中国工作组谈判的，共 37 个国家。

这个小组成立后，就开始提问题，特别是针对《备忘录》中他们有疑问的地方，由我们来答复。后来我算了一下，他们总共提了 2000 多个问题。

高　渊：是面对面的当场答复吗?

沈觉人：这个问题我们也请教了一些国家驻日内瓦的大使，他们说答得出就当场答，答不出的可以下次答。而且，当场口头答完后，第二天得递交一份书面的英文答复。

我们在日内瓦是很辛苦的，一天的会开完，晚上得加班，把材料整理出来，还必须是英文，第二天要发给人家。书面的就是中方的正式答复，现在还可以查到。

高　渊：工作组由哪个国家牵头？

沈觉人：对于谁来当组长，当时西方国家有不同意见，争论不休，最后干脆让瑞士当组长，它是中立国，大家都不反对。瑞士大使吉拉德当了 15 年组长，他对此很有感慨，说我当这个组长天天挨骂，你们中国不满意我，其他国家也不满意我，我很为难。好几次他都不愿意干了。他跟我是老朋友，对中国也很友好。

高　渊：工作组最终是否应该拿出明确意见来？

沈觉人：这也是我们当年有争议的地方。从工作组成立一开始，我们就提出，这个工作组的任务之一，应该是在答疑结束后，起草《中国复关议定书》。不能光是提问题，最后却没有结果。

当时，欧共体起草的工作组任务中，没有这句话。正好美国贸易谈判代表团到北京来，我就跟他们谈这个问题。纽柯克在饭桌上写了一句话，大意是说：将来如果谈得好，接下来应该起草《中国复关议定书》。他问我加上这句话行不行，我和在座的几位都觉得可以。

但我故意跟他说，这事不是我们两家能说了算，其他国家如欧共体能同意你的意见吗？他说这个你放心，我明天就去布鲁塞尔，我去跟他们谈。后来关于这个问题，就由美国人去谈了。

高　渊：这是不是说明，当时美国想当中国复关的牵头人？

沈觉人：美国人确实处处都来主导。包括工作组开会的时候，他们提的问题最多。而且，专门到北京来跟我们磋商的，美国也是第一个。

但到了 1989 年春夏之后，美国的态度发生了变化。其实不仅是美国，西方国家都差不多，中国的复关进程基本停顿了。后来在我们的强烈要求下，也在那位吉拉德大使的要求下，还勉强开过几次会，但都是炒冷饭，原来提的问题再提一遍。这要到 1992 年之后才出现转机。

大着胆子讲市场经济

高　渊：工作组 37 个国家的质询，当时主要焦点在哪里？

沈觉人：这些问题五花八门，焦点还是关于中国的经济体制，就是什么时候能够符合关贸总协定的要求。第一类是一些具体问题，比如我们有出口补贴、外汇留成，还有进出口许可制度，这种都属于非关税措施，不符合要求的。

而且要承诺改进，比如物价，要承诺政府定价的比重越来越缩小，方向是市场定价。当然，太具体的也说不出来，也讲不出具体的时间，只能讲一个大趋势。

高　渊：这些国家的最大疑问，是不是中国对自身经济体制的表述？

沈觉人：那几年，几乎我们每次到日内瓦去答疑，国内对经济体制的提法都有变化，从“计划经济与商品经济相结合”到“有计划的商品经济”，等等。

后来我们想了一个主意，每年第一次去日内瓦答疑，一定要在 3 月份全国两会结束后出发。因为那几年，人大报告里经常会出现新提法，别在外面还是讲旧的。但即便这样，有的问题还是讲不清楚。比如，我们有相当长一段时间讲“有计划的商品经济”，这个名词人家听不懂。实在没办法，我私底下说，有计划的商品经济就是有计划的市场经济，他们说懂了。

高　渊：当时这么私下说市场经济，没有得到过授权吗？

沈觉人：这个话只能私下讲，回到国内不能讲。有一次，我在复关领导小组开会，我说现在复关进展比较好，但我们关于经济体制的说明人家听不懂，能不能对外讲“有计划的市场经济”，对内还是用“有计划的商品经济”，这是为了对外解答方便。

我话音刚落，马上就有专家强烈反对，说市场经济和商品经济怎么能混淆。我们代表团里有人跟我讲，你胆子真大，敢用“市场经济”这个词。

实际上，当时邓小平同志在内部讲话中，也用了“市场经济”。

高　渊：这个问题一直要到1992年才彻底解决吧？

沈觉人：是的，1992年的“十四大”提出建设“社会主义市场经济”，中国的改革方向明确了，复关谈判答疑阶段也结束了。接下来就谈具体的了，一个个行业谈关税，以及非关税措施等。那个时候我已经卸任了。

所有的国际谈判，最终都是互相让步

高　渊：从复关到入世谈判，两者之间有什么差别？

沈觉人：从谈判范围来讲，世贸比关贸要宽泛很多，像农业和纺织贸易等，关贸总协定是不包括的，但后来世贸把这两块都放进去了，这是一个很大的变化。

还有一点是，世贸组织成立后，这是新的组织，中国面临的不再是恢复缔约国身份，而是申请加入。而且要跟37个国家一一达成协议，才能最后签字加入。

高　渊：你主持了中国复关谈判的最初五年，那个阶段对后来成功入世有什么作用？

沈觉人：万事开头难。我们走出了第一步，这一步不容易。我们原来对关贸总协定有很多误解，其实不必在政治上做过度解读，说到底就是要跟人家发展经济贸易来往。

那时候，我们外贸发展得非常快，需要一个比较稳定的国际经济环境。有些该让步的就让步，有些该争取的就争取。

高　渊：现在不少人觉得，中国在很多国际谈判中态度不够强硬，应该拍桌子放狠话，你怎么看？

沈觉人：我经常讲，复关也好，入世也好，是我们要求参加，不是人家邀请你参加。因此，我们去谈判，不能跟人家吵架，尤其不能拍桌子瞪眼睛甚至走人。

所有的国际谈判，最终都是互相让步，才能达成协议。任何成功的经济贸易谈判，最后都是妥协的结果。这也就是“互利共赢”吧。

高　渊：你觉得，入世给中国带来的最大变化是什么？

沈觉人：有三个方面的变化特别大。首先，我们入世以后，更多参与国际经贸规则的制定，中国人从上到下，现在看问题普遍有一种世界眼光。这是思想观念的变化，很深刻的。

其次，入世促使我们打破垄断机制，引进竞争。回顾一下，凡是受国家保护多的行业，发展得都慢，越是放开竞争，发展得就越快。这是机制上的变化。我们不怕竞争，还积极参与竞争。现在反倒是美国和欧洲那些发达国家，有点怕和中国竞争。

第三是坚定了对外开放意识，参与经济全球化和全球经济合作，以开放促改革、促发展。

入世就像下场大雨

佟志广

中国第二任复关谈判代表团团长。1933年1月生于河北省安平县，1955年毕业于北京外贸学院。曾任中国粮油食品进出口公司副总经理，华润（集团）有限公司总经理，对外经济贸易部副部长。1994年起，先后任中国进出口银行董事长、中国世界贸易组织研究会会长。2017年7月病逝于北京，享年84岁。

“一边打官司，一边还签合同，这是西方人的特点。两个人在拳台上打得你死我活，最后来个拥抱。还是那句话，[国际谈判]要有理有利有节。”

2016 年岁末的一个上午，我打车去佟志广的家。司机一听“银闸胡同”，便连声说这地名真好，是正宗老北京的胡同名。

在中国外经贸领域，佟志广被公认为正宗的“美国通”。

早在 1972 年，中国刚刚恢复在联合国的合法席位，他便被派驻联合国。当时外经贸部派了三个人去中国常驻联合国代表团，他是其中之一。

当时，他们带了一大箱子联合国的有关文件，想带过去当参考资料，路上还怕丢了。结果到了联合国一看，每次开会都发一堆文件，历史文件也随时能找到。那儿最不缺的就是文件，他们却费了一路的劲。

四年后，佟志广转任中国驻美国联络处商务秘书，应邀去不少美国大公司考察。当时，中美已经 20 多年不来往了，美国一些大企业经常来找他，包括可口可乐、波音等，他们很想进中国市场。

可口可乐公司还派了公务机把佟志广接到亚特兰大总部，去了才知道他们不仅生产可乐。他们带他参观一个橘园，他至今记忆犹新：“真是太壮观了，步行的话要走四五个小时才能穿越。后来，脐橙就是我引进中国的，中国原来不产。”

1991 年初，就在中国复关谈判陷入最低谷时，佟志广被从香港华润集团召回，出任外经贸部副部长，主持复关谈判和中美贸易谈判。

我问他："当时复关的阻力主要来自哪里？"佟志广慢悠悠地说，国际上是对中国的经济体制不认可，国内则有很多人担心门会开得太大。

"有一次，一位高层领导问我复关到底利弊如何？我说就打个比喻吧，复关就好像一大片庄稼地极需要雨水，雨下来了，庄稼长得很好，低洼的地方被淹掉。这个代价是值得付的，否则大片庄稼会干死。"

◆ ◆ ◆

从烤鸭厂到可乐厂

高　渊：20 世纪 70 年代末，你回国后，可口可乐公司就来找你。当时中国有可口可乐吗？

佟志广：喝不到。美国人来中国老问有没有可乐，我们这儿哪有啊，只能说喝咱的北冰洋汽水吧，可老外喝不惯啊。

1978 年，我到中国粮油进出口公司工作。去了不久，可口可乐公司就得到消息了，香港公司的负责人来找我，说给你发 20 箱可乐吧。我说不要，他说那就 10 箱吧，请你们同事一起喝。

他们希望中方多进口一些可口可乐，最好是能在中国内地设厂生产。那时候已经改革开放了，但外国人就算住北京饭店，也很难喝到可乐。

我觉得这不仅是食品进出口的问题，也是个政治问题。就以个人名义，向当时外经贸部部长郑拓彬同志打了报告，建议进口一些可乐，同时抄送给国务院有关领导。后来上边批了，先进口一批，但总量控制。

高　渊：设厂的事后来怎么样？

佟志广：当时只批准进口 30 万美元的可口可乐，投放几个主要城市和旅游区，但数量还是太少。可口可乐公司又来找我，希望在中国设灌装厂，他们提供原浆，在中国兑上净化水就行。

我带着他们去看了卢沟桥边上一个破旧的烤鸭厂，他们一看挺满意。过了几个月再请我去看，旧厂房已经弄得干干净净。这就是可口可乐在中国大陆的第一家灌装厂。

这在当时还是一个挺大的新闻，西方媒体有很多解读，他们认为这是中美关系正常化的一个标志性事件。

高　渊：后来由你来领衔中美贸易谈判，是否高层也考虑到你是“美国通”？

佟志广：那是一直到了1991年，我接到一个电话，让我回外经贸部开会。当时我在香港，担任华润集团总经理。华润是当时中国最大的境外企业。

我以为是叫我回来汇报工作，这是常有的事。没想到李岚清部长说，国务院研究过了，认为你是“美国通”，现在中美贸易谈判要开始了，决定由你带队去。我说我连谈什么都不知道，能不能给我点时间准备。李岚清部长说，你这是“老兵新传”。

接到任务后，第四天我就上飞机了。要跟美国谈的是知识产权和市场准入等问题，我是完全蒙头蒙脑，都是新课题。在去美国的飞机上，我都一直在翻文件。

高　渊：到了美国之后有什么感受？

佟志广：美国有点像被惯坏了的孩子，跟他们谈判非常困难。在那次谈判之前，美国人就说，中国对美贸易有180亿美元顺差，其实这是美国人的算法，我们算没那么多。这轮谈判很漫长，美国人希望在1992年的10月份完成谈判，不然就要动用“301条款”，把中国列入倾销重点制裁国家。

因为在这个月，老布什和民主党总统候选人克林顿要举行电视辩论，如果中美贸易谈判能够谈成，对老布什政府是个重要政绩。

这轮中美谈判持续很久，到了1992年秋，我再次带队赴美谈判。

到美国第一天，白宫就打电话说，总统国家安全顾问和国务院副国务卿都要见我。我带队去美国谈了好几次，这个待遇前所未有。我还发现，接待我的房间很豪华，副国务卿和美国总统国家安全事务助理分别见了我，他们都明确表示，希望这次能谈出结果。

我看到美国人这么急迫，回来就跟我们谈判代表团说，这次我们要吊起来卖了。

高　渊：你当时准备怎么吊起来？

佟志广：我要求美方在达成的谅解备忘录上加一句话："美国坚定支持中国早日恢复关贸总协定缔约国地位，早日成为 WTO 成员。"美国贸易谈判代表希尔斯的眼睛都瞪圆了，她说，"坚定支持"这种话在美国谈判史上根本没有过，她要请示白宫。

听她这么一说，我心里就有底了，因为刚摸过白宫的底牌。果然，希尔斯请示回来说，这句话可以加上去。但她又说，你也得答应我一个条件，你们答应对从美国进口的一次成像相机和感光胶卷减免关税，要从原定 1993 年 1 月起，改为 1992 年 12 月起。

高　渊：这没什么实质性差别吧？

佟志广：是的，其实就是美国人要个台阶，我当即就说这个没问题。希尔斯很感谢我，就签署了那份具有历史意义的《中美市场准入谅解备忘录》，前后经历了 18 个月九轮谈判，一场残酷的贸易战终于避免了。

还有一个收获就是，美国政府对推动中国复关有了正式承诺。

复关入世的代价是一定要付的

高　渊：那时候，你已经担任中国复关谈判的代表团团长了吗？

佟志广：是的，所以美国一谈完，我直接就奔日内瓦了。关贸总协定有个中国工作组，要我们回应很多问题，把我折腾得够呛。

高　渊：当时复关形势怎么样？

佟志广：最大的障碍是，我们不是市场经济国家。很多人的概念中，一说到市场经济立刻就觉得这是资本主义的，一提到计划经济就是社会主义的。

在 1992 年的“十四大”上，确定了我们实行的是社会主义市场经济。1993 年 3 月，全国人大还为此修改了《宪法》。后来我去欧盟谈判，对关贸总协定所有成员宣布我国实行社会主义市场经济，他们都给我鼓掌。

但我很快就卸任了，1993 年 4 月份，谷永江就接替我担任复关谈判代表团团长，我去筹建中国进出口银行了。

高　渊：你主持复关谈判将近两年，当年谈判时最大的顾虑是什么？

佟志广：顾虑有两点。一是汽车，因为我们的汽车企业刚刚起来，会不会受到的冲击太大？二是农业，因为我们的农业一直比较弱，美欧的农业是世界上最发达的，美国只有 5% 的人种地，喂饱三亿人。我们国家没法比，至少一半人口在农村。

但我心里明白，一些东西必须得淘汰，逼着你调整。当年，我跟国务院领导打过一个比喻，复关入世就好像一片庄稼地需要雨，雨下来了，庄稼会长得比以前好，但低洼的地方肯定要被淹掉。这个代价是一定要付的，否则大片庄稼不长了。事实证明，很多担心都是多余的。

高　渊：入世 15 年来，你认为给中国带来的最大利益是什么？

佟志广：最大利益就是使改革开放成了常态。入世的时候，很多人担心，我们向世贸组织 140 多个成员开放了，人家会不会把我们吃了？但我们要反过来想，这 140 多个成员不也同时向我们开放了吗？这就是共赢。

国际谈判要抓住主要的、长远的、根本的利益。在一些小问题上，做这样或那样的妥协是不可避免的。衡量一个协议成功不成功，最重要的是你是不是捍卫了国家长远的根本利益。

一边打官司，一边还签合同，这是西方人的特点。两个人在拳台上打得你死我活，最后来个拥抱。还是那句话，要有理有利有节。

高　渊：你是“美国通”，你认为中美经贸关系会出现大的波动吗？

佟志广：会有起有落，但不会有大的问题，因为中美贸易是互补的。确实有很多东西，我们非向他们买不可，而我们有很多东西，他们也非向我们买不可。所以不用太担心。

复关成败事，尽付笑谈中

谷永江

中国第三任复关谈判代表团团长。1939年生，1963年毕业于北京对外贸易学院（现对外经济贸易大学）。历任中国驻加拿大使馆商务三秘，中国机械进出口公司总经理，对外贸易经济合作部副部长。1996年4月，任华润（集团）有限公司董事长。

“中国复关的基本原则是权利和义务的平衡。中国是一个发展中国家，只能承担‘乌拉圭回合协议’中规定的相应义务，中国决不会为复关不惜一切代价，决不接受超出其经济承受能力、损害其根本利益的任何条件。”

77 岁的谷永江白发白眉，比约定时间早到了半小时。他进门就大声说："没想到今天不堵车，从顺义开过来才半个多小时。"

谷永江出名是在 1993 年。那年春天，中国复关谈判再次更换主将，他接替佟志广，率团进入中国复关的正面攻坚阶段。

4 月，当时中国外经贸部部长是李岚清，他马上要去中央工作了，最后一次主持部党组会议。会开了半截，中间休息一会儿，他把谷永江叫到办公室，说从此以后，你来主持复关谈判吧。

谷永江说我是搞外贸的，都是双边谈判，国际多边谈判基本没有接触过。李岚清同志说，佟志广已经 59 岁了，要调到中国进出口银行去工作，你来接任吧。谷永江是个爽快人，说那行。几句话只花了一分钟。

就这样，继沈觉人和佟志广之后，谷永江成为第三任中国贸易谈判代表。我问他，你觉得为什么会选你？谷永江说："也许在当时的几个副部长里，我的英语算比较好的。"

其实早在 1984 年，谷永江已经是全国外贸央企最年轻的一把手。他从业务员做起，45 岁时，在一次前所未有的海选中，成为中国机械进出口公司总经理。这是一家机电进出口的垄断企业，用谷永江的话来说，天上飞的、地上跑的、海里游的，只要带个"机"字，进出口都必须经过这家公司。

谷永江接手中国复关谈判时，正是一段困难时期。4月份确定他管这个事，5月份就率团去日内瓦，参加中国复关的第14次工作组会议。

回来后不到一个月，美国方面又请中国去谈市场准入。谷永江说话不大圆滑，他跟美方说，要谈就谈复关，你们要是不谈这个，我就不去了。后来他们同意谈复关，他就去了。

1994年底，谷永江抱病再赴日内瓦，力争在关贸总协定变身世贸组织前，能复关成功。最终因少数缔约方漫天要价，复关大门关闭，谷永江亲历壮士断腕的一刻。

后来有人说，谷永江是中国复关入世进程中的悲情人物。而在他当年的同事眼中，谷永江是位帅才，能充分发挥团队各个成员的才智。

我们聊到一半，进来一位向他讨字的年轻人。谷永江拿出包里的宣纸，铺在桌上说："我给你写了一首曾国藩的诗。'左列钟铭右谤书，人间随处有乘除；低头一拜屠羊说，万事浮云过太虚。'"

旁人请他解读，他说："就是把一切虚名看得淡薄些。"

在他口中，即便是当年复关入世最艰难的时刻，都已化为一个个有意味的细节，尽付笑谈中了。

✦ ✦ ✦

针锋相对的第一次接触

高　渊：什么时候第一次接触复关？

谷永江：第一次是1989年，我是外经贸部部长助理。那时候，有些西方国家对我们不友好，甚至拒绝我们部级以上官员访问。我当时要去加拿大，准备在中加友协做个演讲。有人建议，既然到了加拿大，为何不去美国，也算政府间的一次接触。我说要去的话，必须是美国政府请。后来是美国国务院正式发来了邀请函。可能因为我这个部长助理是正局级，不属于当时美方的不接触范围，不算坏了他们所谓的规矩。

高　渊：去了之后感觉怎么样？

谷永江：去了以后发现，美国人真是不讲理。他们上来一点寒暄都没有，就开始指责我们的贸易政策，一共讲了十条。我马上要求通过翻译谈，咱们英语再好也斗不过他们。在翻译的时候，我思考怎么应对。等对方说完，气得我脸都白了，我也说了十条，说美国贸易政策有更大问题。我的策略就是你说你的，我说我的，实际上不是针对一件事进行直接辩论，这就是外交。我后来担任中国贸易谈判代表，跟1989年的那次经验多少有点关系吧。

高　渊：你当谈判代表是在90年代中期，那时候国内对复关是什么态度？

谷永江：当时是有人支持有人反对，而且反对的声音还很大。从部门来看，支持复关的大多是贸易和金融部门，反对的主要是生产部门，他们顾虑重重。

我给你举个例子。1994年5月，机械工业部在上海嘉定召开汽车行业座谈会。何光远部长打电话给我，说全国大的国有汽车公司的老总都会去，你来谈谈复关吧。

高　渊：那次座谈会气氛如何？

谷永江：我记得一位大型国企的董事长发言说，我以后不出国参观了，每去一次，就看到我们跟人家的差距拉大一次，你还复关，我们车企以后日子怎么过？开了一天的会，这些老总们都心情沉重。晚上吃饭，结果很多人都吃坏肚子了。第二天开会，一个个更加没精打采。何光远老部长说了一句话，说是我请谷永江来讲复关的，他还没讲呢，把你们吓得都拉稀了。

农业部门也是忧心忡忡。他们说，你们放宽市场准入，我们农产品怎么保护啊？直到今天，农业方面的不同意见还是存在。

让人沮丧的复关失败

高　渊：你一共参加了几次中国复关工作组会议？哪次最难忘？

谷永江：我领导了从第14次到第19次，第19次会议在1994年的年底。当时关贸总协定就要被世贸组织取代了，高层希望复关进程冲一冲，这样就自动进入世贸组织了，不用再申请。

我在事前的分析是可能性不大，因为美国的态度是不愿让我们复关。我在出发之前患重感冒了，当时龙永图是复关谈判代表团副团长兼秘书长，我想让他代我去。但高层没有同意，打电话要求我必须去。

高　渊：没谈成的关键因素是什么？

谷永江：还是因为少数缔约方缺乏诚意，而且蓄意阻挠、漫天要价，我当时在会上就说，中国复关的基本原则是权利和义务的平衡。中国是一个发展中国家，只能承担“乌拉圭回合协议”中规定的相应义务，中国决不会为复关不惜一切代价，决不接受超出其经济承受能力、损害其根本利益的任何条件。我在日内瓦待了一个多星期，回来时感冒还没好。我的情绪不大好，一下飞机迎面就是一个电视台的记者，拿着摄像机对着我。我也没放慢速度，快步朝前走，他居然一直快步倒着走。现在想想，还觉得挺对不住那个记者。

高　渊：据说吴仪捧着鲜花到机场来接？

谷永江：对，她当时是外经贸部部长，特意来接我们，还拿着鲜花，我确实吃了一惊。她对我们说，虽然这次没能结束复关谈判，但代表团的工作世人有目共睹。回来后，我就住院了，医生说是肺炎，打了一个多星期的点滴。

你说累吧，也不算太累，主要是心情不好，气憋得慌。这么多次工作组会议开下来，临到最后还是没能谈成。

高　渊：你当谈判代表，其实也是代表团团长。这个团多大规模，由哪些人组成？

谷永江：总共有二三十人，大多是各部委的司长，像计委、经贸委、海关总署等。这些都是实力派人物。其中有的人对复关是很担心的，主要是怕本行业受的冲击太大。打个比方，我这个团长就是中国体育代表团的领队，既不是教练，也不是运动员。领队的职责就是协调各方关系。当时关贸总协定的会议室很有意思，一共只能坐20个人，就是谈判双方各出 10 个人，而且不能带翻译。但我们代表团的成员都想参加，因为每个人后面都是一个部委。我说这种小会我就不参加了，由龙永图带九个人去。他们谈完了，出来向我们没参加的汇报。以后只要我参加的会，一定是代表团全体参加。这样大家就没意见了。

高　渊：后来有人说，你带队时最大的特点是放手。

谷永江：我比较崇尚道家思想。后来我到华润集团当董事长，也不管太多的事。我一直说，董事长看，总经理干。一二把手怎么相处，这是企业管理的重要命题。我从华润退休的时候，我说华润所有做得好的事情，都不是我的主意。这个事情是谁谁的主意，那个事情是谁谁的主意。但华润如果有什么问题，肯定是由我来负责，因为我是法人代表、党委书记。

与龙永图共事那三年

高　渊：你当谈判代表那几年，龙永图一直是你的助手吧？

谷永江：对，从 1993 年 4 月开始，我们一直合作。他当时是外经贸部国际司司长，国际司就是专门负责多边关系的。后来他当了部长助理，很多担子就落到他身上了。

高　渊：不少人说，龙永图很霸气，是这样吗？

谷永江：其实他很注重小节。1994 年去摩洛哥的马拉喀什开世界贸易大会，我们俩是中国代表团的正副团长。我们先到了首都拉巴特，接待方给我和龙永图各安排了一个套间，当然费用要中方支付。

当晚，龙永图就来找我了，他说我们住得太贵了，咱换个普通间吧。他转身就去问，结果酒店说没房可换了。我说，今天就住一晚吧，明天我们搬到中国大使馆去。第二天，我们就在大使馆的信使房住了一晚，省了几百美元。到了马拉喀什当晚，龙永图又来找我了。他说又安排了套间，一问价格很贵。我说肯定的，这么多代表团来开大会嘛。

龙永图说，你这个套间必须保证，因为会有很多外国代表团来拜访你，我的还是要换。我说，老龙你要能换就换，不能换就算了。结果，他还是把他的套间换成了单间。

高　渊：原来老龙这么节约。

谷永江：一天也能省个一两百美元吧。其实，当时无论是复关还是入世谈判，我们都时刻想着我们国家是穷国，不可铺张浪费。

高　渊：你和龙永图在复关事务上合作了三年，你对他怎么评价？

谷永江：龙永图是个很执着的人，他是哪怕只有 1% 的希望，也要付出 100% 的努力。这一点上，我不及他。我是能进则进，不能进则退。

高　渊：2001 年中国入世，听说你打过一个比喻，还流传得挺广，说入世就像入党。这个具体怎么解读呢？

谷永江：入世成功当然是件好事。那时我在华润集团的香港总部，我一看那些条款有点吃惊，如果当年就按这个尺度谈，可能早就复关了。好在后来的入世冲击，并没有很多人想象中的大。这个比方是入世成功后，我有一次在中央党校开讲座时讲的，比喻不一定很恰当。我说我是 1959 年入党的老党员了，那几年的入世谈判有点像我入党那时。你去问支部每个党员，没有人会说我不同意你入党，所有人都说我支持你，但就是不给你填申请表。

当时在复关入世谈判时，没有一个国家说我不同意，但会说一通要改进的地方，不给你协议书。我们还得好好听着，不能闹翻。

高　渊：作为曾经的谈判代表，入世成功后，你有没有到各地去做宣讲？

谷永江：一开始去过几次，后来我就不去了。我发现一个问题，听课的政府官员很少，或者都是低级官员，来的多数是商人。商人来听当然没有坏处，但关键是要说给政府官员听。按我的看法，入世是政府与政府间的事，不是老百姓的事。老百姓甚至可以不知道这事，但政府官员不可以不懂。到现在都是这样，一定级别的领导遇到讲座都说没空。

总的来说，入世倒逼了改革。很多东西不是我们想改的，是被入世条款逼的。从总体上说，这对我们国家的发展有利。

如果倒退十年，入世谁也谈不成

石广生

曾任中国对外贸易经济合作部部长，中国入世协议签字人。1939年生，河北昌黎人。1965年毕业于北京对外贸易学院（现对外经济贸易大学）。先后任中国五金矿产进出口总公司处长、副总经理，对外经济贸易合作部驻上海特派员，对外经济贸易合作部进出口司司长、部长助理、副部长。1998—2003年，任对外贸易经济合作部部长、党组书记。

“谈了将近一个星期，脑子已经乱了。一怕谈不成，又怕没谈好。我坐在那儿默默地想，究竟给了什么，又拿到了什么。捋了一遍，发现还是划算的，心也就略为踏实了。”

走进石广生在商务部的办公室，墙上显眼处挂着一张大照片。

这是18年前的老照片。1998年3月，朱镕基出任总理后，在中南海与“内阁”部长们的合影。

从那一刻起，身为外经贸部部长的石广生，主持领导全国外经贸工作，当然也包括主持中国入世谈判。在入世谈判上，当时他面临的最大压力是：能不能谈成，何时能谈成?

一年后的11月，开始了历时六天六夜的高强度谈判。谈判是11月10日开始的，到15日结束。石广生说，他挺佩服美国人的敬业精神，白天黑夜地谈。比如说今天谈到晚上九点了，他们会约两个小时后再谈。然后一直谈到凌晨两点，他们还会约三个小时后继续，不会说明天上午见。

那六天基本上都是这样过的，双方谈判团队都很辛苦。休会的时候，中方团队自己还要讨论，有些问题还要请示，得到上面回复后，再研究下一步怎么谈。石广生就住在办公室，说实话也睡不着，饭也是送到办公室的，龙永图及主要谈判人员也吃住在办公室。外经贸部的食堂是24小时供应，保证谈判代表团随到随吃。

谈判气氛相当紧张，石广生还跟美方拍了桌子。

第一次拍桌子是谈判第二天。因为刚开始谈，双方对要谈的几个重要问题都亮出自己的条件。美方副团长、总统经济顾问斯伯林听了后，突然站起来一拍桌子说：“你们这些条件，永远永远永远也不可能加入 WTO！”

石广生忍无可忍，也马上站起来一拍桌子，拍得比他还响，说：“你听着，现在中国人任人摆布的时代一去不复返了！”他马上就不吱声了。美方团长查琳·巴舍夫斯基连忙打圆场，说咱们大家坐下来好好谈。

第二次拍桌子是有一次谈到半夜，石广生说要去国务院开会，早上五点继续谈。早上美方应约来到谈判室，石广生说完我们的新条件后说，这就是我们的最后方案。巴舍夫斯基气势汹汹地说：“你大清早叫我们两位部长来，就谈这点屁事？”

这次她没拍桌子，但石广生拍了。他说：“你现在在中国领土上，请你说话不要放肆！”这时，斯伯林马上打了圆场。在石广生看来，对方有点像演双簧。

最终，中国和美国达成了中国加入 WTO 双边市场准入协议，扫除了中国入世的重要障碍。那一刻，他面临的新压力是：协议谈得好不好，我们有没有吃亏？

过了两年，2001 年 11 月，石广生代表中国政府在多哈签署《中国加入 WTO 议定书》。从那天起，又有一个新的压力出现了，而且伴随了他 15 年，这就是：入世究竟会给中国带来什么，能不能实现利大于弊？

77 岁的石广生除了头发白了点，容貌和 15 年前变化不大。他说现在过着平和简静的退休生活，已有好多年谢绝媒体采访。但一说起当年入世谈判细节，他依然情绪饱满、谈笑风生，往事历历在目。

我问他，那个“入世能否实现利大于弊”的压力，现在能不能正式卸下了？

石广生颇为感慨地说：“入世这些年来，我虽然早已离开领导岗位，入世后的应对也是后来人的事了，但我的心思和压力仍然放不下，担心中国入世后能否实现利大于弊的目标。现在过去 15 年了，实践已经回答了我的担心，中国入世是成功的！如果当时再拖下去，不仅中国会晚受益，而且为入世付出的代价会很大。”

♦ ♦ ♦

入世不能一厢情愿

高　渊：30 年前的 1986 年，中国正式寻求恢复关贸总协定创始国地位。这 30 年中，前 15 年是复关和入世谈判，后 15 年是入世后的应对。在前 15 年，你认为谈判是什么时候进入实质性阶段的？

石广生：应该说，谈判从我们申请复关，然后关贸总协定成立中国工作组就开始了，但每个阶段谈判内容是不同的。1992 年前主要是审议中国的外经贸体制，中国做出说明。1992 年后，开始了在关贸及后来的 WTO 中国工作组的多边谈判和一对一的双边谈判。谈判越来越深入，越来越具体。到 90 年代末，谈判内容就剩下了一些对各方重大利益攸关的问题了。

高　渊：对中国来说，那时候的复关愿望更强烈了吗？

石广生：从 1978 年改革开放后，中国一直就是摸着石头过河，怎么改革、怎么开放，一直在探索。而在 1992 年党的“十四大”上，明确了在中国建立社会主义市场经济体制的发展方向，这是非常重要的。当时，整个国家都在思考，社会主义市场经济体制到底怎么建设？

国内很多人都觉得，我们需要复关，因为这样可以利用国际通行的市场规则，来推动中国市场经济体制的建立和促进自身经济的发展。这样的认识越来越多，增加了我们开展复关谈判的紧迫感。

高　渊：但 1994 年复关未果，说明有些国家还不想让中国进入。大概是从什么时候开始，不仅中国希望入世，美国和欧盟也愿望迫切了？

石广生：1995 年 1 月 1 日，世界贸易组织成立，这时正是经济全球化发展较快的时期，也是中国在小平同志南方谈话后，经济发展较快的时期。美欧等西方国家越来越看重开放的中国大市场，中国由于自身改革和发展的需要，也看到了积极参与全球化的重要意义。出于各自的考量，都有意加快中国加入 WTO 的谈判，这就是 90 年代末的大环境。

我想这就是水到渠成吧，如果倒退十年，谁都谈不成。我们那届政府遇到了这样一个机遇，把事办成了。当然，党中央、国务院的正确决策，各部门的共同努力，以及谈判团队的积极工作也是十分重要的。

高　渊：你当部长的时候，最急迫的任务就是入世吗？

石广生：对当时的外经贸部和我来说，除了常规的外经贸工作如外贸、外资、对外投资合作、对外援助等工作外，有两大紧迫和重要的任务。一是应对 1997 年突如其来爆发的亚洲金融危机。1998 年的 GDP 增速要“保 8”，外贸出口必须保持增长，这是朱镕基总理交给我们的死任务。我们费尽了力量，年终出口额增长 0.5%，进口额下降 1.5%，这可能不算好成绩，但确实尽力了，与亚洲其他国家相比已经很好了。第二个就是推动入世谈判，争取早日加入。

高　渊：当时谈判处在什么节点？

石广生：那时候，双边和多边谈判同时进行，在国内和国外同时谈判，但由于一些国家对我们的要求和我们能接受的范围之间有矛盾，有的差距还很大，谈判就难了。又由于之前已经谈了十多年，一般性分歧已经解决，留下来的都是硬骨头。

高　渊：必须跟美国先谈吗？

石广生：对，美国是世界最大的经济体，在当时 WTO 中起着决定性作用，同时，它也是对中国要价最高、内容最多的 WTO 成员。如果美国能谈下来，基本上大局可定。欧洲和美国的利益基本一致，但欧洲也会提出一点“具有欧洲特色”的要求。

所以，1999 年 11 月的中美谈判极其关键。当然，个别发展中国家对我们也有些要求，但比较容易谈妥。

高　渊：在入世谈判中，你作为外经贸部部长，是怎么定位的？

石广生：当时外经贸部的定位，一是参与国务院研究谈判方针，制定具体方案，确定我们的底线；二是具体组织谈判；三是协调各部门和地方及有关企业的意见；四是会同宣传部门共同把握好对入世谈判宣传的节度。

我个人把握住一点，就是主动积极工作，但不能越位、越权。在预定方案内有弹性的，我勇于承担责任；超出方案和权限的，我必须去请示。我们外经贸部是牵头者，也是主持谈判者，国务院很多部委都派人参加，谈判团由几十个人组成。

遇到相关问题，我必须跟相关部长协调。当时协调比较多的有信息产业部部长吴基传、农业部部长陈耀邦、央行行长戴相龙、保监会主席马永伟等。我们的主管副部长、司局长甚至处长层面，也与相关部门有很多沟通。有些问题，我们还要与企业沟通。

我在五矿公司工作时，就开始和美国人打交道。我发现美国人在谈判时总是很强势、很霸道，只顾自己利益，不管他人利益。但你要是能按美国人心理抓到他们理亏和弱项时，紧追不放，表现强硬，他们也会认输，并承认错误和改正。那些美国人欺软怕硬，他们看不起谈判中的软弱者。

凌晨召开国务院会议

高　渊：你们互相拍桌子的时候，你担心谈不成吗？

石广生：没想那么多。在当时那么胶着的情况下，预测谈成或谈不成是很困难的，因为可变因素太多了。但有一点是肯定的，就是中美双方都想谈成，不仅有愿望，而且都挺紧迫。

但分歧是明摆在那儿的，剩下的全是硬骨头，双方都不愿轻易让步。当时有媒体说，谈判就剩下最后几步，其实是双方僵持不下。

高　渊：最终是靠朱镕基总理来打破僵局的吗？

石广生：对。当时谈判的几个问题，我作为部长已没有权限突破了，必须靠最高层下决心。朱镕基总理是在谈判最关键的时刻来的，当时他正在开中央经济工作会议。

他来的时候，我正在谈判。有人跟我说总理来了，总理说时间紧迫，他直接跟美方谈。对于双方最僵持的反倾销条款和特殊保障条款，朱总理拍板突破，这样迫使美方再没办法固守他们的要价了，对我们的要求他们一一答应了，其中包括美方承诺无条件给予中国的最惠国待遇等我方最关切的内容。整个中美双边协议就这样迎刃而解。

高　渊：听说在总理来之前，还极为罕见地在凌晨召开过国务院办公会议？

石广生：那是谈判谈到第三天，11 月 12 日将近深夜 12 点，我接到江泽民主席的电话，当时我正在向朱总理电话汇报谈判情况，总理让我放下他的电话先与江主席通话汇报。江主席问我，谈判怎么样？还有什么问题？我一一做了汇报。

过了一会儿，朱总理又来电话了，他说江主席要求我们马上开会，一个个问题来研究。我的印象里，这些年来，国务院没有深更半夜开过会。我跟总理说，不用请各部部长们都来，他说那你列个名单。我列了十五六个，也包括一些直属局。那个会一直开到 11 月 13 日早上四五点钟，我从中南海回到部里，又和美国人接着谈。

高　渊：中美签字那天，据说场面挺乱的？

石广生：不是乱，是中外记者太多！我们谈判那几天，外经贸部大门外挤满了记者，都架着“长枪短炮”对着大门，准备随时冲入抢占地盘！

签字的当天，因场地太小，办公厅新闻处的同志只放进了一部分记者，大门外仍有大批记者在守候。我见此景，告诉新闻处立刻全放，占地盘是记者的事。其中就有一个女记者把高跟鞋一扔，一路往前跑，一下就撞在玻璃门上，撞得很厉害。至今想起来，我对这位记者的敬业精神深表敬佩，对她受伤表示歉意。

高　渊：听说签字时刻，美方团长迟到了？

石广生：大约是约好下午三点半签字，我准时到了会场，等了一会，不见美方团长到场。我派人去找了一圈，回来说巴舍夫斯基和斯伯林两个都在谈判间一楼女厕所呢，在打电话。

电话内容我是一年后知道的。美国总统国家安全事务助理桑迪·伯杰来拜访我，他说那天他们两个是在给克林顿总统打电话，是他先接的，克林顿正在“空军一号”上洗澡，还让他们等了会儿。

伯杰说，斯伯林当时对克林顿说，报告总统先生，世界上最伟大、最艰难的谈判完成了。克林顿表示祝贺。然后巴舍夫斯基说，我只求总统一件事，我们回国以后，接见一下谈判团队。

高　渊：签完字，你当时什么心情？

石广生：签完字，江泽民主席在中南海接见美国代表团，然后我就回到办公室，一个人在沙发上靠了半小时。谈了将近一个星期，脑子已经乱了。一怕谈不成，又怕没谈好。我坐在那儿默默地想，究竟给了什么，又拿到了什么。捋了一遍，发现还是划算的，心也就略为踏实了。

高　渊：美国谈完之后，跟欧盟谈判有没有遇到问题？

石广生：跟欧盟的协议，内容基本上跟美国一样。当时欧盟贸易专员帕斯卡尔·拉米带队来谈，也谈了五六天，但他们只是白天谈，晚上不谈。拉米是法国人，法国人有独立性格。我把中美达成的协议给他看，我说我们也按这个签吧。拉米说，这不行，欧洲是欧洲，美国是美国，我们不能吃你跟美国谈成的“剩饭”。我跟拉米比较熟，而且我是学法语的。我说这就是底线了，我没有新的东西可以给你，中美协议可以变成多边协议，你们享受就行。他说，如果条件不超过美国，我们不可能签。我说这个太难为我了。后来我们跟国务院领导研究，大原则不可能再突破，干脆多批几家保险公司和银行的额度给欧盟，比美国多一点，给拉米个面子，让他回去好交代。就这样解决了，

其实协议内容跟美国没啥区别。

高　渊：美国和欧盟这两个大头谈妥以后，别的国家就迎刃而解了吧？

石广生：我们一开始也这么觉得，但后来发现有的国家也麻烦。

比如墨西哥，他们即将进行总统大选，在对华反倾销问题上坚决不让步，怕丢选票。后来新总统当选要政绩，派贸易部长悄悄来中国，说你们的条件都接受，但现在不能签协议，要等我们总统正式就职之后。我们说没问题。直到所有双边谈判结束前的 2001 年 9 月，中墨才在日内瓦签署协议，其实半年前我们就谈好了。这个部长后来当了外长，也跟我成了朋友。

多哈签字的小插曲

高　渊：到了 2001 年 11 月，你代表中国政府在多哈签署入世协议。国内像过节一样，你们在前方都很顺利吗？

石广生：一切顺利，当然小插曲也多。

比如台湾入世的问题。其实，关于台湾加入 WTO，我们早已表明了立场，对台、澎、金、马（简称“中国台北单独关税区”）作为一个单独关税区加入 WTO，我们不持异议，但必须我先台后，中华人民共和国以主权国家加入，台湾只能以中国台北的名义作为单独关税区加入。加入后，台湾派驻 WTO 代表团的官员只能叫代表，不能称大使。

对这个问题，中美、中欧之前是谈好并形成共识的。但美国人老是不放心，怕我们入世后就不允许台湾加入。他们就在加入程序上做了安排，WTO 先表决我们加入，但要次日办理加入手续，本来是可以当天办的。第二天就讨论台湾入世，通过后再让我们办理加入手续。这其实是多虑了，因为中国是说话算数的。

高　渊：大会通过后，你是怎么发言的？

石广生：我的发言主要是代表中国政府感谢各 WTO 成员对中国入世的支持，并表达中国加入后遵守 WTO 规则以及履行《中国加入 WTO 议定书》中做出的承诺等。

WTO 的工作语言是英语、法语和西班牙语。中国代表团团长发言当然要用中文，中间我插了一段英文，再插了一段法文，前后都是中文。之所以中间部分用外文，主要是表现对 WTO 工作语言的尊重，也拉近与其他大多数成员的亲近感。在官方场合的重要谈判，重要的政府主谈官员，我主张用中文谈，通过翻译。因为重要谈判的每一句话都很关键，翻译的时候，主谈人有思考的空间，毕竟绝大部分主谈人外语不是母语，表达没有人家好，容易不准确。当然，非正式场合一般性的谈判，直接用外语，效果也是好的。

高　渊：中国入世后，国际反应如何？

石广生：总体反应是好的，发达国家和发展中国家都欢迎中国加入，但也有各自的期望和担心。

发达国家期待一个开放的中国大市场，贸易和投资将更加便利，担心是怕中国不遵守世贸规则，不能很好履行《中国加入 WTO 议定书》的承诺。发展中国家非常欢迎中国加入，他们特别希望中国在 WTO 中发挥作用，扩大发展中国家话语权，维护发展中国家利益。但有些国家担心某些中国商品与其竞争等。

记得入世签字那天，我看到一张西方报纸登了一幅漫画，是一个水库，大坝上写着“WTO”，水库里的水从字母“O”中流出，下边游泳的人在喊救命，水库上边的水上写着“中国商品”。

高　渊：现在入世已经 15 年了，看到后来这么多入世红利，作为当年谈判负责人，你是否觉得可以松口气？

石广生：说实话，当时入世的时候，我和大家的心境不完全一样。我也很高兴，但我始终肩负着很大的责任。一是能不能谈成？因为中央是想谈成的。二是签署的协议这么多内容，是否对我们总体有利？三是入世以后，中国究竟会怎么样，能不能实现利大于弊？这些都是

我在不同阶段思考的问题和责任。

入世这些年来，虽然我2003年就离开了部长的岗位，但我的责任一直是存在的。现在我们终于可以说，中国入世是成功的。假如当时再拖下去，不仅中国晚受益，我们入世付出的代价也就太大了。

那个时间点选择得对，既抓住了世界形势和发达国家需求，也选择了我们改革开放的当口上，我认为当时党中央和国务院的决策是正确的，实践证明了这一点。

高　渊：现在还有压力吗？实现利大于弊了吗？

石广生：压力基本没有了。只是有时看到某些发达国家不能履行《中国加入WTO议定书》中他们应履行的义务和承诺，感到不解和气愤。中国入世15年的事实证明，加入WTO确实促进了中国的经济快速发展和深化改革，同时也扩大了我们在国际经贸方面的话语权。

2001年，我们的贸易额是5100亿美元，占世界贸易总额的4.4%，是全球第六大贸易国；到了2015年，我们的贸易额达到了4万亿美元，占世界总额的12%，是第一大贸易国。2001年中国GDP占全球经济比重4%，居第六位；2015年中国GDP占全球15%，居第二位。国民经济有这么大的飞跃，应该说中国入世起到了重要作用。

同时，这15年实现了中国由资本输入到资本输出的重大转变，这可不是简单的变化。2001年我国对外直接投资27亿美元，居全球第26位；2015年对外直接投资1456亿美元，超过日本仅次于美国，居第二位，我国对外投资已超过吸收外资。我国的外汇储备由2001年的2122亿美元，增加到2015年的33303亿美元。我非常欣慰看到这些变化，这与中国入世关系很大，而且超出我的预期。

还有就是全面促进了经济体制改革。中国入世以后，开始根据WTO的规则来建立社会主义市场经济体制。这方面，中国政府做了很大的努力。比如入世不久，我们就修改了230条法律法规，3000多项政府规定。三次修改有关外资的三部法律，取消了很多对外资的限制性内容；修改了《外贸法》，取消了许多审批和限制的内容；降低了关税，由 2001 年平均进口关税 15.3% 降到 2015 年的 9.8%；进一步放宽对外国银行、保险的市场准入；逐步改革和完善汇率形成机制；修订《外汇管理条例》，等等。这些改革和变化对我国建立社会主义市场经济发挥了重要作用。

高　渊：入世风险也没有当初估算的大？

石广生：我们总体上应对得体，把风险降到了较低程度。

比如，当时决定不放开资本市场，避免金融风险十分重要，是对的。现在已经在保障金融安全的前提下开始有限度地放开，这已经超出了我们的入世承诺。

再比如，我们当时最担心汽车工业会被冲垮，因为我们的汽车业实在太弱了。现在看来，这个担心也是多余了。当然与我们应对很得力有关，一开始实施进口配额，还做了一些细化，少放开普通排量，多放开高排量，毕竟老百姓买高排量的车少。协议中规定外国车企进来都必须与中国企业合资，各占 50% 的股份，利益各半。这样，中国的汽车业既得到了技术又得到了大发展，汽车产量由 2001 年的年产 234 万辆增长到 2015 年的 2450 万辆。同时，由于进口关税降低和我国产量的扩大，国内车价大大降低，百姓受益最大。

中国的企业做大做强也有明显的进步。2001 年中国企业进入世界 500 强的只有 12 家，到 2015 年有 106 家，而且还在发展，中国企业防风险能力有了显著提高。

此外，农业、银行、保险等行业并没受到大的负面冲击，而且有了稳定的发展。事实证明，中国加入 WTO 总体上实现了利大于弊，并且在大的方面促进了中国的发展和改革开放。

高　渊：现在中国在 WTO 的话语权，和我们世界第一贸易大国的地位相称吗？

石广生：我们的话语权在大大增加。一开始我们就积极、全面参与多哈回合谈判，提交了很多立场文件和建议，有相当部分得到了采纳。我们还组织了多次小型的贸易部长会，也发挥了非常重要的作用。

2008 年 7 月，我们开始成为 WTO 核心成员之一，标志着中国正式进入了制定多边贸易规则的核心决策圈。多边贸易体制不管谈什么，都不可能绕过中国了。

另外，我们不仅有中国驻 WTO 大使，在 WTO 总部中还有了中国籍的副总干事，仲裁机构的大法官张月姣刚刚卸任，新的中国大法官又上任了，这些都非常重要。

高　渊：现在美国对 WTO 有点三心二意，你认为，这个多边贸易体制还可持续吗？

石广生：中国加入 WTO，包括金砖五国的发言权越来越大，美国已经不能包办代替了，虽然美国现在已不喜欢 WTO 和这个多边贸易体制了，但旧的秩序仍在。在我看来，目前世界上还没有哪个国家能够颠覆这个多年形成的多边贸易体制，因为它基本上反映了各国基本利益的大体平衡。没有这个体制，天下会大乱，对大国和小国都没好处，必将会严重影响世界贸易和经济的发展。虽然新一轮谈判多年未果，但许多内容已有进展，新的未果而老规则仍在，仍能维护多边贸易体制的运转。

世界经济发展需要 WTO，需要一个合理、公平的多边贸易体制，中国是世界第二大经济体、第一贸易大国，更加需要 WTO 和多边贸易体制。

◆ ◆ ◆

中国入世 15 周年之际，出现一些声音认为，当年谈判时中方让步太多，留下了不少“后遗症”。那么，当时中美双方究竟在哪些问题上僵持不下，后来各自又做了怎样的让步？以下是石广生的解答。

中美最后谈判交锋中主要有以下几个问题，对双方都是利益攸关的重要问题。

1. 中国入世后，美方无条件给予中国最惠国待遇问题。此前美方从不明确承诺。美国会一年一审，已困扰中国多年，必须通过入世谈判永久解决这个问题。

2. 美方强烈要求进入中国资本市场，中方绝不开放资本市场，当时正值亚洲金融危机，对中国金融安全至关重要。

3. 美方一直看重中国电信市场的巨大利益，强烈要求外资在中国可以控股。中国同意开放，但必须中方控股，确保我国安全。

4. 美方要求中国对外通讯中，美方不按中国规定通过我三个（北京、上海、广州）关口局，要求美方通讯在中国独来独往，但这样会严重危及我国安全。

5. 美方要求中方允许外资人寿公司设立独资，从事中国的人寿保险业务。这涉及我国国民人寿安全和我国人寿保险的利益。

6. WTO 规定，全世界纺织品贸易从 2005 年起全面取消配额及一切限制，美方要求在中国加入 WTO 10 年内对中国出口纺织品继续实行配额限制。中方要求按 WTO 规定办，即 2005 年按时取消配额及其他限制措施。

7. 根据 WTO 规定，不允许成员之间对某一特定成员的产品采取特殊保障措施，只允许对所有成员的相同产品一视同仁采取保障措施。所谓保障措施就是当所进口产品对本国同类产品造成损害时，这个国家可以按 WTO 相关规定采取一定的保护措施。美方要求只针对中国产品实施特保措施，并无限期使用该条款。

8. WTO 对反倾销是有规定的，不允许 WTO 成员间采用替代国价格判定某一成员产品是否倾销及认定倾销幅度。美方坚持要求对中国可以使用替代国做法，并无限期使用。

还有些其他内容。上述内容就是中美最后谈判的火力交点，谈判十分激烈、艰难。经过中美六天六夜的谈判，最终解决了上述问题：

1. 美方明确承诺中国加入 WTO 后，无条件给予中国永久最惠国待遇。

2. 对进入中国资本市场的要求美方不再坚持。

3. 中美双方商定，允许外资进入中国电信市场，但在外资控股比上，基础电信外资最多占49%，增值电信外资最多占50%，外资不得参与中国电信的具体运作，保证了中资控股和电信安全。

4. 对外通讯中，美方撤销了不通过中国关口局的要求。

5. 人寿保险仍不允许外资独资，之前已批的独资试点可保留，之后不再新批。

6. 美国同意2005年按时取消对中国实施的纺织品配额，2008年取消一切其他限制性措施。该条款现已如期结束。

7. 中方同意WTO成员对中国实施特保条款，但规定了使用特保措施的具体限定和明确规定了“日落条款”——中国入世后12年到期结束。该条款已于2013年12月11日终止。

8. 中方接受了该条款，但规定了“替代国”具体做法和限制，明确了替代国做法的“日落条款”——中国入世15年后，即2016年12月11日必须终止。

在上述问题解决后，中美终于签署了双边市场准入协议。

在此还要说明一下，2001年6月上海APEC会议期间，中美就多边尚未达成协议的关于中国农业补贴问题达成了共识。

按WTO规定，发达国家对本国农业补贴（“黄箱”政策）的金额在当年本国农业生产总值的5%之内，发展中国家在10%之内。中国作为发展中国家加入，要求享受发展中国家待遇，多边谈判争论很大因而搁浅。中美在APEC期间经艰苦谈判达成共识，允许中国的农业补贴在8.5%之内，高于发达国家，略低于发展中国家，双方都做了让步。中美的共识对解决多边未决问题起到了关键性作用。

『经济联合国』正面临过时的危险

孙振宇

中国首任驻世界贸易组织大使。1946年生，河北省丰南县人。1969年毕业于北京外国语学院（现为北京外国语大学），历任中国粮油食品进出口总公司副总经理，对外经济贸易部美洲大洋洲司司长，对外贸易经济合作部副部长，中国世界贸易组织研究会会长。

“一轮谈判一谈就是一二十年，很多议题都过时了，新议题却没有时间谈。如果一个国际组织跟不上时代发展，就比较麻烦了。”

孙振宇虽然当过外经贸部副部长，但老同事们见到他，都很热络地称呼“孙大使”。这或许是因为，当过副部长的有很多，而中国首任驻世贸组织大使却仅此一位。

2001 年中国成功入世，孙振宇“爆冷”受命出使日内瓦，曾引起国内外媒体不小骚动。2010 年，他在平静中卸任归国，结束长达九年的大使生涯。

中国入世谈判即将结束时，外界纷纷猜测谁会担任第一任中国驻世贸组织大使。当时传过不少人，很多人猜是龙永图，都觉得他去当大使顺理成章。而孙振宇其实没有直接参加过入世谈判，他长期从事对欧、对美的双边贸易往来与谈判。

出任大使时，孙振宇是外经贸部排名第一的副部长，但选大使的过程他毫不知情。直到石广生部长找他说，你去吧，换个新面孔。孙振宇的理解是：“因为我没有直接参与谈判，我就没有包袱，比较容易应对可能出现的压力。”

2002 年 1 月 26 日，孙振宇启程前往日内瓦。国内安排了比较强的力量，代表团成员来自很多部委，有参加过入世谈判的成员，有法律方面的专家，总共 30 来人，后来基本上保持这个规模。

代表团出发前，国务院副总理吴仪说，到日内瓦要学习规则、熟悉规则、运作规则，同时要参与制定规则。而且她强调，你们在前方谈判，不当绊脚石，不当领头羊。

那段时间，国内对如何应对加入世贸的挑战非常重视，中央特地举办了长达一周的省部级领导培训班，国家领导人亲自授课。

当年确实很风光。中国驻世贸组织代表团揭牌开馆之日，有 500 多位各国驻日内瓦使节出席，成为中方在当地举办的最盛大外交活动。但随即开启的大使生涯，却相当艰辛。

这并不仅仅因为中国是初来乍到，还因为在当年谈判中，出于入世的需要，中方在一些条款上做了让步。如何防止那些潜在的“地雷”爆炸，成为孙振宇和他团队的棘手工作。

现在，孙振宇的身份是中国世贸组织研究会会长。那天，坐在研究会的办公室里，话题从一件看似无关的往事开始。

那是 20 世纪 90 年代初，孙振宇随中国首个采购团前往美国，旨在推动美国国会一年一度对华最惠国待遇的延长。带队的是已经离休的外经贸部老领导王润生。一路艰苦谈判，行程最后在西雅图举办答谢招待会。王润生结束致辞下来后，突然扶窗大口吐血，急送医院确诊是严重胃出血。孙振宇跟我感慨：“外贸谈判都是没日没夜的，非常辛苦。”

在日内瓦那九年，孙振宇见证了中国话语权的提升，也亲历了多哈回合谈判的失败。对于入世给中国带来的红利，外界热炒的中国市场经济地位问题，以及 WTO 这个“经济联合国”的前途命运，他都有着不同常人的观察与思考。

◆ ◆ ◆

渐进的中国话语权

高　渊：你刚到世贸组织时，感觉受重视吗？

孙振宇：中国是新成员，但毕竟体量摆在那儿，这样一个大国来了，谁也不敢小看。

我发现，只要我们一发言，大家都竖起耳朵听。等我们发完言，轮到一些小国发言，就开始有人到会场外走动，或去卫生间了。

但人家都侧耳听，和中国拥有话语权，还不是一回事。中国在世贸组织的地位和影响力，有一个发展过程。在世贸组织，长期以来发展中国家的领袖是印度和巴西，因为他们是创始成员，我们是初来乍到，而俄罗斯还没加入。

高　渊：当时最有话语权的是哪些国家？

孙振宇：一直是欧美在主导，尤其是美国、欧盟、日本和加拿大这四方很强势，基本上只要是重大事项，都是这几个先协商，加上澳大利亚、新西兰、瑞士等，然后拿出方案来。当然，他们会通过各种关系和手段，让发展中国家接受，基本就是这么一个套路。

世贸组织秘书处重要岗位的安排，这四家影响力更大一些。相对来说，发展中国家的声音比较弱。

高　渊：你们去了之后，情况发生变化了吗？

孙振宇：中国加入之后，和印度、巴西、南非、阿根廷等国家抱团，团结东盟、非洲、拉美等广大发展中国家。后来在整个多哈回合谈判中，发展中国家有两个重要团队。一个是农业谈判的 G20，由 20 多个国家组成，巴西牵头，核心是印度、中国、南非、阿根廷等。这个谈判是进攻性的，要求发达国家减少补贴，降低关税。最后农业谈判主席提出的案文里，很多 G20 的建议被采纳。例如：欧盟承诺削减 80% 的农业补贴，美国承诺削减 70%，发达国家农产品关税最低削减 36%。

另一个是保护发展中国家农民生计的 G33，由 30 多个成员组成。这个谈判集团由印尼牵头，核心是印度、中国、土耳其、菲律宾、韩国等成员。这些国家的农业都比较脆弱，强调保护中小农户利益。争取一些敏感农产品关税不降或少降，同时降低关税后，一旦国外农产品突然大量涌入，需要有个特殊保障机制，采取临时提高关税等措施。

高　渊：从什么时候开始，中国进入了世贸组织核心圈？

孙振宇：2003 年 9 月的坎昆贸易部长会议后，中国就进入核心圈了。从 2004 年起，任何重大谈判都不能没有中国。

在世贸组织里面的谈判，正式开大会的话，100 多个成员七嘴八舌，肯定谈不出结果。所以，必须先有一些小范围的谈判，由有代表性和影响力的成员参加。那时候起，不管谈判范围大小，反正都得有中国。在世贸里面，美国、欧盟、中国、印度和巴西，这五方是核心决策圈。

高　渊：你刚去的时候，有什么急需处理的事吗？

孙振宇：有好几件急事。很棘手的是，当年美国在谈判时，给我们设计了一个过渡审议，只针对中国，就是每年搞年审，看我们是不是认真履行协议。对这个问题，国内很多部门很有意见，认为就是拿我们当“二等公民”。

对别的成员只有贸易政策审议，四个最大贸易量的成员两年一次，其余成员四年或六年一次，一般开两个半天的大会就结束了。而对我们除了贸易政策审议，还要有过渡审议，从每年 9 月份开始，各个委员会就要先审，一直延续到 12 月份的总理事会总结，非常复杂。

高　渊：审议过程怎么个烦琐法儿呢？

孙振宇：从 9 月份开始，各个成员要对我们提上千个问题，还要求每个问题都要提供书面答复。我们提出，过渡审议和正常贸易政策审议是两码事，没有义务提供书面答复。

光是这个问题，就争论了很长时间。最后因为我们坚持，只需要口头答复，否则国内各个部委的工作量太大了。过渡审议一直持续到 2011 年，整整十年！从入世开始，连续审了八年，第九年休息一年，然后第十年最后一次审议。

棘手的特保威胁

高　渊：还有什么很棘手的事？

孙振宇：就是当年在谈判中留下的特殊保障条款，也是专门针对中国的歧视性条款。

一般保障条款规定，如果某种进口商品大增而冲击一个国家的市场，该国可以采取保障措施，对该产品提高关税或者设定配额，但应该针对来自所有成员的产品。而对中国设置的特殊保障条款，可以只对中国产品单独采取措施，其他国家的同类产品不受影响。

其实，这就是歧视。但入世谈判时需要互相让步，就接受了这个条款，我们的后续工作必须跟上。

高　渊：特保条款对中国出口威胁大吗？

孙振宇：针对中国的特保分纺织品和一般商品两类。纺织品的特殊保障条款期限是三年，到 2005 年结束。而一般商品的特保条款期限是 12 年，这对中国威胁非常大。

我们进驻世贸组织后，对一些有意启动特保的成员打招呼，你们不能轻易用特保，虽然我们接受了这个条款，但这是歧视性的，任何国家想用都必须后果自负。

这是先打预防针，把丑话说在前面。纺织品特保期平稳度过了，三年内没有哪个成员用过。但一般商品情况就不同了，很多成员真的想用，特别是美国、欧盟、印度、哥伦比亚、秘鲁、土耳其等。

高　渊：这时候需要采取什么反制措施？

孙振宇：我们用了个办法叫“四体联动”，一旦有成员要启动特保条款，不仅我们代表团在日内瓦进行交涉，商务部、国内商会协会和驻相关国家使馆也一起上，多渠道做工作。我们要明确跟这些国家讲，启动这个歧视性条款，势必严重影响两国经贸关系。当然也给他们指明出路，可以通过正常的贸易救济途径解决问题。

但美国还是想用。小布什当总统时，美方曾有六次要启动特保条款，我们都提出交涉，有四起在行政层面放弃，另外两起报到小布什那儿被否了，他知道其中的利害关系。

等奥巴马一上台，他启动的第一起特保，就是轮胎特保。我们多次交涉，但他非要用。那没办法，中国也针对美国的一些出口商品采取了报复措施，最后他们“赔了夫人又折兵”，得不偿失。这些特保条款，到 2012 年就结束了。

高　渊：过渡审议和特保条款这两大威胁，已经被逐一化解，现在迫在眉睫的是“15 条”吧？

孙振宇：这个“15 条”，涉及人们热炒的市场经济地位问题。当年《中国加入 WTO 议定书》第 15 条规定，其他世贸组织成员在对中国企业发起反倾销调查时，如果中国企业不能证明其所处产业具备市场经济条件，可以采用替代国价格裁定倾销幅度。

正常的反倾销调查方法是，核算出口国企业的成本和一定利润，判定是否倾销并核定倾销幅度。但对中国，他们可以说你们这个产品不是在市场经济条件下生产的，就要用第三国生产同类产品的成本进行核算。这是很荒谬的。

高　渊：市场经济地位问题扯了好多年了，这其实也没严格标准吧？

孙振宇：国际上并没有判定某一个国家是否是市场经济的统一标准。美国和欧盟内部有五六条标准，实际上是“冷战”时期的产物。

而且，世贸组织也不是一个判定机构。你说俄罗斯是市场经济吗？古巴、越南是不是？没有国际具体标准。许多西方国家，包括美国，都存在政府干预国有企业情况。

更重要的是，一旦发起反倾销调查，他们拿哪国的标准来衡量？如果他们拿印度的成本来衡量，可能跟我们还差不多。但如果拿瑞士的成本来衡量呢，结果肯定说中国产品大大低于成本倾销。但实际上，我们的生产成本要比瑞士低很多。

高　渊：你担任中国驻世贸组织大使长达九年，你觉得这是一个怎样的组织？

孙振宇：它与其他国际组织最大的不同，在于它是有“牙齿”的。

在世贸组织签署的任何一个协议，都不是签完就完了。每个协议都有一个相应的委员会来监督执行，各个委员会要定期召开例会，每个成员都要回应大家的提问。如果问题老不解决，就会启动争端解决机制，裁决之后再不解决，就会经过授权进行贸易报复了。

这么多国家愿意把问题拿到世贸组织来谈，就是因为它认真，而且有“牙齿”。后来不仅谈贸易问题，还把与贸易有关的投资、知识产权拿到世贸组织来谈，甚至还有劳工、环境等问题，就是大家觉得这个平台管用。

高　渊：中国当被告的次数多吗?

孙振宇：中国入世到现在，我们告其他成员大概有 16 起，人家告我们有 30 多起。每个案子短的要花费两三年，长的要三四年，有些陈述都是上千页纸，我们都得用英文，对我们的专家压力很大，但也很锻炼人。

我们败诉的案子比胜诉的多一些。在败诉以后，中国按裁决修改相关法律法规，这一点我们做得比较好，起码比美国做得好，我们充分尊重世贸组织的争端解决机制。同时，这本身也是在推动我国进一步改革开放。

入世红利用完了吗?

高　渊：当年刚入世的时候，还有一些争议，不少专家觉得谈判中让得太多了。15 年过去了，入世利益是否已经充分体现?

孙振宇：为什么这些年中国有这么大的变化，我觉得入世起了很大的作用。最重要的是，国际上对中国投资贸易环境有了可预见性，这一点比较让人放心。

世贸组织的一个重要原则就是透明度，跟贸易投资相关的法律法规，都要公开，都要向世贸组织通报，甚至在制定过程中，都要征求各方意见，开听证会。

也就是说，入世推进了我们的法制建设。比如说知识产权保护，以前很多国家都攻击我们。入世以后，我们在这方面大大加强，这样外企才有可能把技术拿进来，不然是没有积极性的。

另外，入世对外贸系统改革的推动很大。以前，全国只有十几家外贸专业公司有经营权，现在是成千上万家企业，民企出口占比超1/3，成为外贸三大主力军之一。正因为调动了大家的积极性，我们成了世界第一贸易大国。而且，入世解决了跟美国的最惠国待遇问题，企业经营环境大大改善。

高　渊：有人说，入世已经15年了，红利正在消失，你同意吗？

孙振宇：应该说，入世促进了政府职能转变和国企改革等，但现在容易改的基本上都改了，要想再往下改，难度更大，改革进入深水区，阻力也更大了。

我也期待，今后能谈成一些更高标准的国际规则，可能对促进国内改革作用会更大一些，特别是像准入前国民待遇和负面清单管理方式，进一步推动服务贸易领域的开放，这会带来更大的变化。

高　渊：你在世贸组织当大使的九年是怎么过的？

孙振宇：我是2002年初去，2010年底回来的。在日内瓦就是天天开会，每天都排得满满的。世贸组织里面，有日常的会，有谈判的会，有审议的会，还有专家组解决争端的会，再加上很多早餐会、晚餐会，说它是“文山会海”，一点儿不过分。周末都常常安排各种活动。当然，我不用出席所有的会，代表团成员有明确分工，都各自独当一面。

我和印度、巴西、南非和阿根廷的大使见得最多，因为我们这五家是发展中国家的核心。我们开会什么人都不带，就五个人，轮流当东道主。另外和美国、欧盟、加拿大、瑞士、澳大利亚、新西兰等大使，以及东盟国家大使和中国香港、中国澳门代表都有定期聚会。

高　渊：你跟谁关系最好？

孙振宇：大家私下关系都挺好。我们有个大使足球俱乐部，一开始在加拿大大使的官邸踢，那里有个足球场，后来就到外面的体育中心踢。一般每周六踢 40 分钟，然后中午一起吃饭。

巴西和乌拉圭大使球技很好。其实并不在球本身，关键是联络感情。我离职前在世贸组织大会上发言，说我在日内瓦踢了五六年球，但一个球也没进过，因为我是后卫，以防守为主。

高　渊：卸任的时候，你是一种怎样的心情？

孙振宇：最大的遗憾是多哈回合没谈成，我们在这上面花的精力最多。关键因素是，美国和印度在农产品特保上僵住了。

2008 年，当时印度的商务部长在农业谈判上寸步不让。美国谈判代表苏珊·施瓦布是个技术官僚，不大讲政治，当时商务部陈德铭部长讲得很清楚，只要美国和印度达成一致，我们肯定支持，但他们就是谈不下来。

现在一拖就是八年，时间都浪费了。如果当年谈成了，就可以谈投资和电子商务等新规则，这也会对国内改革带来促进。

世贸组织的前途

高　渊：在你看来，世贸组织有什么弊端吗？

孙振宇：弊端就是太民主了，什么事都要协商一致，不能有一个成员反对。而且，多哈回合之所以这么难，一个重要原因是把 20 多个议题打包，希望一揽子达成协议，一个议题达不成都不行。这个难度就太大了，所以谈了 15 年也没结果。

希望一揽子解决也有一定道理。因为不同国家关注的内容不一样。比如，发达国家最关注市场准入，发展中国家关心的是农业补贴、自然人流动，等等。

正因为这样，大家都想把自己感兴趣的议题装进去，这是需要平衡的。有些人说，只有尽量打包讨论，才有可能出结果，一个个议题单独讨论更没法达成协议。这也算一种理论吧。

高　渊：但这么久拖不决，最终还是会损害世贸组织的价值吧？

孙振宇：一轮谈判一谈就是一二十年，很多议题都过时了，新议题却没有时间谈。如果一个国际组织跟不上时代发展，就比较麻烦了。

效率低，这就是民主的代价。而且，世贸组织也不像国际货币基金组织，他们成员的投票权是不一样的；世贸组织大小成员都一样，必须协商一致，这太难了。

高　渊：有没有成员提过改革建议？

孙振宇：我们刚去日内瓦的时候，曾经讨论过这个问题，决策机制是不是可以改一改？但这更难，因为就算大多数成员想改，哪怕一个成员不同意就改不了。

当时有人提出，是不是咱们按贸易加权平均，哪个国家贸易额大，他的投票权就多一点。但很多成员反对，根本没戏。

后来，我跟印度大使在会上故意提出一个建议，最好按人口加权的办法。这样我们两国就占 40% 的投票权，美国、欧盟当然不同意。

高　渊：多哈回合搁浅后，美国就想绕开世贸组织，自己另起炉灶。你觉得，世贸组织还可持续吗？

孙振宇：美国觉得多哈回合对他们没意义了，就转向了 TPP、TTIP 这类区域贸易协定。但现在看来，估计都搞不成。

其实，世贸组织的作用还是挺大的。它现在不行的是谈判功能，而贸易政策监督和争端解决这两大机制还在正常运转。

世贸组织面临的最大危险，是贸易争端的案子越来越多，很多是旧规则中没有涉及的新问题。如果老谈不成新规则，世贸法官就要填补真空，自己判了。而美国和欧盟都有可能提出挑战，说这个没有立法，法官判决没有依据，我们不执行。

如果将来不执行的案例太多，世贸组织就会出问题。

我当WTO大法官那九年

张月姣

曾任世界贸易组织争端解决机制上诉机构主席、大法官。1944年10月生于吉林省吉林市。1968年获法国汉纳大学学士学位；1981年赴美学习，获法学硕士学位；1985年取得中国律师资格，通晓英语、法语。历任世界银行法律部法律顾问，中国对外经济贸易合作部条约法律司司长，亚洲开发银行上诉委员会联合主席、亚洲开发银行欧洲局局长，西非开发银行董事，汕头大学、清华大学法学教授。2007年当选为世界贸易组织争端解决机制上诉机构大法官，2016年10月卸任。

“我在日内瓦到北京的航班上，每次都要带半箱资料，一般看五小时文件，然后休息四小时。经常有空姐问我年龄，听说我都70多了，她们感慨还这么辛苦。其实我们上诉机构法官都很辛苦，由于长距离飞行的时差问题，几乎每个人都是早起的小鸟，早上四点钟就开始评论案情和有关的法律问题。”

见到张月姣教授，是在对外经贸大学的一次讲座上。

她的身份是世贸组织争端解决机制上诉机构前主席、大法官，听众则是国内众多外贸领域专业人士。

过了中午 12 点，讲座才结束。我们在餐厅坐等半个多小时，张月姣还没出现。主办方说，张老师被围在讲座现场，他们马上派人去解围。又等了 20 分钟，和她同时出现的，还有两位陌生的女士。

一问，原来是跟来的听众，好客的主人邀三位一同入席。吃饭时，两位女士拿出一沓文本，请求指点。张月姣停箸不食，戴上老花镜认真解答。

饭后，按约定是我专访张月姣。我说：“您累了半天，是否先休息一下？”张月姣想了想说：“好，那你等我半小时。”才过了 10 分钟，她便开门请我进去，说歇好了。

73 岁的张月姣教授是当今国际贸易法的权威专家，也是担任 WTO 上诉机构大法官的第一位中国人。因为精力过人、办案公正，被 WTO 同事称为“铁女人”。

她正式卸任是 2016 年 10 月 26 日，那天在日内瓦的 WTO 总部做了告别演讲。WTO 的 164 个成员代表出席，很多平常不太出席会议的高官也都来了，把最大的会议室坐满。张月姣讲完后，全体起立长时间鼓掌，她最后含泪说："我爱 WTO！我爱上诉机构！我爱你们！"

张月姣在 WTO 工作将近九年，参加过好几位上诉机构法官的告别会，都没有这么隆重。而且他们的离职讲话都比较简单，基本是说一些客套话，而张月姣这次还提出了对于 WTO 未来发展的十点建议，效果非常好。

为了这个告别演讲，她特意设计了一件中式旗袍，连纽扣都是自己设计的。很多女同事都说，你还有什么不会的，给我们也设计一件旗袍吧。她说将来等我彻底退休了，真可以考虑。

除了这次告别演讲，上诉机构的成员还给她办了两个欢送晚会，每个人都出 100 多瑞郎。送行会上，很多人站了一排，一起唱歌告别。还有一位律师，在 WTO 办了 12 个案子，其中有 10 个是跟张月姣办的，他拿了把吉他，自己编了一首歌唱。

"这么多年来，我们都是热情坦诚相待，结下了深厚的友谊。有时候争论会很激烈，我也不会照顾谁的面子，觉得哪里有问题会当面提出来。可能正因这样，大家都觉得我是专业的，也具有敬业精神。有一位日本女同事说，她做过统计，这么多年来，每个周末我都到办公室加班。"

从上任那天起，张月姣就把这个 WTO 最高上诉机构法官的职位看得很重，不仅使命光荣，责任更大。她写的每一个报告，既要对当事方负责，也要对历史负责，而且签名都是用中文。办过的案子中，每个报告的每一个主要条款为什么要这么写，她都记得很清楚。

在 WTO 这九年，张月姣如何近距离观察 WTO，怎样处理纷繁复杂的国际贸易纠纷，如何扮演"WTO 大法官"这个有点神秘的角色？

✦ ✦ ✦

两选大法官

高　渊：你是哪年进入 WTO 的？

张月姣：2007 年 4 月，我还在西非开发银行当执行董事。有一天，商务部条法司的一位副司长给我打电话，说经过国内的筛选，决定由你和董世忠教授去竞选 WTO 上诉机构法官。我二话没说，表示愿意去竞选。我知道这个职位很重要，当选者必须是国际贸易法方面的权威专家。我准备得非常认真，看了很多 WTO 以前的案例，做了详细的笔记。面试时，甄选委员会提出的所有问题，我都对答如流，有个评委在电梯里还给我竖了大拇指。

但出来的“短名单”里面却没有我们，也就是说没被列入第二轮名单。当时我觉得很奇怪，后来听说里面有很多原因。

高　渊：这次竞选失败后，你面临怎样的选择?

张月姣：我的性格是不愿放弃的。我又仔细研究 WTO 的任免规则，发现又有一位上诉机构法官将在 2007 年底卸任，马上再次提出申请。

接下来就是更疯狂的面试准备。每天早上五点起床，背诵 WTO 的案例条款、上诉机构的规则，阅读最新有关 WTO 的专著，上网了解 WTO 的最新动向。到了当年 9 月初，我和原条法司老同事张玉卿司长第二次走进面试考场，这次我顺利进入了短名单。

高　渊：听说正式上任前又有波折?

张月姣：所有面试程序都通过了，在大会通过之前，中国台北单独关税区代表突然提出质疑，说我当过中国外经贸部条法司司长，是政府官员出身，以后存在办案不公的隐患。

我说我离开政府部门很多年了，现在在西非开发银行工作，并在大学教授法律。虽然做了说明，但这事卡住了。后来中国驻 WTO 使团做了不少工作，美国和欧盟驻 WTO 大使也出面斡旋，最终使中国台北代表撤回了质疑。2007 年 11 月 27 日，大会通过了对我的任命。后来他们通过第三方给我带话，说质疑我不是他们的意思，是台湾有关方面要求这样做的。

在我正式上任受理的第一个案件开庭之后，各方代表都到法官席与庭审法官握手。中国台北代表也过来握手祝贺。后来我在 WTO 那些年，WTO的成员，特别是中国代表团、中国香港代表团、中国澳门代表团和中国台北单独关税区代表团都支持我的工作，认为我办案公正专业，为中国人争了光。

高　渊：我们再来回顾一下你的经历。在中国改革开放初期，你就参与了不少经济类法律法规的起草？

张月姣：我常说我是历史的宠儿。在1978年我国刚刚改革开放时，我进入国家进出口委员会工作，参与起草了中国第一部《中外合资经营企业法》。别看这部法律的条文很简单，一共只有15条，但每一条其实都代表了一个单独的法律。

后来还参与起草《民法通则》《涉外经济合同法》《公司法》《中外合作经营企业法》《外贸法》等。记得在起草《反倾销和反补贴条例》时，我带了一个专家组，在比利时布鲁塞尔住了一个月，专门研究考察他们的反倾销反补贴条例。

高　渊：你参与了“文革”后中国法律的重建工作，现在回想是什么感受？

张月姣：“文革”时说“和尚打伞无法无天”，基本上是无法可依了。法律体系的重建是非常艰难的，对我这样一个法律人来讲，确实是机会难得。在国外，如果一个法律人参与了一部法律某个条款的修改，都会觉得很了不起，会写本书。他们听说我参与了这么多法律的起草，都觉得有点不可思议。

高　渊：第一次接触WTO事务是什么时候？

张月姣：我是1984年到外经贸部条法司工作的，两年后，中国正式启动复关谈判。当时的部长助理沈觉人带队去日内瓦，我是成员之一。那时候还是关贸总协定，WTO还没成立。

我反复研究《中国加入WTO议定书》，看怎样对我们最有利。一是恢复缔约国地位，而不是重新加入；二是我们的身份是发展中国家，这样能享受一些优惠待遇。还看了很多国家的材料，看他们是怎么加入的。比如罗马尼亚，他们早在70年代就加入关贸总协定了，当时是承诺增加进口量。但后来对他们冲击很大，因为每年都要增加进口量，国内市场是承受不了的。

所以，我们一定要以承诺降低关税的方式复关，就是说跟我国商品的进口量没关系，只涉及关税的高低。

高　渊：你在中国复关和入世过程中，身份是什么？

张月姣：中国谈判代表团法律顾问。

高　渊：那几年谈判中，有什么难忘的细节吗？

张月姣：有不少。比如我们与美国贸易代表办公室（USTR）之间为时 12 年艰巨的知识产权谈判，当时吴仪是外经贸部部长，她带队去美国谈，我是法律顾问。这个谈判很曲折，它不是谈判技巧问题，而是有很强的政治色彩。

所以，尽管我们准备得很好，谈判策略也没问题，但最后还是没谈成。当时，吴部长说我们马上回去向国务院汇报。去订回北京的航班，公务舱、头等舱都订完了，只剩两个经济舱座位。吴仪叫我先跟她回去，我们就挤在经济舱的最后一排。从美国到北京的第二天，就去国务院汇报谈判情况了。那次真是永生难忘。

高　渊：知识产权谈判一直是很难啃的骨头吧？

张月姣：也是 1991 年，关贸总协定在日内瓦召开乌拉圭回合最后一轮的谈判，其中有个“10+10”会议，10 个发达国家和 10 个发展中国家一起谈与贸易有关的知识产权协议。

当时，吴仪部长随李鹏总理访问印度。印度总理建议中国尽快派专家赴日内瓦参加最后一轮知识产权谈判，吴部长决定派我参加。我接到通知迅速做好各项准备，三天内就赶到日内瓦关贸总协定谈判大厅，并与其他九个发展中国家代表协调谈判立场，例如在专利法中坚持强制许可，保护计算机软件的时限等。

我记得很清楚，谈判厅里咖啡都喝光了，水也没了，但谁也不走，因为都知道“魔鬼在细节中”，大家都守着那些文本，怕某个成员再加点什么。最后一天从早上八点一直谈到第二天早上六点，关贸总协定总干事阿瑟·邓克尔敲桌子了，说“时间到了”。最后达成的协议，大家其实都不太满意，但没办法了，这是最后的机会。协议达成后，乌拉圭回合谈判基本完成了。这个草案被称作《邓克尔草案》。

后来发现，参加这轮谈判对我当上诉机构大法官很有好处，让我整体了解了乌拉圭回合的一揽子协议。

高　渊：后来在中国入世谈判的关键阶段，你有没有参与？

张月姣：我主要是提供法律咨询。记得龙永图当首席谈判代表时，1995年冬天他回国跟我讲，我国《外贸法》公布后，WTO方面提了300多个问题。我说我可以向他们逐条解释并回答他们的问题，这个法律是我参与起草的，每条都有根有据。

然后我就随团去了日内瓦，就在WTO最大的会议厅里，用英语向所有成员逐条逐段解释《外贸法》。等我说完了，我问他们有没有问题，现场鸦雀无声。我说如果你们没有问题了，就视为你们都同意我的解释。从那天以后，在后来的入世谈判中，没有人再对中国的《外贸法》提出质疑。

神秘的上诉机构

高　渊：从2007年底开始，你担任WTO上诉机构大法官，这个上诉机构的权限是什么？

张月姣：WTO的贸易争端解决机制包括磋商、专家组、上诉机构和实施四个环节。WTO成员之间发生贸易摩擦后，如果无法自己解决，就可以申请启动WTO争端解决机制。

首先由摩擦双方在WTO继续磋商，如果仍无法达成谅解，就再提交到专家组进行裁决。对专家组的报告的法律问题和法律解释仍有异议的，可进一步申请由上诉机构裁决。上诉机构由WTO成员中选拔的七名法官组成，是WTO负责裁决贸易争端的最高机构。

我们七位法官做出的裁决，WTO 成员必须遵守裁决。WTO 争议解决的规则是“否定须一致表决”原则，必须 WTO 全部成员都投反对票，我们的报告才会不通过，但这种情况是几乎不会出现的。

所以，上诉机构的报告基本上自动通过，而且各成员都已在入世承诺书中承诺遵守 WTO 的各项协议，包括争议解决谅解和争端解决机构的裁决。如果贸易摩擦败诉一方在合理的期限内不执行裁决的话，WTO 可授权胜诉方对它进行合法的贸易报复。

高　渊：上诉机构能保证公正吗？

张月姣：我当选上诉机构法官后，曾听到国内有人说，咱在 WTO 有人了，以后可以尽管上诉。这是理解错误！

公正性和独立性是上诉机构乃至整个 WTO 争端解决机制的核心，守法、正派、正直是 WTO 上诉机构工作人员的首要素质。作为法官，不能附属于任何政府，必须不偏不倚，绝不能偏向哪一国。这些年里，我的公正性没人提出过质疑。

高　渊：你是中国政府推荐的，需要回避有关中国的贸易争端案子吗？

张月姣：在法官与审理的案件没有直接或间接的利益冲突时，不用回避。每件案子由谁来办，是通过抽签决定的。

WTO 一共有七个法官，每件案子由三位法官负责审理，其中一位担任该案首席法官。用的是一种埃及古老的抽签方法，事先准备了很多案件号码单子藏在保密柜里，每年根据案件数量，随意抽出一个单子，包括八个庭审组成的顺序号和每一个审议庭的三个号码，然后我们七名法官再抽自己的号码，自己的号码必须对任何人都保密。

当某上诉案件提出后，根据案号顺序，以及该庭审包括的法官号码，涉及的三名法官在做了利益冲突审查后，将自己的号码通报给其他法官和上诉机构秘书处，两者吻合，你就参加该案件的庭审，而且全程有独立人士监督。

这是为了保持客观性，防止当事方挑选法官，也防止法官以自己的偏好审理案子。但其实做到后来，已经慢慢能猜到下一个案子会是哪几个法官来做。所以，不断更换案件的排序单子，以及法官至少每一年更换自己抽签的号码是有道理的。

高　渊：对每个案子，最后需要三位审理法官意见一致吗？

张月姣：不一定，两票以上就行，可以有不同意见。但现在经过沟通交流之后，不同意见越来越少。其实法官做的工作，是对 WTO 条约做出权威解释。庭审法官尽量在涉案的法律问题达成共识，对 WTO 法律解释的一致性和可预测性是有益的。

高　渊：判决书由谁来写？

张月姣：是由三位法官讨论裁定，秘书处律师小组参与讨论。根据庭审法官的指示，由他们提供背景资料，或者根据法官的分析与推理提供某些法律分析的初稿，我们再一句一句地改，有时候要推翻重写。文字的工作量很大，写一个裁决是很费心费力的。有时彻夜难眠，不断琢磨案情与法律的适用，这是一个探寻真理的过程，尽最大努力保证上诉报告的推理精确、有说服力，体现合法性与正义性。

高　渊：判决书一般要写多长？

张月姣：很长，而且越来越长，像空客告波音的案子，专家组报告达到 1000 多页。我也参加了波音飞机的补贴案审理，无论专家组的报告和当事方的上诉材料有多长，我都是逐字逐句地认真阅读和思考。

我在日内瓦到北京的航班上，每次都要带半箱资料，一般看五小时文件，然后休息四小时。经常有空姐问我年龄，听说我都 70 多了，她们感慨还这么辛苦。其实我们上诉机构法官都很辛苦，由于长距离飞行的时差问题，几乎每个人都是早起的小鸟，早上四点钟就开始评论案情和有关的法律问题。

但越写越长是个问题吧。所以我这次告别演讲时，建议以后的判决书要简洁，最好有页数的限制。太冗长不好，影响说服力，这是一种法律文牍主义。

高　渊：你们七位法官之间关系怎么样？

张月姣：相处得不错。我们每做完一个案子，这个案子的首席法官就要举行一个小派对。我一般是在中餐馆订一些炸虾、牛肉、春卷、饺子之类的，再买一些酒和饮料，然后大家讲一讲对这个案子的体会，有时还跳舞唱歌。有的时候从北京回日内瓦，我会带上几只烤鸭。

高　渊：你在WTO工作将近九年，一共审理了多少案子？

张月姣：如果包括参与交换意见的，有40多个案子，我直接负责的是20个，我担任首席法官的是10个案子。这个数量，是上诉机构中比较多的。因为我的任期长，不少法官只做了一任四年。

这些年，WTO争议解决的案件数量在增加，法律问题在增多，审理的难度也在提高。能审理这么多上诉案件，是因为我精力旺盛，身体也不错，而且业务能力得到同事的公认，我的英语和法语都很熟练。

现在回想这九年，我最大的欣慰是，我有可能把国家之间的贸易争端，通过和平的手段来解决。比如澳大利亚和新西兰的苹果案，一直拖了90年都解决不了，然后通过我们的审议解决，现在他们又开始苹果贸易了。还有我参加的波音争议案，涉及那么多法律问题，我们都很清晰地做了解答和分析。

在WTO这九年，我真是用了“洪荒之力”。有的案子很复杂，真是连着几天睡不着，因为你必须对历史负责，世界都在看你。作为一个法官，我尽责了；作为一个知识分子，我获得了认可。

高　渊：有什么遗憾吗？

张月姣：说实在的，有时候我对有些案子觉得窝心，有的人不懂WTO规则或者有政治因素的干扰和偏见。另外在上诉机构推翻了专家组的某些裁定后，由于缺乏有关的事实认定，上诉机构无法完成法律分析。当事方使用了大量的人力、物力和时间，最后拿到一纸空文，无结论。这是我感到非常遗憾的。

高　渊：很多跟你共过事的人称你“铁女人”，有什么原因吗？

张月姣：可能因为我比较拼吧。1964年，我刚从北京师大附中毕业，被公派到法国汉纳大学学习。法语真是一点都不懂，就用字典背。从那时起，我养成了每天早上五点钟起床学习的习惯，一直保持到今天。无论头天夜里忙到多晚，次日清晨必定按时起床。

在我刚加入亚行的欢迎晚会上，法律部门新来的律师说，亚行要派人去战乱中的阿富汗，条件非常艰苦。先问了一位新同事，他说有小孩不能出差。第二个问的就是我，我一口答应，因为我身体好，而且有勇气。还有一条，我会射击和骑摩托车。

我在上高中时，拿过三八节女子射击比赛冠军。摩托车也是那时学的，教练说我个子太矮不能骑，我说个子矮更灵活呢！当时旁边有个大油桶，上面放个板子，教练说能骑过去就算上你。我当着那么多人的面，一下就骑过去了。我跟亚行的高层说了这个故事，他们很佩服我的勇敢。

高　渊：后来去西非开发银行，是否更艰苦？

张月姣：西非的条件是很艰苦的。我印象最深的是，有一次我和西非开发银行联合组织在多哥举办“中国经济日”，多哥也是西非开发银行总部所在地，有500多名专业人员参会。西非五国的副总理和贸易部长也出席了开幕式。

由于准备工作繁忙又经过长途飞行，我体力透支。就在大会开幕前一天，我突然腰疼得直不起来。去医院看病没效果，当地人说有一个“赤脚医生”专治腰疼。他们带我去看，都吓了一跳。那是露天搭的棚子，居然还没有一次性针头，针都发黄了。同事说走吧，万一传染什么病怎么办？我咬咬牙说，我今天豁出去了，不然这么大的活动，我哈着腰上台主持太不像话。于是就躺在木板上，让“赤脚医生”给我打了三小时吊针。后来，中国医疗队也送来了药，第二天居然跟正常人一样成功地主持了大会。

这么多年工作中，我一直记得周恩来总理对我们出国留学生讲的一句话：“青山处处埋忠骨，何须马革裹尸还。”我的人生字典里没有“不”字，没有做不到的事情。有志者事竟成！

争议中的WTO

高　渊：近年来，有些国家在质疑 WTO，想另起炉灶，你怎么看待 WTO 的存在价值?

张月姣：WTO 的基石条款是无条件的最惠国待遇。WTO 反对歧视、反对贸易保护主义、反对单方面的贸易报复措施，主张贸易规则透明，这些都是国际经济治理的重要原则。

国际贸易是国际经济发展的助推器，也是实现联合国千年发展目标的重要依托。建立和维护以规则为基础的多边贸易体制，是维护世界和平与发展的重要平台。我在告别讲演中特别强调，WTO 在抑制贸易保护主义和促进国际经济发展中有着引擎作用。

WTO 争议解决的救济方法是前瞻的。也就是说，如果某个成员被裁定违反了 WTO 的规则，它并不需要对已经造成的损失进行赔偿，而是修改或撤销违反 WTO 规则的贸易措施，以后不得有此行为。

这样有利有弊。有一次在比利时开会，巴基斯坦的贸易部长就说，WTO 裁决了这么多关于进口国反倾销措施违反 WTO 法的案件，最后也不给胜诉国赔偿，我们花的律师费和已有的损失，谁给我们补偿?而且裁决的时间越长，我们的损失越大。

这么看当然是弊端，但反过来说，如果一个新成员经常被起诉，这也是一种保护。比如美国、欧盟、中国相关的案子很多，如果都需要赔偿损失的话，可能也受不了。

高　渊：所以你赞同目前的不追溯补偿机制?

张月姣：WTO 的核心精神是，要把违反 WTO 规则的行为纠正过来，回到正确的轨道上，重点不是去惩罚过去的错误。而且，也很难用数字准确衡量造成的损害。所以，我还是支持 WTO，起码 10 年内依然适用现行规则。

高　渊：很多人都在抱怨WTO对贸易争端的裁决太漫长，你觉得究竟慢不慢？

张月姣：其实，WTO比海牙国际法院要快不少。国际法院15名法官，到现在做了不到70个案子，公布了30多个法律报告。而WTO上诉机构只有七名法官，已经受理了500多个案子，公布了150个报告。

根据现在的规则，上诉机构判一个案子必须在90天内结案，里面还包括翻译时间、节假日和周末，到了圣诞节，前10天就没人上班了。很多案子实际办案时间就一两个月，而且法律问题越来越复杂，有很多新的问题需要研究。我认为在办案时间和裁决的质量之间比较，应该以质量优先，当然也要适当加快审理。

判案不应该求快。其实现在最大的问题是，案子越来越多，法官的工作量太大。之所以有这么多案子，一是因为在WTO打官司是不用交仲裁费的；二是有的国家政府出于政治目的，可以对选民说，我已经把争议提交WTO了，我已经尽职了。我认为，国与国之间有很多双边和多边的会谈机会，应该更多使用非诉讼方式来解决问题。

高　渊：你认为现在WTO的最大问题在哪儿？

张月姣：我先说个故事。2015年，我们在清华大学举行有400多名专业人员参加的“WTO成立20周年国际研讨会”，请了不少WTO的上诉机构前法官、现任法官以及WTO高官和国内外WTO专家。会前我们在校园里参观，看到一位老先生在写书法，我一一解释文字的意思，问他们喜欢哪一幅，我可以买下送给他们。结果，WTO副总干事卡尔·恩斯特·布朗纳挑的是“行胜于言”。

现在，这幅字就挂在WTO总部非常醒目的地方。可能不仅是我，在WTO工作的人都有一个感受，这个庞大的国际组织一定要体现更多的行动和活力。从多哈回合搁浅以来，WTO的改革基本停滞了。这个机构必须行动起来，为推动经济全球化和维护以规则为基础的多边贸易体制做更大贡献。

东京归来

梅小璈 ♦ 向隆万 ♦ 倪乃先

1946年，“二战”落幕不久，审判日本战犯的远东国际军事法庭在东京组成，中国法律团队随即奔赴日本。在这个团队中，有三位特别引人注目：法官梅汝璈、检察官向哲濬，以及中途驰援的首席顾问倪征燠，他们被称为“中国法律界三杰”。

很多人原以为审判只要几个月，没想到最终历时两年半。经过强度极大的日本侵华罪证收集，以及艰苦卓绝的法庭交锋，25名甲级战犯被告都被判定有罪，其中东条英机等七名元凶罪魁被判处绞刑，16名战犯被判无期徒刑。

2016年，时值东京审判70周年，本书作者分别采访了梅汝璈的儿子梅小璈、向哲濬的儿子向隆万、倪征燠的女儿倪乃先，听他们说说父辈们自1948年东京审判结束后的人生岁月。

法官梅汝璈：忘记过去的苦难可能招致未来的灾祸

梅汝璈

东京审判中方法官。1904年生于江西南昌。1946年代表中国出任远东国际军事法庭法官，参与了举世闻名的东京审判，对第一批28名日本甲级战犯的定罪量刑（28人中2人病故，1人被确诊精神异常，实定罪25人）做出重要贡献。1949年后，历任第一届全国人大代表、全国政协委员。1973年在北京逝世，享年69岁。

梅小璈

梅汝璈之子，1952年生于北京，1988年在法律出版社出版其父遗著《远东国际军事法庭》。

“他和所有‘以天下为己任’的知识分子一样，一生中始终没有停止思考和抗争。东京审判是他人生和事业的巅峰，他尽了中国法官应尽的职责……让我们欣慰的是，对东京审判的研究正在深入开展。也许，这多少能够弥补我父亲写作中断、资料丢失的巨大遗憾吧。”

1979年深秋，27岁的梅小璈收到一份官方文件，是外交部送来的。

这份文件几经周折，才到他的手中。它先被送到了北京某个小工厂，规模类似于上海当年的里弄生产组。厂里的工友告诉送信人，这人已经不在这儿了，去读书了。

随后，文件被送往北京师范学院（首都师范大学前身），系里负责人把梅小璈叫到办公室，当场打开给他看。这是一份关于梅汝璈右派问题的改正通知。负责人告诉他，从今以后，你父亲的右派问题彻底解决了，你和你姐姐的档案里，也不会记这一笔了。

此时，大法官梅汝璈已经辞世六年，这是他被划为右派的第22年，也是距他赴东京担任“远东国际军事法庭”法官后的第33个年头。

时间倒推31年。1948年11月，梅汝璈在远东国际军事法庭历时两年半的工作结束了。此时，他得到一个消息，他回国后，将被任命为国民政府司法部部长。

梅汝璈的选择出人意料，他决定去香港避一避。他心里清楚，如果接受这个任命，必然要去台湾，因为当时国民党在大陆败局已定。而此时，他有不少中共方面的朋友，也在做他的工作，希望他北上。

1949年，梅汝璈决心去北京。在中共人员的安排下，他化装成商人，坐上一条运煤船。行驶到舟山群岛时，被国民党军舰截停检查。

护送的人见势，拿出钱来悄悄塞给带队军官，那个军官看了一眼，收了钱就走了。如果当时他被认出，也许就被抓去台湾，全家的人生将被彻底改写。

那天约访梅小璈先生，他在微信中说："你住在哪里，我过来吧。"约在北京崇文门地铁口，我等错了一个出口，他电话说："没事，我马上走过来。"其实，64 岁的梅小璈这段时间非常忙。因为那年是东京审判开庭 70 周年，各方纪念活动不断。

70 年前的 3 月 20 日，他的父亲梅汝璈从上海启程，搭乘美军飞机前往东京，代表中国担任远东国际军事法庭法官。那段岁月，梅汝璈法官经历座次分歧、量刑争议等诸多波折。当年，他有一句话流传甚广："如果这些日本战犯不能被判处死刑，我只能跳海以谢国人。"悲壮之情溢于言表。

最终，11 名法官以 6 ∶ 5 的微弱多数裁定，判处东条英机、板垣征四郎、土肥原贤二、松井石根等七名甲级战犯绞刑，16 名战犯被判无期徒刑。

正因如此，后人称梅汝璈为"中国第一大法官"。东京审判成了他人生和事业的巅峰，他的故事也被反复讲述。但很多人不知道的是，梅汝璈从东京归来之后，这位顶尖法学家的后半生是如何度过的。

✦ ✦ ✦

归国：全家住进杜月笙当年买给孟小冬的房子里

高　渊：东京审判到 1948 年 11 月底结束，梅汝璈先生回国后去了哪里？

梅小璈：先到香港躲了一段。那个时候，国民党政府准备任命他做司法部部长，但如果接受任命的话，是一定要去台湾的，因为当时蒋政权在大陆败局已定。

我父亲没有接受，躲到香港去了。当时在中共这边，也有很多朋友在做他的工作，后来到香港住了一段时间，就有中共方面的人员来联系，准备安排他北上。

当时还有很多民主党派人士也在香港。我父亲没有他们那么出名，在国内的政治活动里不是那么活跃的，但也有安排。

据说，我父亲在中共人员的安排下化装成商人，坐一条运煤的船北上。半路到舟山附近，还被国民党的军舰截住，要检查证件。护送我父亲的人拿出钱来贿赂军官，结果军官把钱拿走了，没有认真搜查，而且海军的军官也不认识梅法官，要认出来的话，也许就抓走了。

高　渊：到了北京以后，担任什么职务？

梅小璈：当了外交部顾问，后来还当选了全国人大代表。他的工作关系在外交部条约法律司，在那儿上班，没有什么实质性职务，就是研究一些文件，做点翻译。

外条法司有个专家室，负责人是国际法的泰斗周鲠生，当过武汉大学校长。后来，东京审判中担任中方顾问组组长的倪征𣋉先生也从上海调来这里，那时候倪先生所在的东吴大学已经被合并掉了。

我是1952年生在北京，我姐姐梅小侃是1950年生在香港。我父亲是一个人先回来，在北京安顿下来之后，再去香港把我母亲和姐姐接回来。

我们住的房子好像是外交部跟房管局租的，反正房租交给房管局，就在现在的长安大戏院后面。据说我们住的那个平房，是杜月笙给孟小冬买的房子，后来他们都到香港去了。到了“文革”前，我们搬到建国门外的外交部宿舍，那个时候觉得有暖气、煤气，条件真的是挺好的。搬走之后，那个平房空下来，后来变成大杂院了，据说到80年代，杜月笙的后人还来找过这个房子。

那不是规整的四合院，有西房和北房，东南没有房间，但上面也是青砖瓦的，中间有一个小庭院，不只我们一家住。

高　渊：住的条件在当时还算可以吗？

梅小璈：我觉得在平房里算可以的。我们一家四口住四五间房，房间不是很规整，但面积不算小，有时候老家来亲戚住一下，也不觉得拥挤。

房子里还有西式的卫生间，有一个抽水马桶。这在50年代很少见，包括一些很好的四合院里面都没有这个东西。我们边上院子里的卫生间，还是那种需要淘粪工人来清理的。我记得那时候同学来玩，都对抽水马桶的水箱很好奇，这个东西怎么会有水下来，特新鲜。

审判：座次之争

高　渊：你们祖上有什么背景吗？

梅小璈：完全没有。我父亲是1904年生在江西南昌县，祖父稍微有点文化，当时新式小学刚刚出现，祖父没把父亲送私塾，而是送进了城里的小学。

我父亲12岁的时候，就考到北京的清华学堂，这是美国人用庚子赔款的一部分建的。那时候，清华学堂是八年制，也没特别分专业，英语的训练比较强。大部分学生毕业后都到美国去留学，我父亲是1924年去的。

他在斯坦福读了两年，读文科基础。然后1926年到芝加哥大学，读了两年就拿到了英美法学博士学位。这个速度应该说是很快的。

他从芝加哥大学毕业后，到欧洲游历了一番，1929年回国，先后在山西大学、南开大学、复旦大学和武汉大学当法学教授。还长期担任立法委员，参与过很多法律的制定。抗日战争胜利后，要追究日本战犯的责任，他被任命为中国参加远东国际军事法庭的法官。

高　渊：这里有个悬案，到底是谁推荐梅先生去担任这个职务的？

梅小璈：确实有好几种说法。一种说法是王世杰推荐的。他当过国民政府的外交部部长和教育部部长，而且也是清华出身，后来留英的。

还有一种说法是向哲濬先生推荐的。向先生比我父亲大十来岁，他也是从清华出去的，美国华盛顿大学的法学博士（这是一个较为通行的说法，但此说法有误，参见下文向隆万的访谈）。据说当时中国政府选派向哲濬出任东京审判中方法官。但向先生考虑到起诉惩治战争罪犯，检察官的责任可能更为重大，加上年龄等因素，便推荐他的清华学弟我父亲出任法官，他自己担任检察官一职。

高　渊：接到这个任命，你父亲觉得意外吗？

梅小璈：当时我还没有出生，不是很清楚。其实他就是一个书生，没在政界做过什么大官，也没当过哪个地方法院的法官。他的优势大概就是对英美法律程序比较熟悉，还有就是语言过关吧。但其实当时英文好的人也挺多的，有很多留学回来的。

说实话，我也不知道蒋介石是怎么想的。他是真的重视，真的选拔一个人才去呢，还是走走形式，反正胜败已分，派个教授去就行了，很难说。

高　渊：还有一个争议，就是庭审法官的座次问题，十年前拍的电影《东京审判》就突出渲染了这一细节。大多数人都说，梅先生对此据理力争，体现了伟大的爱国情怀。但也有人说他是小题大做，甚至以退出为要挟，是为民族立场而牺牲法律立场，这个过程究竟是怎样的？

梅小璈：我父亲自己专门写过这个过程。一开始，各国法官对座次没太当回事，我父亲认为就是按“密苏里号”上受降时签字的次序来，即美、中、英、苏、澳……多数法官都赞同。

但来自澳大利亚的庭长却不喜欢这个安排，他想让跟他亲近的英、美法官坐在他左右手，他提议以联合国安理会五国来排，就是美、英、苏、中、法。但马上有人提出，五国应该按英文字母排，中国应该在第一个。

接下来的讨论就乱了。有人说应该按法官资历排，有人说可以完全按英文字母排。我父亲半开玩笑地说，如果不以“密苏里号”签字顺序排，就以法官的体重排，我们中国可以换一个比我胖的法官来。

第二天开庭预演，庭长自行宣布座次为美、英、中、苏、法、加……并说已征得盟军最高统帅同意。我父亲愤然离席，回到他的办公室脱下法袍。同时，加拿大法官也提出抗议。庭长来跟我父亲说，今天预演先这样，明天正式开庭再说。我父亲当即表示他将辞职，让政府另派法官。

如果这样的话，第二天的首次正式开庭势必延期，必然造成世界影响，这是谁都负不了责的。这样，庭长终于表示，就按多数意见，按照受降签字次序来排座位。

高　渊：你怎么看你父亲的座次之争？

梅小璈：当时的状况是，国际舆论都说中国是“假强”，实力非常有限。像美、苏、英等强国，内心深处是不太看得起中国人的。正是因为处于这样的地位，我父亲就会特别敏感，稍微觉得自己国家的权益受到了损害，就会有比较激烈的反应。

但是，他们这11位法官都受过高等教育，而且都做法务工作，都有一套辞令，见面很客气。我父亲在日记里也写了，说中国闹饥荒、打内战啊，他觉得有点不太好意思，因为当时不管是战胜国还是战败国，都在恢复经济建设，为医治战争创伤而努力。

他说，人家表面上客客气气，教养都很好，私下还不知道要如何议论我的祖国。所以他会这么敏感，这也是人之常情吧。

高　渊：还有一个疑问是，最后的判决是如何达成的？据说，澳大利亚庭长主张仿效当年处置拿破仑的办法，把日本战犯流放到无人海岛。而印度法官拉达比诺德·帕尔主张无罪释放，由于这个动议，帕尔成为现在日本靖国神社中唯一供奉的外国人。

梅小璈：我父亲一直有记日记的习惯，关于东京审判的日记，现在保存下来的就是他初到东京的50多天，他后面还有一行字叫“以下转入另册”，但这个另册哪儿去了谁也不知道。

其中最可惜的，就是关于定罪量刑那一部分没有了。因为这个程序中，检察官是不能参加的，就是法官们的秘密会议。从现在的资料看，庭审记录很详细，但法官会议的记录没有，那时候好像也不录音。当时，除了庭长和十个法官参加，另外有一个翻译，因为苏联法官伊凡·柴扬诺夫不懂英文，他必须带个翻译，所以一共 12 个人参加。

我父亲是坚决要求判处战犯死刑的，因为中国人受到的迫害太深了。在他的坚持下，最终法庭判处东条英机、土肥原贤二等七人绞刑，16 人无期徒刑。但除了第一批受审的战犯之外，其他在押的战犯后来都被稀里糊涂地放掉了。

1957 年：手稿被拿走了

高　渊：1957 年的时候，梅先生为什么会被打成右派？

梅小璈：和当时很多人一样，他也是因为开座谈会的时候提了点意见。一开始是响应号召，帮助党整风，但后来风向变了。当时好像有人跟他打过招呼，说你自己出来做点检查，或许可以不被划为右派，多少对我父亲有点保护的意思。

但我父亲的性格比较倔强，他认为是响应号召提意见，而且也不认为他的观点有什么错，这样就互相下不来台。那时候外事口的领导阎宝航还为我父亲说话，他们是好朋友，结果阎宝航也受了批评，被说是“温情主义”。

我父亲主要说了三点。一是对待苏联专家的问题。他说有的地方把苏联专家奉为神明，这是崇洋媚外的另一种表现。

二是关于一些具体制度的缺陷。他说像刘青山、张子善那样的贪污案，这两人的职务不是很高，但贪污的数量却很大，那就是在财务审批制度上本身有缺陷，而不能简单地说是个人品质问题。

三是有些宣传不实。他说经济建设的宣传中不实的成分很多，很多是“打肿脸充胖子”，有的是做戏、表演，这种情况应该警惕和制止。

高　渊：当时你才五岁吧，父亲被划为右派后，感觉家里有什么变化吗？

梅小璈：我很小，看不太出来，好像家里电话机没有了，其他的物质生活我没感觉到特别的差别。

我父亲的工资级别降了一点，原来是八级，每月大概 200 多块，当时算很高了。但 1957 年以后，好像降到十一级，后来又提了一级，那以后一直是十级干部。解放后，我母亲没有出去工作，全家就靠我父亲的收入，当时我也不知道父亲的工资降了。

那时候，因为受周恩来和陈毅的影响，外交部的小氛围还不错，像我父亲那样的老专家还能研究和翻译点东西，周恩来一直礼遇尊重这些旧社会过来的老专家。

高　渊：当时你家里生活得怎么样？

梅小璈：我感受最深的是，到了 1959 年我上小学了，开学不久，同学们很爱上的体育课就取消了。本来早上八点钟上课，也被推迟到九点以后了，下午有的时候干脆放假。街道里根据医院证明能领几勺豆浆，邻居们的生活显得很拮据。

我家生活也挺困难的，因为副食品供应都要靠供货证，粮食的质量也明显下降，大米里面沙子很多，在煮饭前要仔细挑。但出现这种情况的，绝对不只是我们一家，处境不如我们家的太多了。

被划为右派以后，父亲还在原来的条法司，并没有下放。后来“文革”快开始了，外交部里面也闹得很厉害，不少老干部、老专家都被不同的造反派挟持利用，我父亲反倒没人管了。

高　渊：1966 年之后，梅先生的状况怎么样？

梅小璈：有件事挺幸运的。那是 1965 年，就是“文革”爆发的前一年，我们搬了个家。从原来那个平房搬到了建国门外的外交部宿舍。后来发现，这次搬家非常及时。如果我们还住在胡同里面的话，居委会、派出所都知道哪家成分不好，红卫兵肯定会来冲击。

搬到外交部宿舍以后，那里也会有抄家，但都是外交部的造反派来抄，冲击的烈度比胡同里要轻得多了。如果不搬走的话，肯定受的罪要多得多。

现在开玩笑说，我们那时候遇到的抄家还算文明，因为没有破坏生活用品，就是拿走了父亲的手稿。当时，关于东京审判的回忆录，他只写了一半。除了手稿，还有一些资料、照片、便条、笔记什么的，都被拿走了。

高　渊：这些东西后来还要得回来吗？

梅小璈：后来我父亲想了个办法，他自己去部里说，需要拿回一些材料，他能更深刻地自我批判。这样就拿回了一部分，都堆在家里。他去世以后，我们整理时发现一个纸包，是用纸绳子捆着的，很整齐的一包，打开一看都是那种每页400格的稿纸，抄得整整齐齐，就是这部回忆录的前半部。

那时候我妈妈还在世，她一看就说这个东西找到了，下半部本来你爸还想接着写下去，但“文革”开始就没有写成。后来法律出版社不知道怎么听说了，说就算只有半部我们也要出版。我就拿给倪征日奥先生看，请倪先生写了序，后来找到北京大学王铁崖教授，请他也写了一个序。

高　渊：1965年搬进去的外交部宿舍，总体条件怎么样？

梅小璈：那地方在建国门外，就在长安街的延长线上，是新式五层楼房，我们家住在三楼。有煤气、暖气，有卫生设备，我母亲觉得真是方便，不用弄煤球炉子了。那时候，北京的管道煤气很少，我父母挺知足。

虽然没有电梯，房子的格局也比较老旧，但建造的质量不错，外观很朴素，那时候也不讲装修。

房子没有厅，就是一个窄窄的过道，有三间房，一间比较大，一间小一点，还有一间特别小，另外就是一个厨房，一个小的卫生间。吃饭就挤在过道里，也能坐得下。

这套房子一直住到母亲去世，2005年。这个房子还在，出租了，那地方现在是 CBD，中央商务区。讲拆迁讲了十来年了，来过四批开发商，他们都望而生畏，拆迁成本太高了。

谢世：他有很倔强的一面，但平时特别温和

高　渊：最近又再版了梅先生在东京审判期间的日记，这是什么时候发现的呢？

梅小璈：这也是后来整理他的遗物时，偶然发现的。我记得是1969 年的冬天，我从内蒙古插队的地方回来探亲，全家准备都去干校。当时，外交部里面抄家的物资也没人管了，是谁家的东西谁家领走。我又去拿回了一大包东西，再过了好几年，我父亲去世以后，才发现那个日记本的。

据我母亲回忆，其实我父亲的日记是记全的，很可能抄家的时候被拿走了，然后就遗失了。还有一种可能是，搞运动的时候，他会不会自己销毁了，这也很难说。不过，父亲后来的日记，没有像东京审判期间写得那么认真，篇幅也没那么长。

高　渊：梅先生在法律这方面的专长，后来有没有发挥的余地？

梅小璈：他在 50 年代初期的时候，有过几次出国开会，主要是去苏联、东欧。后来有一年，遇到中国和巴西的贸易摩擦，他在《人民日报》发表文章，认为巴西方面指责中国外贸人员的理由不成立。另外，还在《世界知识》之类的刊物写过一些文章，主要都是关于国际法，也做一些翻译工作。

总的来说，外交部的风气还是重视业务的，这是周恩来、陈毅打下的基础。1971 年中国恢复在联合国的合法席位后，有一个航空法方面的英文文本，部里也请我父亲帮着看一看。应该说，就算是“文革”期间，我父亲在业务上还有零星的发挥空间。他就像一名技术专家，这种人是不太容易被打倒的。

高　渊：你父亲的身体是从什么时候开始出问题的？

梅小璈："文革"开始后，他的身体就明显不太行了，经常要跑医院。那时候心情不太好，总是听说哪个老朋友被抓起来了，哪个老朋友自杀了。他给周恩来写过信，对造反派夺权、火烧英国代办处等，他认为很不好，很忧虑。

他是心脏病和高血压，就是心脑血管的那些病。到了 1972 年秋天，突然偏瘫了，送进医院就没能出来，1973 年 4 月就去世了。

在那之前已经住过好几次医院，那时候我和我姐姐都在插队，多半时间不在北京，当中我还回来过一次，就是因为他住院。

高　渊：他有什么爱好吗？

梅小璈：就是听听京戏。东京审判期间的日记里，他说每天打太极拳，我印象中住在平房里的那几年他还打，但后来处境不好了，似乎就不打了。

高　渊：在你印象当中，你父亲为人处世的性格是怎么样的？

梅小璈：他有很倔强的一面，但平时特别温和。按外交部一位老同事的回忆，说我父亲性情温和，但就是喜欢坚持一点东西，跟你硬到底。

他对我们姐弟的事干预得不太多，所以说不上严，也说不上慈。我们小时候学习不能说特别好，但也没让老人操多少心。

另外，他有悲观的一面，也有乐观的一面。我们读到初中，就遇到"文革"停课了，他跟我母亲讲，两个孩子虽说都只读到初中，但到乡下插队，认几个字也够了，将来还可以边工作边学习，迟早国家还会用人的。

高　渊：很多人都说梅先生是"中国第一大法官"，在你的心目中，他是个怎样的人？

梅小璈：他和所有"以天下为己任"的知识分子一样，一生中始终没有停止思考和抗争。东京审判是他人生和事业的巅峰，他尽了中国法官应尽的职责。

我父亲有句话："我不是复仇主义者，我无意于把日本帝国主义者欠下我们的血债写在日本人民账上。但是，我相信，忘记过去的苦难可能招致未来的灾祸。"

父亲已经离开我们 43 年了，让我们欣慰的是，对东京审判的研究正在深入开展。也许，这多少能够弥补我父亲写作中断、资料丢失的巨大遗憾吧。

检察官向哲濬：往事都藏在心里

向哲濬

东京审判中方检察官。1892年生，湖南宁乡双江口人，早年留学美国耶鲁大学，归国后曾任北京大学、北京法政大学、东吴大学教授。1952年院系调整后，先后在复旦大学法律系、上海社会科学院担任法律教学和研究工作。1960年担任上海财经学院（现上海财经大学）教授兼外语教研室主任，1965年退休。1987年逝世，享年95岁。

向隆万

向哲濬次子，1941年生于上海。现任上海交通大学教学委员会委员。

“他在家里很少跟我们说起当年东京审判的往事，很多事情似乎都藏在心里。但只要在报纸上看到日本又有人否认南京大屠杀，或者日本官员参拜靖国神社，他就会无比愤慨。有时候，他也会抱病参加一些会议，痛斥日本有人企图复活军国主义的行径。”

1946 年 2 月 7 日，向哲濬偕秘书裘劭恒从上海出发，前往东京。

半年前，日本宣布无条件投降。随后，盟军总部决定由中、美、英、苏、法等 11 国成立国际军事法庭。1945 年 12 月 8 日，蒋介石批准“以向哲濬、梅汝璈等二人为远东国际法庭我国代表”。实际上，54 岁的向哲濬是东京审判中方团队负责人。

向哲濬出生于湖南农家，1910 年考进游美肄业馆，就是清华学堂的前身。后来留美，先后获得耶鲁大学文学学士和乔治·华盛顿大学法学学士两个学位。

根据妻子周芳后来的回忆，原来国民政府是要派向先生当东京审判的中国法官，但他觉得检察官担子更重，就推荐了梅汝璈当法官，自己出任非常辛苦且默默无闻的检察官。

12 年后，1958 年的一天，向隆万要填报大学志愿，他请教父亲向哲濬。

那年，向隆万 17 岁，向哲濬 66 岁。向隆万想报考历史或者中文专业，父亲问他：“你是不是数理化很差？”向隆万说，其实都挺好的。

父亲跟他说，现在国家建设很需要人才，应该学数理化。略略停顿后，他又说了一句：“学人文社科呢，如果不能独立思考是很痛苦的。”向隆万只听懂了前半句，但还是改了志愿，选了文理都需要的建筑，考上了同济大学建筑工程系。

此时，距向哲濬参加东京审判归国整整十年，他还有 29 年平淡寂寞的人生岁月。作为当年中国最杰出的法律人之一，向哲濬的子孙后代无一继承他的衣钵。

在向隆万这位 75 岁的退休数学教授看来，法官梅汝璈曾被划为右派，且 69 岁就去世了，比较悲凉；首席顾问倪征日奥在 79 岁高龄时，还出任海牙国际法院法官，十分荣耀；而他的父亲——检察官向哲濬则默然无语地走完了最后的 39 年，可谓相当平淡。

从史料上看，向哲濬和梅汝璈是第一批确定参加东京审判的中国法律人。1945 年，日本宣布无条件投降后，蒋介石批准“以向哲濬、梅汝璈等二人为远东国际法庭我国代表”时，梅汝璈 42 岁，向哲濬 54 岁。

1946 年 1 月 19 日，《远东国际军事法庭宪章》公布，法庭正式组成，澳大利亚人威廉·韦伯和美国人约瑟夫·季南分别被任命为庭长和检察长。很快，向哲濬向国际检察局递交了由蒋介石圈点的第一批 11 名日本侵华甲级战犯名单。在经历了强度极大的日本侵华罪证收集后，向哲濬与检察官团队在法庭上，同日本战犯及其辩护律师展开了一场场激烈交锋。

作为参加东京审判全过程的中国代表团核心成员，向哲濬完成使命归国后，等待他的将是怎样的命运？他看似平淡无奇的后半生，蕴含着那一代中国法律人乃至中国知识人怎样的悲欢？

◆ ◆ ◆

选择当最累的检察官

高　渊：你父亲是最早一批去美国留学的中国人吧？

向隆万：他是 1910 年考进游美肄业馆，就是清华学堂的前身，确实算早的。后来毕业于美国的耶鲁大学和乔治·华盛顿大学。

1920年，他在耶鲁大学拿到了文学学士学位，1925年他在乔治·华盛顿大学拿到了法学学士学位。前几年，我拜访了乔治·华盛顿大学法学院的副院长，她查了档案也觉得诧异，因为一般人总要继续读硕士、博士的，我父亲怎么就不读了？

其实他当时是归心似箭。因为他在1920年华盛顿会议期间，担任中国代表团秘书，受到王宠惠博士的青睐。王宠惠希望父亲尽早回国，为收回列强“领事裁判权”等事务出力。

高 渊：有一种说法，说原来国民政府是要派向先生当东京审判的中国法官，但他觉得检察官担子更重，就推荐了梅汝璈当法官，自己当非常辛苦且默默无闻的检察官。有这回事吗？

向隆万：这是我母亲的回忆录写的。但到目前为止，还没有从档案中找到证据。

根据我母亲的回忆，当时政府让我父亲选，当法官或检察官都可以。我父亲觉得在英美法体系中，检察官的工作更为吃重，他就挑了这个累活，并推荐他清华的学弟梅先生去当法官。

这应当说是非常可能的。我父亲过世后，母亲主要靠写写书法来打发时间，我们几个子女就劝她写点回忆录。她说好，那我就先写你们父亲吧，这样就从我父亲出生写到去世。

所以，她写回忆录，并不是为了发表，没有必要去编排。她写到的这一段，肯定是我父亲跟她讲过，否则她编也编不出来。以我父亲的性格，他确实喜欢自己承担比较麻烦的事。

高 渊：对日本战犯的起诉起始日，原来是从1941年珍珠港事件开始，但在中国检察官强烈要求下，往前推到1928年皇姑屯事件为起点，这是你父亲提出来的？

向隆万：因为珍珠港事件发生在1941年12月7日，所以美国方面提出从1941年开始算。美国是12月8日向日本正式宣战的，而中国是12月9日才对日宣战。

但日本军方一手策划了皇姑屯事件，被暗杀的张作霖是中国华北和东北的最高行政长官。此后，日军侵略中国各地，屠杀了千百万中国平民，这些当然是战争行为！

我父亲坚持从1928年1月1日作为起始日，就是为了更完整地起诉日本战犯的罪行。当然，这也使他自己这个团队增加了很多压力，因为收集证据要从1928年开始了，他们为此花了大量的心血。

赋闲开始：在法律系几乎没什么课可上

高　渊：东京审判结束后，他面临什么样的选择？

向隆万：法庭审理即将结束时，国民政府曾任命他为最高法院检察署检察长。我父亲立刻发电报请辞。回国后，又任命他当司法院大法官。而且还特别通知父亲，已备好全家由上海到广州的机票，速去台湾上任。

司法院大法官类似于最高法院大法官，地位非常高，而且是终身制的。但我父亲还是决定不接受任命，因为他觉得国民党太腐败，决心不去台湾。那时，季南邀请他一起到国际法院工作，还有机会去美国讲学，他都没去，决定留在上海，就想从事他最钟爱的教书工作。

高　渊：决定不去台湾后，他先到哪所大学开课？

向隆万：到大夏大学和东吴大学，教国际法等课程。那时候，我母亲也被大夏大学附中聘为英语教师。1951年，大夏和光华等合并为华东师范大学。院系调整后，东吴大学的法律系被并进了复旦大学，有领导来征求他的意见，问他想去复旦外语系还是法律系？

我父亲考虑到自己的专长是法律，又有多年的司法实践，特别是有东京审判的经历，他就选择了法律系。他对能进国立大学任教，当时是很高兴的。但他可能没有预料到的是，这个法律系形同虚设，几乎无课可上。

当年强调的是，“政策和策略是党的生命”，就是以政策为主。比如说，同样偷东西，碰到严打了，可能就判得很重。而且，我父亲的专长是国际法，偏重英美的。那时候，中国是向苏联一边倒，不能讲英美法律这些东西。对于像他这样一贯忙于工作的人，一下子处于无所事事的状态，让他很茫然。

高　渊：这样的赋闲状态持续了多长时间？

向隆万：很多年。到了 1958 年，复旦大学法律系解散了，他被安排调到了上海社科院工作，也没什么事，就是开开会。

我父亲一直想找点事情做做。他常和几个好朋友谈起这个问题，大家都有同感。因为他们当时的境遇都差不多。

50 年代的时候，中国和印度关系很好。1954 年尼赫鲁总理访华，北京几十万人欢迎。我父亲和他的几个朋友，就选了尼赫鲁的著作《印度的发现》来翻译。

一开始有五个人，他们先分好工，然后每个阶段碰一次头，讨论翻译中遇到的问题。工作时断时续，有两位因为手头的事情慢慢多起来，就中途退出了。

我父亲就把他们的工作包揽下来，翻译完成后，还负责全书的审阅修饰。他们不求速度只求精，足足花了三年时间才出版。可能因为是集体合作的关系，他们就以“齐文”为译者笔名出版。

高　渊：这本书就 1956 年出了一版？

向隆万：是的，一直到 2016 年，上海人民出版社又重新出版，在 2016 年上海书展上被评为“十大好书”之一。这次不再用笔名了，翻译者除了我父亲，还有他的清华同学、经济学家朱彬元先生，以及梅汝璈法官的秘书、上海外国语学院教授杨寿林先生。现在看看，译文很流畅，不失为翻译的佳作。

这里面还有个故事。这本书出版后，我父亲送了一本给他的两位长辈。后来这两位先后在东北故去了，书被卖给旧书店。多年以后，有人在地摊发现了这本书，就发了个邮件给我，说令尊大人有一本书，你要不要？我当然要，他寄给我了。这上面还有我父亲的笔迹呢。

运动中过关

高　渊：你父亲在 1949 年后一些政治运动中，受到的冲击大吗？

向隆万：中华人民共和国成立初期一开始是“三反”“五反”，这个主要是针对干部和工商界人士，我父亲是旁观者。然后就是思想改造运动，这次的对象是知识分子，我父亲就感受到波动了。

我父亲加入过国民党，又当过国民政府的法官，很多朋友都很担心他会受到严重的冲击。听我母亲后来说，我父亲当时也有些不安，但他自己想想，当法官的时候始终公正廉明，没做过什么坏事。他没有想到，1949 年前的法院里还有中共地下党员，他们对父亲的为人非常了解，所以顺利“过关”了。

父亲在思想改造运动中，交代了以前的经历，把所有留着的历年国民政府的委任状都上交了。而且，他对自己受英美法学影响的思想也做了自我批判。他在小组交代的时候，都实话实说，没有夸张的地方，别人也说不出他以前有什么劣迹，所以没有受到多大冲击。

高　渊：1957 年的遭遇怎么样？

向隆万：复旦的反右相当激烈，王造时、陈仁炳等都被称作“大右派”，是全国批判的大右派。我父亲那个小组里，有国民政府最后一任最高法院检察署代理检察长杨兆龙、莎士比亚研究专家孙大雨等人，对他们的批判也很激烈。

我父亲平时的一言一行都很热爱新中国，所以最终没什么问题。他当时觉得，虽然 1949 年后法制建设不够，但是国家欣欣向荣，造出了汽车飞机，解放前《六法全书》俱全，不也民不聊生吗？

让我父亲大吃一惊的是，1949 年前他法院里的两个地下党员，却被划成了右派，他一直觉得这两人为人很好。

高　渊：这次运动对你父亲有什么潜在影响吗？

向隆万：我父亲从1956年开始，就在着手整理东京审判的资料，准备写一部回忆录。经过了反右之后，他就停笔了。

我母亲说，60年代初，他后来还动过心，但在批判“三家村”《海瑞罢官》后，很快“文革”风暴到来，就再也不提这事了。梅汝璈先生在60年代初开始撰写关于东京审判的专著，也是因为“文革”而中途搁笔，非常可惜。

其实，我父亲是从东京审判中方组团开始就加入的，参加了全过程，他不写回忆录损失挺大的，很多经历只能被湮没掉了。

高　渊：“文革”开始后，他的境遇怎么样？

向隆万：我父亲是1960年离开上海社科院，调到新成立的上海财经学院，当基础部英语教研室主任。在那里工作了五年，到1965年退休的。幸亏退休了，后来没有遇到红卫兵的“打砸抢”。

他在财大当英语教授，法律肯定是不能再教了。他在1964年生了一场病，前列腺肥大开了刀，然后注射链霉素，可能剂量用大了，听觉越来越差。本来学校还不让他退休，但他说我是教英语的，现在听不清学生的发音，这个怎么行？而且，年纪也确实大了，退休那年已经73岁。

高　渊：在那场运动中，他还能身处事外吗？

向隆万：开始两年基本没事，但也一直担惊受怕。当时我们住在铜仁路上的一个大楼里，看到好几个邻居被抄家，有的家里地板也被撬开，财物都被红卫兵拿走了。我父母一直日夜不宁、草木皆兵。

好在我们家有一张新华社记者拍的大照片——毛主席和我外祖父周震鳞握手。外祖父是同盟会发起者之一，孙中山和黄兴的战友。毛主席青年时代听过他的演说，1949年后，就把外祖父全家接到北京。每年，毛主席都要宴请章士钊、王季范、仇鳌和我外祖父这几位湖南元老。曾有红卫兵光顾我们家，一看到这张照片就诺诺而退了。

到了1968年夏天，我父亲这样的退休教师突然都被召回学校，说要“清理阶级队伍”。让他们参加学习小组，每个人都要自我批判，他主要是交代东京审判的情况。

他每天早上六点前就要出门，晚上十点以后才能到家。白天还要劳动，让他们扫厕所、除草，等等。回到家已经疲惫不堪，但还要写一篇学习心得。我父亲做事又认真，要花很多时间写。我母亲看他太辛苦，后来就帮他写好，等他回来抄一遍就行。有时候，我父亲抄着抄着就睡着了。

高　渊：你父亲被批判时态度一直很好吗？

向隆万：主要是他耳朵不好，别人批判他，他也听不清，就站在那里点头。其实我父亲脾气很犟的，如果他听清楚了，一定会反驳。

到了 1969 年初，学校开了落实政策的大会，我母亲也去参加了。在那个会上，主持人说，向哲濬对以前的错误能够认识清楚，劳动态度也很好，从今天起予以解放，不必再来学校参加学习了。

高　渊：“文革”结束后，他是否精神一振？

向隆万：是的。应该说，那十年他已是身心交困。而 1976 年打倒“四人帮”后，竟然奇迹般精神焕发，1977 年，他一个人去北京探望我哥哥和姐姐，住了大半年。第二年，他又只身坐火车到西安来看我，当时我在西安交大工作。他还登上了骊山，那年已经 86 岁了。

我父亲出身湖南农家，劳动之余，一直喜欢洗冷水澡，且不碰烟酒。但我觉得，最关键的还是心态好。即便在“文革”中，他也要找点事情做做，最经常做的就是教青少年学英文。

我记得，他买过几十本英文版《毛主席语录》，像发扑克牌一样，见到年轻人就送。他送过送报纸的、修皮鞋的，还有邻近一家烟纸店的一对兄妹。他总喜欢问人家：“你想学英语吗？我可以教你。”

高　渊：有多少小孩跟他学？

向隆万：他教过很多人，像那家烟纸店的兄妹，哥哥兴趣不大，妹妹却很想学。我父亲就每个星期都上他们家去，当时没有教材，除了英文版毛主席语录，只有《北京周报》，1972 年尼克松访华后，中英文的《中美公报》就是很好的教材。“文革”后，烟纸店的这个妹妹考上大学，我父亲还在病床上为她批改英文作业。

后来，那个女孩当了大学教师，又去美国深造，现在在美国任教。她总是说，是向老改变了我的命运！

高　渊：他对物质上一直要求不高？

向隆万：其他不说，比如说房子。1949 年后一直住在铜仁路的一个公寓房里，房子不错，但很小，建筑面积大概 40 来平方米，最多的时候住了八九个人，三代同堂。他一直心态特别好，不然也不会高寿。

高　渊：什么时候身体出问题的？

向隆万：大概 90 岁的样子吧。先是小中风一次，后来又经历盲肠炎手术，身体一直没恢复过来。到他最后两年，人已经有点糊涂了。1987 年的夏天特别闷热，他没熬过去，享年 96 岁。

后代没有法律人

高　渊：向先生的后人有没有学法律的？

向隆万：没有。我有一个哥哥和一个姐姐，我们考大学的时候，国内大学的法律系大都解散了，还怎么读法律？

1958 年，我填大学志愿的时候，原来想报历史或者中文。回来问我父亲，他说你是不是数理化很差？我说其实都挺好的。他说，现在国家建设很需要人才，应该学数理化。然后他又说了一句，学人文社科呢，如果不能独立思考是很痛苦的。

我那年 17 岁，只听懂了前半句，但我还是改了志愿，选了文理都需要的建筑，考上了同济大学建筑工程系。

高　渊：但后来你改学了数学？

向隆万：我的经历蛮复杂的。1957 年苏联的人造卫星上天，据说有一次毛泽东问赫鲁晓夫，为什么苏联能赶在美国之前上天？赫鲁晓夫说，这个很简单，我们的传统就是数学和物理的基础特别强。

后来，教育部要求有条件的大学，多培养一些学数学和物理的学生。记得我们班在大学一年级的暑假去崇明进行测量实习，回来的船上宣布，根据党的需要，你们中间要各抽30个人学数学和物理。下船就宣布名单了，我是学数学。

论数学的师资条件，肯定是复旦更好，所以我两年级就转到复旦数学系代培。本来毕业后回同济任教，但是随着“调整、巩固、充实、提高”八字方针的贯彻，1963年我从复旦毕业后被分配到西安交通大学任教。1984年，为了照顾年迈的父母，又调回上海交通大学任教，直至今日。

其实我的数学才能并不强，个人特长应该是人文学科。但后来做了一辈子数学，改革开放后，还被公派到美国哥伦比亚大学当访问学者，学的也还是数学。

高　渊：你是从什么时候开始想收集东京审判资料的？

向隆万：父亲比我大49岁，等到我长大成人，他已是古稀老者，平日很少讲到东京审判，我的确知之甚少。2005年胡锦涛总书记在纪念抗日战争胜利60周年时，第一次高度评价东京审判。而我面对媒体采访，几乎无言以对，惭愧之余，才决心收集东京审判的第一手资料。

1948年底，东京审判结束后，我父亲整理了两大箱的资料，包括四万多页庭审记录和两万多页证据，他特意和秘书高文彬先生带着资料坐船回国。回来后，一份给了南京国民政府，一份给了东吴大学法学院。但后来都下落不明。

我曾经问过上海图书馆和国家图书馆，他们答复说都没有东京审判的史料。我那时只是想找到这些史料，了解我父亲当年到底做了什么。

高　渊：哪年正式付诸行动的？

向隆万：2006年初，上海欧美同学会组团去美国，我是团长。到了华盛顿，我就去国会图书馆，发现有庭审记录的缩微胶卷，他们还把东京审判的庭审记录缩印编成了 20 多卷书。以前是一头雾水，这次算是摸清楚史料在哪里了。

那年 5 月，我又去了一趟美国，参加小儿子的硕士毕业典礼。借此去了华盛顿国家档案馆和纽约哥伦比亚大学东亚图书馆，除文字外，还寻找照片和纪录片。

高　渊：做这些事要花不少时间，经济上有压力吗？

向隆万：我当年在哥伦比亚大学留学时，导师是华裔教授朱家鲲，也是交大校友。他经历过上海沦陷的日子，对日本鬼子深恶痛绝。他见到我就给了我一张 5000 美元的支票，大力资助我。

但纽约市区宾馆很贵，我和太太住在新泽西的一个朋友家里。每天清晨，朋友的太太开车把我们送到火车站，乘火车到纽约，而后转乘地铁到位于曼哈顿的哥伦比亚大学。晚上再原路返回，朋友太太开车来接。路上单程要两个小时，这样持续了一个月。

高　渊：最终成果怎么样？

向隆万：2007 年我又去了一趟，翻拍了 20 多张照片，根据查阅索引复印了 100 多页父亲的讲话，还有两段录像资料，回来时就感觉比较有底气了。

到 2010 年，我编辑出版了一本书，书里收录了我父亲在东京法庭上 10 次讲话的英文原稿和中文翻译，还附上了母亲周芳的回忆录。看到这些尘封多年的史料重见天日，我觉得可以给自己一个交代了。

高　渊：很多人都说向先生是那个时代中国最优秀的法律人之一，在你的心目中，他是一个怎样的人？

向隆万：他在家里很少跟我们说起当年东京审判的往事，很多事情似乎都藏在心里。但只要在报纸上看到日本又有人否认南京大屠杀，或者日本官员参拜靖国神社，他就会无比愤慨。有时候，他也会抱病参加一些会议，痛斥日本有人企图复活军国主义的行径。

父亲是一个博学、温和的人，他已经离开我们 29 年了。上海交大在 2011 年 5 月 3 日东京审判开庭 65 周年之际，成立了“东京审判研究中心”。2016 年是开庭 70 周年，五年来关于东京审判的史料正在陆续整理出版，我们最近还倡议建立“东京审判纪念馆”。

我想，这些工作都是我父亲和他当年东京审判的同事们最希望看到的。

首席顾问倪征𣈶：不拿下元凶，无法见江东父老

倪征𣈶

东京审判中方首席顾问。1906年出生于苏州吴江的黎里镇，1928年毕业于东吴大学法律学院（1935年改为东吴大学法学院），之后留学于美国斯坦福大学法学院，获得博士学位。1946年参加东京审判，任中方法律顾问。1984年，当选为联合国国际法院法官，任期九年。2003年病逝于北京，享年97岁。

倪乃先

倪征𣈶之女，1941年生于上海，北京市交通局原副局长。

"父亲是个理性沉静的人，但晚年只要说到东京审判，他都会激动落泪……我的父亲还是幸运的，在东京审判结束后的55年里，他的法学专业学识依然有很大的用武之地。"

1948年12月，倪征𣈶（媒体多用“燠”，但经本书作者与倪家人确认，实应为“𣈶”）完成在东京的工作，回到国内。当时，家里正商议举家赴台。

但后来决定不去了。一是他岳父说不去，已经70多岁了，年纪太大了；二是倪征𣈶认为，共产党也需要正直的司法人员，“我一身清，一点都没有顾虑，我能找到工作的，教书也可以。”他马上去东吴大学法学院教书，当了法律系主任、教务长。

1949年后，先是思想改造，然后就是院校调整，所有私立学校都经历调整。当时成立了一个17所私立大学的联合办公室，就设在东吴大学法学院，倪征𣈶当了二把手，他就天天在那儿上班。

到了1952年，东吴大学被撤销了，他被安排进入同济大学，担任图书馆主任。当时同济大学一直在传要搬家，一说要到西北，一说到新疆。而且，同济没有法律专业，他自己在同济大学也觉得很另类，李国豪教授跟他开玩笑说：“你是我们同济里面唯一的法律教授。”

倪征𣈶开始自学俄文。他解放前住在上海法租界，那里有俄国礼拜堂，在那儿已经学过俄文，所以有一点基础。他花了两年时间，拿到了上海俄语广播学校（上海中苏友好协会与华东·上海人民广播电台合办）的结业证书。然后马上现学现卖，给同济大学一年级学生教俄文。

在他女儿倪乃先看来，父亲是很识时务的，他看到整个国家往苏联一边倒，觉得必须学点俄文，而且他觉得自己有这个精力，当时不过 40 多岁，完全能够学会。“他当初决定留在新中国，是想继续从事法律教育工作，这里是有差距。但不能说事与愿违，只能说有差距，没有发挥法学专长的空间。”

如今，75 岁的倪乃先住在北京东交民巷。

这座外表普通的 13 层楼房里，住着不少中国外交界的名人及他们的后代。在这里，她的父亲倪征日奥度过了 97 年人生的最后岁月。

倪乃先说一口北京话，显得爽朗麻利。她说，今年是他们全家从上海搬到北京的整整 60 年。我问：“您还能说上海话吗？”她立刻转换成标准的上海话，说：“怎么会不记得，我和父母在家里一直说上海话的。”

倪征日奥先生是苏州黎里人，夫人张凤桢是地道的上海人，家就住在老城隍庙旁边。在东京审判中，倪征日奥中途加入支援，以中国检察组首席顾问的身份出庭，舌战土肥原贤二和板垣征四郎的日本和美国律师团，最终扭转不利形势，将这两个罪大恶极的战犯送上绞刑架。

东京审判是倪征日奥人生与事业的高峰，但不是唯一的。用东京审判大法官梅汝璈的儿子梅小璈的话来说，倪先生的后半生是享有“剩勇”；中方检察官向哲濬的儿子向隆万说得更直白：“倪先生的下半辈子很辉煌。”

从东京归来后的 55 年，倪征日奥这位中国法学界泰斗级人物，到底经历了怎样的人生岁月？

◆ ◆ ◆

忆审判：步步紧逼，把土肥原的律师和证人问得哑口无言

高　渊：你父亲当年在家里，会经常说起东京审判的往事吗？

倪乃先：他讲得很少，后来在海牙当法官的那几年，他才慢慢跟我讲一点。

我父亲是苏州人，他从小特别喜欢看公案戏（以清官办案为主线的剧目），立志要学法，当一名清官。到了 1928 年，他从东吴大学法律系毕业，考进了美国斯坦福大学，只用了一年就拿下了法学博士学位。现在想想，这个速度实在有点惊人。

回国之后，他先后去东吴大学、大夏大学教授国际法，还当律师，然后就去了南京的司法部工作，后来当过上海第一特区地方法院推事。1941 年太平洋战争爆发后，他一个人去了重庆，担任过重庆地方法院院长。

高　渊：你父亲不是第一批去东京的，他是去支援中国检察组的吗？

倪乃先：当时远东国际军事法庭审判日本战犯，中方因为证据不足，难以使土肥原、板垣等十恶不赦的战犯伏法，中方首席检察官向哲濬回国求援，要求再派几位得力的人去东京。

我父亲是 1947 年春节后去东京的，他当时考察欧美法律体系刚回国不久，本来想静心写作的，但一听到这件事，立刻就动身了，身份是中国检察组首席顾问。

英美司法的特点是保护被告者，东京审判中的被告不仅有日本律师团，主导审判的美国还为被告指派了美国律师。我父亲到达东京后，就和同事赶到日本前陆军省档案库，以日本人自己保存的材料来指证他们的罪行。他还去当时的北平收集日军罪证，找到当年被日本人谋杀的吴佩孚的夫人，拿到了第一手证据。

高　渊：后来当庭质询土肥原贤二和板垣征四郎，都是你父亲出庭的，为何是首席顾问走上前台发问？

倪乃先：我后来问过高文彬先生，他当时是中国检察官办事处秘书，现在还健在。小高叔叔说，因为倪先生的思维各方面都跟得上，他的诉讼能力和技巧都摆在那儿的，他和向哲濬配合得非常好，最后是集体完成了庭审辩论。

还有一点，我父亲是苏州人。很多人都说，别看苏州人说起话来软软的，但经常是绵里藏针。

当时，我父亲步步紧逼，把土肥原的律师和证人问得哑口无言。土肥原很狡猾，干脆放弃了当庭亲自辩护，就是想避免被我父亲进一步盘诘。我父亲想了一个办法，决定在随后板垣征四郎的庭审时，把两个人的罪证一起提出。

我父亲质问板垣，当年跟你一起商定军事计划的，是不是现在坐在被告席上的第几排第几人，板垣说是，这样土肥原就逃不掉了。

父亲晚年谈起东京审判时，仍然很激动，他说："如果不能拿住这两个元凶的话，我们只能集体跳海了，就没法回国见江东父老了！"

赴北京：被动调至外交部

高　渊：1956 年，你父亲迎来了人生的又一个转折点？

倪乃先：对，当时外交部遇到一个事情，有一艘日本船在中国领海出没，需要懂国际法的人一起参与处理。周恩来让外交部推荐几个人，经过一番评审以后，认为我父亲的历史比较清白，可以直接用，就决定调我父亲去北京。

我听他说，那天他正在同济大学的食堂吃饭，学校人事部门的一个负责人过来跟他说，一会儿跟你谈一下。我父亲也不知道什么事，想谈一下就谈一下。到了办公室才知道，北京来调令，调他去外交部工作。记得是那年 4 月 20 日上的火车，今年正好是我们全家来北京的第 60 个年头。

他为外交部写了英美司法制度的考察报告，因为当时很多干部不知道外国人怎么处理案子的。另外他还带年轻徒弟，同时接几个案子，他跟交通部、司法部的人交往很多，大家一起商讨案子，全部是涉外的。

高　渊：你父亲在 1957 年的境遇怎么样？

倪乃先：那年春天，外交部和全国其他单位一样，开展了整风运动。当时很多人在提意见时，都说得比较激动，尤其是被雪藏的那些人。我父亲的发言还比较温和，他在座谈会上主要讲了三个抢救，就是抢救人、抢救书和抢救课程，主要意思是要重视法制建设。随后运动转入了反右，但我父亲还好没被划为右派，只是受到了批评。

这之后，他一直在外交部，工作受到的影响不大。应该说，中央和部委领导对他还是很尊重的。1958 年 8 月，他和周鲠生、刘泽荣两位老专家一起，应召到北戴河面见毛泽东和周恩来，主要讨论我国领海宽度和领海法律问题。

我父亲他们几个专家提议，一些发达国家以 3 海里为领海宽度，是因为他们想凭借他们的实力侵犯其他国家的海洋资源，而我们作为发展中国家，领海宽度应该为 12 海里甚至更宽。这个意见被采纳了，我父亲也很受鼓舞。1959 年，外交部又推荐他担任了全国政协委员。

高　渊："文革"开始后情况怎么样？

倪乃先：跟社会上的很多知识分子相比，外交部的老专家们总体上还算幸运。当时，我父亲没有被抄家，还经常上班。

1969 年，大批干部下放，我父亲是当时外交部唯一留在部里工作的老专家。他和条法司的三位干部，一起组成了留守小组。

但当时觉得肯定要被下放的，我们全家还讨论，如果我父亲被下放后，我母亲是跟着去，还是和我一起留在北京。直到那年 9 月的一天，我父亲去火车站为去干校的同事送行，当时的外交部部长乔冠华过来跟他说，过了国庆节苏联人要来谈珍宝岛的边界问题，要他做个准备。我父亲回来跟我们说，看来他不会被下放了。

高　渊：那几年你父亲除了上班，平时还做点什么？

倪乃先：他没事就去中科院地理所，去查中国领海中的岛礁资料，把历史和地理结合起来研究。

没有领导让他去做这个，他对这方面感兴趣，可能觉得以后有用吧。后来参与国际海洋法讨论的时候，这些东西都派上了大用场。

高　渊：外交部的人一直很尊重你父亲吗？

倪乃先：后来不少外交部的老同志，跟我讲过这样一件事。1970年初，周恩来要求查看1918年美国对德国的封锁令，必须在第二天上班时报给他。外交部图书馆留守小组一直找到当天深夜，也没有找到。

这时候，有人突然想到我父亲还留在北京，半夜来问他。我父亲说，你们可以查查《美国国际法杂志》。这份杂志其实就在大家手边，伸手一翻，立即找到了全文。他们说我父亲真的就是手到擒来，不服不行。

高　渊：你父亲正式复出是什么时候？

倪乃先：我记得1972年初，我正在休产假，他忽然给我看了一张发票，中国照相馆的护照照片发票。我很吃惊，说你要什么护照？他说要去纽约开会。

他去参加"联合国海底委员会"和随后的海洋法会议，从这时候他又走出了国门，后来一年要出去好几次。

高　渊：这是他1949年后第一次出国吗？

倪乃先：是的。出发那天是1972年2月22日，就是美国总统尼克松访华的第二天，我们到了机场，还看到尼克松的大飞机停在那儿。一起去的几个年轻人跟我父亲说，您应该请客。我们就在机场餐厅里吃了顿饭，那时候外面吃饭都要粮票，机场餐厅不用。

他当时的身份是中国代表团法律顾问，有时候也叫高级顾问。后来中国代表团在纽约买办公用房，还让我父亲帮着看看合同文本。

莅海牙："海牙国际法院法官之间钩心斗角的事情不多。"

高　渊：你父亲是什么时候当选为海牙国际法院法官的？

倪乃先：1984年11月，第39届联合国大会上通过的。国际法院法官的任命，需要安理会和联合国大会通过。

他是新中国成立以后国际法院的第一任中国法官。国际法院是联合国的主要司法机关，1946 年在荷兰海牙成立。国际法院的第一任中国法官，是当年国民政府外交部次长徐谟。

高　渊：推荐你父亲当国际法院法官，当时有什么不同意见吗？

倪乃先：有些人也是好心，觉得我父亲已经 79 岁了，又做过眼睛手术，怕他坚持不了。后来让他带一个学生去，作为他的助手。但我父亲很多年来一直是办案的人，他喜欢亲力亲为，自己动手干。

高　渊：但他毕竟这么大岁数了，生活上需要照料吧？

倪乃先：一开始是我母亲陪着去的，但她也年纪大了，身体又不好。我父母半年后回国休假，父亲跟我说，他有点坚持不了，问我能不能跟单位提一下，陪着他一起去？

我当时是北京市交通局副局长，我要向组织部门请假，到 1985 年 8 月份就去了海牙。当时请了一年假，没想到在那里待了八年半，直到 1994 年他卸任。

我在海牙主要是照料我父亲的生活，我母亲后来患肺癌，在海牙去世了。同时，还要帮我父亲整理账务。我父亲的收入是联合国支付的，但当时的规定是“实报实销、结余上交”，账务挺复杂的，我是做企业管理的，这方面还懂一点。

另外，跟我国使馆的联系工作也是我来做的，我可以参加使馆的支部活动。我父亲不去使馆的，根据国际法院的规定，法官不能有政治背景，所以他出国前，连全国政协委员都辞掉了。

高　渊：你父亲到任已年近八旬，是不是所有法官里面年纪最大的？

倪乃先：刚到的时候，年纪最大的是苏联法官，他因为和戈尔巴乔夫意见不合，不久就卸任了。那以后，我父亲成了年纪最大的，但从在国际法院的资历来说，还是比较浅的，排在倒数第三。他们法官的座次都是根据年资排的。

高　渊：国际法院的总体氛围怎么样？

倪乃先：国际法院首先讲人事关系，相对来说不是那种剑拔弩张的，大家都很有修养。在探讨问题的时候，经常会约在外面吃饭，先摸摸底，也是互相启发。

另外，荷兰政府和女王都会定期请这些法官吃饭，都是带着家属一起去的，大家都玩得挺好。钩心斗角的事情不多，意见摆在那儿，一致就一致，不一致就不一致。

高　渊：当时你父亲跟谁的关系最好？

倪乃先：跟波兰法官关系特别好，他为人很好，资历深，学问高，是位犹太人。我们跟美国法官关系也很好，他也是犹太人，是约翰·霍普金斯大学毕业的，是我母亲的校友，他认我母亲是师姐。跟其他国家的法官其实也都相处不错。

高　渊：刚才你说到你父亲的工资是联合国支付的，收入情况怎么样？

倪乃先：那时候 15 位法官里面有三种情况，一种是高于原来国内工资的，像中国、苏联、东欧都是这种情况；第二种是本来就在欧美的大学里当教授，基本差不多；第三种是不如国内工资的，日本法官就是这种情况，他们政府还要给他发补贴。

高　渊：当时遇到过特别棘手的案子吗？

倪乃先：一个是苏格兰洛克比空难，还有就是波黑共和国状告南斯拉夫违反联合国宪章，这两个案子都挺紧张的，都集中在 1993 年，我父亲卸任前一年。

高　渊：你父亲当了九年法官，任期算长吗？

倪乃先：有人连选连任当了 27 年。但我父亲年纪大了，1994 年退休的时候，已经 88 岁了。

此前，他还当选了欧洲国际法研究院院士，这在国际法学界的地位是挺崇高的。这是终身制的，一共 108 人，必须去世或辞职才能递补。我父亲是 1987 年当选了候补院士，1991 年成为正式院士。

97年人生：要不是非典，他的生命还可以再延续下去

高　渊：你父亲最后是患什么病去世的？

倪乃先：他查出患癌症很久了，但最后的直接原因是肺炎。

在1993年11月，就是我们要从海牙回来的前几个月，他发现尿血。但那边的医院都得预约，预约到检查已经过去将近一个月了，确诊是膀胱癌。

当时已经快到圣诞节了，我去请教当地一位华人医生，是在荷兰动手术还是回国再动？因为我们有荷兰的医疗保险，完全可以在那里治疗。那位医生建议回国动，因为可以中西医结合治疗。到1994年2月7日任期届满，我们17日就回国了，18日我拉他到医院，马上就开了住院单。

我父亲一开始很担心，因为周恩来晚年就是这个病，他以为是很痛苦的。但治疗以后，生活质量还是挺高的。这个病每三个月或半年检查一次，如果看到它长出来，赶快烧掉就行，不致命。后来转移到了前列腺，也能治，但要用激素。治疗以后特别容易出汗，他受不了，就停止治疗了。到2003年初的时候，发现再度转移了。

高　渊：当时正值“非典”时期吧？

倪乃先：是的，那年要不是“非典”，他的生命还可以再延续下去。当时医院里找不到护工，护工都逃回家了，没有办法把他搀起来，只能躺在那里插管子，后来是因吸入性肺炎去世的。

高　渊：在你的心目中，你父亲是一个怎样的人？

倪乃先：小时候因为和他聚少离多，我觉得他很严肃，是个严父。到了后来我发现不是，他很慈爱的，而且很有情趣和品位。

我父亲一生清正，他在当国际法院法官时，联合国发给他的工资，他不是都进自己口袋的，而是严格执行实报实销，余下部分全部上交，

应该说数额挺可观的。

在荷兰的时候，当地华人社团过年舞狮，要请一位德高望重的人来点睛。他们一看我父亲是中国法官，又是老人，就请他点睛。他很高兴去点了，对方按规矩送了一份“利是”，弄得我父亲很紧张，他说这怎么可以，让人看到我一个中国法官在这儿收人钱，让我一定要退回去。回国以后也是这样，出去讲课从来不肯收讲课费，他就是洁身自好。

高　渊：所以他当年就说过，自己的官声很好的。

倪乃先：20 世纪 30 年代的时候，他在上海当法官。他说，经常会有人来请托，有些亲戚朋友也会受人之托，到家来说情送礼。他一听就说，家里不谈公事，有事咱们到法院里去谈。所以，我们那些亲戚朋友都说他官声好，他自己说：“我不吃‘药’的。”

高　渊：他有什么兴趣爱好？

倪乃先：他非常热爱生活，最喜欢昆曲，自己还唱。晚年也很喜欢旅游，喜欢到处看看。他绝对不啰唆，但该说的都会说。

高　渊：他自己怎么看待他在东京审判中所起的作用？

倪乃先：我父亲是个理性沉静的人，但晚年只要说到东京审判，他都会激动落泪。

他在自传中写道：“这场战斗，对我来说，是一场殊死战，因为我受命于危难之际，当时已把自身的生死荣辱，决定于这场战斗的成败。事后追忆，历历在目，既有酸辛苦楚，亦堪稍自告慰，有不可言喻之感慨。”

我的父亲还是幸运的，在东京审判结束后的 55 年里，他的法学专业学识依然有很大的用武之地。

后记

把天聊起来，聊下去

四年前，刚开始做“高访”时，我曾做过一个梦。

好不容易约到一位“骨灰级”大佬，那天在他家客厅等了许久，他女儿带我去卧室，路很长。我在老先生的床前坐下，他女儿发话：“你采访吧，但老人家身体欠安，只有五分钟，现在开始计时。”我突然想起，事先拟好的采访提纲忘在了客厅，跑回去拿肯定超过五分钟。我只能硬着头皮问：“您今天午饭吃了什么？”

醒来想想，如果真的问到中午吃啥，或许比问些缺乏新意的官样问题更有意味。因为深度往往蕴藏于细节中。

这几年，我把每次采访当作一次聊天的机会。但和名人聊天，心中还是会有些忐忑，担心准备工作做得不充分，无法真正做到平视。

平视是一种态度。与高端人物对话，最需要的就是平视。因为只有不仰视，不关注他们的头衔，才能不卑不亢，才能更好地关注人和人性，才能让他们说出真实的想法。这既是心态上的平等，对知识储备也有较高要求。

那次，我采访中国复关入世第三任首席谈判代表谷永江，他回忆起 20 世纪 90 年代中期在上海嘉定开的一次会，说到会议组织者是当时的机械工业部部长，但一时说不出名字。他拍着额头感慨：“你看这一上了年纪，连这么熟的人的名字都忘了。”我说：“是何光远吧？”谷永江一拍大腿：“对啊！”

接下来，他有问必答，主动跟我说了很多鲜为人知的细节，临别还邀我以后来京去他家继续听他讲故事。

不过，平视还有一个更深层次的思考。正如白岩松跟我聊到的，不仅要平视人，还要平视社会。他说，平视社会意味着舆论监督走进中国的传媒，尤其是电视。过去我们报道的社会生活，全是阳光灿烂的那 180 度，但是从《东方时空》开始，以及第二年诞生的《焦点访谈》，我们看到了生活中的另外 180 度，那里可能有很多问题、缺点、腐败等，这样呈现的社会生活开始变得真实起来。

但说到底，平视只是表象，在它背后还有隐藏更深的理念。

我初当记者时，有位媒体前辈来给我们这些新记者上课，他说当记者一定要学会三样东西：电脑、开车和外语。当时觉得有点难度，但时移世易，对于现在大学新闻专业的毕业生来说，应该已经不在话下了。

如果说这三样本领是硬件的话，还应该有三个软件：追求真实、崇尚理性与尊重常识。方汉奇先生说，媒体的核心属性是真实性。那么，追求真实、探究真相当然是媒体人的责任。同时，在这个众声喧嚣的时代，如何保持冷静，理性地看待问题便显得尤为重要。

而最为基础的，应该也是最为朴素的理念，就是尊重常识。尊重那些经过历史验证的思想，尊重先贤实践得出的真知，尊重家中老人从小在耳边唠叨的规范。

限于篇幅，未能将这几年做的“高访”尽数收入本书，希望以后有机会再版时弥补。感谢上海人民出版社和世纪文景，尤其感谢本书责编贾忠贤和周灵逸两位女士的鼓励与支持。此外，虽然本书出版前我对所有访谈又做了一次校对梳理，但依然会有疏漏，期待读者朋友们指正。

聊天是件有趣的事。只有把天聊起来，才是好的访谈。我期待，不仅把天聊起来，也要把天聊下去。

谢谢各位！

高　渊

2019 年 2 月 20 日

文
景

Horizon

社科新知　文艺新潮

中国寻路者
高　渊　著

出 品 人：姚映然
责任编辑：贾忠贤　周灵逸
营销编辑：雷静宜
版式设计：董雪晴
封扉设计：储　平

出　　品：北京世纪文景文化传播有限责任公司
(北京朝阳区东土城路8号林达大厦A座4A　100013)
出版发行：上海人民出版社
印　　刷：山东临沂新华印刷物流集团有限责任公司
制　　版：南京展望文化发展有限公司

开 本：700mm × 1020mm　1/16
印 张：25　　字 数：336,000　　插页：2
2019年3月第1版　　2019年3月第1次印刷
定 价：56.00元
ISBN：978-7-208-15669-2 / D · 3360

图书在版编目（CIP）数据
中国寻路者 / 高渊著 . — 上海：上海人民出版社，2018
ISBN 978-7-208-15669-2
Ⅰ . ①中… Ⅱ . ①高… Ⅲ . ①特写（文学）—作品集—中国—当代 Ⅳ . ① I253
中国版本图书馆 CIP 数据核字（2019）第 006132 号